李林中短篇小说选集

真水无香

李林 著

北方联合出版传媒（集团）股份有限公司

万卷出版公司

© 李 林 2021

图书在版编目（CIP）数据

真水无香：李林中短篇小说选集 / 李林著. 一沈
阳：万卷出版公司，2021.4
　　ISBN 978-7-5470-5622-6

　　Ⅰ.①真… Ⅱ.①李… Ⅲ.①中篇小说 – 小说集 – 中
国 – 当代②短篇小说 – 小说集 – 中国 – 当代 Ⅳ.
①I247.7

中国版本图书馆CIP数据核字（2021）第034227号

出　品　人：王维良
出版发行：北方联合出版传媒（集团）股份有限公司
　　　　　万卷出版公司
　　　　　（地址：沈阳市和平区十一纬路25号　邮编：110003）
印　刷　者：辽宁鼎籍数码科技有限公司
经　销　者：全国新华书店
幅面尺寸：145mm × 210mm
字　　数：400千字
印　　张：12
出版时间：2021年4月第1版
印刷时间：2021年4月第1次印刷
责任编辑：张洋洋
责任校对：高　辉
装帧设计：徐春迎
ISBN 978-7-5470-5622-6
定　　价：48.00元
联系电话：024-23284090
传　　真：024-23284448

目录

为母亲写作最幸福

一

本书汇集了我的两个中篇、五个短篇小说，基本上反映了我的小说创作的风貌。我要把这本中短篇小说选集，献给我慈祥、豁达、执着的母亲。

我的母亲特别喜欢读小说，经常手里捧着一本小说，闲下来就看上几页。她看书时享受的样子让我终生难忘。她是我文学的引路人。

在20世纪六七十年代，母亲看过《金光大道》《艳阳天》《林海雪原》《红岩》《钢铁是怎样炼成的》等长篇小说。我和双胞胎的哥哥不识字，哭喊着让母亲买这些小说的小人书，还要她讲故事。母亲读过师专，脾气又好，总是说："好，我念给你们听。"我们就晓得了小说的魅力。

父亲是抗日的老八路，长相威严且慈祥，特别希望两个儿子都有文化，将来有出息。在我十岁时，父母为了锻炼我俩，生生把我们拆开，送我回老家河南叶县的方店村住了一年。娇惯的孪生兄弟过上了一段凄苦而奇特的生活。于是，我才有了散文《夜过方店》和小说《故乡冬暖夏凉》等作品。

我是在黄石军分区大院长大的。整个小学，课堂上学的知识十分有限，母亲念小说，给了我俩莫大的快乐。母亲一字一句地念小说时显得文静、有涵养，翻书时动作很轻，就像她说话柔柔的样子。一听到母亲的读书声，我俩就会变得宁静，有安全感。

我俩睡觉前，总爱嬉戏打闹，折腾一番。母亲拿出小说一念，我俩知道催眠开始了。这时，觉得妈妈好神奇，声音好好听。妈妈开心地笑，我俩跟着笑；妈妈激动得要流泪了，我俩的眼泪就哗哗地涌出，还给她擦泪，劝妈妈莫难过。父亲笑着说："瞅瞅，又叫小说给害的吧！"母亲便破涕为笑，亲我俩的小脸蛋，觉得好幸福。我在散文《夏夜，一弯银月照场院》里写了妈妈讲故事，一家人往屋外搬木板床，一楼人酷夏到月光下的场院里纳凉，一城人在马路边上睡觉。

母亲教我们认识了不少字，懂得不少道理。十几岁时，我也学会了像她一样捧着一本小说来读，养成了读书的习惯。后来，母亲还读过《巴黎圣母院》《战争与和平》《基度山伯爵》等许多厚厚的世界名著，诱惑着我跟着她的节奏也通读了一遍，受益匪浅。再后来，年老了，母亲因为眼神不太好，看小说不容易了，却又像年轻人一样爱上了追剧，像《潜伏》《父母爱情》《三生三世十里桃花》等，说起她喜欢的电视剧如数家珍。

二

念初三时，我在黄石七中的一班读书。班上的几十号人由其他班上的尖子生组成，俗称"火箭班"。我的作文一向很好，经常被当作范文，老师经常夸赞，同学起哄叫好，时间久了，我就担心别人说我徒有虚名，赶紧给自己"加码"，读了鲁迅、茅盾、巴金和高尔基、巴尔扎克、屠格涅夫等名人的名著，背诵过不少名人名言。幸亏有不服周的同学经常出各种刁钻的问题，非要把我考"糊"了不可，否则我的文学知识基础不会打得扎实。

我还手抄过一本《文学描写辞典》，大致是关于风景、行当、动作、内心等各种描写。抄久了，字也练得好看了，楷书、行书还真像那么回事。如今，我没事时写字玩，提笔就临王羲之的《兰亭序》，如同腾云驾雾，全身爽快。

这一年，我参加了黄石市中学生作文比赛，直接与高中生比拼，写了一篇题为《买扇子》的作文，获得了乙等奖。这应该算是我创作的第一篇小小说吧。母亲说："将来高考就去报考文科，学写小说……"我非常惊讶。当时，刚刚恢复高考。关于高考怎么考、怎么填报志愿，甭说我不清楚，老师们也没经验。

高考前夕，母亲又劝我学着写小说，我却当成了耳旁风，我哪里晓得那是她对我的一种期望呢！我心想这不是强人所难嘛！妈妈如果喜欢弹钢琴，难道我就应该去考艺校？我还嘴犟，说："说得轻巧，您说写就能写得出来？"母亲正色道："世上无难事，只怕有心人。打枪你不会吧？跟着你爸爸多去几次靶场不就会了……"

我那时记忆力好得出奇。有一次上语文课，我头一个背诵完李白写的《梦游天姥吟留别》，就提前回家吃午饭了。说来也奇怪，当年那么难背的东西，我至今仍能背出。我将这点趣事写在小说《真水无香》里了。

三

1981年，我考入了武汉大学哲学系。正赶上朦胧诗风靡全国。所有青年都像是文学青年，所有大学生都像是诗人。北岛、顾城、舒婷、江河等受人膜拜，他们的诗集一上市就被抢光。我就借，打着手电筒在被窝里抄写。我还联合了几个志同道合的同学，成立了一个诗社，定期油印诗集。那时，饭可以不吃，觉可以少睡，但不能不让我写诗。我激情四射，文思泉涌，很快就写了一厚本。

有一天，母亲来学校看我，送给我一本她刚刚读过的小说——路遥的《人生》。感觉是：震撼！我兴奋地一口气读完，第一次有了想创作小说的冲动。

在武大，敢想敢干，不是丢人的事。高伐林、王家新，都是著名诗人。中文系出才女，池莉，再一个就是喻杉，80级的，离我们最近。她写了短篇小说《女大学生宿舍》，立刻引起轰动，次年拍成同名电影，对我影响巨大。我偷偷地写了两个六七千字的短篇小说，一篇叫《蓝花岛》，一篇叫《绚丽的晚霞没有消失》，虽然没有发表，但毕竟完成了写作的全过程，也算作一次尝试吧。

接着，梁晓声的《今夜有暴风雪》、张贤亮的《男人的一半是女人》等现实主义经典作品扑面而来，像是在手把手地教我如何写小说。我学习了几年哲学，懂得好的小说都包含着哲学的关切，是一种看生活的眼光和智慧。

后来，余华、阿城、汪曾祺、王朔、刘震云、莫言、福克纳、大仲马等，都是我最喜欢的老师。他们的小说成了我的枕边书。从这些作家的排序看，大家应该大致能看出我的小说是一种什么"风格"了。我甚至像莫言一样，虚构地理。他把故事发生地安排在"高密东北乡"，我笔下的地名叫作"铜城"。

去年11月，《武汉大学报》连载了我写的万字散文《武大赏樱花：一座名校的文化记忆》。我用诗一般的语言、火一般的激情讴歌了母校，也回顾了我们当年在珞珈山读书时的青葱岁月。刹那间，我发现青春一下子变得遥远了……

四

1985年，我大学毕业后分配到人民日报海外版，一直工作至今。

论干新闻这一行，我是称职的。我32岁荣获第五届"中国新闻奖"，在1995年第9期《新闻战线》发表文章《敬业无涯》，谈个人获奖感言。我33岁被破格评为主任编辑，现为人民日报社高级编辑。我摸爬滚打，默默奋斗，发表了新闻作品上百万字，就是希望自己能成为一名像斯诺、索尔兹伯里、范长江那样的记者。

顺便说一句，我还发表了漫画和插图500余幅，出版了漫画创作文集《漫画创作入门》和插图集《京腔京韵》。我还担任了首届中国新闻漫画研究会理事，是北京现代青年漫画学会发起人之一。

我经常领着爱人和儿子回家看看，其乐融融。父母教我做人、做事，烛照我心。母亲仍然喜欢与我聊小说。我感觉到母亲的态度并未改变，就说她太固执。我说："只要能攻克柏林，您何必在乎选择哪一条道路呢？"她说："新闻与文学冲突吗？两条道路为何不能齐头并进呢？"道理没错，可是哪有那么容易啊！

文学终究没有成为我的主业。但我却像追梦人一样从未停止对文学的向往与追求。我关注着文坛的群星闪烁，见证了改革开放40年中国文学的发展。我采访过莫言、刘震云、邵燕祥、戈宝权、靳大鹰、熊式一、李敖、柏杨等作家并虚心请教。虽然也在报刊上发表过一些作品，但随生随灭，不值一提。

我经常与一些好朋友喝酒、聊天，谈文学。清贫，敢藐视豪门；困顿，不轻看学问。即便生活再窘迫、逼仄，冲天豪气无处不显人生的飞扬与挣扎。对我影响最大的是伍立杨。那时，他已经显露出藏书家的气魄，办公室和家里各个角落都塞满了书籍。我出版而立文集《英雄本色》时，伍立杨帮助拉写目录，做了精心编辑。他当时刚出版《梦痕烟雨》《时间深处的孤灯》，如今已出版随笔、文论、散文、史论等书籍近三十种。

五

2017年，我回家看望77岁的老母亲。是年，父亲已去世10年。母亲的头发已完全花白，让人揪心。但她特别豁达，内心十分敞亮，从不装家长里短、嘀嘀咕咕一些烂事，还幽默风趣。我每次问她体检结果如何，她总是笑而不答。实在被我逼急了，她就说："一辆车开了一辈子了，能好到哪里去？心、肝、脾、肺，每一项指标说出来都会吓死你……"我就很难过，不知如何安慰她。她却笑着劝我，说："时间过得多快呀，转眼间你都快退休了！你那么喜欢文学，却没写几篇小说，冤得慌，你能不能写点东西让我看看？！"

对母亲的"轴"，我第一次没有顶撞、埋怨。我像是被猛击一掌，浑身一颤，知道她不是在开玩笑，我立刻沉默了。这正是我的软肋啊！年轻时，我意气风发，豪情万丈，痴迷着作家的痴迷，追逐着作家的追逐，多想拿出像样一点的作品呀，可是拿不出来，徒有一腔热血，笔力不到，没经历、没阅历、没生活底蕴啊！

转眼三十年过去了，我还能拿这些理由搪塞自己吗？

母亲说："别再犹豫了，赶紧写吧，免得将来后悔……"

我回到北京后，思绪万千，感到已无退路。一种内在的渴望驱迫我开始写作——实现母亲的嘱托。我摩拳擦掌，精心做着写小说的各项准备。从何处入手呢？就从我最熟悉的发小同学和老家的亲戚朋友写起吧。如果出现困难，就写编辑部的人和事，这方面的体验足够厚实。后来，他们都成了我笔下的主角。

从10月份开始，我利用双休日在电脑上敲字，一般一天写一两千字，顺手时能写三四千字。没想到，我写的第一个作品居然是一部中篇小说《那年冬天漫天飘雨》，4.5万字。插空写的第一篇散文《我在方店见识过寒冬》竟有8500字，还果真在2018年第10期《海燕》和第7期《美文》上发表了。

很快，我在《美文》《长江丛刊》《广西文学》《海燕》《西北文学》《武汉文学》《攀枝花文学》《龙泉山》《人民日报海外版》等报刊发表中篇小说1部，短篇小说7篇，散文7篇，共计15万字，多篇被《散文海外版》、作家网等转载。2019年6月，我加入中国作家协会。

真没想到啊，临近退休了，我终于圆了自己的文学梦！

六

"青春会逝去，爱情会枯萎，友谊的绿叶也会凋零。而一个母亲内心的希望比它们都要长久。"一位名人的话，很好地解释了我和母亲的故事。其实，天下所有的母亲都一样，都把儿女看作是自己生命的延续，都希望儿女成为自己的"修订版"。倘若能遂了母亲的心愿，岂不快哉。即使不能，也要永远感恩才是。

母亲读了一辈子小说，也唠叨了一辈子写小说，终于看到心愿已了。

她像火把，唤醒了我的温暖记忆和人生中的美好瞬间，让我学会用宽容、同情的眼光看待世界；她像灯塔，引领了我的写作航程和夜航船的起伏跌宕，让我的前途未卜的文学探险充满了诱人的乐趣。她照亮并成全了我的文学之路。

2018年9月，我母亲做了一次心脏支架手术，闯过一道险关。她根本没把自己的病当回事，说她且活着呢！她看了我发表的小说，好像终于感到心满意足，说："以前让你写小说，是希望你当作家；现在呢，是怕你白白把时间浪费了。这样多好，你退休后也有事干了，还能防止老年痴呆呢！"

母亲平时不是这疼就是那疼，隔一段时间去趟医院，为此我经常偷偷地抹泪。我送她到医院检查，她问大夫的头一句话就是："能看电视吗？"大夫说："大妈，没问题。"母亲说："那么我也没问题啦！"偶尔，我能听到她哼几声小曲，是才旦卓玛的歌。天啊，我一下子想起妈妈念小说的情景……

今年没想到赶上了新冠肺炎疫情。黄石与武汉一样，早已"解禁"，生活基本恢复了正常。可是世界上每天还有许多人在死去。

今年5月28日，母亲已经年满八十，依然豁达、开朗，每天乐呵呵的，看她的电视连续剧。祝福母亲健康长寿！

余华在《活着》自序中说道："写作过程让我明白，人是为活着本身而活着的，而不是为了活着之外的任何事物所活着。我感到自己写下了高尚的作品。"

此时此刻，我才深刻地理解了这句话的含义。

我说，活着是幸运的，写作是幸福的，为母亲写作是最幸福的。

北京，二〇二〇年十月一日

短篇小说

我在海上遭遇了爱情

一

2011年，我27岁。八月初的一个下午，我与记者部主任老姚夫妇、旅游部记者老姜和他的父母一道，乘坐旅行社的大巴车离开北京，前往天津塘沽东疆码头。我们将登上"海洋神话号"邮轮到日本、韩国观光。秋风拂面，阳光明媚。他们个个都充满笑意，心情轻松得像窗外随车移动的白云。

只有我忧心忡忡。本来嘛，一个大龄"童男子"跟一帮老家伙起什么哄啊，虽说乘坐豪华邮轮还算浪漫，但孤零零的缺个女伴毕竟显得不爽，像个拎包的，要不是姚主任生拉硬拽，我才不去呢。

"浪漫的爱情，有吗？"

去天津的路上，我问老姜。

挨着坐的老姜把大巴车的大窗户玻璃推开一个缝，对我说："小臧，怎么想起提这个问题？这是问题吗？异性相吸，男女相悦，昙花一现的玩意儿，都是过眼云烟！"

"我知道，您跟夫人离婚了。"我说，"难免对爱情有偏见，问题是，天下芸芸众生，有多少人会像您这样想呢？没有爱情的生活会是怎样的呢？"

"凑合着过呗，还能怎么样？你们单身就喜欢浪漫，其实结婚特无聊、特没劲。柴米油盐酱醋茶，烦琐的生活和压力没几天就把你搞烦了，有爱情的变麻木了，没爱情的完全晕菜，过一天算一天，无所谓啦！你去打听打听，现在的年轻人现实得很，他们会说，别跟我谈爱情，戒了……"

"是是是，我没真正遭遇过爱情，没有您过来人的感受。"我朝他笑笑，说，"但我有个预感——爱情要敲我的门了！"

"那就恭喜你了！没听人说吗？恋爱就像麻疹，一生都要经历一次。当爱情敲门时，你可别刚好不在家，或者躲在家里不出来。嘿嘿嘿……"

在东疆码头办出境手续的时候，我东张西望，四处寻觅。

老姜说："老弟，两人一间，咱俩睡一个船舱，你可别在屋里吸烟……你找谁呢？还有熟人同行吗？"

我没搭理他，仍然全神贯注地像探照灯一样把排着长队的游客用眼扫了一遍。没有见到我想见到的人。我烦躁不堪，呼吸变得急促起来，心情十分沮丧。

我的预感不是没有理由的。我和一个漂亮女孩在六月份办护照时见过一面，就算是一次艳遇吧，谈不上认识，因为总共没说上几句话。

那天，朝阳区公安局出入境管理处大厅里人特别多，照相—填表—交表—领回执—缴费—领证，排了几次队。最后领证时，我俩挨着排队。

因为排的长队比较乱，时不时有人推搡，我不小心撞了一下前面的姑娘，赶紧说对不起。

那个姑娘没有埋怨我，只是回头看了一眼。也就是这一眼，却让我终生难忘——大眼睛，清澈明亮，像一湾清水。柳叶眉下长长的睫毛微微地颤动。白皙的皮肤透出淡淡红粉，薄薄的双唇如玫瑰花瓣娇嫩欲滴。嫩绿短袖衬衫洋溢着青春的气息，金黄色背带裙勾勒出S形曲线，写满了夏天的躁动，非常惹眼。因为离得很近，我还闻到了她身上的皂香和别的特殊的香味。

"喂，我从未见过你这样漂亮的女孩！"我小声说道。

"谢谢！"女孩微微一笑，说，"你总是这样与陌生人搭讪吗？"

"那倒不是，"我咧着大嘴嬉笑，说，"我总觉得咱俩在哪儿见过，你的笑容这样熟悉，难道是在梦里？追你的人一定特多吧？"

女孩笑眯眯地说："你们北京男孩就是大气，碰到女孩子不会脸红，显得还挺自然……"

"你是在夸我吗？"我说，"别打岔儿，我能追你吗，你说？"

女孩笑得"咯咯咯"地响，说："可以啊，要不你明年春节陪我回河南老家，省得父母唠叨个没完，逼我嫁人。"

我叹了一口气，说："都一样，天下乌鸦一般黑。如今的年轻人忒难当！不幸是相同的，幸福却有各自的幸福！我再不带一个回家，父母就要跟我断交了……"

"真有这么严重？"女孩忽闪着大眼睛，问，"你条件这么好，怎么会找不到一个可心的女孩？是你太挑剔了吧？"

"我觉得你特善解人意！不瞒你说，我谈过的女孩不下一个排了，"我说，"开始都是郎才女貌，别人都说般配，可是我们自个儿都感到成不了。"

"为什么呀？"

"一见面就斗智商，斗心机，女孩谈来谈去就是证明自己多么有魅力，最后发现我既不是石油大亨又不是富二代，都是在我买不起住房、好车方面，轻而易举地找到了与我拜拜的理由。就这样，我一次次地失恋——唉，也谈不上失恋——早已习以为常了。'祝你好运！'——我总是这样与女朋友友好地分手。"

"租房子，也能生活嘛！"大眼睛女孩说，"还可以避免做房奴呢！"

"你的品位也忒低了吧？"我说，"你就不怕别人说你跌份儿？我大老爷们一个，有手有脚，分期付款敞着花谁不会呀！北京的房价两三万一平方米，忒离谱，我就不信买不起。咱们也可以去郑州呀，再不行去你们老家，买一套豪华别墅，甜甜蜜蜜过咱俩的小日子，幸福到老死，你看怎么样？……"

见女孩很感兴趣地听着，我接着说："我是不是特仗义，特有舍生取义的果敢？幸福也罢，不幸福也罢，我权当体验生活，搞文学创作，指不定哪天我端出一部长篇小说震动文坛，任何人看了脑袋都嗡的一下，傻半天……"

那个女孩"哈哈哈"地乐，腰都直不起来了。她说："你最后一个女朋友是干吗的？"

见女孩排到了窗口，我轻轻地拉她到后面五六个人的身后重新排起了队，说："她是空姐，长相无可挑剔，见到我就说好累，先得睡一觉，我只好带她到单身公寓里休息。我肯定会有自己的房子，但她如果坚持现在就要住，那只能说声抱歉了。我这人特宽容，特通情达理。她要问我爱情有多深？有个七八十平方米的房，就有七八十米深；爱情有多远？就看我的车能开多远了……"

女孩说："很有见地！你们北京人都喜欢侃，但我好喜欢听你说！"

"这也叫侃?"我笑了,立马拉开了一副开练的架势,说,"好,我跟你侃一段。有一天,我上午见了一个女孩,特丑,但倍儿有钱;下午又见了一个姐儿,特漂亮,收入特别少。晚上,我思前想后,犹豫不定,选谁呢?选谁都不完美。这时,电话响了,姚主任对我说,别犹豫了,两个姑娘都没看上你……"

女孩忍不住大笑起来,跟前的几个排队的人也笑了。

大眼睛女孩不好意思地说:"对不起,我丝毫没有笑话你的意思。"

"唉,闲着也是闲着,瞎聊呗。"我说,"分手那天特逗,空姐一下出租车,见到我就问哪儿有厕所。我拉着她在报社大门口登了记,领了条,进了大院,一起向编辑部大楼猛跑,好几个同事见她如此漂亮,惊呆了。到了门口,又登记,再跑,等她从卫生间走出来的时候,小脸红扑扑的,长长地舒了一口气,笑得十分妩媚。我问,去宿舍吗?她说,不了,我要走了,拜拜吧。我说是永远那种拜拜吗?她没说话,只是在我脸上亲了一下……"

大眼睛女孩嘴里嘟囔着:"今儿办护照的人怎么这么多啊!按理说,早该排到咱们跟前了。"我这才发现女孩对重新排队竟未察觉,觉得这个女孩蛮好玩的,相当可爱。

该她办护照了。她领了证件,说了一声"嗨,拜拜!"就走了。

拜拜?什么意思?我扭头侧看,一双杏眼清冷伤感,但偏让人感到一股艳美,惊才绝世。

我在停车场里,找到了自己的二手捷达,刚想发动汽车,突然闪现一个奇怪的念头:她,不会就是自己未来的老婆吧?

于是,我惊出一身冷汗,迅速锁好车,向办证大厅跑去。我来到和那个女孩刚刚排队的地方,队伍仍然很长,都排到大门外面的空场地上了。出国的人乌泱乌泱的,多得就像在乡下赶集似的。但是没有见到她。

我找遍了所有的角落，还是没有找到她。

我想："难道我与她永远失之交臂了？——多好的一个女孩啊！"

泰戈尔说过：你的眼睛向我最后一盼，我的生命就永远是你的。

越这样想，我越觉得失去了一个珍贵的宝贝……

二

一连几天，我像丢了魂似的，经常白天想、夜里梦见那个大眼睛的姑娘。仿佛她的出现，是故意在折磨着我。我想，她居然敢邀请我明年春节陪她回河南老家，是真情表白呢还是逗闷子？我居然跟傻子一样说了那么多的废话，还抖机灵跟她扯什么空姐的事，简直蠢到家了，竟没有问一句她是哪个单位的，叫什么名字……

我见过很多女孩不假，看起来有点玩世不恭，甚至给人一种情场老手的印象，但从来没有过这种特想跟一个女孩再见上一面的冲动。她的美貌深深地打动了我，叫我感觉到离开她自己就活不下去；她的气质是那样的高贵，以至于我感到自己掏空了所有的经验也无法知道该去如何爱她，别人的体验再好对我也毫无帮助。这种全新的甜蜜的忧伤，伴随着撕心揪肺的痛楚，一直持续了两个月。

啊，多么愚蠢而又充满着高尚冲动的一段时光哟！

一行六人通关后手拿护照，拖着行李箱，开始登上"海洋神话号"邮轮。

好家伙！那艘船真大，二百多米长，三十多米宽，甲板楼层就有11层，整个一个航空母舰！据说它属于美国皇家加勒比邮轮公司，有7万吨，可载人两千，为游客服务的外籍船员就有750多人。

登上船，六个人一放下行李就走出船舱，从三楼开始一层层往上爬楼梯，参观起来。我们发现，游客们跟自己一样，像一群一群爬出窝的蚂蚁。

除了大甲板，所有地面都铺上了厚厚的红地毯，可见其豪华程度。健身房、卡拉OK厅、剧场、棋牌室、购物商场、网吧、图书馆、儿童娱乐场等应有尽有；打乒乓球、迷你高尔夫，歌舞互动表演，游泳等，你随便玩。

手持电喇叭的女领队喊道："大家不要拥挤，敞开玩！船上所有的外国人都是为咱们服务的，大家凡事都得忍忍，别跟在自个家里似的，想怎么着就怎么着，斯文点儿，拿出大国的派头，别让人家瞧不起！听好了，参观以后请到顶层用餐！"

她喊累了，喝口水，接着喊："邮轮上餐厅巨多，想吃的话24小时都可以，'旅游指南'上都有，我就不啰唆了……抱小孩的注意了，除了掉到海里，肯定丢不了……我是不是尽说废话？得，你们随便转吧！……谈情说爱的抓紧了，希望你们给这次浪漫之旅再增添一些浪漫！……"

游客们像一串串的小鱼，在一座古城堡里欢快地游来游去。都是第一次见这种世面，大家感到惊喜交加，除了嗓门大点、个别人偶尔随地吐痰，个个像是贵族，尽量端着绅士派头。

老姜对父母说："这条船，像不像一个城市或者一个移动的宾馆？咱们要在这里玩八天七夜，逛两个国家，每人才花七千元，值不值？"

阿姨笑眯眯地说:"性价比高。好儿子,你花钱请我们旅游,好开心哟!"

老姚说:"孝顺比什么都强啊!可惜我的父母行动不便,要不然一块玩,多好啊……"

我们站在大船顶层凭栏俯视,发现下面绸缎般的海面波光粼粼的蓝色比天空的蓝色要深,异常明亮;再看几眼,会觉得海面又多出一些淡绿色。海鸥在海风中自由飞翔,啾啾地叫,人们像神仙聚会,意气风发地指点着辽阔的大海。

"太浪漫了!"我美美地大喊一声,向天空张开了双臂。

于是,熟悉的、不熟悉的人也跟着喊。老姚掏出尼康照相机给我拍照,也给几个朋友拍了照片。许多游客纷纷拿出照相机和手机相互拍照,都留下了自己面向大海张开双臂大喊的模样。

突然,我想:"要是她在船上,多好呀!"

脑子里突然冒出的这个闪念,让自己的心脏难受得像是被小猫的爪子挠了一下。我几秒钟前的好心情仿佛一瞬间从浪尖落入浪底。

"呜——"邮轮拉响了汽笛,接着渐渐驶离了码头。人们欢呼雀跃,浪漫的旅程开始了。

自助餐晚宴正在进行。鸡鸭鱼肉,面包牛奶,瓜果点心,随便拿。我毕竟年轻,无牵无挂,手脚麻利,主动服务,为老人忙前忙后,弄得老姜都不好意思,总是说:"我来,我自己来。"其实,他基本不动窝,自顾埋头猛吃。他的饭量太大了,吃了四大盘,还没有要歇一歇的意思。他母亲说:"悠着点,这才第一天啊!"

老姚笑笑,说:"兄弟呀,你的腰像水桶了,减肥计划还执行不?"

老姜用餐巾纸抹了一下油乎乎的嘴巴,说:"明天开始吧!"

我又帮老姚端吃的，闲不住。好不容易吃东西了，还不停地说笑话，逗大家乐。

突然，一个人站在我的跟前，一动不动。我先看到的是一条粉色的长裤，臀部丰满，再往上看，浅黄的上衣扎在裤腰里，外套一件白色的便装西服。再往上看，大眼睛，薄嘴唇，披肩发，还一直在微笑——我的天啊！

我惊喜得从座椅上蹦了起来，像见了久别的亲人，一把将她抱在了怀里，喊道："我还以为今生今世再也见不到你了！"

老姜惊呆了——他当记者 20 多年阅人无数，从没见过这么漂亮的女孩。他说："小臧，你刚才寻寻觅觅的，原来找的人就是她——你小子艳福不浅啊！"

正在用餐的老姚夫妇和老姜的父母都看见了亭亭玉立的女孩，高兴得合不拢嘴，一个劲儿地给我使眼色。

我说："各位，我给大家介绍一下，这是我在办护照时认识的女朋友，特漂亮，叫……叫什么来着？"

"童静。"

女孩羞涩得脸蛋变成了红苹果，红扑扑的。

老姚哈哈大笑，说："连姓名都不知道就抱人家，比我们年轻的时候厉害多了！"便热情地邀请女孩坐下。

我突然松开了手，感觉到她太神圣了，轻轻地碰她一下，似乎也是冒犯，说："小童，你知道吗？办护照那天，你走后我又回去找过你，找遍了所有的地方，还是没找到你。我急得快哭了——真的，孙子骗你！这世界上每个人都有个想要寻找的人，一旦错过了，就再也不会回来。一想到曾经与你相遇，却又擦肩而过，我就茶饭不思，万分沮丧，两个月啊，忒难熬！看，我的脸又瘦又黑……"

叫童静的女孩，望着我笑得十分开心，其状也十分迷人。突然，她捂住嘴对着我的耳朵说："我也找过你！"

"真的？"我喜出望外，兴奋地握住童静的双手，不停地摇晃。

老姚的夫人冷梅听清了女孩说的话，激动不已，说："太浪漫了！我好想哭……"

老姚赶紧抚摸她的背，说："你不能激动，要开心，情绪要稳定……"然后，对童静说："让你见笑了。我夫人这是触景生情，当初我俩也是这样相识的——一见钟情。"

童静睁大了眼睛，说："真的呀？嫂子，我也好激动！大哥对您这么好，这么会照顾人，真是我们年轻人的榜样啊！"

"哪里哪里，"老姚说，"那一年，我和你嫂子都在武汉当兵，王八看绿豆——对上眼了。什么房子呀，什么'三转一响带咔嚓'呀，都不考虑。后来，我俩都脱了军装，回到北京，结婚了，现在过得挺好……"

我笑着说："我就想找一个像嫂子一样的人，特来电，特知音，相濡以沫，岁月静好。"

接着，我对童静一一介绍，说："姚主任，我跟你夸过的，既是领导，也是媒婆，经常给我介绍对象，让我见识了三百六十行芸芸众生，生活底子不用体验也足够厚的。嫂子叫冷梅，老姚的贤内助，他俩是为爱情而结婚！这位老哥是老姜，看破红尘，金鸡独立，钻石王老五，所有的女孩爱谁谁，全不入他的法眼。叔叔阿姨是他的父母，跟咱们潇洒走一回……"

童静噘起了嘴，说："小臧，净拣好听的说。你说你那天找过我谁信啊？如果我今天不露面，你是不是与我永远拜拜了？你还是记者呢，就不会动动脑子？我再笨还知道给旅行社打个电话，得知咱俩是在同一条船上。"

"唉！我以为你办护照是出国留学或者工作呢！——咦，你是怎么打听到我的名字的?"我问道。

"我在领证的窗口，查到你的护照的底联，你真笨！……看来，你的心里还是没有我！"

"别介。千万别这么说——我当时完全蒙了——不能怪我！"我急赤白脸地解释，逗得大家全笑了。但我已完全感觉到了一个大姑娘对自己的关注。想想她可能跟自己一样也经受了两个月的折磨，心里有些感动。

童静跟我一块坐下来。小童说："我早就知道你的手机号码了，就是不打，就是想给你一个惊喜嘛……"

大家一起鼓掌，兴高采烈。

我突然感到血"轰"的一下冲上了头，胸口像火烧一般灼疼，浑身的肌肉变得紧张，连呼吸都觉得困难。我惊异地发现童静那匀称的身材像白桦树一样可爱，所有的曲线竟是那么的完美！

爱情?难道这就是爱情！啊，一切来得太突然了！

我站起来，说："我忽然觉得，我是这艘邮轮上最幸福的人！"

掌声再次响起。

冷梅说："多么浪漫的爱情啊！小童，你还有其他朋友同行吗?"

"没有，就我一人。"

"那好，咱们一起玩吧！有你做伴，我们会更加快乐的！"

三

吃晚饭时，圆圆的夕阳还挂在空中，天空布满一片片火一样的彤云。散步时，夕阳像是打在碗里的生鸡蛋，搅拌几下就无形了，只剩下红黄交织。再过一会儿，大家一起在露天游泳池戏水的时候，夕阳就变得红黄不分，在天空中化成了漫天绚丽的晚霞。

童静与我的这些朋友们有说有笑，很快混熟了。他们都喜欢眼前这个穿红色泳装的丰满、清纯、靓丽的女孩，问这问那，没完没了。我想说话却根本插不上嘴，只好看着她像一只青蛙，时而沉入水底，时而在水面漂游。

童静从水里露出头来，仿佛出水芙蓉，水灵灵的，充满着青春的气息。泡在水里的老姜的母亲欢喜得摸着小童的湿发，仔细端详，说："好姑娘，我要有你这么一个儿媳妇，就可以闭眼了……"

老姜对童静说："真是哪壶不开提哪壶！不瞒你说，我老婆特虚荣，总是这山望着那山高，发牢骚、埋怨，永远不满足，最后还是跟一个有钱人跑了，念中学的女儿跟着她去了美国……"

童静想缓和一下尴尬的场面，说："小臧，说个笑话呗。"

讲笑话是我的强项，我张嘴就来："有一天，一个男人正在餐馆单独吃饭，一个女记者把话筒递到他跟前，说，我能采访您吗？男人点点头。记者问：如果有人陪你度过一个美好的周末，你最希望谁来陪你？第一个选项，A：你的妻子……那个男人急不可耐地说：BBB……"

几个人都笑了。童静觉得此时好像不应该笑，但还是用手捂住嘴巴，尽量忍住，却还是没忍住，"扑哧"一下笑出声来。老姜的父母反应平静，只是嘴角挂上一点笑意。老姜却哈哈大笑，说道："小臧啊，你小子忒坏了，纯粹拿我开涮——我知道，你是在安慰我——你小子太有才了！"

老姜说："小童、小臧，我不是给你们俩泼冷水呀，你们'80

后'有多少人因为买不起住房就结不了婚，棒打鸳鸯，不欢而散。'有情饮水饱'的甜蜜撞上'贫贱百事哀'的现实，悲哀啊！……"

老姚说："老姜，不能这么看！煤油灯熏黑了，可以擦擦灯罩嘛！爱情就是一种幸福，无须其他参照物。我们永远要相信爱情，因为曾经尝过爱情滋味的人，心里始终会有温暖！日子要想过好，还得自己成全自己……"

我兴奋地表示赞同老姚的观点，说："我周围不相信爱情的人——或者说对爱情麻木的人——越来越多了！可是我尝过爱情的滋味了，我相信崔健唱的《一块红布》那种感觉，爱情就是一块蒙眼的红布：有了它，我才看见了幸福！"

冷梅说："对，是爱情，就要勇敢地表达出来。小童，我支持你！"

游泳池特大，几百人搁在一块，还能游动，仿佛在某地乡下的大池塘里洗澡。旁边还有一个室内游泳池，也是人头攒动。游着游着，忽然下起了小雨，看看天，黑了，晚霞不知何时都被挤到海里去了。

突然，四个角落的照明灯亮了，把一切照得如同白昼，顿时引来一阵欢叫声。

童静说："小臧，说一个浪漫的爱情故事吧！"

我说："在这细雨霏霏的大海上，特适合讲浪漫的爱情段子。有一天，火车要开了，女孩一直目送那个男孩的离开，一步，两步，直到男孩踏上车都没有回过头看女孩一眼。火车开了，女孩泪如雨下：'我一直在等他回头，只要一眼，我就跟随他去啊！'车上，男孩看着急速倒退的风景心口隐隐作痛，'为什么你不叫我一声，只要一声，我就为你留下！'……"

雨，还在淅淅沥沥地下着。

几个人都默不作声，静静地想着自己的心事。

老姜的父母说天气有点凉，跟大家打过招呼，去换衣服、回船舱了。

老姜依依不舍地说："诸位，我送父母回船舱，马上回来找你们玩——只有傻子才睡觉呢！不抓紧时间享受就觉得冤……"

见老姜和两位老人走了，冷梅说："老姚，小臧怎么知道咱俩的事？你告诉他的？"

老姚说："唉，那可能是网上的段子，我记得当时你叫了我一声，我就从火车上下来了，我们一起去长江大桥照了合影……"

童静非常吃惊地瞪着大眼睛，看着老姚和冷梅。

我猜想，她是不是特佩服那些从年轻时活过来的人？像老姚夫妻俩一谈起爱情至今两眼放光，可见爱情的力量有多么强大！她是不是在猜想自己将来会是什么模样，能不能有个像老姚他俩那样的结局。或许，她见到的周围的人活得都太现实、太局促、太无趣，与想象的大相径庭，太令人失望。唉，她怎么想的，我猜不透，反正我就是这么想的。

四

在顶层甲板的绿色塑胶地板上散步的时候，老姚问童静："小臧全名叫什么？"

"臧婺耒呀，怎么啦？"

老姚笑笑，说："这名字怪怪的吧？不好记，也不好叫。你知道我们报社的同事都叫他什么吗？——叫寅次郎。"

"寅次郎？什么东西？"童静一头雾水地问。

老姚说："噢，是日本拍的电影《寅次郎的故事》的男主角，渥美清演的。我们八九十年代经常看，共有 48 集呢！那哥们热爱家乡却四处流浪，经常失恋，一集一次，但特别浪漫，像不像小臧？寅次郎总是咧着大嘴嬉笑，十分达观，永远快快活活、无忧无虑，像不像小臧？"

童静笑了："敢情是个好人呀，我还以为是个混混呢！"

当初，我也是这么想的，上网搜了一下，了解到寅次郎这家伙朴实本分，憨态可掬，还有几分幽默，这些都很像自己。我经常有女朋友谈，看起来很风光，其实多半是被人家给"踹"了，经常是愤愤不平，但总能找个理由安慰自己，就当是"百炼成钢"了。不这样想又能怎样？总不能把各种社会病造成的痛苦都安在我一个人身上吧？电影的女主角每集必换，全是日本当年的大牌明星，个个漂亮。剧情浪漫，风景一流，结局凄美。嬉笑之余，还生出一丝淡淡的惆怅，难怪观众乐此不疲、百看不厌。人这一辈子，无非是一阵子笑话别人，一阵子又被别人笑话，就那么回事。

老姚起的"寅次郎"这个绰号就这样在单位传开了。同事们说："小伙子，你够牛的呀！现在是谈着呢还是又吹了？"我只是笑，从不搭理。后来，我索性把"寅次郎"当成自己写报道和文章的笔名了。

"嗯——"老姚清了清嗓子，说：

"寅次郎有段经典的台词——我给大伙儿学一学呀——每当看到海边的落日，我就倍感亲切呀！我这个没有用的人，每天都是在反思中度过。每当我在日本各地旅行的时候，就会不由自主地思念起远在东京故乡的家人。妹妹樱花她还好吗？阿博怎样了？满男还在为升学的事而烦恼吧？叔叔和婶婶的身体还很健康吧？饭团店的生意还不错吧？——噢，对不起，这里有一句话我记不清了——风吹到哪里，我就走到哪里……见笑了！"

冷梅拍手称赞，说："学得太像了，蛮有味道的！老姚，我跟你这么久了，怎么没见你表演过？"

老姚说："我太喜欢寅次郎这个角色了，特浪漫，特有人情味！小童，你该知道我为什么那么喜欢小臧了吧？"

我说："谢谢领导表扬！寅次郎有情有义，真是条汉子！"

童静走到我跟前，拉住我的手，激动地说："太像你了，温柔，体贴，特会夸人，有家庭观念，我好喜欢……"

待到夜深人静的时候，我拉着小童还在邮轮上散步，走到哪儿算哪儿。

童静说："你怎么不问问我的家庭情况？"

我说："你也没问过我呀！小童，我是这么想的，两个人相处，情投意合，彼此相爱，特投缘，一辈子看不够，是最主要的，至于家庭和经济条件，仅供参考。我特讨厌拿这个来说事，跟谈判似的，双方认可了才去谈恋爱，你说能谈得好吗？"

童静点点头，说："我没看错你。咱们不缺胳膊不缺腿的，能创造财富嘛！我就瞧不起买卖婚姻！我最后一个男朋友家庭条件不错，有房有车。他在一家贸易公司当部门经理，收入比我在一家上市公司上班挣得多三倍。我跟他相处了两个月，感觉他不在国外待着就似乎不合适。他整天西服革履的，时不时地来段英语，可是我瞅着就是觉得别扭，我俩不来电，擦不出火花……"

"我懂。如果你是小鸟依人，再加上一点拜金，你俩就齐活了。"我说，"这点我与你完全一样。我认识一个大官的闺女，要什么有什么，只要我点点头，一切OK，免了20年的奋斗，用不着费劲。我掂量了好几遍，发现自个儿不是吃软饭的，觉得任人摆布，特憋屈！我特在乎个人打拼，养活心爱的女孩，特有成就感，特伟岸，特男人……"

午夜的海风有点凉，小童打了个寒噤。我赶忙脱下外套，披在她的身上。远处海面一片漆黑，旋转楼梯上却是灯火通明。

童静说："我知道，日子要一天天地过，不可能平平坦坦的。想一想老姚夫妻俩恩恩爱爱的，还有老姜的父母，白头偕老，我就有了信心。"

我说："那首歌叫什么来着？唱得特好听——我能想到最浪漫的事，就是和你一起慢慢变老，直到我们老得哪儿也去不了，你还依然把我当成手心里的宝……其实，你并不知道，看着特浪漫，现实却很艰难！叔叔阿姨整天笑眯眯的，到哪儿都一块儿拉着手，多好呀！可是没人时他俩经常吵架，摔东西。他俩都有心脏病、糖尿病，都想让对方照顾，但都不愿花钱雇保姆，图的是多攒钱供孙女将来留学用。老姜总是和稀泥，劝了这边劝那边，自己又找不到老婆，气得直跺脚……"

"真的呀？"童静吃惊不小，喃喃自语，"怎么会是这样呢？"

第二天，在免税商店，老姚和冷梅吵架，声音非常刺耳。童静听见后痛苦得想哭。我知道，她为什么会这样，无非是老姚夫妻俩在她心目中的形象变形了、坍塌了。我帮她擦去泪花，说："没什么，老姚是我的主任，工作方面没说的，绝对一流。可是，自打四年前他爱人冷梅查出肺癌以后，他就像变了一个人，工作上马马虎虎，能对付就行，把精力全部放在冷梅身上了。本来该提拔他当副总编辑的，结果拉倒了。他经常陪夫人去医院，没时间采访，没留下几篇像样的作品……"

童静的大眼睛就是好看，充满疑惑时也是水汪汪的。

我接着说道："冷梅做了肺叶病灶切除手术，非常成功，四年了，没事。年年出国游玩，还有国内游，散散心，转移注意力，全是老姚陪伴。冷梅的脾气变得越来越暴躁，容易激动、发火，老姚一直忍着，老哄着她……

"老姚烟瘾特大，可是当着冷梅的面，愣是一根不抽，你想呀，这得需要多大的毅力啊！他只好在我面前发牢骚，宣泄情绪，经常连着吸好几根烟，嘴里不干不净地骂，脸总是涨得通红，你听着吧又不知道他骂的是什么。嘻，他一抓头发，掉下一把，开始出现老相了，可怜不？"

童静忽闪着大眼睛，说："小臧啊，我怎么觉得姚主任特别了不起呀！我还是叫你寅次郎吧——他经事多，有学问，他给你起名寅次郎是有道理的！——我怎么越来越感到他更像寅次郎……"

我说："你昨天离开游泳池换衣服的时候，猜猜主任说什么了？他对我说，小童是个好女孩，你们的相识说明她也爱浪漫——很像我和你嫂子年轻的时候。但光有浪漫是不够的，要学会共历风雨同享岁月。能够一起笑，也能一起哭；一起轻松旅游，也能一起过烦琐生活。他让我珍惜这次机会，早日成家，别像寅次郎那样，到老了也没结婚。"

我俩来到二楼的甲板上，看着翻滚的海浪一波接一波恣意地拍打着船舷，溅起一串串硕大的浪花，听着随之而来的那种有节奏的涛声，心里感到有些沉甸甸的，多少也感觉到了莫名的恐惧。

童静把头依偎在我的肩膀上，小声说："寅次郎，你能像老姚对待夫人那样爱我吗？"

我将童静轻轻搂在怀里，深情地说：

"亲爱的，记住，这是我第一次这样称呼一个姑娘！——请你对我要有信心！我会像主任那样生活的——爱你一辈子！我没什么本事，但我愿意多担待、多付出。我父亲在我母亲中风以后精心照顾，推着轮椅车，伺候了十年。我坚信我也能做到……"

五

我向童静表白了爱情之后，童静像影子一样一直跟随着我。即便上厕所，也不例外。

一天中午，大家在罗密欧与朱丽叶主餐厅品味西式正餐。一位外籍服务员推着一辆餐车走过来，将上面的一个大蛋糕移到餐桌上，用生硬的普通话对老姜的父母说："两位老人，我们几个外国厨师祝你们金婚快乐！"

老姜笑得合不拢嘴，说："等等，先照相，合个影！"

大家围着两位老人坐在蛋糕前，一起喊道："耶！"

然后，阿姨吹灭蜡烛，切蛋糕。叔叔捋捋阿姨的白发，说："50年啦，难为你了，孩儿他妈！"眼里噙满了浑浊的老泪。

老姚喜笑颜开地张罗着，招呼大家敬酒、吃蛋糕。

童静敬酒时，可能是突然想起了自己的含辛茹苦的父母，想起从来没有给他们送过蛋糕，眼泪像是断了线的珍珠扑簌簌地落下来。我一直陪她敬酒，嘴上说"恭喜，祝贺！"心里却想着该如何安慰童静。

老姜一直忙着照相、录视频。他掏出几张美元给那个老外，用英语说："谢谢！"老外用中文说："不客气，你吃了吗?"

大家笑过以后，老姜开始熟练地使用刀和叉，狼吞虎咽吃起来。他的吃相不太雅观，但极具感召力，风卷残云，像秋风扫落叶一般，中间没有停顿——他顿顿如此，已改不了了。——他会让所有人感觉到不曾用过餐。如果说总费用中的饭费许多人没有吃回来，他肯定是一个顶仨，占尽了便宜。

母亲看着儿子，问："你为爸妈送蛋糕，花了不少钱吧？"

"我愿意！"老姜小声说道，"别说了，妈，花不了几个钱，我不想和您吵架！"

我就是在老姜的吃相的感召下乱吃一通的。吃蛋糕，喝啤酒，吃沙拉，喝冰可乐，吃水果和冰激凌……不久，肚子开始出现绞痛，急火火地找厕所。往返了好几次，头上冒出虚汗，脸色变得蜡黄。童静每一次都跟着跑，在厕所门口着急地等候。最后两次，看着我痛苦的样子，童静顾不上羞涩，像影子一样跟了进来，索性插上门锁，帮我解开裤腰带。我刚一蹲下，就蹿稀……重新站起来的时候，感到完全虚脱了。

我苦笑着说："看到了吧，小童，男人不是铁打的，有时非常脆弱！我把自己最不长脸的部分无私地向你敞开了，毫无保留了吧？……"

童静说："都什么时候了，还胡侃呢！你不心疼自己我可受不了！"大眼睛里涌出了清澈的泪水。

童静让我的胳膊搭在她的肩膀上，右手扶住我，艰难地往回走。老姚和冷梅，还有老姜，一起赶过来帮忙，夸小童够意思，能干。

我摆摆手，示意大家别动我，有气无力地说："万一我又想解手了，等等吧……"看了一眼童静，无力地笑笑，竖了一下大拇指。

童静对老姚说："主任，我回船舱取一些治拉肚子的药，您帮忙看着寅次郎！"说完，一溜烟地跑了。

老姚扶着我，说："你小子有福啊，别再三心二意了，就是她了！"

老姜说："对不起，寅次郎，我总爱给你们俩泼冷水，其实是希望你们有心理预期，过得幸福！我的心是冷酷的心，可你们俩的艳遇老哥看得都眼馋啊！我叫我老婆——前夫人，给毁了，我不再相信什么狗屁爱情了！可是，我现在想对你们说，珍惜吧，能保鲜多久就保鲜多久，千万别半途而废！别跟我似的，没人疼，没人爱，自个儿还像个愤青……"

于是，当我稍微有点精神的时候，我搂着小童在"海洋神话号"邮轮偌大的甲板上，旁若无人地翩翩起舞，毫不在意别人的评判。我一边跳，一边忘情地模仿摇滚歌手崔健的声音唱《一块红布》激动人心的旋律——

那天是你用一块红布，蒙住我双眼也蒙住了天。你问我看见了什么，我说我看见了幸福。这个感觉真让我舒服，它让我忘掉我没地儿住。你问我还要去何方，我说要上你的路……

是否有人鼓掌、喝彩，我俩已全然不顾，因为我们尝到了爱情的甜蜜和小小的惊恐。周围是一片欢声雷动，我俩却感到片刻不能相离，失去对方便是痛苦。

更加关键的是，通过我拉肚子的事，我发现童静对我是自然而然的爱，她疼我、爱我超过疼和爱她自己，这样好的女孩真是千载难逢啊！

六

在邮轮上，女人最爱去免税店，买买买，一会儿的工夫把所有的物品买个精光，等到邮轮在下一个目的地靠岸，新商品上架，一眨眼工夫又被大家买个精光。外籍服务员看得是目瞪口呆。男人最爱去游泳池。吸烟的男人更爱去各层甲板、酒吧和博彩厅，因为这些地方不禁烟。

童静对购物没有丝毫的兴趣，就喜欢跟着我瞎逛。

一天，老姜陪着父母去逛免税店，冷梅去剧场看歌剧表演。我和老姚烟瘾犯了，便拉着童静去了四楼的博彩厅。

博彩厅很大，有300多平方米，四周全是老虎机，投币声、摇柄声、吐币声"叮当叮当"地响成一片。中间区域是大赌玩区，玩21点、百家乐、猜单双、猜大小等。一群玩家围坐在一个个椭圆形的桌前，围观看热闹的人站在玩家身后，或欢呼或叹气，表情不时地在变换。

我一边急急火火地点着了烟，一边到柜台兑换美元的筹码和钢镚。

先是童静玩"老虎机"。两个男人一边看一边聊天。

老姚一个劲儿地吸烟，一根快吸完了，赶紧掏出一根续上，偶尔呛得直咳嗽。

童静现在知道姚主任的一些故事了，看到他此刻的模样，心里觉得不是滋味。

她想，做个男人也挺不容易的！老婆没在跟前，这是老姚最自由、最轻松的时刻。他刚才跟寅次郎聊天，聊着聊着又聊起了冷梅，说冷梅经常讲："我要死了，你难道不管我了吗？"他说："我不管她，她能活到今天？一会儿我回船舱，她肯定要在我身上用鼻子嗅味道，她对烟味极端敏感，弄不好我俩又得吵一架……"其实，童静都听见了，只是装着没听见。

老姚说："小童，你知道吗？许多男人乘坐邮轮是专门奔着博彩来的。邮轮行驶到公海，博彩厅营业，一些人开始赌博。有个哥们天天来，每天输赢上万美元。天啊，你们看，他又来了！"

"真的？我也想看看！"童静兴奋地说。

老姚带着两人来到21点玩区，在一排玩家身后站好了，轻轻地说："瞧见了吗？对面坐着的光头，就是他！"

那个光头身着一件咖啡色休闲西服，里面穿一件白色圆领衫，表情冷峻，不苟言笑，斜歪着嘴巴叼着一根香烟，眼珠滴溜乱转。他的桌前摆放着一个长条筹码盒，装满了红色的筹码，旁边是一杯大桶的可乐，插着一根吸管。

老姚小声说："玩家喝的饮料是免费的。那些筹码一个币是50美元。"

童静说："姚大哥，您真是一位百事通！难怪当记者部主任！"

老姚说："哈哈，小童也会拍马屁了。这四年，我陪你嫂子玩遍了世界，都是乘坐这家公司的邮轮，去过新马泰、北欧、土耳其和拉美地区。你嫂子怕坐飞机，没辙……"

此局正巧轮到光头坐庄。漂亮的女荷官先给光头发一明一暗两张牌，再依次给每个玩家发两张明牌，说："请下注！"手掌朝上，划出一个漂亮的弧形，十分潇洒。她上着白衬衣套着黑马甲，下穿黑色长裤，看上去十分精干。

光头扫了几个玩家一眼，对荷官笑嘻嘻地说："漂亮的大姐，您什么时候下班呀？您老厉害了，谁都玩不过您！哈哈哈……"女荷官微微一笑，说："这位先生，您可以先歇歇嘛！"

光头见自己的明牌是10，见荷官明牌是10和9，其他玩家两张明牌大小不一，歪着嘴说："我就不信老子总是那么背！"说完押上筹码盒里的几乎全部的筹码，桌面上变成了一堆。其他几位桌面上也是一小堆。

接下来，光头把底下的暗牌用双手轻轻捏住，捧在眼前，生怕旁边的人看见（他知道上面有摄像头），遮住牌面瞟了一眼，长长的烟灰掉在身上也全然不顾。他把暗牌放回到绿色桌面。荷官说："请问庄家要牌吗？"光头说："不要了。"有几位玩家说要，荷官便依次发牌一张。有两个人当场气得将纸牌摔在桌面上："妈的，又爆掉了！"

最后，荷官请光头亮牌。光头装出一副垂头丧气的样子亮明暗牌——一张A。荷官说："庄家是10和A，共21点，庄家赢。恭喜这位先生！"说完，用小铲子将桌面上所有的筹码扒到光头跟前——堆成一座小山了！光头身后响起一片欢呼声。

光头露出一脸的坏笑，得意地哼着小曲。他喝了一大口可乐，将一大把筹码潇洒地扔给荷官，说："承让，多谢了！"荷官接过筹码，朝上亮亮（大概是让摄像头看清楚），放进筹码盒……

童静第一次见识这种赌场，觉得非常刺激，说："寅次郎，你不玩玩？"

我说："我才不玩呢。你没听人说吗？赌场得意，情场失意。再说，许多规则我也不懂啊！"

老姚说："最好别玩！十赌九输！当然，庄家不能把把赢，如果不让玩家赢几把，谁还会陪你玩？输得最惨的那个人往往是曾经赢过很多钱的人！"

童静说："大哥，您说得对，我们单位有个老总去澳门赌博，先赢后输，赔了八百多万……你们男人都爱赌吗？"

"谁说的？"老姚说，"女人赌起来更凶！没听有首歌唱的吗？——我拿青春赌明天，瞧瞧，把青春都赌上了，傍大款，鬼迷心窍，跟押宝似的……"

童静说道："岔了，我说的是赌场，您说的是社会。照您的逻辑，人比人也是赌啰？比如，'看谁笑到最后''他迟早有倒霉的那一天'，羡慕嫉妒恨，都算啊？"

"扯远了，"老姚笑笑，说，"反正是人都有赌的心态，见不得别人比自己过得好！自个儿过得挺幸福，还得别人说出来，那才叫幸福。"

"好没道理，"童静说，"上船以后，我感到特别幸福！真的，我从前从来没有这种感觉。可这完全是我自个儿的事呀，难道别人说我不幸福我就不幸福了？"

我手里还抱着童静玩老虎机用的一桶钢镚，笑着说："怎么，辩论啊？我支持童静！她疼我、照顾我，我特幸福，幸福得一塌糊涂！未来的道路已经盛开无数的鲜花，姹紫嫣红，春意盎然……"

突然，童静问我："你还记得你说过的一天见两个女孩的事吗？你说，我是那个长得丑却特有钱的女孩，还是长得特漂亮、收入特别少的女孩？"

我一愣，刚才光顾上抒情了，不知道她是何意。

老姚也一愣：这不是我介绍的俩人吗？结果两个姑娘都没看上寅次郎。

我刚才看人家玩猜大小，现学现卖，说："我是豹子，通吃。无论哪种，我都爱你！"

童静说："不许敷衍，要认真猜！"

我说："你当然不是长得丑的那种，只能是长得特漂亮、收入特别少的女孩啦！"

老姚替我着急，皱眉思考，说："还有一种情况，长得漂亮，收入不多，但家境不错，有钱，猜对了吧？"

童静笑笑，没吭声。我急了，说："小童，你不会要对我说拜拜了吧？"

童静摸着我抱着一桶钢镚的双手，撒娇地说："你猜嘛，就是让你猜嘛！"

我真有些犯怵，有钱人家的闺女都有些任性，不好驾驭。嘴上却说："你就是茜茜公主，我也要把你娶回家！来一个旅行结婚，乘坐邮轮，周游世界。把房钱、车钱留下，剩下的走一路，撒一路，全部捐出去……我这人特过不惯衣食无忧、无所事事的富豪的生活。整天打高尔夫太低档了，要不，咱俩也到珠穆朗玛峰上玩登顶去，或者徒步走遍南极，搞个现场直播，吸引一下全球粉丝的眼球……"

老姚赶紧喊道："打住，一侃就没边儿了！寅次郎，人家在考验你呢！"

童静倒是笑了，说："好，就这么办！不过，有些钱先退给我爸妈，不能都捐了。"

七

我暗暗叫苦，感慨自己怎么总是碰上有钱的女孩。没钱的漂亮女孩也谈过不少，可是人家都嫌弃自己没钱。好不容易遇上一个可心的童静，既漂亮，又不图钱财，多好！原本想来一个"英雄救美"，以顶天立地的形象做一个"护花使者"，把人家呵护好、照顾好，救人出苦海，谁料想她竟又是一个有钱人，谁救谁出苦海就不好说了。

唉，错过的电影，总是最好看的；摘不到的星星，总是最闪亮的；溜掉的小鱼，总是最美丽的。谈恋爱的滋味真不好受啊！好端端甜滋滋的事，总让你生出许多烦恼。好比喝一杯上等的咖啡，明知是苦的，再放些糖，仍然还是苦的。

像航母一样庞大的邮轮从日本的一座海峡大桥下驶过时，几乎所有的游客都跑到最高层的甲板上观看这一天下奇景——桥梁从游客们的头顶呼啸而过，感觉不到两米，似乎触手可及，桥面上各种车辆正在缓缓行驶，司机的脸看得清清楚楚。太惊险了，太壮观了！游客的欢呼声一浪高过一浪。

"看啊，日本人！"童静兴奋地喊道。

我从背后轻轻抱住扶住栏杆的童静，说："亲爱的，开心不？我这个日本人第一次来到日本，别有一番滋味在心头啊！"

老姚端着尼康照相机"咔嚓"一声抓拍到了，还抓紧时间给其他人留下了宝贵的倩影。他对童静说："小童，等将来你俩结婚了，这张照片可以放大，挂在寅次郎的书房里，随时回忆你们恋爱时的浪漫时光……"

"哎呀，好丢人呀！姚主任，抱着的不能拍，快，再拍一张！"

老姚赶紧补拍一张：两个年轻人并排站在栏杆前遥看大桥。心想：这一张比抱着的那张差远了！

游客们上岸共游玩了3个城市：日本的福冈、别府和韩国的釜山。

大家普遍感觉日本城市的风光要好些，到处很干净，连垃圾都得分类，边走路边吸烟是不可以的。日本人很讲礼貌，守规矩，排队时不会有人插队的。釜山是韩国第一大港口，现代化的感觉浓一点，有人说很像宁波。

这年头，谁都料不到下一秒钟会有什么变化！童静特别喜欢我背着她走路，或者我在她不注意的时候突然悄悄地吻她一下，她说她这个时刻特感动、特温暖。偶尔做一下，我巴不得呢，可是总是这样反复操作，就嫌烦。我甚至感觉到她不像想象的那么好了，鼻子边上有个雀斑，清晰可见，身体似乎比我第一次抱她时显得重一些，屁股也没那么秀气了，背着久了，越发显得沉重。好几次，我俩拌嘴，在别府、釜山，过马路时，都是最后我妥协，她虽然噘着嘴，但还是蛮开心的。

游客们下船时都受到了当地市民的夹道欢迎。一群小朋友手捧花束、彩带载歌载舞，用中文齐声欢呼："热烈欢迎中国朋友光临！"

秋日的阳光让所有人身上镀上一层金粉，闪闪发光。童静挽着我的胳膊，缓缓行进，跟着人群一起离开邮轮，昂首挺胸地沿着长长的引桥走到地面，完全是一副外宾的派头，面带微笑，频频招手，还亲切地摸摸外国小朋友的脸。

童静冲着我甜蜜地微笑，说："就当咱俩在举办婚礼，喜庆点！"心里默默地唱着《婚礼进行曲》，像新娘一样害羞、矜持。我咧着大嘴笑，看见冷梅、老姜的父母洋溢着欢快的神情，老姚和老姜端着相机可劲地猛拍，唯独看不见自己的脸。我在想，童静肯定还有什么秘密没有讲出来，感到内心忐忑不安。

福冈有个"太宰府"，供的是"学问之神"，里面的旅游小商品一点不宰人。

举着小旗领着游客游玩的是当地的导游，姓林，岁数与我差不多。他来自福建，在日本工作快五年了，特别幽默。他说，有事情就叫我，喊"林导"就行，于是，大家经常喊他，他都当作是在喊"领导"，特别开心。他还说，小时候算过命，人家说我名字起得好，叫铭桂还真名贵，将来准能坐大车、吃大餐、指挥一大群人，大家都听我讲话——你瞧瞧，算得多准！

当林导手持电喇叭逗大家乐得哈哈大笑的时候，我却感到心底泛起一阵心酸，突然看清了自己在别人眼里是个什么形象——太像了！自个儿平时跟林导一样，喜欢拿自己开涮，抖机灵，取悦别人。幽默，是需要勇气的，人家认可就是睿智，是本事；不认可，就是小丑，是笑话。为生活奔波的人啊，"活宝"不好当的，得需要多大的心脏啊！

"童静不会把我看作是只会取悦她的小丑吧？"

我变得话语少了，沉默多了。童静上厕所的时候，我在门外抱着她的外衣和坤包守候，本可以连珠炮似的侃一段京腔段子，但是没有。当老姜喊到"寅次郎，来一段，把林导那丫的比下去……"的时候，我无动于衷，没有接茬。当林导笑嘻嘻地说"旅行呀，就是从自己活腻的地方到别人活腻的地方去！"我对他肃然起敬，感觉找到了知音。后来跟他一聊，嘿，还真是，喜欢文学，发表过小说，出过书，跟自个儿一样。

两个小伙子都说相见恨晚，彼此留下了手机号码和电子邮箱。

大巴车快到免税店了，林导一脸诚恳地说："各位好，我在日本四处打拼不容易，但我活得很快活，因为我心底坦荡，乐观向上，积德行善。我知道中国人都有钱了，购物欲和购买力举世闻名，但是请不要乱买，有些商品比北京便宜不了多少，千万别犯买买买的老毛病，免得费劲大包小包地背回去。你们购物，我是有提成的，但我反对浪费、胡乱花钱，请大家开心，千万别顾及我，拜托了！"

林导像日本人一样跟游客们鞠躬。

一下车，人群"呼"的一下涌进了免税店，像一群蝗虫洗劫庄稼一样很快将小店里的商品用大包小包搬空了。日本小姐不停地鞠躬，不停地结算、收款、打包，满脸笑容，嘴里不停地说"嗨"。

老姜给父母各买了一套真丝的睡衣，还不过瘾，又各买了一套冬天穿的棉衣睡衣，便笑着去结账。

老姚是专门冲着滋补药和保健品来的，见柜台里还真有，问："多少钱一盒？"

日本小姐指着价格标签，微微鞠躬。导购小姐走过来，用中文说："您好，我换算了一下，人民币4500元。"

老姚说："来4盒吧。怎么结账？是现金呢还是刷VISA？"

"都行啊，先生！"两个小姐深深地鞠躬。

冷梅说："亲爱的，太贵了，别买吧！"

老姚瓮声瓮气地说："我上船前打探好了，这东西对提高免疫力特管用，对你特合适，值！你不是说舍不得吃舍不得花试傻吗？儿子有出息，不用为他存钱；儿子没出息，存多少钱也没用。你说呢？"说完，把VISA卡扔到柜台上……

我见不少游客迅速买完东西去门口喝饮料去了，总想给童静买点什么，童静却一个劲儿地摇头。我就越发地着急，又看见老姚给冷梅买东西出手这么大方，觉得不知道该如何是好了。

其实，童静也在踅摸着为我买点什么，看见一块表，模样不错，可是价钱还不到一百美元，心想邮轮上花十几美元就能买到水货的"西铁城"，跟真的一样。不到一百美元的表也好不到哪儿去，就放弃了。又看见一件有棉绒的皮夹克，价格三百美元，说什么也要买下来，叫我硬是婉拒了。

冷梅看出我俩的尴尬，说："两个单身，确实没什么可买的，不如这样，一人给对方买一件有纪念意义的东西，不在乎价钱，是个念想。"

我俩相视一笑。很快，我买了一件绣着富士山的真丝手帕，当场递到童静的手里。童静买了一个有过滤烟油功能的烟斗，送给我，说："你看见它，就会想到我，祝你灵感不灭，大作不断！"

老姚说："这样还差不多。哈哈哈……"

叔叔阿姨连声叫好。阿姨说："小童姑娘，我原来的媳妇啊如果今天也在，那就热闹了，大到貂皮大衣，小到钢精锅，咱们得用小车推啰……"

林导坐在门口抽烟，没有帮助游客导购，就是怕别人为照顾他瞎买东西。游客出来一个，都拍一下他的肩膀，接着上车了。

我和童静出来后，陪林导聊天，问他日子过得怎么样。林导说："中国人来日本旅游、留学的越来越多，我的生意忙不过来，收入也相当可观。我的女朋友在东京，难得相见。日本人最怕麻烦别人，再有钱的人也信奉自己养活自己——不像咱们动不动找父母和亲戚伸手要钱——各活各的，不太喜欢跟人家比。"

"住房有吗?"我问。

"兄弟，你这是典型的中国式提问，接着还会问买小轿车了吗，要说买，很多人都买得起，但用不着，因为日本的城际铁路非常发达。再说了，自行车停车都得花钱，更不用说小轿车了。多数人习惯租房，花钱不算太贵，也便于经常变换地点。"

"对呀，没房，难道就不结婚啦? 小童，要不咱俩先租房，跟林导一样，怎么样?"我说。童静笑眯眯地说："好呀，只要跟你在一起，怎么样都行……"

等车上的人到齐了，林导给大家深深地鞠了一躬，说："多谢各位关照了! 刚才免税店老板给了我好多钱。他说中国人很给力，东西全卖光了……"

看得出，林导非常开心，也非常自豪。他说："我先提醒你们，下一站，将去别府游玩，那里的温泉自奈良时代起就闻名遐迩。温泉的水像鸡汤一样，看着没什么，其实很烫的，你们千万别脱了衣服就往里面跳，那样的话，什么蛋都会立刻煮熟了……"

大巴车上顿时爆发出一片笑声。林导给大家作揖，一边说一边下车："再见了，朋友，我会想念你们的，祝你们旅途愉快！"

客车开动以后，我禁不住涌出了泪水。童静给我擦眼睛，用的是绣着富士山的手帕，嘴上还说了一句："你看，林导怎么也像寅次郎啊……"

客车越走越远了，大家还在向林导挥手告别，那个很阳光的大男孩一直笔直地站立着，不停地挥舞着右手……

八

邮轮回到天津的前夜，海面上刮起了强台风，电闪雷鸣，狂风大作，这座"移动的度假村"变得飘摇不定，晃动起来。

我和老姜惊骇地从床上坐起来，你看看我我看看你，都叫了一声，赶紧穿上外套，打开舱门，出去了。老姜不放心父母，一摇一晃地去找父母的船舱，我向相反的方向走，走一步就得扶一下墙壁上长长的木柄扶手。

平时，像走路这样的轻松事，在这个台风之夜竟会变得如此困难——脚像铁块，地面像吸铁石，挪一步都挺费劲。碰到几个行人，都像喝多了酒左右打着趔趄，显得十分滑稽。

突然，我看见一个女孩在远处向自己走来，走一步，摔一下，爬起来再走，在走廊里呈"S"形缓缓行进，便大喊一声："童静啊，你干吗呀？你不出来就不行吗？"说完，自己"咣当"一声磕在厚厚的红地毯上了。

我趴在地上抬起头看，嘿，所有走路的人都在笑——这是一种经历全新体验的兴奋的笑、感到处境尴尬的无奈的笑、遇上磕碰受伤的苦涩的笑。太有趣了，居然还能看到这样精彩的一幕！

见童静一步步挪动着，离自己越来越近，我重新爬起来，紧握扶手，猛地一转身再抓牢扶手，连续做下去，速度果然快多了。当俩人会师的时候，童静激动地哭了，我跪在地毯上抱住心爱的姑娘，很多话想说最终也没说出来。

两个中年人喊了一句"好"，也没法腾出手鼓掌，跟跟跄跄地从我俩身边过去了。

在三楼的电梯口，隔着大铁门看见甲板上风雨交加，浪花已溅到了船舷。

我问童静："你真有本事，还能爬出来，想吐吗？"童静摇摇头，说："人家想你了嘛！"

我深受感动，说："想不想浪漫一把？"

"浪漫？谁不想！"

"好，你跟我来！"我见电梯已停止使用，便拉着童静爬楼梯。

那是真的在爬呀！因为有陡坡，人无法站稳，爬，既安全又省力。其他的游客也同样地在楼梯的红地毯上爬，样子跟小海龟从陆地爬向大海时没什么两样。

童静说："好哥哥，我发现你的话少多了，生气了？"

我使劲向上抬了一下小童的大腿，说："说说你的家庭吧。"

童静说："我爸是个生意人，比较有钱，我还有个弟弟，小我五岁，将来接爸的班，正在国外念书。前不久，爸妈说我要结婚就给我一千万，我死活不要，说，我不想过那种生活，我就想过跟同学一样的生活。最后经过谈判，他们答应给我五百万备用。你放心，我可以不用这些钱……"

我苦笑一下，说："我说吧，你有秘密。我这几天一直在思考爱情与奋斗这个讨厌的问题，你却来了一个雪中送炭，让我失去了平衡。奋斗还要不要了？我的价值何在？小童，我真的无法预料未来了。你的筹码比我多——你不是见过赌场吗？还记得那个光头吗？——能压死人的，我呢？除了爱情，就剩下一颗勇敢的心了……"

童静趴在地上看着我，说："真没想到，有钱反倒是坏事了！我相中的是你这个人，我害怕碰上没有爱情的婚姻，这一次，我真的是为爱情而谈恋爱啊！"

我一边爬一边说："小童啊，我知道，我也非常喜欢你！但是，我担心你跟着我吃不了那种苦，让你受委屈啊！几天前我向你表白爱情的时候——你知道的，我丝毫没有图你的物质和钱财，只知道你是一无所有，白纸一张——咱俩将来提出拜拜的那个人绝对不是我！"

童静欢喜地趴在地上拍巴掌，说："我永远不与你分开，除非我死了！"

"好了，别发毒誓，我依了你还不成吗？"我说，"那五百万怎么办呢？"

"要么干脆不要，要么拿来存进银行，不动。"童静说，"我就想跟你一起奋斗，我不在乎日子有多苦，你也休想甩掉我……"

我说："这还差不多！"摸摸她的脸，凑过去，亲了一下她的小嘴巴。童静害羞得像一只温柔的小猫，脸上出现一片红晕。我终于松了一口气。

等到我俩不好意思地缓过劲来，爬到四楼的剧场大门口时，我说："不是我矫情，现在也想通了，有什么呀？穷困的日子我都不怕，难道还怕有钱的日子！干脆咱俩立个字据，谁提出离婚，谁就欠对方五百万……"

说完，两人都笑了。

我们俩站起来，使劲推开剧场的厚厚的大门，顿时惊呆了——台上的演员正在唱歌，台下坐满了观众，好像海面上、走廊里、楼梯口什么事情都不曾发生。

　　我俩索性一屁股坐在走道的台阶上观看，这才发现舞台上有外国人，也有中国人，手拉着手，身体都在晃动。有两个小孩晃得厉害，被身后的大人扶住，唱得还是那么认真，台下观众响起一片热烈的掌声。

　　"太浪漫了！"

　　童静趁着掌声大喊了一声。

　　我说："刚才，我只是猜想，没想到他们真的在唱歌！多好听呀！——无伴奏合唱《半个月亮爬上来》……"

　　我俩跟着唱起来，完全沉浸在这个童话般的梦境里。

旅行结婚

"我和关小丽准备在五一劳动节旅行结婚啰!"

唐宋朝打四月起,逢人便说,那种喜悦、兴奋简直搂不住。1987 年,"旅行结婚"还是个时髦词,从自己嘴里说过这个词组的人没有几个。

当父母的听后愣住了,父亲说:"你吓老子一跳,怎么会有这么古怪的想法?"母亲说:"小朝呀,是小丽提出来的还是你的主意?"唐宋朝说:"这有什么区别吗?"母亲说:"当然有啊!咱们家经济条件不很宽裕,如果是小丽提出的,说明人家不挑理,你俩的婚事就好协商;如果是你提出的,那还得跟她家人好好商量……"唐宋朝嘟嘟囔囔地说:"我俩的事情,搞得两家人兴师动众的,何必呢?"母亲说:"哼,你说得轻巧!"

"自由、便宜,有幸福感!"唐宋朝说,"这就是旅行结婚! ——你们懂吗?我这么做,小丽高兴得直拍巴掌,还为家里省钱呢!"

唐宋朝是制药厂的一名工人,块头大,敦实,像个铁塔。关小丽在市百货公司当营业员,长得小巧玲珑,模样很好看,周围人都很喜欢她。唐宋朝脑子挺活泛,很会来事儿,就是嘴巴欠点儿。前些时请几个懂木匠活儿的发小帮忙，打了一套东北松木的家具，漆上红漆，跟新买的一样。完事了，人家以为有好烟好酒伺候，不料，唐宋朝只是请哥几个吃了一顿饭就算感谢了，还抱拳一下，振振有词："兄弟我结婚是大事，你们出了力，够意思，就不收你们的份子钱了！"

发小、同学，见了唐宋朝都绕道走，实在躲不过去了，就装傻打哈哈。一个发小说："老唐，你把两家人拢在一起吃个饭就算结婚了，够时尚的！不办婚礼了，我们随份子的钱往哪里送啊？"唐宋朝嘿嘿一笑，说："想躲过去？没门！当初，你们一个个结婚的时候，狠狠地捞。现在，老子结婚了，你们还不表示表示？！哼，等着吧，老子会派专人收款的……"

拉名单的时候，唐宋朝发现发小、同学真不少，好几十人呢！仿佛每条街都有欠钱的人。唐宋朝得意地对小丽说："怎么样？我混得算是有头有脸吧？"

小丽什么闲事都不管，也懒得管，总是开心得想笑，心情轻松，经常是突然间就唱起了歌。比如，那年流行《读你》，她唱得十分动情、缠绵，那种感觉像春天里的风，不像唐宋朝整天皱着眉，像是给大人物起草报告似的。

发小、同学一个个都交了钱，最少也得十元。也爱跟他俩开各种玩笑，素的、荤的，一起上，唐宋朝也不在乎，有来有往，全接得住。毕竟人逢喜事，大家还是给面子的。

你的眉目之间锁着我的爱怜，你的唇齿之间留着我的誓言，你的一切移动左右我的视线，你是我的诗篇，读你千遍也不厌倦……

有一天，唐宋朝在自己家的新房里请几个发小喝茶，小丽又情不自禁地唱上了。

发小听得入迷了，说："姑娘结婚前都是这个样子?"

唐宋朝神秘兮兮地说："伙计，我不晓得别的姑娘是什么样子，反正我看小丽呀就像山口百惠和真由美!"一个发小说："你小子有福啊! 真是一朵鲜花插在……"唐宋朝赶忙制止，说："你再说，看老子将来怎么报复你! 不瞒你说，还真有人夸我长得像高仓健呢!"几个发小立刻做呕吐状，说："真恶心，还有往自己脸上贴金的……"唐宋朝丝毫不理会，得意地和着小丽的歌声唱起来，浑厚的男中音，中气十足，好听极了! 几个发小从没听过这小子唱歌，此刻已是目瞪口呆。

这年春节，我从北京回老家探亲。唐宋朝听说后就来了，见了我就递烟。我一看，是"永光"牌，就点着了。他从兜里摸出一支便宜的"游泳"烟津津有味地吸起来。他是我玩得最瓷实的发小之一，跟父母、女朋友不敢说的话却愿跟我说。

我上大学那年，他父亲慢悠悠地说："小朝呀，你们两个好朋友要分道扬镳啰! 人家将来一准干大事、当大官，你呢，只有沾光的份儿，能不能沾上全靠你的造化了……"

唐宋朝没有考上大学，懊恼不已，眼见着周围的女同学突然对我感兴趣，东打听、西打听的，唉声叹气起来。

母亲安慰道："儿子呀，人比人，气死人。你过你的，他活他的，哪天的太阳不是新的?"

我听说后，心里难受，约他喝过两次酒，吐了两次。我说："兄弟，你是我永远的朋友……"以后，书信不断，无话不谈。

唐宋朝说："我五一结婚，你老弟要帮忙啊!"我说，都是穿开裆裤一起长大的，没有问题。他说："有一事相求。"我让他喝茶，慢慢说。他看了一眼暖暖的冬日和屋外白皑皑的积雪，说："目前，我和女朋友关小丽正谈得火热，但总觉得还差那么一点儿，是什么我说不清。你看……"

我哈哈笑起来，说："兄弟，你我都是25岁，你比我稍大，小丽虽然小一点，可我还得管她叫嫂子。你怎么……"唐宋朝把手一摆，说："我就直说了，如果我像你一样，大学毕业，又去了首都当大报记者，我也会眼朝天上看，也来个百里挑一。我……不是你啊！"我大致明白他的意思了，他大概是想想办法提升一下他在小丽心目中的形象。

唐宋朝虽然喜欢跟人斗嘴仗，有时还得理不饶人，但他有个优点，谁要是比他有学问、有板眼，他还是很虚心的，加上他喜欢走南闯北地乱跑，结识不少朋友，也算是见多识广的那种人。

三年前，我刚大学毕业到北京工作，他就来看过我。一个大雨天，他找到我时已是浑身湿透了。他从书包里掏出两个酱肘子和一袋花生米，我感动得热泪盈眶，边喝边聊，喝光了一瓶"二锅头"，这种兄弟情谊，一辈子忘不掉。酒喝得差不多时，他说了一堆多么多么不容易，还说钱包被人偷了，虽然没有多少钱……我知道他的毛病就在这里——这不能怪他——我的收入毕竟比他多嘛！小意思，兄弟之间还在乎这几个钱？我把一张十元的钞票往他上衣口袋里一塞，他眉开眼笑，连声说："哪好意思拿你的钱，你看这……"

他让我拿出一个提升形象的方案。我喝了两杯茶，也没想出来。他拍了一下脑袋，说："有了。"他说，咱们来个"英雄救美"怎么样？我看着他发愣。他说，找个机会让小丽夜里单独回家，你装扮一个歹徒上去欺负她，我再突然挺身而出，把你打跑……我表情严肃地吸着香烟，扶了一下近视眼镜，说："这个办法虽然有点缺德，但还是不错的，问题是我扮歹徒……也不像呀！"

他一听，说："你说不行就不行。你来不了武的没关系，我找别人！"我说："我倒有个主意，想不想听？"他笑眯眯地又递了一支"永光"。我说："你唱歌不是蛮厉害吗？干脆我帮你在市里、区里的唱歌比赛中报上名，靠实力征服小丽，如何？"他想想，说："这个？我这人吧，平时唱着玩还凑合，真刀真枪地干，恐怕……"

我说："这叫烂泥扶不上墙——要自信！要像我们单位的个别年轻记者一样，每天照着镜子对自己说：'加油，目标正部！'那气势，好像个个都是未来的副总理。"为此，我还跟他掏心窝子举了一个例子。有一次，我参加报社举办的一场辩论比赛。对方辩友发动连珠炮似的进攻之后，催我回答他的问题，我一时语塞，我默默告诫自己，千万别倒下！情急之下，我突然打破沉默，字正腔圆地说："是的，我回答不了。我记得伟大的革命导师弗拉基米尔·伊里奇·乌里扬诺夫·列宁说过这样一句话：有时候，一个傻瓜提出的问题，十个聪明人也回答不了！"辩论会现场立刻响起一片喝彩和掌声，个别人笑得前仰后合。过程是艰难的，最后判定我方靠机智敏锐取胜。

唐宋朝也笑得声音都在颤抖，他说："我总是喜欢靠一点小聪明取悦别人，跟你们比，真是小巫见大巫！兄弟，还有什么招？"

我说："我听说嫂子一是喜欢唱歌，二是喜欢写诗。如果你在咱们市的日报或晚报上发表一首诗，哪怕只有四行，那结果会怎么样？"

他听后就乐了，说："这不是关公面前耍大刀，耍着耍着扭了腰？让我这个粗人写诗，好比是让张飞绣花，你说呢？"

"那就由你出面，帮小丽发表诗歌，如何？"

唐宋朝抠抠头皮，说："好是好，可是她一旦发表诗歌，我和她的距离不会越搞越远了吧?"

我望着他,也为他着急。过了好久,他起身说谢谢,他该走了。

分手时,他对我说:"兄弟呀,都怪哥没本事,害得你瞎操心,对不住啊!咦,我突然想起一个问题,你那么牛,将来会找一个什么样的老婆呢?"我笑笑,说:"我隐隐约约感到,或许是一个贤妻良母型的,像嫂子一样漂亮就行! ——嘿,你还没说怎么办呢!"

他叹了一口气,说:"怎么办?干脆全心全意为她服务,陪她唱歌,陪她买书,陪她念诗,一不留神,我们俩或许某一天都成了诗人,读你千遍也不厌倦,哈哈哈哈……"

那时候,谁不想把日子过好啊?那时候,我们多年轻呀!心气高,精力旺盛,总觉得日子过得很快。刚才还在湖北,转眼回到北京,好多事做不完。

唐宋朝和关小丽每天身陷琐事堆里忙活,却活得有滋有味,不知道什么叫麻烦,什么叫烦恼。一辆破"永久"自行车驮着他俩,驮着两颗年轻的心,却留下一路的笑声和歌声。

我每天编辑稿件,采访写稿,与作者沟通,接待来访者,忙得不亦乐乎,走路却带着风,上下楼还唱着歌。那叫豪情满怀,意气风发!

后来,歌手高明骏靠《年轻的喝彩》和《那种心跳的感觉》两首歌火了,他把我们这些俗人的追求,用他那诡异的歌声做了极其潇洒的诠释——

> 年轻的心,为将来的日子写下一句对白;年轻的你,
> 为无尽的生命叹一声喝彩;年轻的心,为美好的岁月谱

出一曲乐章；年轻的你，为无尽的青春喊一声欢呼……

按照我和唐宋朝事先在通信中的约定，五一节那天一大早，我到老北京站接站。我在出站口吸了两根烟，便看见这对新人手拉手出现了。我一把接过唐宋朝手里的旅行包，冲关小丽叫了一声嫂子，说："北京欢迎你们！祝你们新婚快乐！"他们俩都很兴奋，也很感动。

我给唐宋朝点上一支"大重九"，他吸得津津有味。我看他穿了一件米黄色的西装，感觉有点像新郎官的派头，只是觉得领带的花纹很乱，有点像单人靶的靶心，便摘下他的领带，把我系着的红色斜纹领带取下，戴在他的脖子上。小丽笑眯眯地看着，说了一句："真喜庆！"唐宋朝说："老子打领带，跟结婚一样，头一回。"

我领着他俩吃了早饭，这时，朝霞已布满天空，霞光万道，美丽至极。

在一间小百货商店，我让唐宋朝脱下白色的球鞋，把一双亮晶晶的黑皮鞋递给他，说："试一下，看看顶不顶脚？"他穿了一试，说："正合适！"我瞄了一眼标签，掏出 18 元，放在柜台上，然后对唐宋朝说："兄弟，这是我的见面礼！"他说："哎呀，这么贵呀！"我说："这算什么？多少年以后，谁还会记得我送你一双皮鞋花了几多钱呢？"

"我记得！"小丽突然感激地说道，把我吓了一跳。唐宋朝说："我也记得，等你结婚的时候，我送你两双！"

我嘿嘿一笑，说："你的钱包是不是又被小偷偷走了？"

"兄弟，你真神了——我的钱包真的被偷了——不信，你问小丽。"

小丽觉得奇怪，她大概在想我怎么会知道火车上发生的事情。她说："我们家老唐鬼得很，他故意把一个破钱包用卫生纸塞得满满的，装在裤兜里，露出个头，我估计一上火车就被人盯上了，刚过郑州，我们发现钱包不见了，还偷偷地乐呢！"

唐宋朝没好气地瞟了我一眼，像是想起了什么，对我说："兄弟，你又笑话我！谁怪我穷呢，冇得办法！"

我拍拍他的肩膀，说："穷，又怎么样？这个世界，谁都不欠谁的！做人，要爽朗，大气！我们那位同学小谭欠同学们一屁股的债，我明明知道他找我借钱是肉包子打狗——有去无回，我还是借给他了，当然，肯定没有下次了！"

唐宋朝的脸有些微微发红，不好意思起来。我说："兄弟，想那么多做什么？走，逛天安门和故宫去！"

小丽亲了一下老公，唐宋朝笑笑，对我说："不好意思，你嫂子总是忍不住，告诫她多少回了，她还是改不了……"

我笑着说："可以理解。别得意，老子也会有那么一天的！"

我端着120型海鸥牌照相机帮他俩照相，一会儿弯着腰，一会儿撅着屁股，累得要命。他俩计算着张数，舍不得多照。当时还是黑白照片，洗出来以后找人涂一层淡彩，跟彩色的一样光彩照人。

我们玩了两个小时，出了故宫，在马路对面的景山公园休息的时候，我才想起我只照了一张相，还是合影——在天安门前的合影。要换胶卷了，后盖怎么弄都打不开。唐宋朝把照相机往我怀里一扔，我捣鼓了几下，打开了，可是发现胶卷并没有拧进胶卷盒里，而是乱卷一气，后盖一开，全曝光了。

唐宋朝看着我，又气又急，眼睛都快瞪圆了，又看了看脚上的新皮鞋，说："怎么办呢？不怨你，关键是搭不起时间。"我自已累得都快散架了，一下子瘫软在长条靠椅上，十分懊恼。小丽说："老公，这有什么？人家李大记者的时间不比你的金贵？他陪咱俩玩，还花钱，图什么？走，再逛一次故宫！我刚才还抱怨御花园没玩够呢，正好！"

我说："还是嫂子通情达理，咱们先玩北海，再玩故宫，不走冤枉路。明天玩天坛公园和颐和园，后天去看长城，晚上离开北京。怎么样？"他俩都说好。

晚上六点，我们仨疲惫不堪地回到报社，在大门口不远处的一家小饭馆，每人吃了一碗肉丝面，就算吃过饭了，然后回到单身宿舍楼。一间十七八平方米的房间，已是一位同事的婚房，我借用三天，供我这对湖北老乡居住。旁边几家小旅馆价格太贵，能省就省吧。

小丽又向老公张开双臂了，待唐宋朝搂住了她，她在他的脸上猛地亲了一下，然后依在长条沙发上，闭上眼睛，不出声。我赶紧去水房打开水，给他俩沏茶。唐宋朝赶紧给我点烟，说："兄弟，受累了！"开始打量起房间的布置：一张双人床，摆着两套缎面被子和枕头，码放得整整齐齐；一条长沙发，一个穿衣柜，一张书桌，一个脸盆架，窗户上、白墙上还贴着喜字，给人一种温馨的家的感觉。

"兄弟呀，我欠你的太多了！"唐宋朝说。

"别，谁都有需要别人搭把手的时候。我不一样嘛，欠这位房主的情。"

唐宋朝看了一眼小丽，她真是心宽，居然发出微微的鼾声，便脱下西服，轻轻地盖在她的身上。

我问："老兄，你后来是怎么拉拢她的？"

唐宋朝笑笑，说："我给她买了一条水晶项链，花了几个月的工资。"我说："这样就好。"他捂住嘴，凑到我的耳边，说："是个水货，便宜。"我说："她晓得吗?"他说："不晓得她晓得不晓得。"

我用手点点他，懒得说他了。我说："我回我的宿舍了，你去吗?"他说："当然。我对大记者的一切都感兴趣。将来，你发达了，我就是你成功的见证人……"

唐宋朝拿掉小丽身上的西服，穿在身上，然后从床上抱过来一床被子，轻轻盖在她的身上，不料，小丽醒了，又喊要抱抱，唐宋朝说："你接着睡觉，我去兄弟那里体验一下报社的生活。"

小丽说："不嘛，我也要去!"说完，她起来了，在旅行包里找东西，一根烟的工夫，找出一串项链，戴在脖子上，我一看，是水晶的。这当口，唐宋朝端着脸盆去水房打洗脸水了，小丽说："好看吗?老唐买的。"我说，真好看。她"咯咯咯"地笑起来，说："虽然是假的，但是我蛮喜欢——因为他心里有我!"

我暗暗佩服她的火眼金睛，说："怎么会是假的呢?"她说："他大概忘记了我是干什么的，我用手一掂就能分辨出来。你可别告诉他。"这时，唐宋朝走进屋里，把脸盆放在地上，一把搂住小丽，说："等我有钱了，一定给你买真的项链，大项链……"

我领着他俩来到我的宿舍——一栋宿舍楼的地下室。开门进去，一个十平方米的房间，住着两个人，两张单人床，下面堆满了箱子，里面装有我的衣服和杂物。几乎所有的书籍都搬到编辑部大楼的办公室了，那里是我的工作间——白天，七八个人办公，晚上我一人独用，宽敞得很。地下室仅仅是睡觉的地方。一扇小窗户仅仅是个排气孔，白天、夜里必须开灯照明。屋顶上还有一个"U"形的水管，经常发出"哗哗哗"的流水声。

唐宋朝心里一揪，说："兄弟呀，你工作那年，我来看你，记得那天下瓢泼大雨，好像就在这里，我俩吃了两个酱肘子，喝了一瓶酒。三年了，居然还是这样！惨啊！"

我说："这不算什么，生活会好起来的。"小丽站了几分钟，实在不知道该把自己安排在哪个地方，只好坐在我的室友的床上，说："要不是我亲眼所见，我才不信呢——你们大报记者竟生活在这样的环境！"

我说："不要为我们感慨！你们今晚要住的房间，我一结婚也会有，将来还会分两室、三室的房子。我的这位室友跟嫂子一样，经常写诗。他说，只有胸怀一轮朝阳，眼里才会没有黑暗。他每天下班后去办公室读书、写诗，哼着小曲回来睡觉。他给他的父母、同学写信，夸我们报社怎么怎么好，采访特有权威，上见国家领导，下见黎民百姓。住得也不错，冬暖夏凉，能听风听雨，特有诗意，更有潺潺流水余音缭绕……"

唐宋朝觉得眼睛发酸，似乎有液体流出，说："社会上流行一句话——造导弹的不如卖茶叶蛋的，我是个大老粗，也为你们鸣不平！兄弟呀，你们都是名牌大学毕业的，一肚子学问……"

我想想，也是。我说，没关系，会好起来的。古语道："谦受益，满招损。"万事欠一点，也没什么不好，如喝酒一样，欠一杯就蛮好，不醉了，脑子清醒；如果再加一杯，那就非丢人现眼不可。

唐宋朝说："我懂，就是失意时想开点，得意时莫张狂，你们这些文化人就是能忍！"

唐宋朝对小丽说："你守着老师不用，不是犯傻吗？快，把你的诗拿出来，让我兄弟点评一下。"

小丽不好意思地从挎包里掏出几页诗稿，递到我手中。我读着她写的小诗，突然被几行诗句震惊了：

北去的列车呼啸着跨过长江，跨过黄河

每到一个站台，就会有人下车，也会有人上来

人生就像一场旅行，不知道一路上谁会陪伴你一生

人生就是一场旅行，一次远足就是一次酣畅淋漓的追梦

与我相伴一路的旅伴呀，是否能完成这漫长的旅行

　　我一把抓住唐宋朝的双手，兴奋地说道："嫂子是个诗人呢！这几句诗是说给你听的，我改动了几处，你再看看！"他看了一遍，说："不大懂，好像蛮有哲理的。"小丽也很惊讶，困意全无了。我说："嫂子，我原以为你只写一些花花草草什么的，没想到写得如此深刻。把人生比作旅行，十分贴切，也很形象，好。"

　　小丽的脸都红了，说："我在坐火车时，闲着没事，瞎写的。"我问："起个什么题目呢？"她害羞地说："李老师，你帮忙起一个呗！"我说："要么叫《人生》，要么叫《旅行结婚》，有纪念意义。"

　　我对小丽说："其实，人生就是一次旅行，不同阶段有不同的风景。我经常找大学同学和朋友聚会，谈采访，谈写作，谈人生，谈理想，我们从不抱怨，对未来信心满满。我发现你们俩也是这样，这种感觉非常好，能够战胜一切生活中的窘迫。嫂子，你说呢？"她说："不经风雨，哪能见彩虹——是这个意思吧？"

　　我笑笑，说："是这个意思。"

　　第二天，我陪他俩去逛天坛公园和颐和园。在天坛公园回音壁，关小丽把脸贴着墙面大声喊唐宋朝的名字，听见远处传来回声，激动地再喊，又添了几个字——"我爱你"，还是有回声，觉得蛮好玩。

　　我和唐宋朝在远处抽烟，他对我说："冇得办法，她总是缠着我，黏人，这大概就是幸福吧……"望着他扬扬得意的模样，我

拍拍他的肩膀，说："好好待她，这方面你是榜样！"

突然，听见小丽在喊："快来人呀，有人欺负我……"

我们俩一激灵，扔掉烟屁股，迅速向小丽跑过去。只见小丽用双手死命拽着一个男人的胳膊，嘴里不断地喊叫。那个男的使劲挣脱也没有摆脱掉小丽的双手。我跑得快，上前找那人论理："你把她怎么了？"那人说："没什么呀！"小丽怒吼道："他摸我的屁股……"那个男的还在狡辩，说时迟那时快，唐宋朝飞起一脚踢在那人的胸口，然后闪电般左右开弓，扇了那个家伙几个耳光，那个男人腰一弯，像瘪了的麻袋一样倒了下去。我赶紧制止，唐宋朝怒气未消，喘着气说："对这种流氓就不能讲道理！"后来，围观的人多起来，戴红袖章的工作人员把那个倒霉蛋带走了。

我当着小丽的面，朝唐宋朝竖大拇指，大声对他说："兄弟哟，你这趟北京之行太有意义了，我终生难忘！"

他安慰完小丽，走过来悄悄对我说："这一回是真的——天赐良机啊！"

最后一天，我不能陪他俩玩长城了，因为我下午一点要到报社订票室取票。

快到一点了，等待取票的人排起了长队，从房间排到走廊里。人们翘首以待，像等待大首长一样盼望着管订票的涂师傅的到来。

所有的人对他客气有加，个别人大气都不敢喘一下，还有人一对他说话就结巴。因为他说有票就有票，他说没票你也没辙。还就有人不信邪，专门找他干过仗，可是管什么用呢？县官不如现管。人人知道，排长队的大多数人是干部和记者，他们在工作中能够改变许多人的命运，却改变不了一张火车票的命运，唉……

"涂师傅来了！"

人人都为他让道，有人还鼓掌。涂师傅从桑塔纳轿车里下来，锁好车门，夹着一个鼓鼓的黑皮包，里面都是火车票和现金。他不苟言笑，迈着方步，穿过人群，来到订票室，把全国各地的火车票在桌前呈扇形摆开，然后开始出票。

　　"涂师傅，您好！我订的是乌鲁木齐的两张硬卧，有没有啊？"一个取票人说。"有，交钱吧。"涂师傅说完，取票人松了一口气。

　　"下一个！"……

　　我默默地祈祷，我知道有还是没有，全凭运气。万一拿不到票，只好劝唐宋朝这对新人到六里桥乘坐长途汽车回湖北了，因为他俩请假时间有限。

　　终于，到我跟前了。我说："两张到武昌的 37 次硬卧，谢谢！"为此，我反复练习了好几遍，这是最言简意赅的表述了。"哒"的一响，两张票出现在我的眼前。我迅速拿好票，付了钱，还给了他一包喜糖，说："涂师傅，谢谢您！"

　　我刚离开，就听见排在我后面的那位跟涂师傅吵起了架，咆哮道："到广州的两张软卧，你只给一张，是副总编辑要出门，现在怎么出，你说？"涂师傅两眼一瞪，说："爱出不出，我管得着吗？"取票人气得浑身哆嗦，仍然不停地问。旁人怎么劝也不管用。最后，涂师傅也急眼了，吼道："副总编辑可以坐飞机去嘛，干吗在订火车票的地方起哄？……"

　　我在报社大门口把两张硬卧票交给唐宋朝他俩的时候，已是下午三点了。那天阳光非常灿烂，天空瓦蓝瓦蓝的，像是透明的。他俩心里踏实了，风尘仆仆的脸上立刻有了笑容。

　　我对唐宋朝说："兄弟呀，晚上我不能去北京站送你们了，因为领导临时给我安排了工作，实在是抱歉！"我无奈地看着他俩。

　　"那好，就此别过吧！"唐宋朝跟我紧紧拥抱在一起，相互拍拍对方的背部。

然后，他掏出一条香烟，塞在我手里，我一看，是"大重九"，不便宜。有进步，他学会大方了。

我掏出自己的名片，在上面写了一个名字和电话号码，递给小丽，说："嫂子，这是我们市日报副刊主编的姓名，你的诗完全可以发表。祝你们永远幸福!"

他俩走了，我没能送送他们，心里有些空落落的。

唉，没关系，旅行结婚仅仅是个开始，以后的日子还长着呢……

故乡冬暖夏凉

一

1973 年，我 10 岁。我回河南老家念书，是父亲在武昌站把我送上火车的。火车快开时他下了火车。

为了这次分别，父母跟我"预演"了不下三回。父亲穿着一身绿军装，说出去的话不容置疑："回老家农村，就是锻炼，分别时不许掉泪！"母亲却掉了泪，说："学军啊，妈妈舍不得你走，这还不是希望你将来有出息呀！对，不掉泪！"说完抹去眼泪，摸摸我的脑袋。

火车"哐当"一声开动了，我向父亲招手，露出微笑："爸，您放心吧，我会好好锻炼的！不流泪，多流汗……"父亲穿着军大衣，笔直地站立着，透着威严。我突然注意到下雪了，飘起了几片雪花，他的嘴角挂着一丝慈祥的微笑。我的脑海里开始倒计时，五，四，三，二，一，刚好看不见站台上的父亲了，我的眼泪再也止不住了，夺眶而出。

于是，我独自坐了一趟火车。我装着一副轻松的样子，坐在我的座位上，却警惕地扫视着周围的一切。我时不时地摸一下心脏部位——左上衣兜里有父亲写好的字条，上面有我在湖北和河南老家的家庭住址。

我看了一路风景，见过许多山和云，见过许多陌生人，想起许多熟悉的人，没有再掉一滴眼泪。饿了，吃两根香蕉；再饿了，吃一个苹果。直到在许昌站出站口看见接我的表哥的时候，我才感到如释重负，长长地出了一口气。

表哥多次到过湖北，所以我对他有印象。他叫有福，三十出头，相貌堂堂，穿着一身黑色的棉袄、棉裤，腰里系着一根棉布腰带，却穿着一双解放牌军鞋——或许是我爸送给他的。他拎着我的唯一的行李——一个装衣服和土特产的软皮箱，拉着我去找厕所。

我滋了一泡尿，感觉足有两三分钟，可见叫尿憋得时间不短了。我渐渐地感到有些寒意，感觉河南比南方的湖北要冷多了，身上的棉袄显得有些薄了。

果不其然，就这一泡尿的工夫，许昌下起了大雪，而且越下越大，很快变成了鹅毛大雪。

表哥拉着我的手，站在火车站大门口，望着飞雪狂舞，笑嘻嘻地说："瑞雪兆丰年啊，今年的收成应该不赖！"说完，点着一根烟，美滋滋地吸起来。

我本来心里有些发急，见表哥无所谓的样子，便说："那就好。老家的人就会吃得好点、穿得好点了。"

表哥说："那是嘛，农民不像你们城里人，啥东西都靠供应，凭票就能买到，俺们一年四季全仗着在土地里刨食呢……"

又问："学军，在火车上有人欺负你吗？"我说："哪能呢？就是觉没睡好，一晚上不敢睡着。后来睡着了，一醒，吓一跳，生怕坐过了许昌站，就赶紧问身边的叔叔……"

表哥竖起大拇指，说："学军啊，你小子一人就敢坐火车，将来准能干大事！"

我俩说话时都能看见对方的哈气。见大雪没有歇息的意思，表哥扔了烟头，拎着皮箱，拉着我，走进雪地里。很快，来到一家邮电局。表哥从怀里掏出一封信，交给营业员，交钱，贴好邮票，盖好邮戳……

我问："信是事先写好的？"表哥说："那是。就四个字：接到学军。跟你爸妈报个平安，比拍电报划算！"我说："聪明！表哥，你蛮有哈数！"表哥说："哈数是啥意思？是夸我吗？俺知道你功课好，记忆力好，懂事，还瞧得起俺们农村人……"

"当然是夸你啦！你经常出远门，见过大场面，又有文化，当着生产队的会计，我佩服！我爸说了，就跟着你学习，经风雨，见世面……"

我俩坐上一辆长途汽车到了叶县。

大雪像接力一样飘舞，似乎比着看谁下得更猛。叶县的雪比许昌下得还大。许多汽车都不敢再行驶了。整个县城变成了银白的世界。

表哥带我去县人武部，拉出一辆事先停放的牛车，把皮箱往车上一搁，让我靠着它坐好，自己坐在车头，"啪"的一声甩了一下赶牛鞭，老黄牛便拉动牛车走起来。

到了大门口，表哥对看门的老头儿说："给您添麻烦了！大叔，要不要缴点儿费用？"看门师傅敞亮地说道："甭了，你那头牛我两小时前喂过一次草料，放心吧！"表哥扔给大叔一包纸烟，说声

"谢啦",便叫道:"驾——"牛车便加速前进了。

这时,天已擦黑,我俩说着笑着,忘记了路远,忘记了劳顿。牛车"咣当——咣当——"颠簸地行走着。车轮与泥泞、雪地摩擦发出"吱吱呀呀"的声音;牛颈处拴着的几个铃铛发出"叮叮当当"的声响,十分有趣,也十分单调,构成我对故乡最原始的印象,终生难忘。

牛车借着雪光行进,总是在人最困乏的时候看到远处闪现无数的亮光——那是又经过一个村庄了。那时经常停电(或者说没有电),家家点亮煤油灯照明。就这样,摸黑走了近二十里路。

表哥说,咱们老家方圆百里都是平原,没有山,没有丘陵,平展展的,一望无际。虽然没有赶上白天晴好的时刻,但我已见识了雪夜大平原的辽阔。间隔十几米的一棵棵白杨树像是列队的士兵,与我们擦肩而过。大雪洋洋洒洒飘落的时候居然没有声响,甚至没感觉到风的存在,可是却能感到地上的积雪像是铺地毯似的一层一层在加厚。奇观啊!

此时此刻,我真想拿起电话打给远方的爸妈,告诉他们我那激动无比的心情和仿佛探险般的感受。——正当我感到怎么还走不到头的时候,远处突然又出现了一片亮光。表哥说:

"学军,到家了!"

我突然一激灵,远远望见一群人黑压压的一片,站在村头的一个土岗上,拿着手电筒朝我们方向照射。待看清他们的时候,我发现牛车原来一直行进在一条地垄之间的五米宽的旱沟里……

当晚,我见到了老家方店村所有的亲戚。

一家人把我引进一个独门大院,进了一间大屋,将八仙桌上的煤油灯调亮,我发现所有人的脸上都放光,七嘴八舌,嘘寒问暖，问这问那。这种感觉真好！在湖北的家里是不可能有的——因为有电灯照明，哪里都一样，明晃晃的，一点儿都不神秘。

姑姑见了我，把我紧紧搂在怀里，泪水就止不住。她说："孩儿，你小时候，俺就去过湖北，啥都好，啥都有，就是见不着土，住不习惯。你四岁那年回到方店，俺每天搂着你睡觉，还记得吗？"我摇摇头，只是笑。

姑姑年过半百，有三个孩子：表哥、珍姐、花姐。花姐最小，还未出嫁，她说："表弟，你这次回来，愿意跟谁睡觉？你说呀……"我呵呵一笑，说道："我也不晓得。我是回来锻炼的，不是专门睡觉的！"众人笑了。珍姐排行老二，已有一大家子人，生了三女一男，刚才都见过了。她说："听不懂，他说的啥？蛮呀！"表哥是老大，有一儿一女，儿子国柱胆子大，闺女小琬不敢吭声。国柱说道："表叔，听说你要回来，俺可高兴呢！俺要每天陪你玩，玩遍方店、汪营，玩遍任店公社。咦，你有没有带回一些好吃的东西？"表哥一听就不高兴了，说："就你嘴巴馋，以后不能跟表叔争抢东西，否则俺就打断你的腿！"

我说："还真忘了，我的皮箱呢？"

表哥把皮箱打开，大家一看，大部分是我的衣服和练习本。最上面全是吃的，我一边往外掏一边喊道："铜城酥糖""大白兔奶糖！蜂蜜蛋糕！青丝云片！糯米麻糖！……"喊得一帮小孩儿口水直流，很快堆满了八仙桌。我说："吃呀，大家快动手！"没人动手，只是觉得快活得不行。好家伙，那个年代，这么多好吃的东西突然出现在方店，真让人感到像做梦一样。

我剥了一粒奶糖，送到姑姑嘴里，看着她吃，问道："甜不甜？"姑姑牙口不好，动了动嘴唇，说："咦，中，老美！"

我开心极了，挨个儿给每个人发了一粒奶糖，都说"甜呀！"

国柱喊道："比咱供销社卖的一分钱的黑糖甜多了！表叔，俺太羡慕你了，你是不是天天吃糖？"说完，他将糖纸折叠起来，装进兜里。

表哥说道："大家听着，学军回家了，以后还要吃这些东西，除了俺母能随便吃，其他人都不能乱动，得讲规矩，中不中？"两位表姐笑笑，孩子们却叽叽喳喳，议论纷纷。

表嫂的眼睛特别好看，对我说："你是小孩呢，你咋不吃？"

我说："这些东西我经常吃，不爱吃了，就想吃你们吃的东西。"

国柱说："怪了，俺们吃面疙瘩、玉米糁、红薯汤，你能吃？"

我说："当然，这有什么，你能吃我就能吃！"

他说："吹吧，俺不信。就你细皮嫩肉的，吃一次新鲜，第二次吃俺保证你就吐了……"

这话也真够气人的！国柱小我两岁多，什么事情都想跟我比试一下，今天才算开了个头。

见大家还是不吃，我搬出了"撒手锏"，说："我爸说了，每样特产大家都要尝一下。"父亲没说过这句话，但是这话很管用。大家你看我、我看你，争取努力"尝一下"。花姐于是动起手来，掰开各种食品，让母亲和孩子们都尝尝鲜。

姑姑趁大家享受美食的时候，去灶屋给我热了一碗白天就炖好的鸡汤，端到我手里，说："孩儿呀，一定饿坏了吧？快喝吧！"我望了一眼表哥，表哥说："喝！俺也饿了，吃碗面去。你吃不够，还有面。"

我大口吃起来。嗬，还有鸡腿、鸡翅、鸡肝。真香啊！我吃得满头大汗，满嘴流油。回到方店吃的第一顿饭呀，热腾腾，香喷喷。

表哥就着大蒜吃了一大碗鸡汤面，额头已冒汗，说："学军呀，俺估摸着你爸妈应该还有一封信，对不对？"我说："嘿，有，有一封。"

我从皮箱里找出一封没有封口的信，掏出信纸，见是爸爸的苍劲有力的笔迹，对大家念道——

"我的老姐姐，您还好吧？"——姑姑就说："好，还中啊！"

"家里所有人还好吗？"——大家就说："好，俺们都好！"

"这次，学军回方店，给大家添麻烦了。"——大家就说："不麻烦，学军可懂事呢！"

"捎回去的特产大家都吃了吗？我们想念你们，表达一下心意吧。"——大家就说："都吃啦，美得很呀！都是在咱们这里吃不着的，孩子们可开心了！俺们也想念你们，盼望着你啥时候能回家瞅瞅，团聚一次啊！"

我继续念道："关于学军回老家上学，你们可得把好关，不许娇惯，严格教育，该打该骂听便。要让他长知识、学本领，锻炼身体，磨炼意志，将来做一个对国家有用的人。"——表哥就说："舅，俺听着呢！您和妗子请放心，咱们全家会努力的，争取实现这个目标……"表哥对着我表态，显然是将我手中的信当作我的父母，好像面对面在说话，弄得我觉得有点想笑。没办法，老家的人就这样实诚，你还不好说什么。

几天后，我就开始上学了。

我换下从湖北穿过来的薄棉袄，穿着花姐做的崭新的蓝色棉制服，上衣口袋里别着表哥送的很难出水的钢笔，斜挎着珍姐用碎布头缝制的五色书包，脚蹬着表嫂的用麦秸填满的深筒雨鞋，顶着鹅毛大雪，在深至膝盖的积雪中深一脚、浅一脚地向汪营小学走去。

此刻，天刚蒙蒙亮。寒气逼人。

表哥家有一条小狗，叫黑虎，黑乎乎、毛茸茸的，可爱极了。它打见到我时就爱黏着我，我特别喜欢它，经常摸它，跟它说话。我走到哪儿它就跟到哪儿。我上学时，它也顶着鹅毛大雪，在深深的雪地里蹦跳着前行。

总有人比我起得早，问："喂，你就是那个小湖北娃吧？"

我说："我就是。"头也不回一下。他们就笑，说："瞅瞅，这孩儿多蛮！"

我晓得，在这里，我是"弱势群体"，他们笑话我就是笑话南方人，说南方人讲话快，像打机关枪似的，听不懂。但他们接下来的议论让我像小马驹一样欢快、亢奋——"这孩儿啥都知道，住过楼房，坐过火车、汽车，打过电话，喝过自来水，他带回的铜城特产咱们都没听说过……"

我心里清楚，我的优势就在于城乡差别、贫富差距，见过一点世面。我才不在乎别人说三道四呢！我渴望像军人父亲一样过着严谨而艰苦的生活。是爸爸赋予我一种莫名的使命感——他说："不到农村摔打摔打，将来不会有出息！"

为了完成这个讨厌的使命，我五点多钟不得不从温暖的被窝里爬出来。表哥从大门口的水井里打来一桶水，让我洗把冷水脸，一激灵，我醒了，把书包一挎，像挎一把手枪，然后使劲用手抹去眼泪，跨出大门。可爱的小狗黑虎"嗖"的一下跟着我离开了土坯垒砌的大院……

我至今没弄明白，为什么一定要安排在拂晓时分上早自习，再回家吃早饭，九点钟再上课？为什么就不能像城里人那样八点钟上课呢？

说是小学，其实就是一个大场地、两排茅草房。

一个大场地，也就是二十米见方，正中间是两个乒乓球台，土坯搭的，台面是不知谁家捐送的门板。东北角矗立着一个七八米长、四米宽、三米高的草垛，远远望去像是一座小山，成了汪营小学的标志。西边和南边各有一排茅草房，分别有四间小屋。除了一间是校长和老师的办公室，其余七间都是教室。西南角是男厕所，东南角是女厕所，没有屋顶，透过矮墙，可看到一望无际的田野……

我第一次顶着鹅毛大雪上早自习，冻得浑身发抖，直接往南边的一个教室里钻。我问："这是四年级教室吗？"十几个早到的学生愣住了，一个女生问：

"你说的是……湖北话？"

我点点头。他们马上活跃起来。那个女生说："这是四年级教室。俺叫乔桂英，你是新来的同学？"我说是的。

一个男生说："俺叫老憨腔，是班长，走，先抱柴火去……"

老憨腔？这是什么名字？后来才知道，他说话声调粗重，语言上不太讨人喜欢。

说完，班长拉着我跑向草垛，在草垛的上边，从里往外薅出一大堆干柴火，抱在怀里，跑回教室。几个同学如法炮制，很快，黑板左边的墙角就堆满了柴火。

老憨腔在地上点着了火，黑乎乎的屋子立刻亮堂起来，同学们围过来伸出小手取暖，不时地往火堆里添柴。我感到浑身暖和起来。乔桂英朝火堆里扔了两个小红薯，看着它们的皮渐渐地变紫、变黑。

这时，我才看清墙体是土坯砌成的，课桌也是土坯垒的，每排有四个，共六排。板凳是自家带的，样式各异。没有讲台。黑板其实是灰板，在墙面上抹了一层水泥而已。老师讲课板书时要想擦掉粉笔字，就得用湿抹布。

这时，一个高个子男人从屋外走进教室，风"呼"的一声跟着进来了。他双手叉进袖筒里，用脚带上大门，说："新同学到了没？"

"到了，到了。"同学们欢呼。

他抽出右手摸摸我的头，说："俺叫邝德儿，教你们的语文、算术和大字。欢迎你！村支书专门打过招呼……"

然后，大家掏出课本自习。邝老师坐在火堆旁的一个小马扎上吸烟。

这时，桂英从火堆里扒出那两个小红薯，有点烫手，就搁到土坯桌上，说道："送给新同学吃，中不中？"大家齐声说："中！"

我不好意思地笑笑，掰开一个，颜色红中透黄，尝了一口——又甜又香。这是我在老家第一次吃红薯。不假，河南的红薯就是好吃！我喊了一句湖北话："哎哟，太过瘾啰！"大家又笑了。

我赶紧从书包里掏出一大把大白兔奶糖搁在桌上，说："这是我从湖北带来的，请同学们尝尝吧！"大家就抢起来，又开心了一会儿。

我被安排坐在第一排正中间。大家手捧着书，眼睛都盯着我，问这问那，后来干脆围拢过来，没完没了地提各种问题，我一一作答。比如，城里的楼房最高有多少层？打电话一千里外也能听到？自来水是从哪儿来的？公共汽车是啥样儿？城里的学堂跟咱一样吗？是不是也靠烧柴火照明？……

邝老师也不管，笑眯眯地望着我们谈天说地。突然，他问我："你在城里上学好好的，咋想着来俺们农村念书呢？"我说："邝老师，爸妈想让我来农村锻炼锻炼，学点真本领。"他"哦"了一声，若有所思，说："农村上课，也不好教啊！"

邝老师扔掉烟屁股，站起来，说："下面，俺们背诵昨天学的课文：地主石老五见今年又是大丰收，预备——起！"

于是，大家背着手，直起腰，一起背诵："地主石老五见今年又是大丰收，恨得要死。一天，他装病不上工，想搞破坏活动……"由于他们讲的是河南话，显得铿锵有力，朗朗上口，整齐划一。我第一次听到背课文还能这样表演，情不自禁笑出声来。

邝老师一本正经地说："学军同学，你头一件事就是先学会说河南话，中不中？"我站起来，大声答道："中！"大家哄堂大笑。

邝老师说："笑啥呢？人家第一天就会说河南话了，有进步嘛！"

花姐大我十岁，长得俊俏、丰满，从头到脚，所有的曲线都是完美的。周围几个村的小伙子没有不晓得她的。

我每天上学，除了小狗黑虎，花姐是跟着我最勤的人。她见我不熟悉上学去的路，非要陪我。她头几天送我，出门，过青石桥，穿过梨树林，来到小学的草垛旁，说："弟啊，你自己走进教室，俺回了。"

她从不帮我背书包，因为我不让她背。我说："花姐，所有的苦，我都想吃一遍。"她说："中啊，没想到你小小年纪，还能吃苦……"

后来，我熟悉上学的路了。她说："你自己能行！去吧……"我就挥挥手，上学去了。其实，她一直在后面偷偷地跟着，直到她看见了小学的草垛才掉头。

花姐不识字，经常在我上早自习的时候，扒在窗户边上偷听屋里的读书声。那扇窗户没有安玻璃，糊了一张白纸，叫风刮得留下了十几个小洞，她眯着眼从洞眼里瞧我背书的样子，有时忍不住捂住嘴巴嬉笑。

当我自习结束离开教室的时候，她会突然出现在我面前，得意地过来牵我的手，同学们见了，又羡慕，又讥笑。我心里热乎乎的，却装出一副很平常的样子，满不在乎。

一天下来，从家里到学校三次往返，着实有点累。我上床睡觉前，姑姑总是心疼地叨叨："孩儿他爹妈是咋想的？这不是活活折腾人嘛！你瞅瞅，小手冻得像红萝卜了……"难受得直掉泪。

很快，我的脸上和手背上就长了几处冻疮，姑姑用温水清洗患处，然后用手轻轻地搓揉，敷上冻疮膏，贴上纱布。表哥对我说："要不，早自习咱不上了，就上上午和下午的课。"我一听就不高兴了，说："表哥，你可答应过我爸，让我经风雨见世面，你不能拖我的后腿！"他苦笑一下，说："你这孩儿啊，真犟！"

表嫂端来一盆温水，叫我洗脚。我费劲地脱去表嫂的深筒雨鞋，掏出里面的麦秸和厚棉鞋垫，再脱掉袜子，姑姑就将它们放在柴火盆边上烤着。表嫂捏着我的小脚，打上肥皂，轻轻地搓洗。

冬天太冷了！我裹着棉被坐在床边，调皮地伸着脚，扑腾着水，有说有笑，这大概是我最放松的时刻。国柱在一旁笑我，说我娇气，毛病不少。姑姑就剋他几句，把我的脚抱到她的怀里暖呢！

表哥吸着烟，问我当天的学习情况。得知受到老师表扬了，就说："母，听见了吗？学军受表扬了，明天我赶集去割点儿肉，庆祝一下，中不中？"姑姑笑了，说："中啊！"

二

　　时光主宰人们的命运，如同故乡的大平原广袤无垠一去不返，我像一条流淌在上面的河——那条缓缓行进的、没名的小河，从方店蜿蜒穿过。

　　很快，我穿得跟家乡人一样，分不出彼此，在村子里穿来穿去，我能操流利的河南话满世界嚷嚷了。

　　那时不兴吃鱼。我随便拿根树枝，系根细绳，拴个棉花团，就能钓起一条小鱼。他们不吃鱼，我一人吃，算是改善生活。河水清澈见底，随处可见一群小鱼或小蝌蚪在青草下、鹅卵石旁结队嬉戏。大石边、桥墩旁，杨柳依依，总有三三两两的女子在夕阳的照耀下有说有笑地洗衣裳。

　　我继续过着"锻炼"的生活，一方面与自然气候抗争，一方面与大人较劲。有人笑话我分不清农作物，我不计较，因为我回老家就是学习、锻炼的。可是有人说我"啥事儿不懂"，是个信球、"糊涂蛋"，那我就不依了。谁都不能因为我的年少而轻视我的认知，年纪再大点，难道就能看透世事、看破红尘？只有鬼相信！

　　春暖花开时节，拂晓时分已是朝霞布满天空，周围是一片郁郁葱葱。花姐是我上学的"陪读"，因为半路上的青石桥正在实施扩建工程，她不放心，就又开始送我上学。

　　她说话的声音特别悦耳，仿佛沿途遇着的各种鸟鸣。背筐拾粪的、拎着点心走亲戚的、行走办事的都歇了脚，看着我俩。花姐不停地给我讲各种趣闻，说到开心处，就"咯咯"地笑，脸红扑扑的，那叫妩媚。一个小伙子骑着自行车从我俩身边经过，情不自禁地回头看，看着看着，一头扎到小河里。

花姐虽然没文化，但记忆力好，能说很多故事，会讲很多顺口溜。她说过这么一段：

> 小擀杖，一扎长，秃噜秃噜到马庄。马庄有个老黄狗，秃噜秃噜到城溜儿。城里有个卖馍的，秃噜秃噜到河里。河里有个算卦的，算算小妮属啥的。属猴的，嫁给剃头的；剃头的不要，嫁给核桃；核桃不要，嫁给鹌鹑；鹌鹑叫唤，嫁给案板；案板干汤，嫁给床帮；床帮睡睡，嫁给碓碓；碓碓捣米，嫁给老李；老李放屁，秃噜啥戏……

用河南话说的，像唱戏一样。

我上课时，经常遇到铅笔头断了、钢笔不出水等尴尬境况，便立即离开教室，走五分钟的路，到一家供销社去买。离开教室时，多半会遇上花姐，她心甘情愿地在教室门口守候着。我埋怨她："您弄啥呢？俺爹说啦，啥事都得自己做，要自力更生。"她不吭声，陪我一道去供销社。

有一天上大字课，学写毛笔字。邝德儿老师把一张马粪纸钉在黑板上，用毛笔写了几个颜体楷书大字，遒劲有力，运笔老到，着实令我大吃一惊。接着，他讲解几种楷书字体的特点及其演变，让我目瞪口呆、心服口服。我原以为他就是一个"万金油"，胸无点墨。

他写完了两张纸，发现已无纸可写，急得手在每个兜里摸烟。

情急之下，邝老师从黑板上取下马粪纸，用擦黑板的抹布，蘸着水桶里的水，在黑板上写大字，一笔一画，一丝不苟。

我突然想起爸爸经常看的报纸。要是跟前有一摞报纸该有多好啊!

这时,花姐突然抱着一摞白纸推门进屋,说:"老师,俺是学军的表姐,请用宣纸!"

真是雪中送炭啊!我顿觉脸上有光,心里对花姐充满了感激之情。

回家路上,我问花姐:"您咋知道宣纸呢?"

她的脸"唰"的一下红了,说:"只兴你学习,就不兴俺进步啦?"

我的姑姑是总后勤,管我的吃喝拉撒睡。

每天早上,我上完早习,一回到家,就能吃上姑姑烙的油馍。

她走到灶屋里,支好平锅,下面点着柴火,往锅上倒一些菜籽油,将和好的面汁往锅面一摊,用锅铲轻轻翻动,再撒上些许葱花和韭花,最后将油馍一半卷上红糖一半卷上白糖,放在箩筐里。我不管吃到哪一种,都是香、甜。

姑姑信佛,心地善良,与世无争。爷爷、奶奶死得早,是姑姑一手把父亲带大的,还讨过饭呢,俩人感情极深。我父亲十六七岁时离开方店,去很远的山里打鬼子,后加入到刘邓大军,一路杀到湖北。

父亲走后,姑姑每天都哭。她站在村东头,看穿过村庄的那条大道,一直望到远处天边的日头渐渐隐去……落下迎风流泪的毛病。直到父亲从湖北来信了,她才停止哭泣,可是泪水却怎么也止不住。花姐对我有多好,我就能想象到姑姑对我爸有多好。

姑姑家的大院是典型的北方式院落,大门开在南边,走进院子就能看见三间组合的正房,用土坯建造的,坐北朝南。

进得堂屋，看到的是八仙桌，上方的毛主席像特别醒目。这是平时吃饭、会客的地方。左边的里屋是姑姑、花姐和五岁的小琬的卧室，右边这间由表哥、表嫂住。

旁边的东厢房有两间，一间原为国柱住，现在我跟他同屋。另一间为灶屋，比较宽敞。除了灶台，面粉、油、玉米糁、红薯干等各种吃的、喝的、用的都存放在这里。

有些白菜、卷心菜就码在墙角，红薯通常存放在地窖里，用时去取。有一次，我跟着表哥下到一个红薯窖里，发现一条红色带黑斑的小蛇，吓得使劲扯着表哥的大腿"哇哇"地叫喊。表哥拿着一个装三节电池的手电筒一照，说道："没事，它没毒。"说完，他掐着小蛇的七寸一把扔到地窖外面去了……

西南角是厕所。实际上是一个粪缸上垫着两块木板，冬天解手怕大风，夏天怕苍蝇，能够不掉下去并且平静地出来，就算你有本事！墙角长着一棵又高又粗的槐树。到了夏天，树荫能遮住大半个院子。

姑姑总是在我迈进院门之前立在大门口，因为五米外有一口井，大人体宽没事，小孩很难说。只有我进门了，她才松一口气。时间长了，我会很懂事地喊一声："姑姑，俺出门玩去了，俺不会掉到井里去的……"

那年，姑姑穿一身黑色的衣衫，头上总是裹着一条黑色的头巾，脚小，两条裤腿用粗布绑着，这是她的标志性打扮。她最经典的动作是盘腿坐在小矮凳上，左手"咣——当当——"地拉着风箱，右手不停地给锅台下面的灶火添柴火，烧水、做汤，都是这个姿势。炊烟袅袅，她心满意足。

她在厕所边上搭了一个鸡窝，养了一群老母鸡，每天总能收几个鸡蛋，变着法儿地让我吃，煮鸡蛋、炒鸡蛋、煎鸡蛋、蛋炒饭、鸡蛋汤……表哥的两个小孩国柱和小琬嫉妒得要命，看着眼馋，也想吃，姑姑不让，有时还动手打他俩。

我吃的白面和大米，都是表哥赶集时拿玉米、黑面、红薯跟人家换的。当年，瓦店营是一个比较大的集市，每天赶集的人都很多，熙熙攘攘，热闹非凡。可以买卖，也可以交换。一个鸡蛋只要三分钱，一斤猪肉不过三毛钱，可是大家兜里都没多少钱。

我回老家前，父亲在我短裤里缝了一个口袋，装了一张五元的钞票，说："你丢了，钱也不能丢，要亲手交给姑姑……"

我回到方店第一个晚上，姑姑当着一屋子人的面，只给我一人热了一碗鸡汤喝。我喝得满头大汗，满嘴流油。别人不知道的是，我喝完了鸡汤，就去灶屋找姑姑，将空碗交给她，然后神秘兮兮地脱裤子，抠抠搜搜了半天，终于掏出五元钱，递到姑姑手里，说："姑姑，我爸说了，要我亲手交给您，不许告诉任何人……"

姑姑一把搂住我，亲了我好几口，说："俺不说，对谁都不说。这钱呀俺替你爹先保管着。"我噘着嘴，说："不行，我爸说了，让您花，多补补身子！"姑姑笑了，说："中，中，去堂屋玩去吧。"

珍姐一家六口单独过，也是一个独门大院。

院子十分敞亮，有太阳的时候，显得一切都是暖洋洋的。可是一遇见下雨天，院子里的地面就变成了泥巴地，一片泥泞。你若像城里人一样穿皮鞋，根本就无处下脚。他们穿的多是胶鞋，整天乐呵呵的，好像从未为这事儿犯过愁。

我去过她家吃饭。先做一大锅面，再做一大锅菜，每个人先端一碗面，再捞一些菜，不是坐在桌前吃，而是端着碗走到院门口，随便找一个地方蹲（河南话叫姑堆）着吃。这不存在好不好的问题，只是一种习惯。

表哥家的人吃饭也是这样。

一开始，我觉得别扭，赶紧找一个小板凳递给表哥，说："表哥，坐着吃多轻松啊！"他接过来往地上一放，用双脚踩在上面，身子一蹲，接着吃热乎乎的面，还不耽误跟路过的村里人打招呼、聊天。我觉得好玩极了，也学着他们的样子蹲着吃饭。

见国柱端着碗出院门了，我又去找了一个小板凳，递给他。他说："俺不坐，姑堆着得劲！"我说："就让你坐。"他接过小板凳，跟他爹一模一样地蹲在了上面……

农村生活其实很苦，大锅面、大锅菜里很少见到油星。如果不是待客，鸡鸭鱼肉是很少上桌的。要是往大锅里搁点瘦肉哪怕只有一块肥肉，那就完全不同，就有油水了。

我的作文开始受到邝德儿老师的表扬了。表哥听说后，就去买肉。全家人也跟着沾光。

过了一阵子，看我不见胖，姑姑说："去集上割点肉去！"——那是我最想听到的声音。有了肉，白菜、粉条、萝卜、豆腐，怎么做都好吃。

后来，我不搞特殊化了，要求与大家一样。

看见国柱、小琬吃黑馍，我说："俺也要吃黑馍嘛！"

看见他俩吃红薯、红薯干，喝玉米糁，甚至最困难时还吃过红薯叶、芝麻叶，我也喊着要吃。

于是，我和国柱好得亲如兄弟。他鬼点子多，经常带我抓麻雀、捉小鱼、逮野兔。在草房的屋檐下，拿手电筒一照，麻雀就不动了，任凭我俩用手抓。用泥巴一裹，丢进火堆里烧，泥巴干后脱落了，麻雀就可以吃了，香喷喷的，美极了……

国柱应喊我表叔，起先很不愿意，后来，我有好吃的让他先吃，还经常给他几分钱，他就很愉快地叫我表叔了，经常大老远就喊："表叔，你去哪儿呀？俺也去……"

再后来，我连大米都不吃了，他俩吃啥我吃啥，身体结实得像绑了钢筋，脸上也变胖了，红光满面。不好的是经常放屁，表哥、表嫂、表姐老笑话我。最尴尬的是，在方店，拉屎不兴用纸擦屁股——因为很难找到一张纸。随便捡一块土块擦擦就行。遇到猪、狗盯着，不要慌，你一走，它就帮你清理了。

黑山叔是生产队长，每天一大早便扯着脖子喊："喂——出——工啦……"村里的男男女女很快扛着锄头、铁锨，聚拢在村东头的土岗旁，听他分配任务，下地干活。他五十出头，爱披着一件单褂，络腮胡，神气得很。一个年轻的记工员跟着他到处转悠。一般情况下，男人一天记10工分，女人一天计7工分。据说，分值很低，低到说不出口。

黑山叔的妻子得病死了，只有一个儿子，叫和平，负责给生产队喂牛、看瓜棚。和平比我大八岁，是我最要好的大朋友，经常带着我打草料、铡草、喂牛。他对牛有感情，有时就睡在牛棚里，以便半夜里能够给牲口加一顿餐。他知道牛贪咸，就经常朝饲槽里尿尿。这些牛像狗一样通人性，都听他的话，从不尥蹶子。他有时牵着几头牛在村庄里"散步"，它们可老实了，一头挨一头，生怕跟丢了。我能够随便摸它们、牵它们、骑它们，纯粹是沾了和平哥的光。

和平哥经常跟我讲各种烦恼：什么农民为啥不能到城里工作呀、什么一辈子修理地球叫不叫有出息呀、什么读书多忧愁就一定多呀，等等，好像都是牢骚话，听不太懂。反正他后来真的去外省当兵了，牢骚话也没有见少……

表哥见过世面，学过文化，会打算盘，在生产队当会计。他办事精明，为人厚道。算账会有算错的时候，算少了，他自己垫上，算多了，他想方设法还给大家。他说："宁愿自己吃亏，也不让别人在背地里戳脊梁骨！"

村支书姓王，喜欢喝点小酒，今天上这家，明天去那家，喝多了，村里人就烦了。表哥说："老王，俺不陪您喝酒了，要喝，您得自己带酒。"老王一听不舒坦了，脸一黑，说："不陪拉倒，离开你地球就不转圈啦？"

会计不跟随了，村支书的酒也没法喝。于是，老王笑嘻嘻地给表哥递烟，说："喝点酒就是放松，便于工作，再说，俺喝酒啥时是一个人喝的？还不是带上了你们！"

表哥说："咱们手里就那么一点钱，办了这事，就不能办那事。如果您能把小学到桥头这段路修好，俺请您喝一星期。"老王想想，说："俺就知道你一天到晚打这笔钱的主意！中，反正都是积德，修！"这段路很快修好了。真是一句话的事儿！

其实，表哥特别喜欢喝酒，也会喝酒，酒瘾不见得比王书记小。

他喝掉一小杯酒时的表情很怪，显得有些夸张——张一下大嘴，亮出舌头，好像被辣椒辣了一下。我问过他："咋回事？"他说："辣！"

他猜枚、划拳起来，全村找不到对手。他嗓门大，脑瓜灵，"哥俩好呀""五魁首呀""六六顺呀""八匹马呀"一通吆喝，连珠炮一般，弄得对方直摇头："咦，——又输了，该俺喝！"谁不服，就比试，结果都不行，败下阵来。

整个过程充满斗智斗勇的乐趣，但那喊叫声如同坦克翻山，震耳欲聋，院子外面的人都能听清，显得粗俗，却特别助酒兴，让人喝了还想喝，不喝到脸红脖子粗就算没喝够。

有一天，一辆大卡车路过方店，陷入了一个牛粪坑，车轮打滑，出不了坑。表哥知道后找王书记商量，然后在广播站拿起话筒对大家说：

"社员同志们，你们喝汤（河南话，吃晚饭的意思）了吗？有一个来村里办事的外地同志还没有喝汤，他开了一辆大卡车，陷在村东头的牛粪坑里了，大家想不想见见？请大家帮个忙，推推车，去晚了，就看不着卡车啦！就这吧……"

表哥幽默的腔调通过村里的大小喇叭传播出去。于是，全村的人都见过大卡车了。村支书又喝了一顿酒。说是请司机喝的，为大家看车"争取"了一顿酒的工夫。

有一回上语文课，写作文。邝德儿老师说："今天，要求大家写一篇记叙文，两三百字就中。随便写，把意思说清就行。"

同学们开始埋头写起来。

写啥呢？我足足想了五分钟。我突然想到对我来说印象最深的就是许昌、叶县和方店的冬天，那种酷寒让我刻骨铭心。就集中写方店吧。于是，我提笔写下作文的题目：《方店的冬天冷极了！》，然后开始写鹅毛大雪，写上学多么不容易、家里人多么着急、同学们多么有趣。

上语文课，邝老师评点作文，说道："有些人的作文云山雾罩，不知所云。惭愧啊，是俺对不住你们呀！费了牛劲地教，还是有人写不出一个完整的事情。写修脚踏车，写着写着跑到去雪庄看戏去了。看戏就看戏吧，却扯上了卖馍的事儿，东扯西拉，唉……"

大家就笑，又不敢出声，只好静静地听着。

他突然说道："学军同学的作文，想象力全班第一！"

吓我一跳。

邝老师将我的作文当场念了一遍，让我的心激动得一直跟着"怦怦"地跳。念完了，他说："学军同学写方店冬天特别冷，写了鹅毛大雪，写了表姐为他缝棉衣、表嫂接水洗脚、姑姑用怀暖脚，还写了同学们薅柴火取暖、桂英同学烤红薯吃，等等。既写了天气的寒冷，也写了人间的温暖，是篇很好的范文，只可惜题目一般……"

他说："俺想与学军同学商榷一下，改个题目，如何？"

我望着他，不置可否。我知道邝老师是借题发挥，教我们写作文呢。

邝老师对我说道："《在方店，我见识了暖冬》，或者《方店的寒冬是温暖的》，俺也没想好，总之，单纯描述冬天是寒冷的作文，终归一般，只有打破对时令的感知、体现人间真情的才是上品！"

我当时真没想这么多。我觉得他说得太精辟了！打那天以后，我的作文水平明显得到了提升。

怪得很，邝德儿老师破天荒搞起了家访。这种城里的老师经常干的事情他居然也去做了。

邝老师到表哥家"家访"，猛地夸赞我的作文，说我将来一准有出息，是个动笔杆子的，说得我们一家人个个喜笑颜开。

末了，表哥陪邝德儿老师上桌喝酒，还划上了拳。一杯接一杯地喝，好像输的时候多，感叹遇到了高人了，却红光满面，兴奋异常，最后居然还哭上了，流了许多眼泪。他俩谈了许多河南的事儿、国家的事儿、世界上的事儿，天南海北，漫无边际……姑姑一个劲儿地烙油馍，表嫂不停地炒菜、端菜，花姐上茶、敬烟，忙得不亦乐乎。

我一直陪着邝老师和表哥，只管吃菜，看着他俩吸烟、斗酒、交心。国柱、小琬他们虽然不能上桌，却也吃上了肉……

每个星期日不上学，我就跟着表哥"学本领"。他走街串巷，我跟着；他访贫问苦，我跟着；他参加村里的一些红白喜事，我跟着；他去外村赶集，我跟着；他去炕烟房出烟叶，我跟着；他学唱河南梆子，我跟着；他跟朋友喝酒，我跟着……

村里人见了我俩，都说我是表哥的勤务兵、警卫员。表哥笑笑，指着我说："哪儿啊？在家里，俺听他的！"

后来，村里人都认识了我。见闻学识、乡规习俗、待人接物、拿捏分寸等，值得学的多了去了。这一切，在课本里学不到，在湖北的城市里同样学不到。

表哥开玩笑说："表弟，给你说个媳妇，怎么样？"

我说："中啊，只要像表嫂或者花姐这样的就中！"

有一天，表哥从任店公社邮电局取回一个包裹，说："学军啊，你爹妈又给你寄来好吃的啦！"

回到家拆开一看，果然是一条劈开两半的腌鱼，还有一沓小毛巾——那是给姑姑用的，她有迎风流泪的毛病。缝隙中塞满了"高粱饴"软糖。

我剥了一颗软糖，塞进姑姑的嘴里，她说："咦——甜得很啦！"我又塞了一颗给花姐，她笑眯眯地说："老美！"接着，我一个个地塞，他们个个快活得合不拢嘴巴。表嫂说："还有你自己呢！"

表哥说："吃吧，俺不信你不馋？"

我就吃了一颗，真甜呀！好久好久没吃到湖北的东西了！爸爸妈妈，你们都好吧？儿子想念你们啊！白天忙，顾不上想。夜里想得慌，还经常做梦遇见你们呢！

想想这些天在老家吃的苦、受的罪，还有各种酸甜苦辣的感受，我感到五味杂陈，千头万绪涌上心头，泪水终于止不住，一直往下淌。

这个时候，圆盘一样的夕阳挂在空中，把整个院子照得红彤彤的，一家人围着坐，十分惬意。小狗黑虎这里嗅嗅，那里闻闻，不停地摇着尾巴。

国柱说："还有一封信呢！"我一看，是父母写的几行字：见字如面。你们都好吧？接着，列了一大堆名字。我念一个，谁就答应一声，说："好，好，可中！"姑姑显得十分愉快，不时地用我父母寄来的小毛巾擦泪。

最后，提到我了，说：学军，知识是学不完的，还要磨炼意志，吃苦耐劳，将来接革命的班！——嘿，我爸爸不会让我也去当兵吧？如果是那样，绝对没问题！——我现在已经比国柱还国柱了，一旦回到湖北，同学中谁都打不过我，恐怕谁也不认识我了……

那年，周围村庄经常放电影，《地道战》《地雷战》《南征北战》《英雄儿女》《青松岭》《平原游击队》等几部电影来回放。只有这时，我才会注意到故乡是有月亮的。

有一天，听说郭庄有电影看，放的是新片《第八个是铜像》。一群一群的人吃罢晚饭，就往郭庄赶。有女人结伴的，有男人搭伙的，有男女同行的，要走七八里路，沿途七嘴八舌，叽叽喳喳，比过年还热闹。

一弯银月，高悬空中，把大平原照得明晃晃的，让微风吹拂的玉米地、哗哗作响的杨树林和地垄之间五米宽的旱沟，镀上了一层亮晶晶的白光，真能令人忘忧忘愁。

一个小伙子推着自行车，驮着我，走得很慢，一路上与花姐有说有笑。这人我见过，不熟，长得白白净净，眼睛很亮，头发蓬松着，透出一股帅气。不知为何，我却对他产生了一种本能的敌意。

　　我只要表示烦躁和不满，花姐就往我嘴里塞一颗果糖。看电影时，我趴在自行车上看，忽然发现他俩不见了，就哭喊，他俩便又笑眯眯地出现了。花姐又往我嘴里塞糖。等到电影散场了，我困得睁不开眼了，喊着叫花姐背我回家。

　　她说："你就会欺负俺！"

　　我趴在她身上睡着了，其实后来一直睡在另一个人的背上……

　　清明节期间，我跟着姑姑和一大家子人，挎着竹篮，装满供品和纸钱，走了很远的路，去给过世的爷爷、奶奶上坟。

　　大家给坟头添土、平整，薅掉周围的杂草，摆上水果、点心、油馍等。姑姑领着大家一起跪着磕头，黑压压一片。我跟在姑姑身后，趴在地上给爷爷、奶奶磕了三个响头。太严肃了，我不大喜欢这种氛围，感到有些紧张、压抑，总觉得跟鬼、魂有关联，感到有些害怕，但还是觉得这样的祭拜方式仪式感很强。

　　接下来，表哥给逝者敬上香烟，点着，倒上白酒，泼掉，开始烧纸。纸是黄色的，相当于后来使用的冥币。他陪着姑姑对爷爷、奶奶说话，有时哭，有时笑，还提到我。这时我才觉得心里松快了一些，也对没有印象的爷爷、奶奶说了几句话。几个大人就对我说，瞅你这么小，好日子长着呢！我鼓足勇气，终于说出一个埋藏心底许久的话：

　　"人都会死吗？我呢，也会死？"

　　几个大人你看看我，我看看你，没吭声。过了一会儿，珍姐说："俺就发现这孩儿与其他同龄人不同，净问一些吓人的问题。有一次，他问俺长大后不结婚中不中，俺一听就愣了。"

表哥很好奇，问道："学军，你怕结婚？为啥呢？"

我憋得小脸通红，忍不住，还是说了："俺喜欢花姐，等俺长大了，她肯定不在俺身边啦……"

"嘿，这个，这个……"表哥搓着手，似笑非笑，不知如何回答。

表嫂反应不慢，笑着说："聪明的小表弟，等你长大了，俺给你说个媳妇——像花姐一样漂亮！"

站得稍远的花姐装作没听见，吐了吐舌头……

三

遇见麦收、收瓜、炕烟等农忙时节，汪营小学就放假。孩子们欢天喜地，不用背书了，也不用起大早了。阿弥陀佛。帮大人干活，也全当作是玩耍。

我跟着大人撅着屁股在地里割麦子的时候，天气已炎热了，也有西瓜吃了。蝉在高高的树梢上发出单调、刺耳的鸣叫，我用国柱的弹弓打过，总是打不着。

我光着脊梁，穿着一条大裤衩，很卖力地用镰刀割麦子，一大片金黄的麦秆伴着沉甸甸的麦穗"呼啦啦"地倒下，一堆一堆地留在我的身后。真好玩！我学着大人的样子，用毛巾擦汗，再把毛巾搭在肩膀上，竟一口气割了十几米远。

和平哥专门教我割麦子，从没笑话我。他割得又快又多，把我甩下有二十米远。他从地上的大水罐里舀了一碗水，走过来，让我喝。我说："俺不渴，接着干！"他说："去球吧，割麦子是个体力活，跟你们南方插秧一样。用力要匀，不能太猛，手拽着麦秆，稍压一点儿，镰刀从根儿上'刺啦'一下，用巧劲儿。会了吧？最好唱着歌割，那就更快了……"

我照着他说的做，果然轻松一些，割得也快了。

我看看周围，珍姐领着四个孩子正割得欢实，表哥、表嫂、花姐也都弯着腰忙活着，好像都比我割得多。

咋没见到国柱和小琬？于是，我就喊道："国柱——国柱——"

国柱从地上爬起来，说："俺在呢。"我仔细瞧，见他和小琬原来是躺在地上的，难怪看不到他俩。我问："弄啥呢？"

国柱向我走来，说："俺给大家带来油馍了！歇一会儿。"

和平哥拉住我，说："割麦子这玩意儿有啥好学的？你要想学，就别回湖北了，跟俺学一辈子，反正俺哪儿也去不成！"

我坐下来歇息的时候，感到一下子散了架。腰疼，手疼，腿疼，浑身疼。胳膊上、大腿上出现了许多寸把长的血印，身上还到处痒得慌。"咕咚咕咚"喝水还是觉得渴。

表嫂在一旁说："打蔫儿了吧？甭使蛮劲儿，慢慢来……"

我不爱听，躺在地上，感到与大地接触一点儿不像躺在城里的水泥地上——丝毫没有冰凉的感觉，相反，倒有一种暖暖的、湿乎乎的感觉，还有某种柔软的快意。

表嫂走近我，说："表弟呀，你是不是前阶段上学太累了？该歇歇啦！"

我闭着眼睛，用毛巾盖着脸，说道："大嫂啊，俺也不想那么累呀！俺就是想玩呀……"

国柱坐在我身边，叹气，说："表叔，你也怪不容易的，真是！"

我想想回方店以后吃过的苦，心里就酸酸的，总是想哭出来，可是一有人在场我就生生给憋回去了。见国柱同情我，我内心其实很矛盾，本来有点感激他，但转念一想，一个总是跟你比试、叫板的人突然对你献殷勤，你能接受吗？我没好气地说："无所谓啦……"

国柱说："表叔，干脆，你改个名字，叫学农算了！"

"滚一边去！爹妈起的，说改就能改啦？你那名字起得倒不赖，为啥不去当官呢？"我眼睛都懒得睁开，说得他不吱声了。

表哥走过来，看着我的可怜相，说道："这就对了嘛！一个十岁的孩子搁在城里，煤球都不会搬，更别说割麦子啦，你已经很不错了！玩吧，玩也是学习。等收了麦子，俺带你听戏去，长知识呢……"

我一听，拿掉了毛巾，眼睛放光："当真？"表哥说："俺还能诓你？"

和平哥对表哥说："哥，一会儿了，您叫上嫂子，还有国柱、小琬，去俺那瓜棚吃西瓜，中不中？"

"咦，那不成了打狼的？交钱就去。"和平哥说："啥钱不钱的，您和俺爹都是干部，就当作您代表生产队请学军这个革命军人的后代吃瓜还不中吗？"表哥说："和平呀，俺是会计，不能占公家的便宜啊！谢谢啦……"说完，表哥离开了。

和平哥叹气，说："假积极！几个钱的事儿，不算啥，他却……"

"不能说俺表哥，"我说，"他正派着呢，不像你，净说怪话！"

"中，不说他的坏话，怕你受不了。"和平哥笑了笑，说，"俺是想说，省那么一点钱，管球用呀！要是队里能买一台机器割麦子，那该有多好呀！"

我躺着，想了想，说："好像有这么一种玩意儿。"

和平哥说："有。肯定有！俺听说过，叫啥联合收割机，像开拖拉机一样，'轰隆隆'往地里开过去，庄稼就变成麦粒了，美得很……"

这时，又过来一个人，走到我跟前，大叫一声："学军！"

"老憨腔！"

我一骨碌从地上站起来，不想让外人看我的熊样儿，说道："你咋到咱队来了？"我在八队，他属于三队。

"啧啧，河南话说得不赖呀！"老憨腔笑着说，"俺爹昨天割麦子扭伤了腰，俺去郭庄给他抓了一服中药，还是你郝表叔开的方子呢！"

"喝水不？"我说。他说："不了，俺急着回家给俺爹熬药呢！记住，割麦子的细节！——开学后，邝德儿老师肯定让咱们写作文。"

我觉得好笑。在湖北上学时，我的语文课全班最好，最不怕的就是写作文。我回老家上学，邝德儿老师也夸我作文好，说我的想象力全班第一。嘴上却说："中啊，谢谢你！咦，今晚你能玩麦秸垛吗？不远，西场上，离这一里路，喝汤后就玩。"

老憨腔一听，喜上眉梢，说："不见不散！俺再叫几个孩儿，一块玩。"

他走了。我又躺下，这才发现地上有许多新麦茬儿，躺了那么久居然没感到它们硌得让人受不了，也是怪事。

老憨腔提到郝表叔，让我想起与这位大夫的初次见面。

有一天，我在一棵沙梨树上玩耍，爬来爬去。表嫂就说："下来吧，样子不好看，像条长虫。"我说："长虫是啥？"表嫂说："就是蛇。"

——那是不好看。我爬到树梢摘了几个沙梨，扔到地上，想往回爬，不料树枝突然断了，我结结实实摔在地上，震得我"嗷"的一声，说不出话了。表嫂急了，大声喊道："国柱，喊你参去，你表叔摔坏啦……"

表哥见到我时，捋捋我的胸口，问我能说话不，我说刚才不行现在能说了。他扶我站起来，说："你能蹦一下吗？"我蹦了一下，感到屁股有点疼。他对表嫂说："还好，不碍事。我背他去郭庄一趟……"

于是，国柱陪着表哥和我到了郭庄，找到郝表叔家。

郝表叔算是我的一个远房亲戚，那年也就是20多岁，从不干农活，读了很多书，是一位小有名气的郎中。他出生于中医世家，一套望闻问切和开方子的本事都是从他爷和他爹那里学来的。

表哥背着我走进他们家，一进门就让我感到惊奇。好家伙，一个灰砖砌的大院，门口还挂着灯笼。进门就是影壁，往左一拐，看见几间大瓦房，很像书里描绘的四合院，当间空地长着一棵枣树，又高又大。进到堂屋，望见桌子、靠椅都是旧式红木的，地面抹的是水泥，处处透着富贵，仿佛一切都是方方正正、线条分明，不像我住的土坯房和屋里的一切，线条都是曲里拐弯的，还土得掉渣。

国柱跟我一样，第一次造访郝家，被砖墙大院和屋里摆设的阔气惊呆了，四处转悠，看啥都觉得稀奇。我突然感觉到这样豪华的住房即使在湖北也不多见，要是我们方店的亲人也能过上这种生活，那该有多好啊！

"俺想洗手！"

我喊了一句。表哥看看我的手，净是泥巴，裤子上也有，再看看自己，屁股上、手上也沾满了泥巴。

郝表叔带我们来到一个压井旁，按了几下压力柄的扶手，井里的水就"哗哗"流出来，顺着水槽流到一个水桶里。我们就在水桶里洗手。

太神奇啰！我跑过去亲自压了压，果然出水了。好轻松呀！

这可比我们家门口那口水井强多了！我试过好几次，拿一根麻绳拴一个水桶，扔到井里，先摇晃几下，将水桶沉入水中，待接满水后慢慢地往上提到井口。我没成功过一回，至今没从井里拉出来水，一是我不会摇晃水桶，二是我手劲不够……

我内心有点羡慕甚至嫉妒郝表叔家的生活了。

郭庄和方店，仅仅相隔七八里路，为啥差别就那么大呢？就算郝家家底厚，只是特殊例子，那么，在方店装个压井不算难吧？想一想，如果咱们家在大院里安一个压井，我姑姑就不会整天为我提心吊胆了，她会省去多少担心啊！打水的事情就会变得简单，人人都会做，小琬也能做，全家人就没有吃闲饭的了。

接下来，郝表叔端坐桌前，神情淡然地给我号脉，还戴着一副眼镜，显得斯文，一看就透着有学问，不像和平哥，总是张牙舞爪的，问题还老多。

表哥一进门就没说过话，他来的次数多，已是熟门熟路。我伸着胳膊坐着，眼睛四处张望，看到周围的书柜里摆满了书。我已断定，郝表叔是我遇见的最有学问的人。

郝表叔号完脉，喝了一口茶，也劝表哥和我喝茶。我瞟了一眼，发现这茶是红色的，不像我们平常喝的绿茶。

他起身叫来他的爷爷。只见老爷子精神矍铄，耳不聋，眼不花，稳步进门，坐下，给我号脉。郝表叔与他耳语，老爷子点点头。

末了，郝表叔对我说道："学军，俺早就听说你了，欢迎光临！你表哥比俺年龄大，你却喊俺表叔——没办法，农村兴讲辈分，莫见笑啊！"我说："俺懂。国柱跟俺年龄差不多，却叫俺表叔。

俺的辈分也不低呢!"国柱就冲我做鬼脸。

郝表叔对表哥说道:"有福呀,您是真有福啊!学军没有啥毛病,就是有些心悸,可能受到了惊吓,不碍事的,不用吃药。"

表哥喝净了小杯里的红茶,对郝表叔说:"没毛病就好,俺们回啦。"

我和国柱赶紧喝光了红茶。郝表叔说:"吃了饭再走吧。"表哥说:"算了,您这里病人多,不打搅了,到时候俺请您的客!"

离开时,郝表叔专门跟我握了手,说道:"学军,俺爹跟你爸熟得很,是一块出去打鬼子的。有一次,队伍打散了,你爸往西追赶部队去了,成了八路军;俺爹偷偷跑回了家,当了农民,跟着俺爷学着做起了郎中,悬壶济世。有意思吧?啥叫命运?——这就是啦!你常来玩呀,跟你爸妈写信时请代我们全家问声好……"

我说:"中!"心里却想着:原来,我爸跟郝家还有这么一段故事呢!

表哥领着我和国柱出门,果然看到大门口站了好些人,都是找郝表叔看病的。

回家路上,我们议论纷纷。表哥爱夸郝表叔,他说:"郝家人看病,很少收钱,病人送一些红薯干、玉米糁就行。啥都不送人家也不埋怨你。他家靠卖药材为生,所以比一般人有钱。郝表叔不像上辈子人那样呆板,能说会道,甚至有点油,但心眼不坏,医术不赖,方子开得好,抓药也方便,就在他家配……"

我和国柱有许多问题,抢着问表哥。我的问题主要是压井问题。表哥没有回答完,国柱问了一个问题:"爹,您说郝大夫既然号脉了,那为啥又让他爷号脉呢?"我觉得这是个好问题,说,对呀,为啥?

表哥说："求郝大夫看病的人，都相信他开的方子，就不愿意去卫生站了。他给你表叔号脉，发现没啥毛病，又害怕误诊，一失手丢了自己的面子，就叫他爷把把关。他爷号了脉，也发现没毛病，这叫双保险！"

"噢，姜还是老的辣！"国柱笑着说。

突然，我喊了一句："还有一个问题，郝表叔他爹咱们没见到，他是怎样一个人？长得啥样？"

表哥说道："他呀？那是一个神人！他不像郝表叔他爷那样喜欢穿长衫，老派，整天在衣兜里揣着一个半导体，收听广播，主要是听河南台的豫剧，摇头晃脑，自得其乐。"

我知道，当时一个小收音机，一般人买不起。我听过几次，只喜欢两样东西，一是样板戏，比如："我家的表叔数不清，没有大事不登门……"一是天气预报，什么"1027毫巴""1055毫巴"，好像说的是气压，听不懂，湖北从不这样说，所以觉得有趣。

表哥接着描述郝表叔的父亲，又讲了几个故事。我俩听得津津有味。突然，表哥说了一句："说曹操，曹操到。"

我和国柱注视着前方，只见一个人迎面走来，哼着小曲儿。他穿着一件对襟白布衫和一条黑色长裤，裤腿还卷曲着，脚蹬一双圆口布鞋——标准的农民打扮。有趣的是，他走着路还晃着脑袋，右手里拿着一个啥玩意儿。

待走到跟前，我才看清他手里拿的不是半导体。

表哥热情地跟他打招呼，问他做啥了，他说："是有福啊，没事儿，串门去了，刚刚回。"表哥就将看病的事儿简单地说了。他一听，激动了，对我说道：

"原来你是俺战友的孩儿呀！你爹还好吧？"

我说："好，还中！"

"你爹现在算啥级别？十五级？十六级？……职务是啥？"

我笑笑，摇摇头。

他尴尬地说道："唉，俺是想知道如果当年与组织上取得了联系，俺如今会是啥样。那时候太年轻了……"

表哥安慰道："您现在也不赖嘛，舒舒服服的，大事不操心，蛮好！"

我指着他手里的金灿灿的家伙，问："这是啥？"

他说："这是水烟袋，又叫水烟壶，俺不吸纸烟，图的是烟从水过，烟味醇和，避其烟毒。"

我觉得好玩，很想试一试，望了一眼表哥。表哥说："那你就试一次吧！"

我从郝表叔的父亲手里接过铜铸的水烟壶，含住壶嘴。他帮忙点着铜烟锅里的烟丝，让我吸气。我一吸气，烟没吸出来，却把烟壶里的水吸到肚子里了，呛得直咳嗽。几个人都笑了。

再说按照与老憨腔的约定，天快黑的时候，我和国柱喝了汤，带着心爱的小狗黑虎，兴冲冲地赶到村庄的西场上。

场上有一个麦秸垛，远望极似一头卧牛，是白天乡亲们割完麦子后堆积而成的，金灿灿的，散发着一种经过阳光暴晒透发出的麦香。几个附近的小孩儿正在玩耍，你追我撵，捉迷藏。老憨腔带着两个人正好赶到，我一瞧，竟是班上的同学，十分开心——一个是活泼可爱的小妮乔桂英，一个是写字最好看的男生王敞！

"玩啥呢？"我急不可耐地问道。

我头一回在学校见到草垛时兴奋得不行，因为在城里很少能遇见。它有七八米长、四米宽、三米高，是个庞然大物。有了它，过冬的柴火取暖问题（包括照明问题）就解决了。如今，草垛没有那么大了，我每次见到它总是充满感激之情，感到它像是一个活物。眼前的麦秸垛没有草垛大，却也是我头一回接触，再加上头一回跟班上的同学玩耍，我显得兴奋无比。

班长说："咱们玩'鱼雷发射'——你肯定没见过……"

我和国柱瞪着眼睛，期盼着。

老憨腔喊道："同学们，先把空场地上的小孩儿们撵到一边去，场上不能有人，快，行动吧！"几个人开始轰小孩儿们。

空场地原是白天用来扬麦穗的场所，现在空了，其实仍留下不少麦粒。我们趴在地上，静静观察。一会儿，果然有仨一群、五一伙的麻雀在地上聚餐，垛子上好像还有麻雀在放哨，不停地转动着头。嘿，还真像伏击日本鬼子！

我们个个摩拳擦掌，可是枪呢、子弹呢，在哪儿啊？老憨腔说："去，到后面找一些石块、土块，快！"那声音真是一副老憨腔，瓮声瓮气的。

我觉得他指挥有方，便抽身弯腰撤出"阵地"，去找"武器"。国柱见状也跟着，嘴上冒出一句话："咦，他还真把自个儿当作司令了！"王敞也爬起来，跟我走。

我们很快找到了一堆土块和石块，问题是怎么运走这些"武器"呢？

我急中生智，将上衣一脱，铺在地上，把"武器"往上堆，然后抱着衣服往回返。王敞也脱下衣服，如法炮制。国柱却不能这样——因为他就没穿上衣。他干脆脱下长裤，系死裤脚，将土块和石块装进裤身，拎着裤子往回跑。

我们仨迅速进入"阵地"，往每个人跟前摆放土块和石块，就像摆放手榴弹。几个小孩儿也分到了"武器"，严阵以待。桂英歪着头，瞅了一眼我们仨，"扑哧"一声笑了。班长说："严肃点，都啥时候了，要发起总攻了，还笑……"

我问桂英："笑啥呢？"

她说："瞅瞅，你们仨都赤膊上阵啦！你带的那个孩儿，咋穿一条花裤衩，笑死人啰！"

我还真没注意，侧头一看，国柱果真穿的是一条花裤衩——红色裤头上还印了两道绿色条纹，不禁笑出声来。

班长压低嗓音，说道："同志们，抄家伙，对准目标，只管往地上扔，听我的命令，准备，鱼雷发射，扔呀——"

每个人将跟前的土块和石块一口气朝空场地的地面扔出去，像是万炮齐轰，还真有点像鱼雷发射呢！

结果怎么样？——战果辉煌。死了一大片麻雀。

班长喊了一句"冲啊"，大家便冲过去打扫"战场"，发现许多麻雀是被滚过来的石块击毙的，受伤的大概是遇上了土块。黑虎猛地蹿出去，兴奋地撕咬着一只受伤的麻雀。大家嘻嘻哈哈，快活无比。

老憨腔笑嘻嘻地说："咱们准备吃烧麻雀啰！"

啊？桂英吐了一下舌头，说："吓人！俺可不敢。"老憨腔说："有啥好怕的？有一次玩，你还吃过蚂蚱、蝉呢。麻雀更香……"几个小孩儿一听吓得当即跑掉了。

接下来，班长让大家抱一些麦秸放到空场地上，开始给麻雀们拔毛。我们从麦秸垛上薅了好几个来回。

我想起上学第一天，就是老憨腔命令我们从草垛上薅柴火的。他比我大几岁，留过级，可就是不一样，仿佛天生就是当司令的材料。

我们几个人拢来一堆麦秸，用火柴点着，形成一片篝火。把去了毛的麻雀扔进火里，用小木棍将麦秸灰覆盖着它们，来回搅动，立时闻到一股烤肉的味道，麻雀的身体渐渐变红，再渐渐变黑……

班长两下子就吃了一个，嘴巴被烫得直吸溜，连声说："好香，好香！"

王敞跟着吃起来，说："咦，不赖！俺好久没有沾腥味了……"

桂英战战兢兢地用麦秸秆夹起一只麻雀，先闻了一下，嗯，是香，便放到嘴里，闭上眼睛，吃了一口，接着猛吃起来，嚼得速度比王敞还快，突然有了笑声："俺的娘哟，人间美味呀！俺一定带一些回家，让家人也开开荤……"

见他们都吃疯了，我也抓起一只吃起来，感觉麻雀肉有些硬，还有点焦煳味，香是蛮香，就是觉得不如国柱烧得好吃——或许是因为有泥巴裹着才避免了烧糊吧。我吃了四个麻雀就不想吃了。

国柱就吃了一个。老憨腔舔舔嘴巴上的油，边吃边说："你这孩儿，咋不吃了？平时锅里的油渣都抢着吃，给你野味你还扭扭捏捏上了，快点吃！"

"俺不想吃嘛，不兴强迫人！"国柱穿着花裤衩，不动窝。

我说："又咋啦？你老嚷嚷让你爹去集市上割肉，有肉了你却不吃……"

国柱怯生生地说道："俺是怕吃麻雀长雀斑，将来找不着对象！"

我一听就来气，笑着说："上回，你猛地让俺多吃，难道就不怕表叔娶不上媳妇？你呀……"

"不怕，"谁料到国柱一本正经地说道，"俺真的想过，即使表叔长了一脸的麻子，就凭你的家庭条件，好多女的一定会争着找你。"

一句话，说得几个人开始对这个穿花裤衩的小孩儿另眼相待了。

桂英立刻扔掉手里的麻雀肉，往地上"呸"了两下，表情沮丧起来，说："哎哟，咋办呀？俺要是长了麻子……羞死人呢，不敢想啊！"

我笑着说："没事儿，俺们都比你吃得多，也没见长麻子呀！俺冬天时吃过一回，都过去几个月了，也没见长啥麻子嘛！那都是诳人的，没有科学依据。"

老憨腔表情严肃起来，做思考状，说："未必。人要是被疯狗咬了，会得狂犬病。你们说，到发作的潜伏期有多长，不知道吧？告诉你们——少则几天，多则十年以上。"

啊？桂英吓得摸住脸颊，盯着他，不停地说道："咋办啦？俺说不吃你却劝俺吃，就怨你……"

老憨腔饱含同情的目光，说："咳，这有啥难的？大不了你因一脸麻子嫁不出去，俺就娶你呗——俺这人心肠软，就怕别人有难、受煎熬。"

桂英见班长在这里等着她，气得说道："滚一边去——你比那条疯狗还坏！当心俺一口撕了你、咬烂你！"

老憨腔实在忍不住了，哈哈大笑。我们几个也笑得肚子疼。

吃完了烧麻雀，王敞提出要回家。他指着天上明晃晃的月亮，说："不早了，明儿还得收麦子呢！"

老憨腔说："人家女孩儿都没说走，你咋能拉稀呢？"

我出了一个主意："要不，俺带你们吃西瓜去！"

大家都表示赞同，笑嘻嘻地跟着我向和平哥的瓜棚走去。我回头一望，那月光下的麦秸垛此刻真像一个亮灿灿的金元宝。

我们很快来到一大片西瓜地，借着月光看见一个个大西瓜蹲在地上，绿皮黑纹的，躲在一些蔓藤和绿叶的下面，像是向我们示威似的。远处有一个瓜棚，黑黢黢的，有点吓人。

"弄啥的？"突然，一声大吼，把我们吓了一跳。

"和平哥，俺是学军啊！"我赶紧回话。

和平哥从瓜棚里窜出，拿着一根木棍。等我们走近了，他说："学军呀，这么晚了，还在疯呀！"

老憨腔是个自来熟，对谁都能说上话，他笑眯眯地说："大哥，学军说了，今晚如果不能叫俺们吃上瓜，他就睡不着觉，他生怕您不在呢！"

"哪能呢？"和平哥说道，"欢迎还来不及呢！"

他钻进瓜棚，点亮了一盏煤油灯。我们这才看清棚子里就摆放了一张木板床，上面有被子，床前有一个小桌子，放着一把刀，还有一个暖水瓶，两个茶杯。没有门，敞开着一边，也没见一个凳子。

和平哥说："别客气，随便坐。"我们便坐在了地上。严格地说，王敞和国柱坐在了棚子外面。

和平哥啥话不说，出去到地里挑了两个大西瓜，一手抱一个，回来了。

他"咔嚓"一声，拦腰一刀，接着"咣咣"几下，切得边是边、圆是圆，全部摆在桌面上。我们狼吞虎咽，吃到嘴里，沙绵绵的，满嘴流甜汁。

这是我在方店第一次吃西瓜。

我在湖北时，那里的人都爱吃河南瓜，个大皮薄，又甜又面，全是红沙瓤。和平哥说过，老家少雨，日照时间长，沙土肥，且日夜温差大，种出的西瓜闻名天下。

他不吃，只是津津有味地看着我们吃。一个不够，他"咔嚓"

又开了一个，吃得每个人都爱摸自己的圆肚子。

我吃不动了，伸着湿乎乎的手，到处找毛巾。和平哥找来一块抹布，我好赖擦了擦，扔给老憨腔。他拿来抹了一下嘴巴，扔给王敞。王敞看了一眼，顿生厌恶，搁在乔桂英的桌前。桂英瞟了一下那条抹布，拿在手里，去收拾桌子上的西瓜皮。国柱挺机灵，从棚子外面搬进去一个小铁桶，去接瓜皮。几个人都感觉到刮凉风了，一天的暑气不见了踪影……

王敞说："太晚了，这回该走了，要不俺爹俺娘非满世界找俺不可！"

我站起来，差点碰到棚顶："中啊，和平哥，俺们都得走了。下回接着吃。"

我们走很远了，和平哥还在瓜棚外跟我们每个人摆手。

从头到尾，我们居然没有说过一声谢谢。

在方店东头一大片牛棚旁边，耸立着三座像炮楼一样的房子，土坯搭建的，黄色，很特别。我经常经过这里，见总是锁着大门，很神秘。表哥说，这是烟炕，炕烟叶用的。

烟叶可是生产队的宝贝，全指着把它们卖到公社换钱，增加年底收成呢。

湖北的小同学们肯定不知道：烟叶可分上中下三等，每等又按色泽匀称程度分一、二、三级，是谓"三等九级"。据说，这是根据烟叶的上中下三个部位划分的，根部、尾梢为下等，以中部烟为最好，这是因为中间部位叶片大，经受阳光多，营养充分。如此说来，中一、中二、中三烟，即四、五、六级烟为上佳，价钱最高。

表哥当时吸烟很凶，也帮生产队种烟、炕烟，可是连最次的下等烟都很少吸过。他经常抓一把青干的烟叶揉成烟丝，自己卷烟。拿一根细高粱秆糊上一张硬纸，纸边叠着一张薄薄的卷烟纸，沾点面糊，撒上一溜儿烟丝，用高粱秆一擀，便卷成了一根很长的烟卷，再拿剪刀绞成几段，就成了类似卷烟厂出的纸烟了。他每次吸起来，感觉不坏，怡然自得，陶醉在幸福里。

我突发奇想：其实，幸福很简单，是很容易得到的——欲望不高就行！

表哥去过湖北，我父亲就送过他整条的香烟。他舍不得吸，嫌它太贵，吸起来像是在烧钱，一回到叶县就到商店里换了两条普通烟，人家还多饶了他三盒呢。但就这点纸烟他仍然舍不得吸，只有贵客来了才肯掏出来。据他说，总共吸了一年零两个月。

如果表哥像郝表叔那样稍微富裕一点，他肯定能吸上生产队生产的好烟。那么，他再吸赖烟就可能不会有原先那种陶醉的感觉，幸福感会不会就突然消失了呢？

我在老家生活这么久，内心滋长着一种激情豪迈的幸福感，因为我时时刻刻感觉到一种奇妙的变化正在发生。新的见识丰富了我的阅历，让我从无知变为"懂事"了，还学会了谦虚。麦穗沉甸甸的，总是低着头嘛！在农村得到的这些经验，足够让我回到湖北以后迅速拉开我与同学们的距离——那时，该轮到我骂他们是信球、"糊涂蛋"了！

不过，进步也不能太突然，就像吃甘蔗，先吃梢，再吃根，先苦后甜，感觉会好一点。如果先用压井，再用普通水井，那就十分别扭。

我经常拿郝表叔与表哥比，觉得郝表叔过得比表哥好，但一看到表哥活得有滋有味，又会觉得表哥过得不错。日子久了，我发现幸福不幸福，纯粹出于人的内心感受，只要你自己觉得幸福，那就是幸福的。

遗憾的是，我没有看到表哥他们炕烟的全过程。比如，炕烟前，先要"连烟叶"，接着是"装炕"。我有幸目睹了"出烟"的过程。那天炕的是最好的中部烟。

循着那股子烟香味，男人们五尺远一个地站着，排成长长的一列。最前边的那人冒着五六十度的高温，一头钻进炕房里，迅速把双腿叉开，跨在架杆儿上，从下到上，一层一层地往下卸一杆一杆的烟叶，热得大汗淋漓。后面的人赶紧往外搬运炕好的烟叶……

表哥从炕房里出来的时候像是要虚脱了，一个劲儿地用大茶杯喝水，"咕咚咕咚"地，声音很响。我朝炕房里张望——火烧火燎的，什么都看不清，像是一个大蒸笼，热气腾腾。表哥怕我熏伤了，让我赶紧躲开。

往哪儿躲呀？整个酷夏，日头在哪儿都一样毒！

四

炕好的烟叶被一杆一杆地传出后，摊在开阔的空地上，几乎把村里的空地全占满了，像是向天空展览一幅幅油画，到处是金光灿烂的，好看极了！

感谢上天赐给我的故乡一片开阔的大平原、肥沃的土壤、疏松的土质，特别适宜种植烟草这种招财的经济作物！有了它，乡亲们就有了盼头啊！

整天在土地里刨食的亲人啊，难道真的刨不出一个金元宝吗？

不！绝不！我见过的人啊，很少有偷奸耍滑的。他们淳朴、善良，干起活来，一滴汗珠子摔成八瓣。他们有梦、执着，为了追求，十八匹马也拉不回头！

生产队长黑山叔每天一大早喊"喂——出——工啦……"的时候，一定是心中充满憧憬的。社员们下地干活是唱着歌去的。朝霞映红了风光旖旎的田野，秋风荡漾，撩得劳动号子此起彼伏。谁不想过美好的、舒坦的日子呀？

有一天，黑山叔发现好几天没见到二蛋和他爹了，便去他们家看望。他只看到二蛋他娘一人在家，说："孩儿和他爹呢？"二蛋他娘说："进城了，他爹病了，没钱抓药，卖花米团儿，换几个钱……"黑山叔一听，拉下了脸，说道："俺警告过他们，就是不听！一个小小的花米团儿，居然卖两分钱，快超过鸡蛋价了，怎么得了哟？……"二蛋娘焦虑起来，满眼愁苦。

黑山叔把身上所有的兜儿摸了一遍，掏出一把零碎的纸币，递给二蛋娘，和气地说："不碍事，莫急，谁都有犯难的时候，人人搭把手就过去了！快派人捎话，把他俩叫回来吧……"

二蛋和他爹回家了，专门给黑山队长送了一盒纸烟，对他这一次没有声张表示感谢。黑山叔当即将纸烟扔给了二蛋爹，黑着脸说："凡事要敞亮，你这人就喜欢打小算盘，先紧着买药吧！"

二蛋家也是一个独门小院子，只是残破点儿。院子门口长着一棵很粗的榆树，风一吹树叶就"哗哗"地响。队里决定要砍伐这棵大树。

砍树那天，二蛋一家人烧了一锅水，放了不少茶叶，盛了十几碗，备着。

砍树时很顺利，树的根部留下许多斧头砍的茬印，白不呲咧的。六个男人累得直喘粗气，赶紧坐下来歇息，喝二蛋家的茶水。

放倒大树的时候却出事了。黑山叔担心大树倒下会砸了二蛋家的院门，便拍拍巴掌，喊道："小伙子们，注意啦！千万别砸坏了二蛋家的大门！大家用手扶着树身，尽力朝东南方向推！准备啦……"

他大喊一声："顺坡——倒啊！——"

当时，我和一帮人在场，看热闹。一听这喊声，吓得赶紧往远处跑，感觉先是听到树叶的"哗哗"声极像哭声，接着是树根猛然迸发一片断裂声，犹如一座山在剧烈咳嗽，与此同时，大树像一头怪兽轰然倒下……

五个小伙子拍着手笑眯眯地庆贺成功，却发现黑山队长倒在地上，抱着大腿，痛苦地抽搐，再一看，右大腿外侧的裤面已经撕开了口子，露出殷红的鲜血。

大家十分惊讶，围拢过来，查看队长的伤情。

二蛋爹扶起队长，眼里冒出泪花，说道："您是为俺家受的伤，快，送卫生站去止血！"

黑山叔说："不碍事，怪俺自己。就是有那个念头，躲避迟了，谁都不能埋怨！"

二蛋爹二话不说，背起队长就走。两个小伙子一边一个托着队长的臀部，一路小跑。我和几个大人也跟着跑起来……

那天，表哥不在，办别的事去了。他听说后，没少自责。他说："如果俺在的话，就会多一个人，推树的力量会更大，黑山叔或许就不会受伤了……"

表哥是个热心肠的人，往日里砍树这种事情不会少了他。好在黑山叔没有大碍，半月后又行动自如了。

进入八月份，我就开始想我要离开老家了，心里总是隐隐作痛。对这里的一切都产生了感情，我真有点依依不舍。

和平哥、国柱、小琬等人也猜出了我的心思，尽量陪我多玩，相处时间多一点。他们不希望我走，但也知道我终究留不住。

也许是将要回湖北之故，我焦虑过度、心情沉重，居然害了一场大病。浑身出虚汗，恶心，乏力，食欲不佳。姑姑便煮红糖姜汤为我发汗，表嫂煨雉鸡汤滋补，表哥熬中药让我喝，郝表叔亲自登门给我号脉，还送了一份礼物，叫我捎回湖北，让我爸妈尝尝老家的土特产。

我一看，差点笑了，原来是核桃酥——我吃过。也不知道是谁加工的，做得跟铁一样硬，而且这东西还不会变质，放上两年保险不会发霉。

后来一打听，这玩意儿就是要掰碎，用开水冲泡着吃。差点误会了郝表叔的美意，我羞得无地自容。不过，那些糯米糖、麻花、锅盔，做得也跟铁似的，用牙咬是吃不成的，必须得用上老虎钳，难道也需用开水冲泡着吃？

开心事还是有的。表哥兑现了他麦收时的承诺，带我去雪庄听了一回戏！

河南人都喜欢听豫剧。家乡人还喜欢唱几句豫剧，开心时唱，不开心时也爱唱。王书记、黑山叔、表哥、邝老师、和平哥、花姐等，都爱唱，仿佛豫剧成了他们生活中的一部分，形影不离。

我是渐渐喜欢上豫剧的，理由是：我是河南人。我觉得不喜欢豫剧，简直就是丢人。再说，豫剧唱腔铿锵大气，行腔酣畅，抑扬顿挫，韵味醇美，表达故事和人的情感给人酣畅淋漓之感。如果让我给各种地方戏曲排名，我肯定首选豫剧。

那天，太阳还没落山，雪庄的戏台前挤满了人，孩子们居多，外村的人也不少。表哥拉着我，尽量往前坐，坐在地上，容易被前排人的脑袋挡住视线，发现旁边有一棵树，便把我抱到树杈上，他自己站着看。

一帮小伙子和一群大姑娘在人的海洋中显得特别扎眼，相互之间耍着贫嘴，逗乐，也不知他们是否认识。男的专爱盯着看女子的白脖子、黑长发和花衣裳，还看人家的胸脯，惹得一些长相标致的女子惊叫不已，骂声不断……

大幕拉开，好戏开场。观众们一个个听得如醉如痴。刚才打闹的后生们也变得无声无息了，聚精会神地晃动着脑袋。

叶县豫剧团的文艺下乡巡演，演员的水平就是不一样！生旦净末丑，演啥像啥，十分专业。唱腔韵味也非常讲究、到位。就是舞台上的打斗、念白都是有模有样。当时唱的多是根据"样板戏"移植的豫剧曲目，多数人对内容不感兴趣，就是喜欢那个调儿，百听不厌。

记得中途停了一次电，漆黑一片。渐渐地，人们感到月亮很亮。台下又变得乱哄哄的了，小孩们跑来跑去，呼儿唤女声不绝于耳，青年男女之间又开始了嬉笑怒骂。舞台旁，有人忙着张罗发电，急得满头大汗。演员们彼此之间开着玩笑，说你穿错了衣服，说他多走了两步。一位女演员一不留神秃噜了一句《穆桂英挂帅》的唱腔——"辕门外三声炮如同雷震……"顿时引来跟前的观众雷鸣般的掌声，吓得她赶紧躲藏起来，不敢露面了……

我自始至终趴在树杈上观看，时不时地跟着哼唱。表哥突然喊了一句"马金凤"，把我吓得一激灵。我当时不晓得马金凤是谁，就没有产生连锁反应。表哥经常偷偷跟人学唱豫剧，听过一些老人唱过传统戏，包括马金凤大师的《穆桂英挂帅》。当时，公开场合不让演唱，只能偷偷地听和唱。

如果我不到老家读书，就不可能体会到乡亲们对一个戏种的热爱简直到了无以复加、无以言表的程度。演员们在台上跟跄几步，可能就是走遍了半个中国。当时，经济、文化都不发达，豫剧给乡亲们带来了多少欢乐啊！

热爱豫剧，就是热爱生活！

回家途中，我余兴未尽，对表哥感慨道："俺知道演员要练功，跟俺上学一样，多苦，多累啊！但还得演下去——太不容易了！"

表哥说道："那是。人活一世，多苦，多累啊！日子还得一天天过下去，跟演戏也差不多……"

桂花飘香之时，终于到了我离开老家回湖北的时候。

我买了一大包糖果和花生送给同学们吃。大家都不说话，闷着。

班长老憨腔打破了寂静，说："人为啥不能同时生活在两个不同的地方呢？唉！……"

乔桂英哭了，王敞哭了，其他人跟着哭。

我对邝德儿老师说："俺给每个同学买了一个练习本，发给他们吧，留作纪念！俺给您买了一盒圆球牌香烟，希望您放眼世界，也希望咱们还有团圆的时候……其实，俺也不想走啊……"我的眼泪夺眶而出。

邝老师也有些哽咽，扶住我的双肩，说道："古人云：春有百花秋有月，夏有凉风冬有雪。若无闲事挂心头，便是人间好时节。学军同学啊，你好自为之吧……"

回到家还是哭。我走的前夜，一家人都没睡觉，围坐在大院里，月光很亮，不用点灯。大家你一句我一句专讲我的各种糗事，希望冲淡一下即将分开的忧伤。姑姑一边流泪一边给我扇扇子，我扑在她怀里，说："姑姑，俺不能钻您的被窝睡觉了，呜呜呜……"花姐逗我说："干脆，你甭走了，每晚俺背着你，哄你睡觉。"……我再一次品尝了离别的滋味。

上早自习的时间，我和表哥悄悄起床，离开了大院。

当我俩套好牛车准备走的时候，姑姑、表嫂、珍姐、花姐、国柱、小琬等一下子出现在我面前，再次折磨我幼小的心灵。

牛车走走停停，当我看到小河里漂浮着朝霞的时候，一排亲人已在村头的小土岗上站着不动了，手却在不停地挥舞，身影越来越小，越来越小……

表哥和我坐在牛车上，沿着来时的路，倒着再走一遍。不同的是，走的时候多了一条小狗，冬景换成了秋色。黑虎一直跟着牛车在跑，快到叶县的时候，它深情地看了我一眼，就摇着尾巴往回返了。牛铃"叮叮当当"地响个不停，让我心烦意乱。时光如果能倒流，——哪怕是像这牛车一样慢慢地走——该有多好啊！

我"呀"的一声，脱去上衣，喊道："让老家的风再刮刮我那瓷实的胸脯和臂膀吧！"表哥表情复杂地瞄我一眼，坐在车头，拿起赶牛鞭往空中一甩——"啪——"惊得一群小鸟箭一样射进白杨树冠里，寻不到踪影……

到了许昌火车站候车室，我突然看见一个熟悉的亲人。她一把搂住我，上下打量，悲喜交加："长高了！比从前结实多啦！"

我望着她，半晌说不出话。表哥笑着说："学军啊，她是你妈啊，快喊呀——"

我拽着表哥不撒手，羞怯地躲在他的身后。

我母亲哭了，说："我真是你妈呀……"

我睁大眼睛，忽闪了几下，突然张开双臂，向母亲扑了过去："娘，俺的亲娘啊……"

欲望的 K 线

一

2007年，我在北京一家报社工作，刚刚被提拔为记者部副主任，踌躇满志，正想施展拳脚干一番宏图大业。我就喜欢干新闻，没辙。别的行当我也干不了。

在京城打拼了20多年，除了办报，我啥本事没有。发小赖三打电话说，听说你升官了，我在铜城宾馆住店时钱包不见了，你不是跟市领导熟吗？请打个电话把钱包找回来呗。乡下的表哥说正在跟邻居闹宅基地纠纷，也希望我过问一下。在他们眼里，我像是中办主任，无所不能。其实，根本不是那回事。

儿子10岁了，我却没能力让他上个好学校。一直想给他买一套房子，但房价总是比工资涨得快。我月收入四五千元，但周围最便宜的、三环以外的商品房也是每平方米7000元左右。我和妻子徐晓燕看上了三环内的"帝景八号"的一套110平方米的住宅，每平方米一万一，准备了资金，打算分期付款把它买下来。

碰巧，看房那天遇上同事小夏。小夏指着那栋脚手架还没拆完的高楼，说："樊主任，咱们将来是邻居喽！看，1608房间，140平方米，所有房间全部朝南，我老婆家刚刚卖了房子，分得50万，就等着办付款手续了！"

他一脸喜庆，嗓门特亮。我与他闲聊的时候，发现绚丽的阳光一直笼罩着他……

春节前夕，晓燕神秘兮兮地说："小双，我们证券公司最近沸腾了，都说一波大牛市要起来了，赶紧准备钱吧！"我说，不懂的东西，少碰，看看再说。晓燕说："别废话，你先跟妈借钱吧！"

徐晓燕在一家证券公司上班，颇有点投资理财的能力。她在我和我的同事都不关心股票的时候，已经涉足股市三年了。打打短线，隔几天换个股，总是满仓，没赔钱，也没赚过大钱，但喜欢以高手自居，说起炒股之道总是眉飞色舞，滔滔不绝。

转眼就到了春节，一家三口回湖北老家过年，买的吃的、用的大包小包地拎回去。父母在武装部大院门口一直盼望着，看到儿子携妻扶子衣锦还乡老泪纵横。叔叔阿姨见了都夸我懂事、孝顺，比樊大双强。

樊大双是我的孪生哥哥，一只眼睛因伤失明，另一只眼睛视力模糊，走路离不开拐棍，靠拿几百元伤残补助为生。他与嫂子关系不睦，经常闹别扭，脾气又坏，只好与父母暂住在一起。父母都七老八十了，还得照顾他，给他钱。给少了，他不乐意，张嘴就骂，什么"婊子""老子"多脏的话都敢说，父亲血压就会迅速升高，母亲就会气得让他滚蛋。哥哥说："这个世界人人嫌弃我，老子过不好，你们谁也甭想过好！"

大年三十，我悄悄给他1500元，让他晚上吃年饭时拿出500元孝敬父母。谁知双胞胎给父母磕头时，我献上5000元，哥哥掏出 300 元。不料，父母很开心，说，大双都知道孝敬爸妈了！一高兴当场给哥 600 元。嫂子和侄子也在，开心地笑了。

趁着爸妈高兴，我提出借钱的事。

"借钱？遇到困难啦？咱得帮忙！"父亲是军人，声音洪亮。

母亲说，买房子，可以，炒股票，不行！

我说："妈，您可以呀，炒股票都知道。"母亲说："我是不懂，但咱们院里有好几家的年轻人炒股票，夫妻之间经常吵架、打架，如果赚钱，他们还吵还打吗？"

晓燕说："妈，这一波股市肯定要涨，您把钱借给我们，相当于投资，等赚到钱了，加倍还您。"

母亲说："咦，说得好听——咱院的年轻人也总这么说。什么最后一次呀，什么再玩就把手剁了呀，就是改不了。大毛的媳妇有一天哭着喊着站在房顶上要跳楼，大毛跪在地上求饶了两个小时，全院都知道……"

我与晓燕对视了一下，知道借钱没戏了。

2006 年的股市最低点是上证指数 998 点。有人说，上破 1000 点就产生牛市。后来果真涨起来了。

晓燕每天啥事不干，就琢磨股票，书桌上堆满了《炒股大全》《赢者通吃》《K 线之谜》之类的书籍。她兴奋地对我说："小双，我最近仔细研究了各种 K 线图，日线、周线、月线，还有布林线、MACD、KDJ 等股票走势观察法，股价一旦突破两个阶段高点的连线，就可能形成向上突破的强劲走势。"照她说的这么一看，乖乖，就在一月底，大盘已突破了 2001 年以来的最高点 2189 点，向上已是必然趋势！

我的心开始活络起来，变得躁动不安，说："晓燕，你的意思是先挣一笔钱，再去买房？"老婆笑了，说："看来你并不笨啊！"

那一年，春节过后接着就是全国两会开幕，民生问题成为最高层最关注的问题，重头戏《物权法》的审议开始进行，构建社会主义和谐社会的多项新政将浮出水面。这些对股市来说都是重大利好。

一连几天，总有人找我借钱，理由无非是买车、买房钱不够，或者老人得了重病需要钱，等等。我心想，我周围的人看起来不哼不哈的，其实个个鬼精鬼精的，一点也不傻，便说："唉，我老婆太讨厌，非要炒什么股，实在抱歉，拿不出一分钱……"朋友说声谢谢就走了。

晓燕没有死心，仍然逼着我借钱。我说："我婉拒的借钱人都不下一个排了，到哪里去借啊？再说，股市要涨，这已不是秘密了，地球人都知道！"

晓燕说："你不是认识一个大画家吗？经常喝酒，算作朋友吧，再说是借钱，又不是不还了，对吧？"

于是，我硬着头皮给这个画家打了电话。他问借多少，我说10万、20万，都行。他说："兄弟啊，没问题，不过，我刚刚买了一栋别墅，手头比较紧，过些时给你，如何？"我一听，心就凉了，说："那好吧，董先生，谢谢您啦！"

晓燕说，还朋友呢？哼，酒肉朋友，靠不住！

有一天，突然接到哥哥的一个电话。他说，几个朋友约他去桂林玩，爸妈不给他钱，他玩不成。我知道我这个兄弟有赌博的恶习，给他多少钱他都能赔光。春节时我碰巧在马路边上看到他正在跟几个人打"斗地主"，40分钟就输了200多元。他歪着嘴，叼着烟，弯着腰，眯缝着眼，眼睛都快挨着纸牌了，让人觉得又可怜又可恨。有人说："大双，莫玩了，你没有几个钱，看别人玩过过瘾算啦！"我哥说："你别瞧不起人，告诉你，我弟弟小双比你们都牛，老子打一个电话，他就给我送钱。"我吓得赶紧溜走了……

为了不让可怜的父亲血压升高，我托我的同学黄胖子给哥哥送去 600 元钱。

由于转钱、借钱，再加上争吵、犹豫，我们错过了最低点的建仓时机，在三月下旬大盘大约 3180 点的时候，买入 600019 宝钢股份 20 万元，每股 9.5 元。

二

这段时间，单位里都在悄悄议论股票、基金的事。

那时，记者部在一间大办公室办公，中间用书柜隔断，变成两个区域。王主任单独在一间办公室办公，只要他不进来，大办公室就变成了炒股心得交流沙龙。你买的什么股呀，基金为什么涨得慢呀，股票是持股不动好还是经常换来换去好呀，等等，说个没完，人人眼里都放着光，透出抑制不住的喜悦。

部门总共八个人，懂一点的买了股票，一点不懂的买了基金，说是让专家代为炒股，只有干事老刘没有买股票和基金，她年龄大，身体不好，也不懂电脑。幸好，我赶上了这趟全民大联欢的快车，要不，在他们眼里，我指不定是天下最大的傻帽了。

王主任突然进门，把大家吓了一跳，说："快，派一个记者，采访一下专家，谈谈近期股票为什么会涨，必须客观，不许推波助澜。"我说我带小孙去吧，得多找几个专家。又问，发在哪里？王主任说财经版头条。

短短时间内，全国私人股票、基金开户数已创历史新高，加上外资抄中国股市 1000 点的大底，对这波牛市的发动，客观上起到了推波助澜的作用。人人都尝到了赚钱的滋味。坐着不动，股票价格噌噌地往上涨。周围的人一看眼神就知道又发财了。上夜班时，几个编辑彼此打听今天赚了几万，不动嘴巴，只伸手指头，一根表示一万，两根表示两万……一个老同志说：你们累不累呀？整天跟老太婆瞧鸡屁股似的，盯着看下蛋，我嘛，根本就不看盘，不到一个月，我就不看一眼，看它能涨多少！

小夏是大办公室最活跃的演说家，他总是以"不好意思，我今天又挣了某某万"开头，比如，三万、五万，然后预测大盘未来走势，同事们听了，欢欣鼓舞，热血沸腾。挣钱，太容易了，太浪漫了！

"下班后，我请客，你们随便点地儿！"

一开始，小夏连着请大家吃饭，后来，彼此之间抢着请客。席间大家说的都是车轱辘话，反正行情都是涨涨涨，说什么都觉得心里舒坦……

小夏一天到晚爱穿红色的西装，至少要戴一条鲜艳的红领带，从来不敢穿跟绿色沾边的衣服，哪怕是用一下绿色的手帕，他图的是股市的红盘，大吉大利。

一天夜里，采访结束回家，看到宿舍大楼十八层文艺部编辑薛一轩家的灯还亮着，我便拨通了他的电话。

他说，什么事？我说，想借钱。他说，多少？我说，随便，几万都行。他说，就两万，刚出版一本书赚的，上来吧。

我上楼敲门进屋，见他家的两间房子非常拥挤，书柜占了大部分空间。

小薛是报社有名的才子，文笔老辣，思想深邃，爱读书、买书、藏书、写书，是经典的书痴。在嗜权嗜物恶癖风行的当下，嗜书，应该算作一种洁癖吧？

我用报纸包好钱，装进挎包，有些感动，说，四个月后还你两万五！我说要不要打个借条，他说用不着。我离开时，他追到门口，说：

"小双兄，我老婆要我学学炒股票，那玩意你懂吗？"

我顿觉脸部发烫，真想寻个地缝钻进去。我说，不太懂，改日请你喝酒！

转眼间就到了五月下旬，宝钢股份的股价已涨到 15.5 元，账户里的钱 20 万变成了 30 万。两个月赚了我两年的工资收入！

我赶紧给母亲打电话报喜。谁知老人家说：小双啊，俺总觉得这钱来得太奇怪了，心里不踏实，像是抢银行，赶紧跑吧！——你不卖，它就不是你的。

我一听，有点不高兴，学着晓燕的腔调说：妈，您不懂，这叫资本运作，风险大，获利也大！

母亲又提到我哥，说他已不是人了，还说：动不动就跪下求我给他钱，要不就抽自己耳光，骂人可难听啦！我和你爸早晚得死在他手里！说着"呜呜"哭起来，我赶紧安慰，欲哭无泪，心疼不已。

有一天，我哥打来电话，说他心口痛，想去医院检查，妈妈不给钱，问我怎么办。我说："你你……你这个狗东西，你以为老子不晓得——你经常在游戏机上玩赌博，还到处找我同学借钱！你以为你可怜，别人就会都让着你，好像全世界都欠你的……"

这段时间，我只要接到我哥的电话就会浑身发抖，气得上气不接下气，脑袋发蒙，连一句完整的话也说不全，再说一句就会口出白沫了，样子十分吓人，像是立马要中风似的。

电话那头，我哥还不依不饶，说道："还双胞胎兄弟呢，狗屁！老子的死活你都不管了，你这个浑蛋……"

晓燕抢过电话听筒，说："哥啊，我是晓燕呀，你千万别埋怨弟弟，他经常说哥你其实很善良，你们俩的关系比一般兄弟关系还要亲，越亲骂得越凶！你说看病多少钱才够？两千够不够？好，就给你两千！……"

挂了电话，晓燕对我说："算啦，我们赚了那么多钱，就应该给爸妈和哥哥寄钱，安定团结第一嘛！"

后来，嫂子打来电话，说侄子刚上大学，想要一部手机，你们看……晓燕听得真真切切，赶紧对我大喊："小双，快，告诉嫂子，我们掏钱！"

在上证指数 3760 点左右时，老婆把东拼西凑的 10 万元投入股市，加了仓。

三

谁知 5 月 30 日那天，上午一开盘，股指就开始狂泻，收盘时跌 6.5%，许多股票突然跌停，我被那种飞流直下三千尺的恐怖震住了。原来是因为印花税上调！许多个股连续跌停，跑也跑不掉，惨不忍睹。我们这帮无知无畏的股民被上了一堂血淋淋的风险警示课。

当天上班时，编辑部里已经乱成一锅粥，有人已哭成了泪人。王主任突然进门，又把大家吓一跳，他说："是哪个王八蛋说的，股市大牛市稳赚不赔？我一开盘就损失了 5 万！快，小双主任，赶紧找记者写稿，搞风险教育！"

我说没问题，马上落实。大办公室里的人惊呆了——原来王主任也炒股啊，而且还居然玩得这么凶悍！

于是，网上最流行的股票大师巴菲特的名言，通过各种专家的嘴巴开始在报刊上传播——投资的第一条原则是保住你的本金；第二条还是保住你的本金；第三条是牢记前两条。

人要悲观是很容易的，但要彻底悲观却也并不容易。哪一个人不是知道活着不易却还努力地活着？我忽然想起了我哥，想起了他在马路边上打牌时的样子。我刹那间觉得我的老婆——爱歪着头按着计算器算计的徐晓燕，其实跟我哥哥没有什么区别，只不过，一个是小赌徒，一个是大赌徒。

我与哥哥通了电话。哥哥说：最近我没有让爸妈生气了，你高兴吗？

我说："高兴，高兴。哥啊，你可怜，其实我比你更可怜！你为了区区一两百元敢要爸妈的命，老子死活都不愿给你，可是，我们有时一天赔掉三万多呀，却吼叫着骂你赌博，真是讽刺啊！太可笑了！哥，我想通了，活着，比什么都强，其他都是扯淡！——你想呀，有三个发小得病死了，可是你还活着；那个副书记的儿子不是挺牛吗？我刚晓得他被抓了，可是你还有自由；你一只眼睛看不见，可是盲人怎么办呢？……哥啊，我只求你，别再欺负爸妈了，我保证养你一辈子！"

我哥哭了，说："我真想去抢银行，被警察捉去，让他们管我饭吃，我不想连累爸妈呀……"我也跟着哭了半天。

晓燕说，这是股市突破后的回踩，还得上扬，正是补仓摊薄成本的良机，可惜没有子弹了！

六月至七月，大盘忽上忽下，基本属于横盘震荡走势。一些胆大的股民卖了房子、汽车，杀入股市，基金、股票开户数还在飙升……股市，如同神秘莫测的大赌场，暗流涌动，吉凶难卜！

七月下旬，母亲打来电话，上来就哭，我惊出一身冷汗。她说，大双又犯病了，他把银行存的 6000 元全部借给了一个女人。

那个女的平时对你哥不错，说最近得了一场重病，需要花钱，你哥二话不说全部给她了，连兜里的几十元零花钱都给了她——他太单纯啦，太轻信别人！我想好了，帮他买一套房子，让他单独过，眼不见心不烦！房价是每平方米900多元，我想跟你们借8万元。

借钱？太突然了！

晓燕就在跟前，一听就激动起来。她按了免提键，说："妈啊，我理解您老的心情，可是股市这么火，撤走资金是否妥当，您考虑考虑，不是不肯借您，您也看到了，我们正在赚钱，等再赚了这一波，如何？"

母亲说："晓燕呀，你最通情达理啦！赚钱，没有够的时候，那个成语咋说的？对，欲壑难填。你炒股，不是有二三十万嘛，不在乎这8万，可是我都70岁啦，能再活几年？我一天都不想跟大双在一起过啊……"

晓燕看了我一眼，说："妈，好吧，这两天，我把钱打给您。"

在一家银行，徐晓燕把8万元打给了我妈。按照约定，我突然想起该还薛一轩的钱了。老婆咬咬牙，又取出两万五千元现金，用报纸包好，带回家。

一天，去小薛家还钱。小薛说，怎么多出五千？我说，事先说好的。他说，不是我的，拿走！我说，有借有还，再借不难。他说，借钱给你，是信得过你，你要搞这套玩意，肯定没有下次了。见他生气了，我有些诚惶诚恐，赶紧把五千元装进包里。我知道这两万元在横盘期并没有带来利润，但给我带来的希望远远不止两万啊！我说："兄弟啊，你想喝酒吗？我想给你说说股票！"小薛望着我，觉得我有心事，说，好啊，走！

四

晓燕刚刚把这 10 万元撤出股市，没想到大盘突然拔地而起，一路上扬，牛气冲天，一直涨到 10 月 16 日，摸到本轮牛市最高点 6124.04。宝钢股份也创下最高点 22.12 元，账户资金已达 45 万元。如果不撤出 10 万元，那么账面上趴着的就是 60 多万了。为此，妻子哭了好几次，我尽量安抚，效果甚微。

"5·30"以后惊慌失措地卖出股票的人捶胸顿足，后悔不已；冒险杀入的"敢死队"个个喜笑颜开，心花怒放。大办公室的七个炒股的人出现了分化，两个挣到钱的记者卖出，跑了；三个卖出股票的记者实在耐不住寂寞，在 6000 点时重新杀入。这样，共有五人继续持有股票，理由基本相同——买股票，就是买好公司，长期持有，分享红利。

所有人当时并不知道 10 月 16 日的最高点就是未来中国股市的最高点——这也是人的悲哀之处，不能像万能的上帝一样预测未来——就像每个人不能预知自己最终在哪一天死亡。

充满诱惑的股市终于露出狰狞的面目，开始一路狂跌，断崖似的，呈"人"字形一直跌到 2008 年底的 1664 点。人们账号里的"纸上富贵"烟消云散，真金白银大量缩水，像是从人间蒸发了，当初每天数着进了几万的股民如今已是遍体鳞伤，谈"股"色变。

我的宝钢股份也没有幸免，一直跌至 4.32 元。

一切都结束了！如同一个摘椰子的小孩从一个高台蹦到一棵树上，向上爬到树顶，摸了一下硕大的椰子，没摘，然后，一路下滑，到高台旁边了，仍然没停止，继续下滑，向地面滑去……

一年多的炒股经历，就是一场噩梦啊，成为多少年挥之不去的留在我们心中的一个痛。

　　很长时间内，大办公室里，每天气氛都很压抑，人们不再谈论股票，顶多采取自嘲的方式发泄一下内心的愤懑和悔恨。

　　小孙说："唉，我本来想买一辆广本轿车，结果却赔了一辆桑塔纳。"

　　老邢说："我听过一个段子，开着奥迪进去，开着奥拓出来；开着宝马进去，骑着自行车出来。股市真不是人待的地儿呀！"

　　魏大姐小声说，听说小夏把准备买房的50多万全赔光了，每天下班后，总是站在那栋新大楼下面，数着楼层，很认真地看着他和妻子挑选的那套房子，好可怜哟！

　　真的呀？大家唏嘘不已，想想自己的损失，也都好不到哪儿去，复又唉声叹气。

　　那天，我留意了一下，发现五个炒股的人，除了小夏外出采访，其他人都在。

　　干事刘大姐照旧在不慌不忙地收拾报纸和刊物，闲下来的时候，再去打壶水、拖拖地、擦擦桌子，如果再没事干了就去给窗台上的花浇浇水，同事们都很感谢她。她每天如此，任劳任怨惯了，觉得是应该的，只是望着大家整天愁眉苦脸的，也不知怎么劝慰，心里十分难受。

　　两个卖出股票的记者小殷和老方其实只赚了几千元钱，股市暴跌以后吓得不敢在大办公室露面了，好像自己做了错事，对不住大家。这段时间，他俩采访最多，发稿最多。

　　小孙气呼呼地说，我们应该起诉某些网站，让他们赔偿我们的损失——它们经常在显著位置推出一些狗屁分析师、股评家、预测大师的帖子，如果他们不看多，说什么大盘将要涨到7000点、

8000点甚至上万点，我们能像傻子一样死攥着股票不撒手吗？

老邢说："对呀，我就是以为没有到顶，跌下去还会涨起来。最可气的是，当股价跌破我买的股票的成本价时，我不仅没有止损出局，反而又投入了'预备队'加仓，幻想着摊薄成本，等待大盘重新上扬，真傻呀……"

魏大姐说，算啦，说什么都晚了，以后吃糠咽菜，砍掉不必要的花销，把钱再赚回来，有什么呀，就当我们捐款"希望工程"，支援国家建设了。

有一天，小夏的妻子冲到大办公室，揪着小夏的头发不放，哭着喊着要离婚。小夏脖子一梗，说："你怨我，我怨谁啊？！"说罢号啕大哭。我赶紧上前安慰、劝说，大家现身说法，纷纷倒出自己的苦水，似乎在比较看谁更惨，说着说着，一个接一个地情不自禁地跟着哭起来……

突然，王主任闻声走进大办公室，说："怎么回事？上班时间怎么都哭哭啼啼的，成何体统？"问明缘由，他拍着小夏的肩膀说："我知道，大家都很难过，我赔了80多万，不比你们少吧？我有几个朋友亏损上千万，痛不欲生，可是，咱们还得继续生活下去啊！你们说是不是？振作精神，好好工作，就当买个教训吧……"

一天，小孙私下里问我："樊主任，听说嫂子炒股挺有水平的，为什么也没卖出股票止损呢？"

我说，唉，淹死的多半是会游泳的。现在看起来很简单的道理，可当初个个都跟傻子一样闹不明白，为什么？利欲熏心，失去理性，完全变得弱智啦！咱们骨子里好赌，太急功近利，都希望一夜暴富，一旦事与愿违，便只剩下死扛了。

老邢凑过来说，就是呀，中国经济引领世界，为什么就不能引领世界股市呢？说什么大涨之后出现股市泡沫，下跌就是价值回归，这我懂，你跌一下不是不可以，为什么总是跌跌不休啊？樊主任，怪就怪我们太盲从，看不见"那只看不见的手"啊！人家美国的次贷危机引发了国际金融危机，就这一条理由，股市就应该暴跌啦？真是活见鬼啦！唉，老子以后永远不碰股票喽！

我突然对书痴薛一轩肃然起敬，别人再怎么发誓，全然没有他的定力，仿佛他与众人不是生活在同一个空间。股市涨也好，跌也罢，他都视而不见。一年以后，他又出版了一本散文集，专门送我一本。我说："一轩兄弟，你老实说，当初我们每天喊着赚了好几万的时候，你就没动过心？"他说："我每天读书、写作，应付报刊的约稿都忙不过来，哪有闲工夫搭理你们这些烂事！"

我那位画家朋友董先生虽然也沉迷于艺术，但尚属食人间烟火之流。一年以后，他问我还需要钱吗，可以借给我20万。

我问晓燕，想翻本、报仇吗？晓燕说，亏了小20万，元气大伤，喝云南白药也治不好心理的创伤，算了吧，谢谢人家吧。

谁知第二天，她就变卦了。借，谁说不借？股市不行，咱们买房子去！

我经过一夜没合眼的心理挣扎和算计，终于与老婆达成了共识——把"帝景八号"的那套110平方米的住宅以每平方米一万四的价格分期付款买下来。

一个周末，我俩带着儿子办完了购房手续，老婆开着二手的桑塔纳，春风得意地回家，突然发现了小夏，说："快看——你那位同事！"

我看见小夏站在新大楼底下，仰着头，一层一层地数着楼层，望着1608房间发呆……我感到一阵难受，低着头，说："晓燕，走吧。"

我母亲借走了8万元，客观上避免了我和徐晓燕投资股市遭受更大的损失，这是我们永远要感激的。

她用这些钱买了一套 80 多平方米的房子，又用家里的积蓄全款买下了另外一套 100 平方米的住宅。十年后的今天，房价涨到每平方米 4000 多元，翻了 4 倍。北京的房价更邪乎，"帝景八号"的房价已是每平方米 8.5 万元，翻了 8 倍。这是我们当初万万没有想到的！——世事难料啊！还有，如果画家董先生当初借给我们二三十万去炒股，那么，又会是怎样的一种结局呢？

十年不算长，但也不算短。我的父亲已经去世。我的母亲与我的孪生兄弟樊大双各住一套房子，相安无事，经常相互之间看望，倒也和和美美。还多出一套房子，说是给我儿子准备的。我妈是个很有远见的人，她说如果她老了，她住的最大的房子就留给大孙子，你们俩经济条件好，应该不会在乎这些吧。

我除了增加了一套房子，似乎没有什么变化。

薛一轩已不是当年的小薛了，他已是一位著名作家，出版书籍 20 余本。

至于晓燕的股瘾，只怕是一辈子也戒不掉了。她就往股池里扔两万元，管它什么牛市、熊市，有空就盯盘，亲历风云变幻，感受酸甜苦辣，既认真，又从容，其乐无穷，有点"历尽万般红尘劫，犹若凉风轻拂面"的意味，一切随性，由她去吧。

我的儿子念大三了，好像是突然间长大的，个头超过了一米八。他嚷嚷着要炒股票，我的天啊，你说我应该对他说些什么呢？

老马退休

一

春节刚过，唐小艳生了一个大胖小子，八斤重。妇产科的护士推门出来，说："谁是马奋斗？哦，是您呀！恭喜啊，生了一个儿子，母子平安！"

马奋斗右手握拳，在空中一挥——"耶！"接着在医院走廊里表情夸张地大喊："爸，老爸，我当爸爸啦！"

马路遥从长条椅上站起来，说："小点声，知道了，我当爷爷啦！"

58岁的马路遥眼见着要退休了，突然抱上了孙子，感到喜从天降，一种幸福的暖流涌遍全身。他习惯性地把手伸进口袋摸烟，一眼发现醒目的禁烟警示牌，便摸出一把小梳子——是犀牛角做的——梳起头发来，嘿，倍儿溜。

那时，他的头发还没有全白，白不呲咧的很吓人，好像是有意跟别人过不去似的。以前他也染过头，但总遇到同事说凡染发水都有毒，都有可能导致癌症。"得，我还是多活几年吧！"于是，他干脆不染头了，任白发自由、茂盛地生长。平时他不哼不哈，不与关系不铁的人开玩笑，此番长相倒令他生出几分长者的威严，加之不招人、不惹事，周围的人都爱叫他"老马"。

老马活了大半辈子也没混个一官半职，最高职务是党支部宣传委员，却跟工资不挂钩；当了好多年的主任编辑说到底也不是主任，但落了个满世界到处采访的自由。副总编辑老费就当面发过感慨，说："老马，好羡慕你哟！你想去哪儿说走就走，不像我整天忙着看大样，签字付印，还要没完没了地开会，最终得了'三高'的毛病……"

老马笑呵呵地说："那是。您啊，是发高级牢骚，整天坐办公室，喝热茶，多滋润！哪像我们风吹雨淋的，像马一样撒欢地跑，我都成了一匹老马啦！——要不咱俩换换，问题是我签的字人家不认啊！"

跟老北京人一样，老马总体上属于乐观主义者，说话不过脑，烦事不上心，每天乐滋滋的，总是一副笑眯眯的模样。一回到儿子家，整天跟"尿不湿"打交道，还有温度：不是洗澡水温度高了、低了，就是奶瓶的温度高了、低了。雇一个保姆，还嫌照顾不过来。

儿媳妇也多事，一见老马进门，就嚷嚷洗手、打肥皂；如果老马赶上感冒、发烧，她就不让他进门。平时和颜悦色的老马鼻子都气歪了，没辙，人家说得有道理嘛！就是那语气、神情真招人恨。老马几次想发作，真想大骂一声，什么素质，还大学生呢！一点起码的教养都没有！你就不会柔声细语、有话好好说吗？老马发现媳妇唐小艳与生孩子前判若两人，温柔的小姑娘变成了"母夜叉"。但一看见小两口、两位亲家和保姆整天忙着伺候小家伙，便强忍住了怒火。

可是，一见着小孙子憨憨的小模样，张嘴一乐，老马骨头都酥了，嘿嘿地乐个没完，还夸儿媳妇水平高，一生就生了一个带把的。唐小艳说奶水不够，马奋斗就起大早迷迷瞪瞪去菜市场买鲫鱼，给老婆煨汤喝，累得跟孙子似的，还不忘给小儿子拍各种表情的照片，往微信朋友圈里发，整天晒，晒，晒。老马起先见了就兴奋，忙着点赞，偶尔还转发一下，仗着自个儿是一名记者，立马引来一片点赞叫好。后来，看到一位女同事每天在朋友圈里晒孙女的照片，看多了，想吐，觉得特烦；好几个同事实在受不了了，就把她拉黑了。他便惊出一身冷汗，不敢再在群里提孙子的事儿了。

老马常常把微信里的段子说给别人听，张嘴就来：没孙子盼孙子，有了孙子成孙子！人家笑着说："老马，当孙子是什么感觉啊？"

老马说："给孩子带孩子，是个细活。是主人吧，说了不算；是客人吧，啥活都干；是保姆吧，一分钱不赚，外搭钱还不算；是志愿者吧，还没人点赞。哈哈哈哈……"

与老马同一个办公室的小赵悄悄地问："老马，刚刚退休的几位老同志也当起了孙子，难道当孙子有这么大的魅力？"

老马微笑了一下，说："你还年轻，不懂其中的奥妙……"

小赵"咯咯咯"地笑出了声，说："老马，您到底想说什么？是想当这个孙子呢还是不想当这个孙子？"

老马关上门，推开窗户，掏出烟盒，说："老子去过这么多地方，都不像咱北京，搞什么禁烟，哎，就偷偷抽几口！"

不吸烟的小赵早就习惯老马这种请求的腔调了，说："嗨，我无所谓，没事。不过，只许抽一根！"他知道，老马说的"抽几口"

通常是指两根烟。

老马说了句够意思，问道："小赵，人家外国人也带孙子吗?"

小赵说："没听说过。人家是自己的孩子自己带，退休后多半是旅游、写书、做义工什么的，或者就在家里待着什么都不干。不过，我认识的几个大学的师兄在美国生活，生了孩子以后，父母飞到美国帮忙照看孙子辈啰。"

老马不吭声了，一个劲儿地吸烟，弄得小赵不停地拿报纸驱散烟雾。

马路遥就住在团结湖小区，离他供职的报社差不多十分钟的路程。他每天上下班必经团结湖公园。

从这个门进，打那个门出，非打公园里过不可。多少年了，有感情了不是? 看到有人坐在水边垂钓，老马才觉得心里踏实。要是听不到明漪舫或得月廊飘过来京胡悠扬的曲调或者京剧票友的一曲高歌，他似乎一天都不会觉得舒坦。

老马每天离开公园大门口时，总会看见一个蓄着山羊胡的、精瘦的老头抡起胳膊抱着近两米长的大毛笔，往水桶里蘸水，在水泥地上写榜书。老逛园子的都认识他。老马爱客气地打招呼："早啊，齐大爷，练字呢您哪!"齐大爷最多点点头，照写不误。老马也没当回事，在他看来，公园里的人大多是闲云野鹤，不用上班的，不屑与之为伍。

老马的儿子马奋斗，从小就是一个"学霸"，学习上的事情从不让父母操心，特有出息。儿子刚出生时，报社有位名人想给小家伙起名，说，无论如何要起一个催人上进的名字，就叫马奋吧——"奋斗"的奋。老马和妻子笑得前仰后合，又不好当场驳人家面子。老马就说，两个字不好，容易重名，再加一个字，就叫"马奋斗"吧，于是皆大欢喜。

马奋斗确实给父母长了脸，几乎是按中国式理想的孩子成长模式奋斗过来的，大学念的是名牌，然后出国读研，在美国毕业，回国后在北京一家大银行总部谋得一体面的职位，月薪近 2 万元。与一位北大本科毕业的女孩谈恋爱，坠入爱河，很快结婚，生下一个宝贝儿子。

周围的人都夸老马有福，不费什么劲就当上爷爷了。

"不费什么劲？天底下哪有这等好事？"老马咬着后槽牙说道。

老马这些年为马奋斗的成长可谓操碎了心。儿子上中学那年，夫人因患乳腺癌去世了。老马既当爹，又当妈，照顾儿子吃喝拉撒睡；在学业方面几乎成了儿子的辅导员和专职司机，上学、放学，能接就接；周末上各种辅导班，能上就上，花多少钱都愿意；高考那两天，老马还给儿子在考场附近的一家宾馆开了房间，便于儿子复习和休息。

最后一门考试一结束，老马一把搂住从考场走出来的儿子，说："奋斗啊，一切都过去了，爸爸要带你去黄山玩几天，散散心，假都请好了，高铁票也拿到手了，高兴不？"

马奋斗冲着老马做了一个鬼脸，说："老爸，您真伟大！"

老马喜极而泣，落下一行老泪，肩膀抖动得厉害。儿子一米八几的个儿，往地上一戳显得十分帅气，顾不得周围尽是家长和考生，张开长长的胳膊环抱父亲，跟着哭泣起来。老马说："我的好儿子，你妈妈要是还活着该多好啊！我好难过呀，她看不到今天啊，看不到你出息了……"

儿子松开环抱父亲的胳膊，说："老爸，您的头发都白了！"

老马抹了一把眼泪，说："没事儿，我这回破例找个地儿染染发，吓不着你。走，找个馆子，好好撮一顿……"

儿子上了浙江大学以后，老马下班回到家里，总是感到寂寞和孤独。80多平方米的房子里就剩下自己，空荡荡的，孤零零的，一种独守空房的感觉十分强烈，让人感到压抑。要是孩子他妈还在，该有多好！可不，累了十几年，终于把儿子拉扯大，老两口也该松口气了，像别人一样做个计划，到国外旅游去，快活快活。可是，物是人非，老伴永远不在了！

"唉！"

老马经常这样胡思乱想，唉声叹气，为老伴的苦命伤心，也为自己的中年丧偶难过不已。而这一切又能向谁诉说呢？儿子能理解吗？有好心人劝老马趁早找个伴儿，生活上也好有个照应。眼下不是兴"搭伴"过日子吗？只要两情相悦，领不领证无所谓。老马总是摇头，一声叹息。

自己找不找老伴儿，可以慢慢商量，说到底是件小事。可是儿子将来要结婚，就得有房子，这可是大事。老马经常到"链家"一类的房地产交易公司打听，实地考察楼盘，每平方米一万六呀、一万七呀地比较；正南呀，西南呀，东南呀，各种朝向都得看看。最后相中了离家不远处一套约70平方米的二手房，以儿子的名义分期付款买下来了。

那一天，老马开着旧捷达，带着儿子办购房手续。儿子十分惊讶地看着父亲，说："爸，您疯了吧？这么贵的房子也敢买？"

老马说："为了你，值！小子儿，除了你和房子，你爸现在真是一无所有了！咱俩先住大的，这套新买的房咱租出去，抵消一部分月供。等你结婚时，我住小的，你们俩住大的，怎么样？"

"那敢情好，只是苦了您了！"马奋斗一把抱住了父亲的腰，喊道："您真是我的亲爸啊！"

"别介，"老马说，"等过几年房价涨上来了，看你小子再叫我什么！"

"还涨呀？这已经让人够呛了！我知道许多大学生一工作，基本属于'月光'一族，半毛钱都剩不下。"

"奋斗呀，别忘了你爸是干啥的，记者，懂吗？你不信，走着瞧……"

后来，马奋斗结婚那天，当着众人的面，讲了这段小故事，叫了老马一声"亲爷爷"——财神爷。当天这一片住房的每平方米的均价已经超过六万五千元。

老马经常与在外地读书的儿子微信视频，什么都聊，什么都敢聊。

"老爸，我现在遗精的次数明显增多了，怎么办啊？"

有一天，儿子跟老马视频，上来就说。

老马的脑袋"嗡"的一下，说："儿子呀，青春期正常反应，多参加体育运动，少跟男同学聊女生的事。记住，现在不能谈恋爱，要谈等将来出国读研究生时再谈。比如，去美国留学，那是什么感觉？想找一个喜欢的女孩，那还不是手到擒来？先立业，后成家，供你参考……"

儿子在杭州那边，拿着手机哈哈大笑，说："老爸，您太可爱了！明明是下了命令，还说供我参考，真行呀！不过，您放心，我现在都不知道自己将来会在哪儿，我怎么能随便跟一个女孩说我爱你呢，那是要承担责任的哟……"

老马听了自然十分开心，说："奋斗呀，你上次说我们有很多东西早过时了，能举例说明吗？"

儿子说："您总爱争个输赢，其实，人人都有自己的想法，哪有什么标准答案啊！比如，您穿的衣服，衣柜里的服装，还有鞋，我都不喜欢，我就认名牌，穿着倍儿提气，飒，也舒适。不信？您来一身试试，时尚点，没坏处……"

老马为此还真尝试过，买过"阿迪达斯""李宁"等牌子的运动服，穿过"耐克"鞋，感觉就是不一样，既简约，又干练，穿上就舍不得脱了，人家见了都夸他精神、年轻了许多。

赶上与儿子视频聊天，老马继续"不耻下问"。

"好儿子，你看爸爸现在精神不？一身全是名牌。"

"嗯，不错！牛！不过，欧洲有几个牌子不错，您可以上网搜一下，不贵的，特有派！对了，告诉您，我现在很少吃麦当劳之类的东西了，那是垃圾食品，可乐也基本不喝了，原因是太贵，不值当，多攒点钱当出国的学费，比什么都强。再说，老爸，您也不容易，对不对？"

老马的鼻子酸酸的，有些感动，以前那个总喜欢跟自己对着干的儿子仿佛突然消失了，变得通情达理、主动理解父亲了。老马感慨不已。

儿子还说了一番话，更让老马惊讶，他说："爸爸，有一天，我翻阅您的书柜，发现只有一本《辞海》还可以看看，其余的都可以扔了。"

老马的脑袋又"嗡"的一下，强忍住怒火，没有发作，说："别介，莫瞎说，很多书是报社同事的作品集呢。"

儿子对着手机露出他那张既可爱又讨嫌的笑脸，说："报社的一位叔叔说，要不是评职称，很多人都不会出书，够不够水平先不论，主要是舍不得花钱。干了一辈子记者，那些破文章还好意思结集出版，甭说别人不看，估计他自个儿都不看。有些文章连我这个理工男看了都觉得臊得慌……"

"好儿子呀，你不能目空一切啊！你爸爸混了一辈子就出了一本《采访的艺术》，连一本新闻作品集还没出过呢！不过，你小子倒是提醒了爸，赶明儿我也出一本——你爸爸眼看着就退休了，还没评上正高呢！"老马说道。

二

说起评职称，马路遥就搓火。工作30多年，上了20多年夜班，要不是领导开恩，把他从总编室调到记者部，他或许仍在夜班熬鹰呢。每年评职称，排长队，老马总是进不了前三，气得他嘴角上火，长满了大包，逢人便说："凭什么啊？天天晨昏颠倒，阴阳倒立，人不人鬼不鬼的，许多同事夫妻关系生生弄成了兄妹关系！老子做的贡献比谁少啦？可以比嘛！……"

同办公室的编辑小赵好心地劝他，说："老马，听个别领导说，您的问题不在于资历，似乎在于缺一本专著。您想呀，别人都有，您没有，多不好！好比您卖了一辈子猪肉，开口闭口说您如何起早贪黑地干、如何辛苦，那哪成啊？谁不是吭哧吭哧地熬了大半辈子？您得把如何卖得好、为何这样卖的经验展示给人家，让人家夸您那才叫好呢！"

"敢情是自个儿拼了一辈子了，到头来还得听人家吆喝？"老马扔了一支烟给小赵，自己从烟盒里叼出一支。

"您忘了，禁烟，办公场所不让吸烟。"小赵有礼貌地说，"可不？要不说是评职称呢，是人家评嘛！对不对？"

"都一把老骨头了，自个儿幸福不幸福，圆满不圆满，还得看人家脸色！人家叫个好才叫好？这算哪门子事儿？……"

"算啦，不跟您说了，怎么像是吃了枪药似的说炸就炸？得，回见吧您哪！"

老马对要出门采访的小赵说："小兄弟，咱俩的聊天聊哪儿到哪儿，出去别瞎说呀，单位太复杂，你兴许说个蚂蚁，传出去就是大象了……"

"放心吧，老马，我不傻！不过，您要是评上了正高，我会嚷嚷得满世界都知道，请您吃饭，好好庆贺一下！"

年底评职称，报社召开动员大会。总编辑老程为人憨厚，办事公道，很有权威，明知评职称是件最头疼的事，但还是在动员会上鼓励大家，说道："所谓评职称，就是给那些默默奉献的老实人、实干家一个报答、奖励的机会，要防止个别光说不练，靠请客送礼、靠歪门邪道钻空子的人捡了便宜。大家好好工作就有希望，不要东走西撞地找人求情。群众和干部的眼睛是雪亮的嘛！当然，高级编辑这个职称，也不要搞得太神秘，就像老年痴呆一样，迟早都会得的！"

一席话引起台下哄堂大笑，接着是一片热烈的掌声。

年轻人乐一下就过去了，觉得这种事离他们太遥远了。老同志就不同了，他们也觉得好笑，但就是笑不出来，而是仿佛从中领悟出了什么秘密。——领导明明是发出了重要指示啊！你想呀，老年痴呆谁最容易得啊？当然是老同志嘛。换句话说，谁排在前面谁就希望最大。

说不让找评委，却都是偷偷地在找。

老马评职称前一两个月，就开始搞公关了，他知道一旦评职称文件发下来，又不让找评委了。

首先，他忐忑不安地去敲总编辑的房间。秘书小汤从隔壁房间出来，对老马说："是老马呀，找程总有何事？"

老马说："我什么官都不是，找他能有什么事？"

小汤说："是评职称的事吧？程总说了，一律不见。请回吧！"

无奈，老马走了。看看四周没人，一扭头，就去敲二把手的房间。

"费总，您知道我来找您干什么，没别的事，就是职称问题。"老马单刀直入，从挎包里拿出一盒茶叶，说，"新茶，您尝尝！"

　　费副总编辑说："老马，你的情况我十分了解，任劳任怨，兢兢业业，无论编辑、采写，拿得起，放得下。年轻时想当官没有机会，年龄大了让你当官你又不想干了。我说得没错吧？今年刚刚当上了爷爷，你是不是觉得劳累了几十年，一切都是值得的？人不争，一身轻松；事不比，一路畅通；心不求，一生平静。"

　　老马说："唉，我就是想做一个知足常乐的人，最好解决了职称问题以后再谈这个话题，领导，您能理解吧？"

　　老费笑笑，说："无论从年龄、资历、夜班、能力、贡献，你都应该排第一，放心吧，我支持你！"

　　老马一听，连鞠了三个躬，转身要走，老费叫住他，从书柜上取了一罐茶叶，递给老马，说："真正的信阳毛尖，我老家的！"老马说什么也不收，你推我让起来，居然动作有些激烈，像是要吵架似的。老费累得直喘气，说："你不收下，我就不支持你！"老马当然不想把动静弄大，赶紧收下茶叶罐，作个揖，就走了。

　　幸好，走廊里没人。

　　唉！求爷爷告奶奶，居然像做贼似的！

　　老马回到办公室，又拿了一盒茶叶，塞进挎包里，去拜访另一个副总编辑……

　　老马找遍了所有的副总编辑和有正高职称的各部主任共十几个人，除了两个人阴阳怪气，不置可否，其他人都明确答应首选老马，感动得老马不知如何是好。除了四个人没有回礼，其他人都回送了礼品，比如茶叶、咖啡、中华烟、深海鱼油等。他们送的东西都比老马送的值钱，老马想想也正常，也没往心里去，觉得这回评职称应该是有把握的了。

然而，出乎意料的事情还是发生了。

岁数比老马大半年的老邬虽然年龄上排第一，但编辑、写稿表现平平，做人方面也很差劲，独往独来，从不夸赞别人，还总是自以为是，自然是没有人愿意帮他。但是他这回求人更绝，拉着老婆找评委——准确地说，应该是老婆拉着他，公开地找——老婆哭喊着揪他的头发，拽着他的衣服找领导评理，说别人评得上，我老公为什么年年评不上？还有两年他就退休了，今年再评不上就恳请领导们让他死在外面吧！……

评委会一投票，嘿，老邬排第一。老马少了三票，排第二。按照惯例，排第一，绝对没问题了。排第二、第三的，要看运气了，看这一年有几个正高指标。

老邬评上正高了，阿弥陀佛！老马惊得目瞪口呆。大多数人并不知道内情，觉得纳闷，议论纷纷。

煮熟的鸭子飞了！老马欲哭无泪。

许多人安慰老马，老马都是无心深谈，说声谢谢就走开了。能说什么呢？能一个劲儿地怪罪老邬和他的刁蛮且智慧的老婆吗？能毫无根据地去猜测哪几个评委没有投自己一票就怀恨在心、耿耿于怀吗？老马仿佛一夜之间洞悉了人情的冷酷和人性的丑恶，反倒觉得一身轻松。心无物欲乾坤静。算了吧，别再强求了，一切随缘，听天由命吧！

一天，费总把老马叫到办公室，递给老马一根中华烟，亲自点上，说："老马呀，这次评职称纯属一个意外，谁都没想到会是这样。凡事都要做最坏的准备，更要做积极的努力，你最近的情绪不大好哟，可以理解，但也不必悲观。我不能承诺什么，但我想说如果你灰心丧气，完全放弃，那结果就一个——功亏一篑。明年不是还有一次申报的机会吗？我祝你成功！"

老马吐了一口浓烟，说："费总，我也打以死相逼的悲情牌？"

费总拉着老马一块坐在长条沙发上，说："看看，还有情绪不是？我也快退休了，情同此理嘛！我个人那点事世人皆知，不就是希望再进步一下吗？多少年了，还是没有解决。难道我就尥蹶子、撂挑子，不好好工作啦？成功更好，不成拉倒，尽力就行！我正在整理几本书稿，都是我过去工作的成果和心得。也希望你写一本书，好好总结一下。求人不如求己，宽己不如宽心。你说呢？"

老马觉得领导说得有道理，对他的诚恳有些感动，心中的一些怨气和不满顿觉消除了不少，看看窗外的蓝天白云，感到明显的气爽起来。

"那好，我们彼此鼓劲，加油！"费总晃动一下紧握着的拳头，说道。

同屋的小赵看见老马每天耷拉个脑袋，心里难过，总是说："老马，您有什么事情要我做，尽管吩咐！"老马拍拍小赵的肩膀，叹了一口气，说："谢谢你了，小兄弟！我有时候看错人，不是因为我眼瞎，而是因为我善良；我有时候强忍下，不是因为我没理，而是因为我不争。求百事之荣，不如免一事之辱啊！你还年轻，懂吗？"

小赵点点头，说："我懂。我有个大学同学，也是记者，他说他们报社有一个老同志病危，亲人和同事都赶过来了，聚到跟前，很难过地看着他。他断断续续地说着什么，听不清。一个报社领导握住他的手说，你的正高职称通过了！老同志笑了一下，咽气了。大家都哭了，因为他们知道根本没这回事……"

老马说："兄弟呀，你甭安慰我！这绝对是一个悲剧，人怎么能够随便糊弄呢？谁没有个沟沟坎坎，是吧？能帮就帮，但别拍胸脯；不帮也行，但别装好人。那个老同志也真是……怎么说呢？想开点吧，正高、副高，到时候都难免一烧；正局、副局，最终都是一个结局！"

一天早晨，老马急火火地吃完早饭，路过团结湖公园大门口时，看见齐大爷正在怀抱大毛笔，蘸水写榜书，突然想起今天是星期六，不上班，便心情轻松地看老爷子在地上写字玩。

齐大爷今年80岁，耳不聋，眼不花，着一身唐装，笑眯眯的，一副仙骨道士模样。他最爱写的是"龙腾虎跃"和"振兴中华"。字，是一个一个写的，繁体字，颇有魏晋风范，写第二个字的时候，第一个字的水迹差不多干了。围观者齐声叫好，书者却已汗流浃背。

他休息的时候，老马挨着他坐，聊天，抽了好几根烟。得知他年轻时烧过锅炉，臂膀有力，后来当过邮差，蹬着脚踏车在朝阳区走街串巷给人家送信，再后来在一家大邮电局坐起了办公室。

齐大爷摸着山羊胡子，说："小马，别看我现在精瘦，过去我可是个大胖子，'三高'占了两高，一个比我还老的中医大夫开了许多妙方都不见效，就劝我写榜书。没辙，练呗，死马当活马医吧。一晃，竟有十来年了！"

老马十分惊讶，摸摸自己发福的腰身，说："我要跟着您写字，也会精瘦？"

齐大爷哈哈大笑，说："废话！您没瞧我抡胳膊抡出一身汗？"

老马突然感觉自个儿与齐大爷之间的距离拉近了，也爱聊一些养生、保健、娱乐之类的话题。要在以前，老马觉着离退休还早着呢，聊这些没有油盐的闲篇，既无趣，又无聊。

老马趁机把单位评职称那点破事给齐大爷说了。齐大爷听得很认真，半晌没吭声，只是叹了一口气。

九点钟，假山旁的开阔地聚拢了一大群人，开始一首接一首地唱歌。游园的群众驻足围观，不停地鼓掌叫好。

　　齐大爷擦干身上的汗，说："小马，走，唱歌去！"

　　"好哩！"老马帮他收拾好大毛笔和水桶，还有保温杯，跟着走过去。

　　老马早就知道，不知打哪年起，每到周六、周日九点，总有一群喜欢声乐的人聚拢在一块，五六十岁的中老年人居多，夹杂着一些凑热闹的年轻人。少则几十人，多时上百人，动静很大。自己有时在远处听听，没好意思往跟前凑。

　　音乐学院的退休教师老李正在指挥大家唱《敢问路在何方》《血染的风采》等老歌，声音洪亮，气势磅礴，人人唱得热血沸腾，激情洋溢。老马仿佛受到了情绪感染，跟着唱起来。齐大爷说："行啊，看不出来，小马，有两把刷子嘛！"

　　老马说："老爷子，别小马小马地叫了，我都成了一匹老马啰！"说完长叹一声。齐大爷笑笑，说："您这不是挤对人吗？跟我比，您且活着呢！有啥好悲观的，好日子才刚刚开始呢！"

　　第二天，老马背着一个照相机，带着笔和本，兴致勃勃地采访了齐大爷和合唱队的老李及其队友们，写了一个整版的报道，起了一个响亮的标题——"老歌永远动人"，后来刊登在自家的报纸"百姓故事"版上，还配发了四张照片。

　　老邹功莫大焉，他成功地让评职称又回到了按年龄排序的老路。以前出现过"黑马"突然杀出的时候，有高级别当官的，有出了好几本书、在新闻界小有名气的，还有得了癌症的，他们一申报正高，老马就没戏了。

　　费总看见老马又写稿、又摄影，弄了一个整版的报道，格外高兴，在一次编前会上结结实实地夸赞了老马一番，说老马遇到挫折没有气馁，宝刀不老嘛，大家都应学习他这种对待工作、对待生活的态度。

老马已经从内心说服自己准备接受评不上正高的残酷现实，但又架不住领导的鼓励和期望，便决定奋力一搏。心想，无论如何，总比无所作为、干等着天上掉馅饼强吧。

于是，老马开始绞尽脑汁地编辑他的作品集，把自己这些年发表的一些作品做了分类和加工。这时，他想起儿子的话来，觉得脸上发烧，无地自容。儿子嘲讽得对呀！——像模像样的作品真的没有几篇——要不是评职称，谁愿出这种玩意啊！没辙，还得干，篇幅不够，拿消息凑吧，一条条电讯稿，谁敢说不是历史的记载？再来一章增加文气的，集纳一些诗歌、散文、小小说之类的东西，好让人家别小瞧了自个儿，咱好歹也能干点作家的事！书名要响亮，就叫《见证东方大国的崛起》。哦，总得找人写个序吧，找谁？老马想了半天，觉得总编辑的谱儿最大，再说他人品也好，将来书出了，也不会落下话把儿，便小心翼翼地找程总说了自己的请求，嘿，谁知老程爽快地答应了。

作品集如期出版了，能赶上评职称，没耽误事。装帧也不错，随手翻翻，老马觉得自己这些年也干了不少事。老马激动地对儿子说："这书，怎么样？"

儿子说："好！"

"值得翻翻吗？"

"值得，真的不错！"

"你不是说过这类玩意特没劲吗？"

"那要看谁写的，我爸写的，就有劲！"

嘿，都学会安慰人了！老马说："儿子啊，你爸我干了一辈子记者、编辑，虽然作品不像个别名记者写得那么如雷贯耳，但也是走南闯北的老江湖了，下访黎民百姓，上见省部级高官，堪称无冕之王吧！老子帮农民工兄弟追讨过工钱，给冤死的小人物写过内参，采访过大兴安岭火灾，还多次被我揭露的贪官的亲信跟踪和威胁过，嘿，经历多了去了，值啦！"

苦尽甘来。老马第二年年底终于评上了正高。

评上正高了，相当于当上了大学教授！马路遥感到自己立马跻身于成功人士行列，熬了大半辈子终于熬出头了，不由得感到有些飘飘然，晕晕乎乎，像是在做梦一般。

他大大方方、理直气壮地敲总编辑的房间，秘书小汤走出隔壁的房间，说道："恭喜啊，老马！找程总有事吗？"

老马挺着胸脯，直接推程总的房门，说："小汤，就一句话。"

程总在屋里喊道："是老马吧？快，请进！"

老马说："就一句话，程总，感谢您为我写序，感谢您让我评上了正高！"

说完，鞠了三个躬。

老程说，快坐，慢慢说。老马说，您太忙，不坐了，转身就离开了。老程摇摇头，说，老马也真是的，就说了一句话。

接着，老马来到费总办公室，也是说了一句话，鞠了三个躬。刚想转身离开时，老费叫住了他，说："老马呀，衷心祝贺你呀！心里坦荡一点，包容一点，是不是感觉不一样啊？"老马觉得老费对自己帮助最大，内心充满感激之情，说："绝对不一样，是乐观派与悲观派的区别！"

老费说："我马上要调到别的单位了，希望你别忘了我，常过来看看，好吗？"

"调走？升官了吧？我得祝贺您呀！"

"任命通知马上下来，暂时保密。老马，我想说的是，那位刚调来的副总编辑也申报了正高，程总看了申报者名单后，找他谈过话，劝他赶上指标多的年份再申报，领导同志姿态应该高点，不要跟群众争利益嘛。那位副总编辑在原单位评职称时就让过别人，这回又当即表态，听从安排……"

老马一愣，乖乖，还有这一出啊，差点出了幺蛾子！原来这回评职称并非一帆风顺啊！想到刚才见程总时的情景，自己愣头愣脑地就说了一句话，给人的感觉就像是首长火急火燎地做指示，人家老程说什么全当了耳旁风，像什么话啊！突然觉得眼窝发酸，心里很惭愧，懊恼不已。

"行了，别自责了！学会感恩吧！人生十之八九不如意，离不开别人的帮扶……"老费语重心长地说。

是啊，要感谢的人太多了！老马仔细想过，应该感谢的人是一长串的名单，里面包括曾经不看好自己、嘲笑过自己的人。正是因为他们逼着自己不敢懈怠，不停地打拼，否则自个儿就像一个破旧的闹钟没准头不说，各种零件早就稀里哗啦的了。

三

一个艳阳高照的早晨，一位齐耳短发的中年妇女乘坐公共汽车到团结湖这边办事，途经团结湖公园的时候，听到里面传来一阵阵嘹亮、高亢的歌声，十分惊喜，嘴里跟着哼唱起来。等办完了事，她迅速赶到公园去看热闹。

那是老马编辑作品集最起劲的时候，正是春暖花开时节，公园里盛开着各种鲜花，小鸟在四周欢快地唱歌，一群群的红锦鲤疯抢游客投放的鱼食，啧啧有声，让碧绿的湖水划出一道道诱人的涟漪。

那天，老马就在合唱队里唱歌，跟齐大爷挨着。老马声音很小，像蚊子一样发出一阵嗡嗡声。齐大爷说："早晨没吃饭？你壮得像一头牛，怎么发出羊的叫声？"马路遥嘿嘿一笑，不好意思地说："怕唱不好，影响了大伙。我再找找感觉……"

说来也巧，齐耳短发的中年妇女一扎进人堆里就站在了老马的身边。她瞧着一切都很新鲜，向老马问这问那，老马一一作答，十分热情。瞧她看上去略显微胖，但衣着得体，谈吐大方，身材还保持着曲线美，年轻时的风韵依稀可见。老马立刻产生了要认识她的冲动，但又见她脸红扑扑的，有时来个温柔的一笑，就感到有些紧张，说话变得不那么连贯了。

老马咽了一口唾沫，说道："说了半天，还不知道怎么称呼您呢？"

"我叫瞿丽丽，十里铺人民医院的儿科大夫。您呢？"

真好听，银铃般的声音！

"我在报社工作，叫马路遥，路遥知马力、日久见人心，您就叫我老马吧，比您大不了多少。"

她朝老马"咯咯"地笑，"您也喜欢唱歌？"

老马扭头望了一眼齐大爷。老爷子摸了一把山羊胡，掏出保温杯，朝盖杯里倒了一些茶水，递给瞿丽丽，说："小马唱得不赖，每天不吼几嗓子就难受。"

"真的啊？"瞿丽丽惊喜地喊道，"跟我一样！我每天一大早溜公园，就是吊嗓子，唱美声，不唱一个钟头就浑身不舒服，您说巧不巧？"

老马又望了一眼齐大爷，心想让您编，您接着编呗。

老爷子笑眯眯地说："你不在你那边的公园唱，干吗跑到我们这边来啦？不会是专门冲着小马来的吧？"

嘿，这老爷子真是人老心不老啊！老马觉得脸上有些发烧。

人家瞿大夫多大方啊，说："老爷子，我们那边公园里原来有个合唱队，后来散摊了，今天认识了您老，今后就坐车过来唱歌，反正也不远，欢迎不？"

老马一把薅住瞿丽丽的右手，说："欢迎，当然欢迎！齐大爷，快说句话嘿！"

老爷子"哈哈哈"地笑起来，说："我就不说，我担心小马你被人家拐跑了。"

一句话，说得两人都低下了头。

就这样，每到周末，老马和瞿丽丽挨着站，一块唱歌，一来二去就成了熟人。

老马发现自个儿为一个中年女子产生一种动情的冲动，十分惊异，这是十多年来不曾有过的感觉。奋斗他妈去世后就再也没有出现过这种让人心跳的感觉。他突然感到自己又变得年轻起来，好想结识一位女伙伴，重新开始谈情说爱，最好组建一个新家庭，再过一遍恩恩爱爱的日子。但是，瞿丽丽会怎么想？儿子会怎么看？老马仿佛一个初恋的小男孩，内心汹涌澎湃，却也忐忑不安。

有一天，老李指挥大伙唱才旦卓玛的那首著名的老歌——《翻身农奴把歌唱》，那音色多美啊！可是那高音也忒高啊！——谁唱得上去啊？老马面对着瞿丽丽，含情脉脉，两眼放光，引吭高歌，没承想老马发出的声音又高又亮，像雄鹰翱翔一般，居然唱得跟玩似的——

　　太阳啊霞光万丈，雄鹰啊展翅飞翔，高原春光无限
　好，叫我怎能不歌唱……

一曲下来，老马玩嗨了，齐大爷惊呆了，好像不认识眼前这个总是发出羊的叫声的家伙；瞿丽丽兴奋地伴唱，却总有那股子美声的味道，显得多少有些怪怪的；旁边的老头、老太太听罢个个张着嘴巴忘了合拢了。指挥老李先是拿着指挥棒压老马的声音，后来干脆走到老马跟前单独和着节拍，随着老马的歌声上下左右舞动着那根灵动的指挥棒。末了，说了一句："你不是会唱歌吗？"

　　老马也是头一回发现自己的中气是那么的足实，声音是那么清亮、干净，一点不像一个年近花甲之年的人发出的声音，也着实吓了一跳。"我的天啊！"老马大叫一声，竟有点不知所措。

　　后来，老李让老马担任领唱，老马就脱颖而出，变得小有名气了。他与瞿丽丽经常唱歌一结束，就去找馆子吃午饭，然后逛逛公园，玩上一下午，一天下来过得十分充实、愉快。

　　老马的老伴十年前去世了，为了儿子他一直没有给自己找个新伴侣；瞿丽丽的丈夫也因病去世了近十年，她为了女儿也没好意思张罗自己的事情。也许是"同病相怜"吧，如今，是歌声把他俩连在了一起，他俩都觉得是上天在有意安排，两人一合计，觉得有门，彼此这才开始变得心动起来。

　　老马大瞿丽丽五岁，凡事都让着她，喜欢让她任性地数落自己。瞿丽丽退休三年了，除了溜公园、唱歌，就是给闺女做晚饭，与周围同事的交往并不多。发觉老马与自己挺合拍，她兴奋无比，开始捯饬自己的服装和发型，好像一下子小了好几岁，说话也变得温柔起来，盼望着周末早早到来好与老马见面。

　　在一个周日的黄昏，突然下起了大雨。老马说，你走不了了，先躲躲雨吧，便把瞿丽丽带到自己住的两居室，又是沏茶，又是放音乐，殷勤周到。瞿丽丽看了看屋里的摆设，便帮着收拾起来。

　　有个女人是不一样，没多大工夫，屋子给收拾得干干净净，连床上的被子都叠得像豆腐块似的。老马递了一条热毛巾给瞿丽丽，让她坐在床上慢慢擦。瞿丽丽擦完了脸和手，把毛巾递给老马，发现老马坐在一个板凳上直勾勾地看着自己，脸颊顿时变得绯红，怯生生地说："干吗呀，老马？"

"咱俩结婚吧？"老马感觉到自个儿的呼吸有些局促，声音好像被什么东西给憋住似的。

"嘻嘻，你的样子好瘆得慌！我……"

老马把毛巾一扔，突然将瞿丽丽扑倒在床上，顺势将身体压在她的身上。瞿丽丽疯狂地推搡老马，用右手捶打老马的后背，喊道："你不能这样，老马，你……"

老马停了一下，说："你不知道，我是多么地喜欢你，没有你我真的无法生活啊！"

说完就开始亲她的嘴巴和脸蛋。瞿丽丽一个劲地捶打着老马，嘴里不停地在喊，也不知在喊些什么，渐渐地右手不再捶打了，与左手一道将老马紧紧地搂抱住，反倒让老马透不过气来。

老马变得动作慢了许多，用手轻轻地摸着她的短发，亲着她的嘴唇，亲着亲着变成了深吻，瞿丽丽的双手从老马的腰间上移到头部，老马已经感觉到她的舌头极其润滑、灵动、有力，浑身上下像是要爆炸了一般，有种说不出的美妙……

突然，老马"哎哟"一声，从瞿丽丽身上翻身下来，瞿丽丽坐起来，看见老马嘴角流出了血，说："对不起，我是不是咬疼你了？"

老马用舌头舔了舔嘴角，苦笑着说："丽丽啊，你真行呀！你要是不同意这样做就明说，我保证绝不动你一根手指头！"

"不是，不是这样的！"瞿丽丽委屈地解释道，"瞧你，还真生气了！"

说完，一扭头，不理老马了。

老马一看，没辙了，就把她抱起来，站直了，说："丽丽，今晚你就睡这张床，我睡客厅的沙发。好了吧，来，笑一个！"

瞿丽丽亲了一口老马，紧紧地抱住了他。

老马拍拍瞿丽丽的后背，说："请原谅我的粗鲁，改天咱们俩去办结婚手续，好好过咱俩的后半生，好吗？"

瞿丽丽噘着嘴，说："老马，我看未必这么乐观！我那宝贝闺女已经向我提出抗议了，坚决反对我跟你来往。"

"为什么？"老马一怔。

"说我对不起她爸，"瞿丽丽说道，"说我老不正经，还劝我悬崖勒马，你看看我这个闺女，也真够气人的！"

老马点着了一根烟，吸起来，让瞿丽丽坐下，给她茶杯里续上热水，深深地叹了一口气，说："我那个宝贝儿子倒没这么绝情，他谈恋爱那会儿是极力赞同我的，劝我赶紧找一个阿姨，别再孤单过了，说老爸的事情老爸做主，他绝不干涉。我想也是，人家是在美国读的硕士，崇尚自由不是？可是，他结婚了，又有了孩子，嘿，反倒不支持我了，你说这邪门不邪门？"

瞿丽丽喝了一口热茶，说："很简单嘛，儿媳妇不同意呗！"

老马说道："她凭什么不同意？她算老几啊？这人吧，总爱挤对人，缺乏温柔，还真没大学生的素质！"

"得啦，"瞿丽丽又"咯咯"地笑起来，说，"人家对你这个公公不好，不等于对你儿子不好。我问你，你儿子听你的话还是听她的话？"

"听她的多点。"

"还是的。枕边风呗！"瞿丽丽有板有眼地说，"敢情他俩串通好了，担心我一进你们家，就分你们的财产，肯定没跑，就这么回事儿。"

"别介，有这么庸俗吗？"老马"腾"的一下站起来，说道，"为了我这个儿子马奋斗，老子把大房间让给他俩住，一辆旧捷达现在也给儿子开，一发工资就往孙子身上贴钱，经常是口袋里空空如也，请客吃饭的钱都不够，吸烟也不敢抽好烟，真是献了青春献中年，我整个一个孙子，你说我活着冤不冤？"

"老马，你跟我扯这些没用。"瞿丽丽说，"我还不是一个样，把自个儿奉献了，就没了自个儿。奉献得越多，就越不能做主。瞧着周围那么多人屁颠屁颠地带孙子，自个儿啥事儿干不成，真替他们难过。老马，我可不希望你是这样的人。"

老马推开窗户，看屋外的雨还在淅淅沥沥地下着……

清新的空气一进来，让人精神爽朗。他拉着瞿丽丽的手，一块站在窗户边，看马路上的汽车在细雨中穿行，一盏盏路灯散发着朦胧的黄光。

四

齐大爷说过，人啊就像在篮球场上打拼，起跳灌篮出风头的时刻并不常有，大部分时间就是拼命在跑，还得盯人、防人，时不时地还需躲开别人使绊子、盖帽、搞突然袭击。可不吗？仔细一琢磨，人生一辈子真的如同赛场，上半场比上升，升学历、升职位、升业绩、升财富；下半场比下降，降血压、降血糖、降血脂、降尿酸。上半场顺势而为，听命；下半场事在人为，认命！

评上正高职称以后，同屋的小赵请客，说一定要为老马庆祝一番，老马推托了两次，人家小伙子不干，非请不可。于是，老马叫上齐大爷，带着瞿丽丽，来到团结湖公园斜对面的紫光园餐厅。

出席这次晚宴的唯一重量级的嘉宾是副总编辑老费。人家没架子，还拿了两瓶"五粮液"。老马平时酒量也就是二三两，这回一开喝就倍儿兴奋，介绍完各位后便"打通关"，一人一杯地敬酒，手、脖子、脸变得通红。

老费有"三高"的毛病，破例端起了酒杯，先从老马开始，也敬了一圈。

接着，齐大爷回敬老费，说："看得出您是好领导。无欲则刚，这没错。可是人的欲望为什么总是太多呢？那是因为诱惑太多！比方说，小马，评上了正高，多么圆满啊！可是据他说叫什么正高四级，几年后可以晋级正高三级和二级。他要不说，我这个糟老头子哪会知道还有这些个玩意，他绝不可能再去拿这些东西了——这不是有意拱火吗？"

老费一听，乐了，说："是啊，老马没机会晋级了，可惜了，这不是鼓励更多的人不断努力嘛。好，我干了，您随意！"

老费与齐大爷几乎同时把杯中酒干了。

小赵赶紧说道："费总，要不我替您喝？"

"小赵呀，该敬的酒必须自己喝！"老费又端起了一杯，开始喝第二圈酒了。走到瞿丽丽跟前，说道，"听说老马找了一个美女，今天眼见为实，我敬您！"

瞿丽丽双手端杯，一饮而尽，向老费亮亮空杯。

"好！"大家齐声喝彩。

瞿丽丽当即回敬，弄得老费感到喝酒的频率有点快，觉得有些微醺了。

老马劝大家慢慢喝，悠着点。于是几位出席者开始吃菜，抽烟，聊天。小赵不停地为大家斟酒、倒茶。大家又喝了不少。

这时，小赵悄悄对费总耳语，听不清说了什么。老费"哦"了一声，对大家说道："小赵刚才问我，能不能把我要调往一家报社当总编辑的事给各位说说，当然可以，大家都不是外人嘛。"

　　"您高升啦？"老马眼睛放光。

　　"昨天宣布的，今晚气氛不错，说说无妨嘛！说好了啊，今天这顿饭，小赵请客，我买单，谁也不许抢！"

　　"正局级了，遂了您的愿了，领导，恭喜啊！"老马站起来，作了一个揖，又去找酒杯。瞿丽丽见老马全身通红，赶忙捂住他的酒杯，说："你看看你，脸都成了猴子屁股了，还逞能，我代你喝吧！"

　　老费喝酒前原打算就喝几杯，然后让小赵代劳，平时老婆管得特严，滴酒不沾，可是遇到瞿丽丽这位桌子上唯一的女性那么豪爽、仗义，顿时引爆了埋藏已久的豪气，连声道："喝，喝，今晚一醉方休！"

　　老费大概是平时也积攒了不少牢骚和怨气，与瞿丽丽喝一杯后就大吼一声"好"，声音倍儿响，还夸老马"艳福不浅"。瞿丽丽几杯下肚，脸颊好似落日晚霞，娇艳无比，后来，她干脆撸起袖子，端杯应酬，谈笑风生。

　　老马已经变得有些眼皮打架，睁不开了，听见瞿丽丽"咯咯"地有说有笑，生怕她喝多了，生出事端，便说："丽丽啊，悠着点，人家不是你们家的院长，那是我的领导，别喝反啦！"

　　齐大爷拍拍老马的肩膀，说道："你歇着吧，还劝别人呢……"

　　"不行，"老费大声喊道，"老马，当初我劝你什么来着？要坚持，要挺住，千万别自暴自弃，功亏一篑。来，咱俩走一个，为了咱俩两个苦命人——终于熬过这一关！"

　　老马朦朦胧胧地感觉到老费在叫他，见老费端起酒杯，找了半天也没找着自己的酒杯，便抓住桌上的酒瓶，一看还剩下一点点酒，就往嘴巴里灌，"咕咚咕咚"喝完了，用眼睛对着酒瓶嘴仔细瞧，大喊一声："亮晶晶的，怎么不出水啊？再来一瓶！"

老费就笑话他，说喝不过就喝水，不是男人，"再上一瓶'五粮液'，我要跟丽丽喝！"

齐大爷走过来劝老费别喝了，喝多了伤身体。

老费眼睛一瞪，说："你是谁呀？我怎么没见过你？你不知道，我们单位太复杂了，只有老马、小赵懂，你少管闲事……"

小赵赶紧过来安慰齐大爷，敬上一支烟，如此这般地劝说。

"没事，小费高兴，大事解决了，难免癫狂。"齐大爷摸着山羊胡，说道，"想当初，领导同意让我坐办公室，我一人独自喝了一瓶'二锅头'。瞧他，这才喝了多少，没法说。"

老费想站起来，没成功，便又坐下，说："诸位，我总结了一下，我们可爱的老马明年就退休了，遇上三大好事，这个，这个，第一，当了爷爷，子孙满堂；第二，评上正高，功德圆满；这个，第三嘛，有了相好，喜结良缘。啊，是不是这样啊？啊！"两条胳膊叉在桌上，像是在做报告。

瞿丽丽略带害羞地说："费总，我俩还没办事呢！"

老费说："大方向没错，是吧，早晚的事，啊，是吧？"

老马已经趴在饭桌上了，听老费这么一总结，打心里佩服，对啊，这三件事，任何一件都是可遇不可求的。人家领导看问题就是透彻，不服不行啊！可是，跟丽丽这事还没有准头，孩子们会不会回心转意，未可知啊！想着想着，嘴角挂着一丝苦笑，头一低，趴着不动窝了。

小赵真够忙活的，一直为各位服务，这时不得不喊女服务员过来给大家重新泡茶，上水果拼盘。然后，说道："我有一个提议，不知合适不合适？"

"说！"老费喊道。

"我提议老马退休前搞个欢送会，场面要隆重、热烈。"

老费闭着眼睛喊道："好，记者部可以办嘛，我可能参加不了了，但我一定发贺信！"

瞿丽丽一听，十分感动，摇摇老马，说道："醒醒，老马，你听见了吗？领导说话呢……"

老马"啊"了两声，用手抹了一下鼻子，竟发出了轻微的呼噜声。

老费"哈哈哈哈"地笑了一下，说了一句"老马就是心宽"，头一歪，也趴在桌上不动了……

有一天，老马拉着瞿丽丽逛公园，突然，手机响了，便接通电话，是儿子在说话："爸，不好了，我儿子卡住了！你快来一趟吧！"

"什么？什么卡住了？……好好好，我不问了，就来，就来，对了，叫救护车了吗？你叫吧，赶紧……"老马拉着瞿丽丽就跑起来……

到了儿子家，老马就听见媳妇唐小艳抱着一岁多的大胖小子着急地大哭，儿子焦急地走来走去，转圈圈，赶忙脱鞋，小唐说："爸，不用换鞋了，您说怎么办啊？"

老马第一次听到媳妇说不用换鞋，心里一热，赶紧去瞧孙子，突然想起来还没有洗手，忙说："我先洗个手。"媳妇说："算了，都什么时候了，别洗了！"

老马看见孙子小脸憋得通红，张着嘴巴，嘴角沾满了呕吐物，还发不出声音，急得直抠头皮，媳妇只知道哭，儿子就埋怨她哭得让人心烦，简直乱成一锅粥了。

"让开，让我来看看！"

这时，瞿丽丽走过来，看看小孩，再摸摸床单，好像在寻找什么东西。

"我的天啊！我怎么把你给忘了？——你是儿科大夫啊！"老马连声道，"我真是老糊涂了，有眼不识泰山啊！"

瞿丽丽在花格状图案的床单上用手摸了一遍，问唐小艳："你吃玉米啦？"

"对，我刚刚吃的，就一口。咦，您怎么知道的？"

瞿丽丽捏着刚发现的一粒熟玉米粒，说："喂奶前吃的还是喂奶后吃的？"

"喂完奶，没事，我就咬了一口熟玉米。"

瞿丽丽说："快把孩子给我。"

唐小艳迷惑不解，迟迟不松手。老马说："你瞿阿姨是大夫。"

瞿丽丽抱过孩子，"噢噢噢"地哄着，突然用右手将孩子的双脚一拎，用左手托着孩子的头和颈部，头朝下，悬在空中，弄得孩子直踢腾，呕吐不止，几秒钟后突然爆发一阵"哇"的哭声。

老马、马奋斗、唐小艳三人看得目瞪口呆，仿佛一切是在一瞬间完成的。

唐小艳在床单上孩子的呕吐物中果真找到了一粒熟玉米粒，哭得越发厉害了，拉着瞿丽丽的手，说道："阿姨，我差点害了我的小宝贝啊！阿姨，我怎么谢您啊？"

马奋斗说："就怨你，平时见到阿姨还不打招呼，一点礼貌都没有，现在知道了吧？——人家阿姨就是咱们的家庭医生、活菩萨！"说着赶紧给瞿丽丽让座，倒茶。

这时，有人敲门，老马开门一瞧，是穿白大褂的，知道是120的来了，说："同志，没事儿了，不好意思，让你们白跑一趟，哦，救护车的钱我出。"

唐小艳赶紧喊道："马奋斗，这钱怎么能让爸出呢？快，你去，让爸坐下来喝茶！"

"好咧。"马奋斗向门口跑去，嘴里还喊着，"这才像我的媳妇。"

打这以后，老马和瞿丽丽跟孩子的关系融洽多了。马奋斗小两口出去玩总是喜欢带上老爸和阿姨，还说反正一辆轿车坐得也松快。小艳挺会来事儿，动不动就给瞿丽丽买个小礼物，有的还挺贵。马奋斗说："老爸，以后您的工资您自个儿用，花钱的地儿多着呢……"瞧瞧，世道变了，好日子开始啰！

老马通过这件事后更加喜欢瞿丽丽了，知冷知热地关心她、照顾她，周末一起唱歌，一起吃饭，一起逛公园，晚上一起过两人的小日子，身心愉悦，不必多言。

齐大爷照旧着一身唐装，笑眯眯的，每天早晨在团结湖公园大门口用大粗笔蘸水写字，写的还是"龙腾虎跃"和"振兴中华"。只有见到老马时话才多一点，尤其是看见老马和瞿丽丽一块唱歌，总爱拿他俩打趣，好像也年轻了好几岁。

时间过得真快，几场大雪一下，转眼间阳历新年到了。过了春节，就是开两会的时候，老马马不停蹄地参加了最后一次对全国人大代表团的采访报道。接着，就是四月初自己六十周岁的生日。老马心想，是谁发明"白驹过隙"这个成语的？真是太贴切、太形象了！

有一天，记者部栾主任找老马谈话，商量周五举办一个隆重的欢送会，让老马准备一个讲话稿，写得热情洋溢一点，希望在一片赞扬和祝愿声中给老马画一个圆满的句号。

老马觉得不好意思，说："我何德何能啊，让大家为我受累，还是免了吧。"

"唉，搞不搞我说了算，您就别谦虚了！"栾主任拍拍老马的肩膀，说，"您比我年长，请支持我，这是我的工作啊！"

看着栾主任一脸的诚恳，老马心神不定，只好说："我尽力而为吧！"

"老马，这就对了嘛！"栾主任与老马握手，目送他远去。

事情本该这样就结束了。谁知，第二天，老马下班回家时迎面碰见一个人，假装没看见，蹲下来系鞋带。谁知那人竟友好地主动打招呼：

"你好啊，老马！"

"老邬啊，瞧我这眼神，没看清。忙什么呢？"

原来是前年评职称捷足先登的老邬！

"退休了没事干，给一家网络公司帮忙，赚点零花钱。"老邬说道，"这不，刚下班。你还好吧？"

"好，我还有一星期也退休了，也要成神仙了！"

"那敢情好。"老邬一把拉住老马的手，说，"老马，你也知道，咱俩无冤无仇，我评上正高后一直觉得对不起你，是我挡了你的路，心里总是过意不去，受煎熬啊！去年，我知道你评上了正高，真的是松了一口气啊……"

老马说："咱俩谁跟谁呀，老邬，您多虑啦！领导对我不错，让我评上了正高不说，还要给我开欢送会呢！"

"行，你比我有能耐！"老邬说道，"不过，你也别人家给个杆就顺杆爬呀！"

老马一愣，不知何意，说："愿闻其详。"

老邬将老马拉到马路边上，小声说道："你是不是觉得单位对你还不错，再欢送一下，你就功德圆满啦？"

"照您的意思，是不是应该给我披红戴绿，再发我一百万奖金？"老马没好气地说。

"那倒不是，"老邬说道，"我是为你抱屈。你写那么多报道，跟老黄牛似的，捞到什么好处了？得了几个像样的奖呀？还不是回回叫领导平衡掉了！那次报中国新闻奖，本来有你，却叫另一篇替换了，你还蒙在鼓里呢！还有，十年前，你成为记者部副主任提名人选，就是因为换了一把手，最后不了了之了，你说气人不气人？"

不说还好，一提这事，老马就觉得心里堵得慌。这也是他这些年一直想不通的地方。想想许多老人退休好多年了对一些陈芝麻烂谷子的事还耿耿于怀，仿佛一瞬间就理解了，原来自己也有这种烂事啊！他不耐烦地点上一支烟，狠命地吸起来。

老邬说："我不是专门给你添堵，老马，这年头，你拿到什么都不能说是应该的，你必须跟一帮人在大锅里去抢，去争，抢到手算你有本事，抢不着活该！你想啊，评上正高了，你觉得实至名归，是应该的——那你就错了！因为那几个竞争对手都认为应该是他们评上才对呢。如果当年你当了副主任，那么你现在早就是主任了……"

"别说了，老邬！"

老马觉得脑门子有血上涌，血压明显升高，看着老邬有些发呆。

老邬拍拍老马的胳膊，说："我知道自己什么德行，也懒得搭理他们，退休时说走就走，不带走一丝云彩。赶紧给年轻人腾地儿吧，别以为人家对你依依不舍……"

好嘛，经老邬这么一说，单位欠老马的还真不少！老马突然想起总编室的老钱退休前就拒绝过别人的请客欢送的邀请，当时还挺纳闷，现在想想或许人家内心委屈，肚里有气，对单位和同事并无好感，所以一到点就走人了。

唉！人啊人！

看人家时，许多往事都是笑话；看自己时，许多笑话都成了往事！

回家后，老马把老邬"拱火"的话琢磨了好几遍，头一回没有生老邬的气，明明知道老邬在"拱火"，但觉得他分析得有道理。赶在以前，老马最讨厌别人在自己面前嚼舌根、瞎议论，搬弄是非，总觉得有小人之嫌，非君子之为。经老邬一点拨，老马意识到自己被别人卖了，还帮着人家数钱呢！无名火"噌"的一下又蹿了起来。

他拿起手机，给栾主任打了电话。

"老马呀，什么事？"

"栾主任，是这样的，"老马说道，"您说本周五为我搞个欢送会，我参加不了了。"

"为什么呀？"栾主任一听，有些着急，"小赵没跟您说清楚吗？您那么关心、帮助年轻人，既不争官，又不夺利，幽默豁达，要退休了，大家送送您，理所应当嘛！"

"嗨，我哪有您说的那么好呀！我就一个俗人，我不争夺，是因为我没这个本事，我幽默豁达，是因为如果不这样我或许一天也活不下去。主任，谢谢您的好意了。我确实家里有事……"

"别介，总编辑老程都答应参加了，您可别关键时刻掉链子啊！"

"这我就管不了那么多了，谢谢您了，就这样吧……"

"老马，到时您准时来啊，我们都等着您，一定会热烈地欢送您……"

老马挂掉电话，深深地舒了一口气。

人与人之间交往，沟通太重要了。都喜欢按自己的逻辑说服对方，以为对方接受了，其实是各说各的，问题并没有解决。

星期四这一天，老马特意从团结湖公园穿过来到报社，在人事处办完了所有的手续，出来后在编辑部所有的房间转了一圈。许多人见了老马，都打招呼——"您好，老马!""老马，好久不见了，还好吧?"——他们并不知道老马今天办退休手续。老马都微笑地点点头，个别的还握握手。他想，这就算是告别吧。

最后，老马又走进自己的办公室。小赵赶紧起身，说："老马，快坐下，抽烟! 今天随便抽!"

老马说道："小赵啊，我不会再欺负你了，熏了你这么久，对不住了!"

然后，老马看了看立在墙边的已经搬空的书柜，用手摸摸光滑的办公桌面，对小赵说道："除了咱俩的情分，我把一切都带走啰!"

"别这么说，老马。"小赵有些伤感地说，"怪难受的，您留给我的书和资料还在，那盆文竹还在嘛! 常回来看看，我们随时欢迎您!"

老马跟小赵握手，突然又抱了一下，眼眶里涌出泪水。他想起有一次低血糖的毛病犯了，是小赵给了他一块巧克力，还把他送到医院；还有一次，一位亲戚来北京看他，他正巧在外地采访，便求小赵去北京西站接人，小赵二话没说就开车去了……老马说："小兄弟呀，莫笑话，我确实老了，爱激动，爱流泪了。"

第二天就是星期五。

下午三点钟，记者部办公室里坐满了人，桌上摆满水果和热茶，还有一束鲜花，一盒大蛋糕。总编辑老程也被请到会场，正在与大家谈笑风生。背景音乐放的是《时间都去哪儿了》。一帮小青年站在外面的楼道里做最后的彩排。

过了五分钟，还没见老马的身影，栾主任急得团团转，给小赵打手机，问老马为何还没出现，小赵不敢多语，只好说："我什么都不晓得！"

于是，栾主任直接拨了老马的手机，关机。咦，怎么会关机了？！

半个小时过去了，还没见到老马，栾主任只好给程总如实汇报。程总说："我还有个会，先走了，你们自己看着办吧！"

栾主任气得直跺脚，大骂老马素质太低，难怪混了一辈子什么官也当不上！这时，一位老同志问他会议还开不开，他说："开，当然要开！"

栾主任主持会议，正色道："同志们，本来今天要开一个欢送会，可是老马有急事来不了了，我建议改为开选题策划会。主题是：如何关心、理解和善待老人？如何看待当今退休人群？大家都别客气，该吃就吃，该喝就喝，权当老马跟我们一起在研讨……"

于是，大家便按级别大小、年龄长幼，先后发言，讨论得十分热烈。最后发言的几乎没词了，只好说："大家的发言我都赞同，我就补充两点……"晚上六点了，大家还在十分诚恳地探讨，意犹未尽。饿了，就吃水果，最后把大蛋糕给瓜分掉了。

一直到当晚十二点钟，老马没有收到一条单位同事的微信，只收到费总编辑发来的一条贺信。

只有一个人知道老马的去向，那人就是小赵，但他一直保守着秘密——老马携瞿丽丽一大早就赶赴首都国际机场，前往欧洲，周游列国去了。

中篇小说

那年冬天漫天飘雨

唯有身处卑微的人，最有机缘看到世态人情的真相。

一个人不想攀高就不怕下跌，也不用倾轧排挤，可以保其天真，成其自然，潜心一志完成自己能做的事。

——杨绛

第一章

那一年，冬天特别冷，屋里屋外一个样，穿多厚的羽绒服也不管用。我出事那天，下了一场大雨，铜城的一切似乎都隔着一层毛玻璃，看上去飘飘忽忽，满世界的人都在躲雨，在冰冷刺骨的北风中拼命地跑哇跑哇，以至于给我留下漫天飘雨这么一个刻骨铭心的印象。20多年过去了，作为一名作家，我仍然顽固地认为那一年冬天飘着的不是雪，而是雨。

这并不奇怪，雪，多多少少含有吉祥和美感；漫天飘雨，冷峻凄凉，倒是符合我当时的处境和心理感受。人倒霉到极限了，对人世间还能抱有什么奢望呢？唯有一死，才能解脱。我无须遮羞挡丑，人不能选择过去，但还不能选择未来吗？回想起来，雨天似乎总是与我形影相随，挥之不去，一旦逢上阳光灿烂的日子，我就会精神振奋，要不然也活不到今天。

记得那一天应该是春节大年初一刚过没几天。《铜城晚报》报道过一个高中女生在体育馆里打篮球时，穿的短裤因松紧带断裂突然滑落下来，她赶紧蹲在地上放声痛哭，当晚跳江寻死。那时，羞耻之心和名声——对于一个姑娘来说——比生命还重要。

我是两天以后出的事。我在雨中找到一个电话亭，给哥哥高明义打了电话。他的手机响的时候，正在"盛世楼"酒家请客——他刚刚当上了市财政局的科长。主要客人有市委副书记熊长风的秘书张若原、"梦幻夜总会"经理钱东弘、东方房地产开发有限公司总经理章大发。跟我要好的陈建国也到场祝贺。

哥哥为此后悔了20年，他说："小芳啊，你本来跟我一块去喝酒的，可是你偏偏要去找同事王雨燕几个姐们玩什么麻将……我真想一枪把自己崩了！"

在一条湖滨马路上，哥哥从出租车里出来的时候，暴风雨已经过去，小雨还在随风飘洒，带来阵阵寒意。我躲在电话亭里瑟瑟发抖，双手环抱已被大雨浇湿的薄羽绒服，空气中弥漫着雨浇大地的土腥味。哥哥赶紧脱下自己的羊皮夹克衫，披在我的肩头，心疼地帮我擦着头发上和身体上的雨水，嘴上急切地问："小芳，出什么事了？看把哥哥急的……"我扑在哥哥的怀里号啕大哭，说道："我刚才就在那边的凉亭躲雨，碰见一个坏人……把我……""你说什么？你说什么？"哥哥犹如五雷轰顶，浑身的血往脑袋上涌，眼前突然一片漆黑，差一点没有站住……

"好妹妹，冷吗？"哥哥紧紧抱住我，许久说不出一句话。我任凭哥哥站立着搂抱，像一只受伤的小鹿依偎在他的怀里，凝视着哥哥，眼里充满着忧伤和痛苦。他亲着我沾满雨水、略带洗发水香味的发梢，问我今后有何打算。"打算？哥，我……没法活呀！我不如跳江死了算了……""活！要活！"哥哥双眉紧锁，不容置疑地说，"看着哥哥——有我呢。要活下去！"

哥哥问道："小芳，还记得那个王八蛋的模样吗？"我说："记得记得，就是烧成灰也记得！"哥哥又说："爸妈年纪大了，经不住事，你嫂子嘴上把不住门，这事得瞒着所有的人。"我重重地点点头。

那一年，我24岁，正值青春美妙时光，在一家工商银行上班。我小哥哥10岁，从小就崇拜哥哥，爱听哥哥的话。哥哥读省财经大学时，发小中只有三个人考上大学。后来哥哥分配到市财政局工作，吃了"皇粮"，让人羡慕不已。武装部大院的叔叔阿姨们都夸我长得漂亮，还有个有出息的哥哥做靠山。"好妹妹，往后有什么话尽管跟哥哥说。想不开了，随时找我，记住，自己无论如何不能倒下，有哥呢！"最后，哥哥恶狠狠地说："小芳，我要为你报仇，此仇不报，誓不为人！"我瞪大了眼睛，看着他："……哥哥！"

就这样，我和哥哥达成了默契，严守秘密，不告世人；联合行动，寻仇报复。为防止泄密，兄妹俩约定用"那个王八蛋"特指那个加害我的家伙。

哥哥第二天就开始琢磨复仇计划。他等着嫂子乔雅丽和5岁的侄女高一凡七点半刚一出门，便把自己关在书房里，沏上一杯浓茶，点上烟，铺上几张白纸，开始苦苦思索。

车祸？对，制造一起车祸，让那个王八蛋无端死去，神不知鬼不觉；杀死？好，再造成一个自杀的现场；直接推下悬崖？痛快！……一向温和的哥哥随手记下这些想法的时候，极像一头要吃人的野兽，觉得内心深处有一种从未有过的报仇雪恨的酣畅淋漓的快感。

又过了一天，是周末，去看父母亲。哥哥开着花了近 3 万元买的旧桑塔纳，带着嫂子，先去幼儿园接一凡，再去工商银行宿舍接上我，开到武装部大院。叔叔阿姨见我们一家人从车里出来，大包小包的，都夸哥哥孝顺。那时，有辆私人小轿车的人牛得很。

看门的冯师傅说："明义呀，过些天，我儿子要结婚，能不能把你的小车借来用用，也风光风光……不会白用，我付费的。"哥哥笑嘻嘻地说："这有什么，用呗。只是新娘、新郎坐二手货，不知好不好？""咦，这么一说，还真的要考虑考虑啰……再说吧。你忙你忙。"冯师傅摆摆手，不吭声了。

突然，哥哥对自己的随口一说惊吓不已，见我和嫂子已走在前面，有说有笑，以为我没有听见。他应该是担心我对别人的议论肯定非常敏感，生怕给我造成二次伤害。我不是不在乎，是不能太在乎。

一进爸妈家里，哥哥变得有说有笑起来，一副若无其事的样子，全然没有写计划时磨刀霍霍、暗藏杀机的模样和神态，热情地给大人端杯、倒茶。嫂子乔雅丽麻利地系上围裙，走进厨房，淘米、洗菜、炖上牛肉……父母都退休不久，身体十分硬朗，一见到小孙女高一凡就忘记了忧愁，快活无比。我那一年的模样是瓜子脸，披肩发，大眼睛忽闪忽闪的，别人都说很像一位走红的日本明星。我只要一回到家，就爱抱着爸爸和妈妈撒娇，见到一凡，搂住亲上几口。一屋子人欢声笑语，其乐融融。

我的父亲高满堂是河南人，16 岁那年参加革命，打鬼子，除汉奸，用他的话讲就是"农忙时我们割麦子，农闲时我们割人头"。

他跟着部队走到哪儿打到哪儿，最后加入了刘邓大军的"二野"，一直杀到湖北，在铜城各县、市建立了红色政权……20世纪50年代末，他回老家接上我的母亲——娃娃亲童养媳崔友枝，在湖北这边结了婚，不久生下第一个孩子高明义……

这不，父亲说："弄啥哪？多大啦？还搂搂抱抱的。快下来，爸爸的腰快断了。"一口的河南话。我松了手，过来亲妈妈。母亲拉过我的手，眼里充满着满足、快乐的神情，说："小芳啊，你爸爸打了半辈子仗，现在离休了，看着咱们一家子人有吃有穿，平平安安的，夜里睡觉都笑醒过。你也老大不小了，该成个家啰！""妈，您又来了！"我噘起了嘴。

母亲急切地问："小芳，听说你跟市委大院的那个小伙子在谈？"

"瞎扯，早掰啦！那个裸人就是一个花花公子，花花肠子太多，成不了。"哥哥剥了一个橘子，递给小一凡，说，"妈，甭找大官家里的，那帮孙子都谱大，外强中干。"

"哦，那就是咱们院里的陈建国？"父亲起身，坐在母亲旁边的沙发上。我说："爸，八字还没一撇呢。""咋就不行？我看行。人家一表人才，个头也高大，还在保险公司上班，一个月拿一千多！"父亲一本正经地说，"再说了，俺当部长时，他爸老陈当副部长，挺合得来嘛！"

整个聊天过程，哥哥都在偷偷观察我，见我开开心心，心里宽慰了许多，便拉着我到阳台上聊天。站在三层楼的阳台上，一眼望得见偌大的荷花湖和对面的月亮山。湖水碧绿，有小船划动，阳光下闪着金光；山峦起伏，色彩变幻，如同水彩画一般，让人感叹这种平凡之地竟有如此美妙的人间仙境。

我悄悄告诉哥哥："爸爸猜得没错。我正在跟陈建国谈呢。"

我说，我跟他下过几顿馆子，看过几场电影，跳过几次舞，都是他送我回的家。哥哥说，关系能确定下来吗？我说，问题就在这里，如果没有那天的事，我会毫不犹豫地同意，他待我可好了！可是可是……哥哥回头往屋里望了一眼，说，急什么，小点声！我说，哥，不是人家着急上火，是我想上杆子往人家身上贴——真羞死人呢！可是，我出事这件事能对建国说吗？……我好苦啊！我是不是注定一辈子嫁不出去呀？

又过了两天，我来到财政局宿舍楼哥哥家里蹭饭。吃晚饭时，嫂子乔雅丽说了一件事，还拿出一张《铜城日报》，让我和哥哥着实吃惊不小。尽管乔雅丽当着一件好玩的趣事来说，东一句西一句，有时还不着边际，但报纸的报道非常完整，绝对是铜城那一年最有震撼力的社会新闻。

那件事是说武装部大院里彭科长的儿子彭玉刚在一家电子设备厂工作，突然被人抓走。原因是这个厂的厂长太有钱了，据说资产上千万，养了好几个情妇。有一天，他对小彭的女朋友说，跟你睡一觉，是看得起你，一千不行就给你两千元，怎么样？在车间干活的这个女孩一听就哭着跑了，当着几十人的面，哪受得了这么大的委屈啊！彭玉刚听说后不干了，迅速跑回爸妈家里，将老彭退休前私藏的一把公安牌手枪偷出来，转身赶到设备厂，正巧赶上那个厂长在车间巡视。

我的心一下子就被揪住了！这也是奇耻大辱啊！不同的是，我不知道坏人藏在哪里，小彭已经找到了歹人，现在看他该怎么报仇雪恨了！

这则报道说，彭玉刚用手枪逼着厂长绕场一周，然后站在一个大家都能看得见的高台上，说："各位老少爷们，各位兄弟姐妹们，这个畜生要玩我女朋友，还说玩一次给两千块钱，今天，我要给女朋友报仇，给许多被他糟蹋过的女人们报仇。首先，我要让他当众吃掉两千块钱；第二，我要让他给老子舔皮鞋；第三，老子要打烂他的那个玩意！"接下来便实施计划。

当实施到第二项时，工厂大门口响起了刺耳的警笛声，三辆警车已把大门包围得水泄不通，警察们荷枪实弹，冲进车间。一个警官拿着话筒喊："拿手枪的小伙子你听着，你已经被包围了，你不可能逃出这个车间！有什么问题可以协商解决，千万别动刀动枪，如果造成他人伤亡，你将负法律责任。你还年轻，不要赌一时之气，望你三思。请你放下手枪，双手抱着头，算你自首，我们将会对你宽大处理！请听清楚，最后给你五分钟时间考虑，五分钟……"

警察的各种枪支立刻都将枪口对准了彭玉刚。谁知彭玉刚毫无惧色，"砰"的一声朝天开了一枪，一把拎起瘫软如泥的厂长，用枪顶住厂长的后腰，大喊："听着，人民警察们，我与你们无冤无仇，我不想对抗你们。你们是军人，我爸也是军人，我也当过兵，等我惩罚了这个婊子养的，我跟你们走。现在，我宣布，打烂这个狗日的那个玩意，让他一生一世不能再玩女人！"说时迟那时快，只见彭玉刚突然对准厂长的阴部连开两枪，厂长"啊"的一声惨叫，像一个松垮垮的麻袋包倒了下去，地上顿时流淌了一摊黑红色的血液。在人们的惊呼声中，彭玉刚扔掉手枪，昂首挺胸，向警察走去……

我亢奋得手直哆嗦，整个读报过程，完全置身于一种紧张、刺激、疯狂、满足的快感之中，想象着彭玉刚戏弄的是那个王八蛋。

趁嫂子乔雅丽在厨房洗碗的工夫，我悄悄地对哥哥说："哥啊，报仇的事就算了吧！为了我豁出命去，值吗？充其量报了仇，哥哥你却会成为第二个彭玉刚。就算坏人得到了惩罚，我们就能心安理得吗？再说，一个花瓶打碎了，即便能够修复，还能保持原貌吗？"

哥哥仔细打量着我，像是看着一个陌生的女子，说："好妹妹，你怎么了？不是说好了吗？要让那个王八蛋断子绝孙！你少管，此仇不报，誓不为人！"

我当时下定决心，绝不连累哥哥，先去找那个王八蛋，然后报警，让警察收拾他！

第二章

说干就干。我在单位请了三天的假，开始在街头寻寻觅觅。我的想法很简单，哪里热闹去哪里，哪里肮脏去哪里。我不再穿时髦的服装，而是像一个私人侦探，穿一身不受人关注的普通衣裳，混迹于茫茫人群里，时刻期望着有惊人的发现……我对哥哥讲过，那个王八蛋是中等身材，脸白，单眼皮，样子挺斯文，有点像演员王志文，所以看一眼就忘不了。

第一次上街寻找，我选择离家不远的滨江路。这里人多、杂货店多，是条步行街。我斜挎着一个小包，装了一瓶水、一个面包、一本书、一个小毛巾，眼睛不停地在人群中扫视，生怕漏掉一个。

那一年，505神功元气袋卖得火，哪家都在卖。大街小巷里，大大小小的能出声的机器都在播放那么几首流行歌曲《知心爱人》《快乐老家》《干杯朋友》。各种关于《易经》、气功的书籍摊在地上卖，三三两两的有人蹲在地上翻看。稍大点的摊位还卖各种避孕套、男女用的仿真替代品，还有"梦娇娃"塑胶人，看着羞死个人，不敢多待。

那个时候，铜城人都喜欢打麻将，感觉每个家庭都有麻将桌。许多店铺门口或者屋里都摆放着麻将桌，几个人凑在一起就能"哗啦哗啦"地打起来，生意好不好无所谓，只管打，从早上打到天黑。

过往的行人川流不息。一群姑娘站在路边说笑，手里拿着纸牌，写着"小工""保姆"等字样。那年月，乡下人往城市涌，城里人往海边涌，全乱了套。那一年，留给我最深刻的印象就是一个"变"字，谁升官了谁被抓了，谁结婚了谁又离了，谁辞职了谁发财了，谁又生了谁又死了，这类消息每天像风一样在周围刮来刮去。其实，我也顶厌烦每天坐在营业大厅里办理存钱、取钱的银行工作，生活像钟表一样机械、呆板，没有一丝波澜。此刻，我走在大街上，觉得一切都很新奇，完全是一种全新的生活体验！这能不能算作是因祸得福呢？

忽然，我看见一个小男孩从一中年女人身边挤过来，一溜烟儿工夫不见了。那女人喊叫："我的钱包呢，我的钱包呢……"便一屁股坐在地上嚎啕大哭。"好啊，你个细抢子，这么小就去偷！"我见小男孩跑向自己，想去抓他，不料突然出现三个男人，挡住去路，嘴上还不干不净，其中一个说："你要么样？你还欠我500元钱呢，什么时候还啊？"我气不过，又挤不过去，明明知道他们是一伙的，也只能在人们的围观之下，无奈地离开。

我找了个僻静处歇脚，拧开瓶盖喝水，拿出一本《顽主》看起来。我很奇怪，一些年轻人为什么喜欢读王朔的小说。王雨燕专门向我推荐，说王朔那家伙太流氓、太幽默、太了不起。人世间还没有人像他那样说话的，什么"你是不是觉得我看上去特深沉""你丫忒没劲，没劲的都不愿抽你丫的了"，别提多过瘾了。

于是，我就找了几本来读，读着读着便喜欢上了。后来说给哥哥听，他说，他也读过几本，正在琢磨成立一家类似的"三T"公司，下下海，扑腾扑腾。顿时，我觉得哥哥了不起，敢在自己最风光的时候抛弃所有，变换身份。

总之，第一天上街，一无所获。

第二天，也没发现仇人。只是遇上三个小偷和两次斗殴，其中，一个小偷被众人打得躺在地上爬不起来了。

我并不气馁，又寻觅了一天。

三天很快过去了，我托王雨燕又请了一个星期的假。至于什么理由，由她编去，反正市二医院那边开证明的龚娜也是我和王雨燕的电大同学，以后多送些礼就是了。

半个月很快过去了。某一天，我来到市中心最繁华的上海路。这是铜城最宽的一条马路，从早到晚，车水马龙，熙熙攘攘，没有不堵车的时候。那些手贱的司机不停地按喇叭，让这条街显得更加热闹、嘈杂。今天，专门侦查发廊和按摩房。于是，我从南往北搜索起来。走进一家名叫"大世界"发廊的时候，店老板便笑脸相迎。见是个女的，我就坐在大门口靠墙的长条沙发上。六个理发椅上坐着六个女人，都在烫头。长条沙发上坐着两个男人，随手翻阅店里的报刊。还有一个男的站在门口抽烟。女老板说话了："这位姑娘，您要不要烫头发？最时兴的日本冷精烫法，不贵的，才一百元。"我一听，好家伙，我工资才七八百元，还不贵？

"大姐，"我说，"我不理发，想问问你这里招不招小工？"

女老板打量起我来，说："怪不得，我一看你就不像要理发的，你有心事。"

"喔，这么厉害！一看就看出人家有心事。来，给我看看，我有没有心事。"一个男人油腔滑调地说。女老板喝了一口保温杯里的菊花茶，笑眯眯地看了看那个男人，说："你有心事！"

那男的放下手里的报纸，说，"说说看，有么斯心事？"

"你也是个个体户，赚了一点小钱。"女老板一本正经地说，"西装的颜色还比较正板，但质地比较差火，超不过300元。你经常出入按摩房，但总是喜欢掏100元而不肯出200元。此时此刻，你最想抽一根烟，然后骂我一句。"

那男的一听就火了，"你把老子贬得一塌糊涂，老子哪里得罪你了，啊？"说完，还真的点燃一根烟。

女老板连忙作揖，说："大哥，开个玩笑，莫生气哟！"那男的嘿嘿一乐，说："老子不生气。老子走南闯北，见得多了，什么女人没玩过！要不哪一天，也带你往南边走一趟？"

突然，一位正在烫头的女人吼叫一声："大傻，还不给老子滚开，丢人现眼的东西！"那个男人赶忙拍拍西装，说："好好，老子滚！"旁边烫头的女人说："哎哟，原来是你老公啊，我还以为是你的保镖呢！"出门时，那男的冲女老板一乐："喂，你算得蛮准的，回头谢你。"

我有点佩服女老板的"读心术"，觉得此人见识不一般，便朝她竖大拇指。

女老板拉过我的手，小声说，一点小把戏。干我们这行的要学会察言观色。又问："你是吃国营饭的吧，怎么，混不下去啦？瞧你小模样长得挺水灵，条子也蛮好，就是衣服不称透，跟我干，绝不让你吃亏！"

"多谢老板！"我说，"那……一个月多少工资？"

"什么工资不工资的，多赚多发，不低于一千五。"

我吓了一跳。现在是个人都想往国营单位钻，图什么安稳、长久。可干个体户也不差呀，生活简单，人事关系也不复杂，只要肯干活，却能收入翻倍，表面上还装出一副受了多大委屈的样子。唉，思想观念的转变太重要了、太值钱了！

便说："那我考虑考虑，好吗？"女老板递给我一张名片，说："冇得关系，随时来都行。以后你就叫我秀梅姐吧，比你大不了几岁。"

我转身走进一家按摩房。大门玻璃上写着"祖传秘方""中医推拿"字样，一楼墙上挂满了各种各样的锦旗，"妙手回春""医德高尚"，诸如此类。男女工作人员个个身着白大褂，忙个不停。几张床上都趴着人，有按摩的，也有扎针、拔火罐的，表情复杂地呻吟着。我想去二楼看看，一位长者挡住，说，那是男生部，姑娘伢上不得。我说："上面有按颈椎的吗？我哥的颈椎不好。"这时，两个年轻的"白大褂"偷偷地乐，神秘兮兮的样子。我心里已明白了几分。长者说："这样吧，让你哥来，就说我们这里么斯病都能治，稳滴。"鬼才信呢！我扭头走了。

…………

我一天扫视了一条街，虽然没有发现目标，但觉得收获不小。一来觉得人不能一根筋，不能在一棵树上吊死；二来感到这个世界上人跟人是不一样的，各有各的活法；还有，男人和女人完全是不同的动物。

嫂子乔雅丽近来心情不错，经常哼唱流行歌曲。她在市委机关大院长大，跟哥哥一样，从小就有一种天然的优越感。老百姓家的子弟（包括她的同学）就顶烦他们这一点，恨其有、笑其无的嫉妒心表现得淋漓尽致。有一回，她在上学的路上摔了一跤，这些同学惟妙惟肖地学了一整天，乐了三四天。嫂子的父亲乔世清是位老司机，给好几任市委书记开过车，虽然不算什么官，但人头熟，路路通。高中一毕业，乔雅丽考上了市财校，中专。毕业后，没费什么劲进了税务局。虽然整天与数字、报表打交道，但她又会唱，又会跳，还会拉小提琴。人家见了，都夸她既孝顺又顾家，还会娱乐，是大院里公认的好媳妇。

前一阵子，为了让女儿一凡考上重点小学班，嫂子报了三个辅导学习班，花钱不说，周末时天天接送，问寒问暖，陪读。高明义其实也一样，表面看一脸平静，一副甩手掌柜的模样，内心却压力山大，波涛汹涌，经常被我的事情弄得心烦意乱。我只对他一人敞开心扉，他却瞒着全世界！我从哥哥和嫂子的闲聊和拌嘴中隐隐约约感到，他俩的夫妻生活不怎么和谐。嫂子总是让哥哥去医院检查一下身体，看看为什么出了毛病。

工商银行营业科科长老曹四十开外，说话软绵绵的，有点不男不女，平常除了钓钓鱼、打打麻将，没什么嗜好。有一天，他见我要续假，温和地说："小高呀，家里出什么事啦？有什么困难呀？我们设法解决。你是青年业务骨干，加上你爸爸老部长的影响力，已是咱们工行系统重点培养对象呢！可你总是请假，影响不好。这个毛病得改改啦！"

面对科长不阴不阳的关心，我无话可说。我已经感觉到拖、磨都不是办法，已经到了敷衍不下去的最后时刻，便恳请科长高抬贵手，放我一马。曹科长小眼珠一转，摸了一下我的手，说："小高呀，世界上的事啊就那么一回事儿，看你怎么表现了，说不好办真办不了，说好办一句话就能搞掂……你总是请假，别人都跟你学，行长那里也没法交代呀……"

真恶心！怎么人一有点权力就会欺负人，这些狗屁话最好说给他的妹妹、女儿听。真是狗仗人势！我愤怒地冲那个什么狗屁科长喊道："你看着办吧!"

曹科长张大嘴巴,半晌说不出话来。

我头一扭,走了。不久,曹科长追了出来:"小高,你这样……太可惜了,我非告诉你爸爸不可。"

父亲很快知道了我要辞职的事情,连声说:"小芳啊,你这是气我呀!你进银行工作不容易呀,八百元的收入说不要就不要了,作孽啊!你不像哥哥是名牌高校毕业生,不用求人。我是觍着老脸跟你们行长好说歹说,人家才同意的啊!好好的'铁饭碗'你不端,你想弄啥?我真不明白,现在的年轻人为啥那么喜欢跳槽?为啥总是喜欢这山望着那山高呢?我们这些老同志哪一个不是'我是一块砖,任凭党来搬'?哪一个不是干一行爱一行?啊?……"

母亲流着泪说道:"好闺女呀,你爸扯得有点远了,看把他气得血压又升高了。可我们都是为你好呀!"

哥哥内心知道我辞职是早晚的事,但事情发生了还是觉得有些突然。毕竟银行是多少人打破头都想去的单位,听起来就很体面,似乎体面的人非去体面的地方不可。——这就是阶层固化的结果呀!

在国家机关和企事业单位工作固然很有面子,但是,干一些不体面的工作难道就真的低人一等吗?多少人在体面的岗位干得平平庸庸?多少人在不体面的岗位却干得风生水起、风光无限?阶层之间的藩篱如果不打破,就会是一潭死水,社会又怎能进步呢?

可话到嘴边,哥哥又咽了回去。见父亲已被气得连咳带喘,血压升高后脑袋发蒙,坐在沙发上喘着粗气,母亲赶忙递过两片降压灵，端着茶杯喂老伴吃药。

"爸，妈，"哥哥说，"如果妹妹的收入将来能翻一倍，你们还反对她辞职吗？"这一招还挺灵。父亲挺直了腰板："还有这等好事？"

"当然有啊，"见有了转机，高明义兴奋地说，"眼下一大批乡镇企业家涌现出来，个个腰缠万贯，但说到底还不都是农民？！让你去干，你肯定不会去，你宁愿待在银行里每月拿几百元的死钱，也不愿每天晚上没事时数一沓沓钞票玩。"

"咦，说得轻巧，"母亲接过话茬，说，"小芳哪有当企业家的本事？你净会诳爸妈。""那么，小芳总会干保姆的活儿吧？"哥哥说，"就是累一点、脏一点。安徽黄山那一片地方出保姆，全国各地到处都有。有的进了城，干个几年，在农村老家就盖了楼房，还有钱供儿子上大学。我没骗你们吧，是报纸上说的。""这倒是不假，我读过报纸。"父亲说，"那也不现实呀，咱女儿从小没吃过苦，娇生惯养的，哪能给人家洗衣、做饭、看孩子呢？"母亲听着就落泪，仿佛末日来临一样。

"爸妈不是常说，不吃苦中苦，难为人上人嘛！"高明义好像正在参加辩论会，不依不饶地说，"就拿歌星来说吧，人家走穴，一拿就是好几万或者几十万。可一开始还不都是小人物，都有跟班、倒茶、倒霉的时候……""算了，不说啦！"父亲摆摆手，说，"我看出来了，尽是讲些大道理，宽慰我们。再说吧，我累了。"说了半天白说了。哥哥有点沮丧，很为自己的辩才感到遗憾。

我突然冒出一句话，让所有人眼睛一亮。

"爸妈，别生气了！为了我这点小事，把身子气坏了，不值。我认识一个开发廊的女老板，她请我出山，一个月不低于一千五百元，而且多赚多发。"

"真的?"哥哥跟父母一样,也睁大了眼睛。"哥,是真的!"我看出来哥哥也不相信,便说,"不信的话,哪天我带你去跟她见个面。"这下子,总算雨过天晴了。大家都长舒了一口气。哥哥来劲了,说:"爸妈,这下心里踏实了吧?如果妹妹混得好,我也下海。"

"你敢,小兔崽子!"爸妈异口同声地说。

我毅然决然地办了辞职手续,内心如同解放了一般,像一只放飞的小鸟呼吸到自由的空气,别提有多开心了。近期以来的烦闷、惆怅、紧张、担忧,顷刻间烟消云散。

离开工行的时候,我碰见了王雨燕。

王雨燕又惊又喜地说:"高小芳,你真的离开工行啦?我太羡慕你啦!你是怎么下的决心脱离这个苦海的?"我说:"我就是觉得这个工作太平静、太单调、太安逸,总想改变一下环境!这有什么?你也可以离开嘛!"

王雨燕说:"我?我不行!我从小就懦弱,缺乏果敢精神,哪能跟你比啊!再说了,你爸爸、哥哥、嫂子,有影响,有关系,这里不行了,你一转脸还可以换个好单位。我就不同了,就现在这个工作,还是托关系办的呢!"

王雨燕问曹科长为难我没有,我说那是一个流氓。王雨燕哭了,说他是个大色狼,对她和好多女职工都动手动脚过。有一天,姓曹的被人打了,脸上缝了五针,不知是谁干的。全银行的人高兴坏了。一个男的笑话他,说,骑自行车不小心摔的吧?快买一辆小轿车吧,那样安全!你猜那姓曹的怎么说?说,笑什么,是不小心摔的嘛……看看,多么恶心的家伙!

接着,我打电话叫上哥哥一起"巡街",又去了一趟上海路,让哥哥跟秀梅姐见了面认识了。

哥哥看了"大世界"发廊的工作环境，十分满意，说，"我有得意见，就是希望老板对我妹妹好点！"这时，我怯生生地问："秀梅姐，白天我得照顾病重的父母，能不能上夜班呢？"说完朝哥哥眨了一下眼睛。"没问题呀，我正有此意！"秀梅说，"我最近要把左边的小店盘下来，到时候夜里也营业。你自告奋勇，我求之不得啊！"一切太顺利了，顺利得跟假的一样。告别时，我对秀梅说："姐，给我哥看看相呗！"秀梅显得有点不好意思，说："上次纯属闹着玩，对你哥这样的科长、处长哪能随便开玩笑呢？走吧，走吧，我有点急事，得赶到肯德基给儿子过生日……"

我和哥哥与秀梅一起出了门，各奔东西。

"这个女人，是个人物！"哥哥见秀梅走远了，回头对我说。

我说："哥，差点忘记问了，我们银行的曹科长被人打了，是不是你干的？"

哥哥说："不是。"想了一下，又说："我就给一个叫章大发的老板说过，这孙子只见过一次面，没想到还挺仗义！"

兄妹俩继续"巡街"。

看见一个人有点像"王志文"，我悄悄追上去一看，不是，不免有些失望。哥哥问："这条路上的发廊、按摩房、酒吧都看过吗？""酒吧还没有，不过，各种浴室、澡堂子的大厅都去过，里边就进不去了。""进不去有得关系，我们可以在外面等哟，对不对？这叫守株待兔。""还是哥聪明！书店、音像店要不要看？""看，当然要看。没准人家还是读书人呢！"

走着走着，来到一家柯达照相馆门前。

哥哥看见面朝大街的大玻璃橱窗里摆满了各种各样的集体合影照片，说："小芳，你找找看。我要是见过那个王八蛋，定要他无处藏身！"我暗暗佩服哥哥的思路和洞察力，居然能想到"按图索骥"。我仔细观察一遍合影照片中的一个个的小人头，眼睛都看花了，还是没有。

"冇得关系，咱们不着急。"哥哥说，"有人说过，一个人如果做了伤天害理的事，就会受到良心的谴责，一辈子都不会安宁，即便是最粗鲁的野蛮人也逃不过内心良知这一关。咱们的日子不好过，难道他就好过？我绝不相信！他绝对是惶惶不可终日，受煎熬呢！不过，也许这一阵子他在躲着咱们，不敢露面，他害怕阳光啊——这个猪狗不如的畜生！"

我说："哥，你说得太对了！半年前，我们隔壁农业银行管信贷的副行长被抓了，人家到他家里搜查出300万现金，沙发里、壁橱里、夹层墙里，到处都有。他老婆天天睡不着觉，老公抓走当晚，她呼呼大睡，鼾声如雷，好玩吧……"

报应啊！人在江湖上混，迟早是要还的。

哥哥心疼地捋捋我的头发："好妹妹呀，这些天太委屈你了，光喝水、吃面包，怎么能行呢？走，哥带你吃点好的去……"

第三章

三天后的一天，太阳落山的时候，我"巡街"归来，在爸妈家洗了澡，换了身时髦衣服，出门散散心，刚一出大院门，见陈建国站着抽烟。

"要去哪儿呀，小芳？""我，我……"太突然了，我想编个瞎话，又没想好。"你在躲我，"陈建国说，"我想跟你聊聊。""嗯，反正我也没事，好吧。"我就跟着陈建国朝着大院后面的荷花湖走去。

一位阿姨迎面走过，笑嘻嘻地说："真是天生的一对，还不好意思呢！我们家儿子胡万泉如果能找到像小芳一样的姑娘，阿弥陀佛，我就可以闭眼啰！"

　　等阿姨走过去，陈建国说："阿姨可能还不知道，胡万泉又被女方甩了，那个女的长得一点都不漂亮，在肉联厂卖肉，五大三粗的，还居然看不上万泉！"

　　万泉是武装部胡科长的儿子，和我是同学，个子不高，学习一般，就是会摆弄摩托车，经常与几个哥们相约在午夜的马路上兜风，好几个哥们已摔成重伤。不过，他一手吉他弹得不错，什么刘文正的《三月的小雨》、张行的《一条路》《迟到》等，从小弹到大，边弹边唱，好听极了。

　　这些歌曲我都听过，应该说关于音乐的启蒙都是从他这里开始的。要说大明星的歌，我最喜欢邓丽君和童安格的，其次是崔健和赵传的。每每听到动听的歌曲，我仿佛置身于另一个世界，一个完全不同于世俗的世界，它能荡涤污浊的心灵，冲刷所有的烦恼与不快。

　　我还是一个文学青年，喜欢读一些诗歌、小说，对周边事物很敏感，感情细腻，喜欢思考。北岛、顾城、舒婷等诗人都是我崇拜的偶像。

　　这些爱好和志向，对我未来的人生旅途影响重大。

　　"真够背时的，"我说，"万泉被人家甩过多少回了？""别说他了，说说我吧。"陈建国知道我在没话找话，说，"万泉被甩至少有五次吧。可人家知道女的不要他。我呢？小芳，你站在我的角度考虑考虑，你说个痛快话，甩我还是不甩？你二十四，我二十八，不小啦！你说喜欢我，哪怕晚几年结婚我也愿意等；如果不喜欢我，我立马走人，绝不拖泥带水，软磨硬泡！"

夜幕降临了。湖边的路灯开始点亮了。有两只野鸭"嘎嘎"从湖面飞过，在碧绿的水中划出两道长长的水波……一阵夜风吹过，我打了个寒战，陈建国把右手搭在我的右肩膀上，我感觉到了建国的体温与心跳，便觉出有一种触电的感觉传遍全身，这是我俩除跳舞之外最亲密的身体接触，难免有些不适应。

　　小时候在一块玩"猪八戒背媳妇"游戏，建国还背过我；十五六岁时，建国经常把我从家里约出来，送几本《大众电影》，临走时在我的小脸蛋上亲一口。哥哥当时就敏锐地洞悉了这一切，经常跟着我出门，看着我俩，终止了"亲一口"的行为。有一次，哥哥问小建国，"长大后，你娶什么样的媳妇呀？"建国想都没想就说"高小芳"。看见高明义右胳膊一挥，忙改口说："像高小芳一样的。"

　　陈建国拂了一下我的刘海，说："小芳啊，我尊重你的意愿！"突然，他从上衣后背里取出一束鲜花，双手递给我。我吓了一跳，看着建国一副认真的样子，心里觉得暖暖的，有些感动，但又不知该如何表达，低下头，用一只手局促地扯着衣服边儿。

　　陈建国把鲜花放在我的右手里，然后摸着我的手，说："我今天是有备而来，小芳，我就想说一句话——我爱你！"

　　血液"轰"的一下冲上了我的头。我瞪着大眼睛吃惊地看着建国，顿感手足无措，感到胸口像火烤一般生疼，心脏突突地跳，简直快要蹦出来了，浑身上下肌肉紧缩起来，四肢变得麻木又有些发抖。

　　爱情？这就是爱情？天啊，一切来得太突然了，我没有一点精神准备。惊讶，新奇，恐慌，暗喜，一起向我袭来。当陈建国用一双有力的臂膀拥抱我的时候，我仍然害羞地低着头，像一只可爱的小羊羔依偎在他的胸前。我已经闻到了建国身上散发出来的烟味和男人气息，感觉自己变得昏昏沉沉，有些眩晕。建国在我发烫的额头上亲了一口，我这时觉得连推开他的力气都没有了，闭上眼睛，感觉自己失去了一切记忆……

当我俩重新肩并肩在湖边行走的时候，月亮已经升起来了，把湖面和对岸的月亮山照得一片银白；山那边，是奔腾不息、滚滚东流的长江，正在发出拍打江岸的澎湃涛声。

我深情地望着建国，说："建国，再亲我一口吧！"

陈建国在我的脸蛋上亲了一下，还想做进一步的动作，却被我阻止了。

我说："我好想听你唱歌！"

"好啊，"陈建国兴奋地说，"我就给小芳唱一首《小芳》吧！"便唱道：

村里有个姑娘叫小芳，长得好看又善良，一双美丽的大眼睛，辫子粗又长。在回城之前的那个晚上，你和我来到小河旁，从没流过的泪水，随着小河淌。

谢谢你给我的爱，今生今世我不忘怀，谢谢你给我的温柔，伴我度过那个年代。多少次我回回头看看走过的路，衷心祝福你善良的姑娘，多少次我回回头看看走过的路，你站在小河旁……

我听着听着，眼里噙满了泪水。

哥哥高明义这阵子有点烦。单位要处理的报表堆积如山，事务缠身；各种应酬应接不暇，无力对付；老婆乔雅丽总催着自己去检查一下身体，看看为什么那东西就不行了；妹妹小芳好好的工作说丢就丢了，将来靠什么养活自己呢？……

这个当口，"梦幻夜总会"的钱东弘经理来了电话，说那里有精彩演出，免费送几张门票。高明义也没有客气，带着乔雅丽和我就过来观看。

钱东弘也是发小，是武装部司务长钱永禄的儿子，跟陈建国是高中和电大的同学。此人平时不言不语，但脑瓜灵光，待人热情，办事周全，讲哥们义气。凡是聚会、聚餐，他都抢着买单。其实，他一直就没有多少钱，他好几次买单的时候，摸摸口袋发现钱不够，只得悄悄地向边上的哥们借钱……后来，他发了财，又破产了，最后死了，欠几十个同学、发小的债。上他的当，就是因为他人缘好，有信誉，大家就都原谅了他，活该倒霉。当然，这都是后话了。

夜总会演出厅不大，却十分豪华，舞台是一个巨大的T型台，观众每场二三百人，坐的是单人沙发，总有穿旗袍的小姐给你端茶、送饮料。门票200元一张，不是所有的人能消费得起的。

哥哥对我说："留点神，眼睛瞪大点，兴许能发现那个王八蛋呢！"我点点头，大声说："哥，陈建国向我求婚了，我没有拒绝，我忘记拒绝了。"场地嘈杂，说话有些费劲。哥哥点上一支烟抽起来，过了一会，说："小芳，哥祝福你，你会幸福的！"嫂子乔雅丽在哥哥的右侧坐，说："明义，这里是有钱人待的地方，瞧他们的德行！"

看到观众都落座了，主持人小夏佝偻着背，光着上身穿一件西装，光秃秃的脖子上系一根领带，兴冲冲地走上台，手持麦克风宣布梦幻演出现在开始。

第一个节目，时装秀。一群姑娘身着"比基尼"在T型台上扭来扭去。五彩的灯光一个劲儿地旋转，高分贝音响震耳欲聋……

第二个节目，小品。小夏讲荤段子，博人一乐，显得有些俗气。

接下来，小夏开始表演边喝酒边唱歌。他抱着一把电吉他边弹边唱，在T形台上忽东忽西地表演，一首接一首地唱，引来阵阵掌声。唱累了，他接过客人递上来的酒瓶"咕咚咕咚"地喝，不大一会儿就喝了十几瓶啤酒。观众兴奋异常，将大把大把的钞票往小夏身上塞。

又有人递上小瓶的"二锅头"，小夏倒到嘴里一饮而尽。

台下一片欢腾，掌声不断。几个男的、女的一起冲上台，朝小夏身上口袋里、裤腰带里、袜子里拼命塞钱，一摞一摞地塞。

小夏张开双臂，向台下的观众深深地鞠躬。

小夏又换了一个大瓶的"二锅头"，用牙启开瓶盖，松了一下套在光膀子上的领带，说："为了让大家开心，老子今天不要命了，喝死拉倒！"说完，一口气喝掉了三分之一，神情显得有些迷糊。

突然，他抹了一下嘴巴，大声喊道："谢谢，多谢各位捧场！你们都是我的衣食父母！接下来，我给大家表演一个老子压箱底的节目，唱一首《我是一只小小鸟》，希望大家喜欢！"

有时候我觉得自己像一只小小鸟，想要飞却怎么样也飞不高，也许有一天我栖上了枝头，却成为猎人的目标，我飞上了青天才发现自己从此无依无靠，每次到了夜深人静的时候，我总是睡不着。我怀疑是不是只有我的明天没有变得更好，未来会怎样究竟有谁会知道。幸福是否只是一种传说，我永远都找不到。

我是一只小小小小鸟，想要飞呀飞却飞也飞不高。

我寻寻觅觅寻寻觅觅，一个温暖的怀抱，这样的要求算不算太高？……

小夏借着酒劲声嘶力竭地吼叫着，在舞台上跑来跑去——一头乱发随着身体不停地晃动，浑身上下已是酒气熏天，装着的钞票抖着抖着散落在地上，瘦弱的身子令人担忧，仿佛随时可能栽倒——一种人生命运的苍凉与悲壮感通过重金属乐器击打的摇滚旋律，强烈冲击着人们的耳膜，震撼着人们的心灵。

这一刻，我坐不住了，又喊又叫，完全像是被主持人给引导了，迷惑着，发疯着，走火入魔一般。

我突然想起自己的不幸，想起经常像傻子一样在街头寻寻觅觅，想起自己和哥哥每天都像做地下党似的躲避亲人、逃避朋友，想起自弹自唱、被一个胖女人蹬掉的胡万泉，想起被那个狗屁科长摸过的同事王雨燕，酸甜苦辣，一股脑全涌上心头。当歌声唱到"所有知道我的名字的人啊，你们好不好？世界是如此的小，我们注定无处可逃……"的时候，我仿佛一下子看清了爸爸、妈妈、嫂子、陈建国等最亲近的人的脸庞，个个充满着友爱、关注、疑惑的眼神，再看看主持人拿自己取笑逗乐的小丑模样，再也控制不住自己，"哇"的一下哭出声来……

哥哥怎么劝都劝不住。嫂子乔雅丽隔得远，插不上手，迷惑不解地望着我。

后面的节目看不下去了。哥哥只得起身送我和嫂子回家。

走到大门口时，哥哥看见钱经理还在迎来送往，便客气地表示感谢，说节目不错。钱东弘捂住嘴巴，悄悄地说："高科长，下次有机会，我给你安排一下别的节目，保证更过瘾！"

"多谢钱总，对了，那个主持人不错。"高明义问，"高薪聘请的吧?"

"那是,"钱经理说,"省城里请的,那孙子一晚上能挣一万呢!"

我的妈哟!这句话我和嫂子都听清了,嘴巴张大半天也合不拢了。

陈建国向我表白之前,曾经找过哥哥,说:"你们兄妹俩好像在有意躲着我,我不知道哪些地方做得不到位,得罪了你们。"高明义一时语塞。

乔雅丽跟陈建国一样,也感觉到我近来有些怪怪的,与往日不一样了。

以前,一到周末,我就赶到哥哥家里蹭饭,或者买点好吃的,再约上哥哥、嫂子一块去看爸妈。现在呢,我经常不光顾了,甚至连个电话都不打。过去,我最喜欢跟嫂子一块逛街,挑拣各种各样的手提包,看了半天也不买,只图个乐。或者逛服装店,也是光看不买;两人还经常一块看电影,争着买爆米花、葵花子,我有一次还说:"嫂子,你真好,我叫你姐姐好不好?"现在可好,我连个面也不露,难怪嫂子埋怨。

最让她感到蹊跷的是我银行的工作说没就没了,她说,个别领导不好,环境太压抑,可以再换一个别的部门嘛,干吗非离开不可呢?可一问高明义,他总是用"我也不晓得"来搪塞。

终于有一天,嫂子实在憋不住了,朝哥哥发了火,说:"小芳的工作丢了,你当哥哥的就该负责任!"哥哥眼睛一瞪,"我负什么责任?我凭什么……难道让我去跟那个科长跪下磕头吗?这种单位趁早别干!跟这种流氓打交道,准有受不完的气,好人得折寿,活不长!"

179

嫂子从没见过哥哥这样凶巴巴地对待自己，这样瞪着眼朝自己吼叫，委屈得眼泪在眼眶里打转转，背过身去，不再理他。见妻子如此伤心，哥哥的心便软了，找一条毛巾打开水龙头一冲，拧干，递给她。她使劲甩动肩膀，低头抽泣，就是不接毛巾。哥哥顿觉一股无名火往头顶上蹿，烦躁不堪，然后一摔门，出去了。

自从我出事以后，哥哥曾发誓，这件事必须烂在肚子里，不能让任何人知道。一旦泄露，遭到世人嘲笑事小，妹妹万一寻了短见，那就是天塌下来了，追悔莫及。面对爸爸妈妈，面对可爱的雅丽，面对陈建国等发小、同事、同学，他只能装得跟他们一样，对妹妹的事情一无所知。

哥哥多么渴望跟忠厚的妻子开诚布公地敞开自己的心扉啊！又多么渴望找他们当中任何一个人或者干脆集体一起深谈一次，好好倾诉一番啊！把压抑已久的心里话全部倒出来，共同商量妹妹未来生活该怎么办。可是这样做行吗？这种做法就像将一个炸弹扔在武装部大院里爆炸，就像把一条最大的爆炸性新闻直接刊登在最火的晚报上……

可怜的哥哥啊！

第四章

屋漏偏逢连天雨。

三月份的某一天，我给哥哥打了一个电话，说近日有一个不好的预感，于是在街上买来早早孕试纸一测——怀孕了！哥哥焦急万分地说，小芳最坚强了，要挺住啊！我说："放心吧，哥哥，我没有哭，我真的哭不出来了！"我只是羡慕殷科长的三姑娘胖丫——怎么才能怀上，吃什么才能生男孩，怀上几天后有什么反应，她见人就说，生怕别人不晓得。

我出事以后，哥哥除了安慰，不知道如何有效地开导我。他说得找个能人好好说道说道。在他的朋友当中，最有阅历、最有见识的当数市委副书记熊长风的秘书张若原。得知我怀孕之后，哥哥再也坐不住了，专门带上我，约请张秘书喝茶，希望他开导开导，让兄妹俩迈过这个坎。

张若原与哥哥高明义年龄相仿，因工作关系相识，私底下经常打麻将，还算交心。他能说会写，文笔不错，起草个讲话稿、报告什么的手到擒来，不在话下，还经常在报刊上发表一些杂文和散文，是省杂文学会副秘书长，官位级别是副处级调研员。哥哥发现这家伙有学问，工作上有迈不过去的坎就喜欢找他请教。人家三言两语就让他柳暗花明。张若原有一句口头禅："多大个事儿呢，不就是……"好像在他眼里从来就没有解决不了的事情，全是小事。

这家茶楼叫"云雾轩"，位于市中心，档次中等偏上。三人盘腿坐在榻榻米上喝茶。一个端庄、貌美的女子跪在三位喝茶者面前，行茶道之礼仪，烫杯、暖壶、泡茶、续水、端敬，一招一式，有板有眼。

"若原兄，我有一事不解。我的一位大学同学有个妹妹，被人强奸了，十分痛苦，求我排忧解难。我哪会这个，只好向兄弟请教，好传话给人家。今天就为这个。"哥哥一脸诚恳地说。

张若原看了一眼高明义，又望了望女服务生，半天没吭声，只是一个劲儿地喝着乌龙茶。那女子赶忙说："如果影响诸位聊天，我可以回避。"张若原摸摸她的胳膊，说道："没关系的，谈的都是小事。"

张若原说："多大个事儿呢，不就是一个姑娘遇上了一场灾难

181

嘛。这种事放在大城市不值一提，哪天不出上百起刑事案件？只是新闻没报道人们不知道罢了。"

哥哥了解张若原，他在领导身边工作，讲话十分注意分寸，遣词造句、语气语调，非常讲究。他把姑娘遭强奸一事定位在"一场灾难"，既表明了自己的主观判断，又体现了同情心，不会给人一种麻木不仁的坏印象。另外，他养成不传闲话、不搬弄是非的习惯，因为他知道多说一句话，有可能会授人以柄。至于谁来打听事儿，或者受哪个人委托，你不说他绝不深究，能回答就回答，不能回答你问也问不出答案。

"怎么开导这个女孩呢？若原兄，请不吝赐教！"哥哥说。

"首先，要解决形而上的问题，就是宏观把握，从大到小地开导。"

"从天上看人间，咱们铜城水系发达、山脉纵横，一面临江，三面环山，引来'半城山色半城湖'的美誉。市区形状极像个'人'字，100多万人在山水之间劳作、奔波。人在做，天在看，镜头一推，人群瞬间变为蚂蚁，再小小到沙粒、尘埃、空气……"张若原面无表情地说。

又喝了一口茶，张若原说："第一，与宇宙比，地球微不足道，人类微不足道，那个小妹妹的事就得想开点，放得下，别再自寻烦恼；第二，人类与大自然比，除了近一百年，就没有占过什么优势，困难、灾难是永恒的主题；第三，人类自身也是苦难深重，天灾人祸，不计其数，某些宗教说人活一世，受苦受难。俗话说的'人生不如意，有十之八九'就是这个意思。如果有如意、快活的话也是少之又少。所谓成功，不过是痛苦以后的短暂喜悦罢了。没看人家写回忆录，书名都叫什么《苦难改变人生》《苦难塑造人生》《我的苦难历程》，等等。"

女服务生耐心细致地用电热炉烧水，往紫砂壶里冲茶，往客人跟前的小玻璃杯里续水，双膝一直跪在一个黄色的草垫上，彬彬有礼。哥哥给了她一张50元的人民币，说声"谢谢你"。那女子欠一下身体，有礼貌地说："谢谢先生！您请慢用！"

张若原接着说："第二，要微观把握，从小到大地开导。"

他说，刚才说了人生的本质绝非享乐而是苦难，但是我们可以在无情宇宙的一个小小角落里奏响生命的凯歌。在这方面他赞同提倡积极的人生观——西方哲学家多教导我们趋乐避苦，一种东方的宗教教导我们摆脱苦与乐的轮回。可是，真正热爱人生的人把痛苦和快乐一起接受下来。幸福的反面是灾祸而非痛苦，痛苦中可以交织着幸福，但灾祸绝无幸福可言。另一方面，痛苦的解除未必就是幸福，也可能是无聊。可是，当我们从一个灾祸中脱身出来的时候，我们差不多是幸福的了。"大难不死，必有后福。"其实，"大难不死即是福，何需乎后福？"

"换句话说，那个女孩被强暴后，没死，也可以叫作福啦？"哥哥几乎惊叫起来。

"可以这么说，"张若原说，"这种大难是别人强加的，那个女孩并没有错，不必过分自责。多数女孩无法脱身出来主要是不明白这个道理。在文明程度高的国家或地区，这样的女孩受到伤害的程度往往比我们要小得多。"

"第三，人活一世，哪个人没经历过痛苦呢？那个女孩经历的痛苦或许比别人更大一点。如果自暴自弃，寻了短见，既无意义，也于事无补，还给亲人带来巨大的痛苦。只要她活着，一切皆可改变，但必须自强、自立、自爱。不要沉湎于过去的痛苦回忆，而要积极拼搏，干出一番新天地。未来变成一位明星、作家、服装设计师、大老板什么的也未可知。"

"第四，亲情和社会的关爱是受伤女孩的健康成长的必要条件。关爱，是人类最宝贵的情感，是鉴别人们关系远近、亲疏的试金石。而血缘关系更是人类血脉相传的基因基础和精神纽带。如果美国纽约没有我的熟人，那它跟我没有一毛钱的关系。亲人的关爱至关重要，处理不好，就是最大的伤害。除了亲情，还有爱情、友情。爱情就不说了，那个女孩可能还没遇上。友情还分发小情、同学情、同事情等，能施以援手，帮助巨大，处理不好，唾沫星子就能把人淹死，歧视、嘲笑让人苦不堪言。"

"说完了？"哥哥说。

张若原说："总之一句话，学会坚强，在苦难中成长。鲁迅先生说过：真的猛士，敢于直面惨淡的人生。"

"若原，我说的那个女孩将来也会成功？"哥哥的大脑始终没忘记妹妹小芳。

"多数人平庸，是因为他们生活中缺大悲大喜。那个女孩出现了大悲，就与众不同，那就看她的造化了……所谓成功就是爬起来比倒下多一次。如果她成功了，可能会说这次灾难是'走向成功的垫脚石'，过去的一切似乎不在话下，都是多大个事儿呢，回忆录的书名我都替她想好了——《向苦难鞠躬》。"

张若原像大仙一样，慢慢悠悠品了一口乌龙茶。

我听得像是着了迷，不住地在点头。

哥哥给张若原敬烟，点燃，自己也点了一根，猛地吸了一口，茶室里便烟雾缭绕起来。"若原兄，如果你有这样的妹妹——对不起，我是说如果——你会如何开导她呢？还是这样……用你刚才的话去开导？""当然，难道这个事还分三六九等不成？"张若原说完端起茶杯久久不语，末了说了一句："不好意思，有点突然，我还没有缓过劲儿。"

"多谢，非常感谢！我非常满意！你老兄真是高手，我可以交差啰！"哥哥说完拍了一下我的肩膀。

得知自己怀孕以后，我变得沉默寡言，不再像从前那样喜形于色、无所顾忌。当然，更不敢像殷科长的三姑娘胖丫那样拿这件事满世界嚷嚷，与众人分享。

一次周末，我回爸妈家，刚一进屋，桌上的电话就响了。一听，是陈建国："小芳，你下楼一趟，我有话说。"

"爸，妈，我下去一会儿，有人找。"我说着就推门出去了。

大院里有三栋楼房，两栋是离退休干部住，一栋是在职干部住。楼间距很大，空场地种满了树木花草，中心位置建有一座红绿相间的凉亭，挂满了葡萄和丝瓜的枝蔓。院里的小孩子平时喜欢在这里嬉闹、玩耍。老人没事时也爱站在一块，聊聊天，甩甩手……建国和我们家同住一栋楼，一东一西，都住在第三层。谁家有个事儿要商量，打个电话，非常方便。

陈建国在大院门口正在等着我，见我过来，便拉着我的手，向荷花湖走去。

我担心被熟人见到，挣脱建国的手，跟在他后面慢慢地走。待过了湖心亭，我主动拉起了建国的手。建国兴奋地说："小芳，见到你我真是太高兴了！自从那天向你献花以后，我每天激动得要死，你成了我心中的女神啦！见不着你我心里就发慌，可总是找不到你……"

"小芳，你知道我最喜欢你什么吗？就是朴素，没有俗气。你的眼睛，你的头发，你的脸蛋，你的一切好像都是天然的，不是靠涂脂抹粉糊上去的。

"还有，你跟别的女孩不一样，你聪明，但不卖弄；你淡定，从不张扬；你简单，不好攀比。我谈过好几个女朋友，大部分你也听说过……真的，跟你相比，她们简直是俗不可耐！”

我“扑哧”一声笑了，说：“你呀，情人眼里出西施！”

建国轻轻地抱住我，说：“小芳啊，作为一个男人，我是不是应该关心你的工作、你的生活？是不是应该经常与你见面？如果不能见面，是不是应该给你写信、打电话？可是，你总是像风一样飘忽不定……你闭上眼睛，猜猜我给你带么斯礼物了？”

我闭上眼睛，嘴角挂着微笑。

“我拿出来啰，摸摸看。”

我用双手摸着，心里甜滋滋的，我很喜欢建国像个大哥哥一样逗我玩。

“手机！”

我惊叫一声，睁开了眼睛。

“以后再也不怕找不到我的小芳啦！”建国把崭新的手机递给我。

我噘着嘴，说：“多贵哟，要花一万多元吧？”“瞧瞧，刚才还夸你不俗气呢，怎么又像买菜大妈似的？”建国说，“有钱难买我愿意。为了小芳你，我什么都舍得！”

那时，人们都兴腰里别一个 BP 机，有事时打服务台“呼”一下，如果着急就说：“急事，连呼三遍……”后来，又出现了汉字显示的寻呼机，就显得更珍贵了，至于手机，完全是个奢侈品，只有达官显贵、有身份的人才配享用。

“建国，你真好！我担心将来……”

“不用担心，我把我家里最大的房间收拾好了，当咱俩的新房。如果你不愿意，咱们就再凑点钱在外面买房，你说呢？”

“可是……我还不想……”

"我知道，小芳，你不想吃现成的，喜欢两人一起奋斗，一起收获，对不对？这一点咱俩又投了缘。记得最后一个女朋友是市里一个大官的女儿，她对我说，只要我点头，她家有现成的三室一厅，小车也备好了，婚礼要照着五六万的办……是她娶老婆还是我娶老婆啊？跟这种人过日子，那不是判无期徒刑，坐一辈子牢呀？"

"嘴上说得好听，你心里恐怕巴不得吧？"我说。

"哪个在瞎说？小芳，我不图大富大贵，能跟你一起过日子，我干什么都行，一起要饭都行，你让我跳楼，我会毫不犹豫，立马跳下去……"建国扶住我的胳膊，目不转睛地说。

那一天，建国给我唱了好几首歌。

哥哥把那天在茶楼里与张若原喝茶时的惊人发现轻描淡写地给老婆作了"汇报"，说是一不留神手碰了一下那个女服务生便有了生理反应。乔雅丽"哼"了一声，说："你们男人没有一个好东西！"

哥哥说，一句话就能招来妻子的刻薄数落，还不如不说。

结果是，哥哥用不着去医院检查身体了。

我怀孕以后反应不是很强烈，没有出现最让人担心的呕吐不止的现象，只是闻到某种气味才有呕吐感。尿频现象倒是有，经常想上厕所，还经常想吃东西，有一种吃不饱的饥饿感。嗜睡、疲倦，做事情总打不起精神。

我意识到短期内不能"巡街"了，内心有些发急。

我曾经跟哥哥偷偷商量，"人流"手术一般适用于10周以内的妊娠妇女，估算一下4月中旬就得做。哥哥说没问题，省城有不少大学同学，找他们帮个忙，安排好手术时间就是了。当务之急就是在外面租间房子，做好休息、调养的准备。

于是，我在繁华的上海路旁边隔着两个街道的嘉兴路口一栋楼房的最低层，租了一间地下室的小屋，方向朝南，上午透过墙顶上的小窗户还能见到阳光；空间有十几个平方米，不大，也不小，摆放着一张单人床架，上面只有一个床垫，没有枕头、被子。还有一张折叠饭桌，三把坐凳，一个小书桌，一个脸盆架，墙壁上挂着一面不知是谁留下的小镜子。

房东是社区居委会的一位老大妈，别人都叫她邢婆婆。她肚子鼓鼓的，很胖，走起路来像只护小鸡的老母鸡，脸庞倒挺周正，直肠子，性格豪爽。她一见到我就欢喜得不得了："仙女下凡喽！这个美女怎么视察我们这个破地方？"

我说："邢婆婆，不敢当啊！您年轻的时候一定是个大美人吧？"

"那是那是，这不是吹的，"邢婆婆笑起来"咯咯咯咯"地响，"那些个小伙子看着我个个发抖，我太漂亮了，还总喜欢摸他们……"我跟她毕竟不太熟，不知该怎么接话，便说："婆婆，厕所在哪里？"

"顶头第一间，旁边是澡堂，夏天洗水管够，冬天洗必须抢，跑得快，洗热水，跑得慢，活该！"邢婆婆平静地说。

"房租多少钱？"我问。

"200 元，一个月。"

"这么贵啊！100 吧。"

"冬暖夏凉，不用空调。160。"

"连热水都不能保证！150。"

"你赢了，就 150 元。"

邢婆婆点上一支烟吸起来，说："跟你砍价太费劲。有的年轻人根本不还价，我就白赚60元。""这么说，您还是赚了我10元。"我觉得太好笑了。"就当小费了呗！"邢婆婆说，"在国外，天天得给，还不够客人烦的呢。你说对不对？"

"好！对了，婆婆，如果烧水、做饭，在哪里弄？"我问道。

"噢，在那边顶头，有一个伙房，共4个灶台，烧煤气罐。经常用，要单交10元。房间里可不许烧电炉哟，抓住罚款。晓得了吧？"邢婆婆说。

"婆婆，您忙着，我回屋了。"我一进房间，就听见邢婆婆在楼道里大声嚷嚷："都听好了——不许烧电炉，抓住罚款——听到冇……"那感觉像是邢婆婆原本忘了，是我提醒了她。我"扑哧"一声笑了。

我把房门关上，想躺在床垫上歇会儿，突然发现门后贴着一张纸，上面用毛笔写着五个大字：困顿出天才。这准是哪个房客离开时留下的墨宝。我想笑又笑不出来。想笑，是因为人一穷就励志，还把自己比作天才；笑不出来，是因为自己离开单位以后还没有挣到一分钱，要不是手里还存了一点钱，处境或许比那个房客更糟糕，最应该奋笔励志的应该是我自己。

于是，我兴致颇高地找了一支圆珠笔，在五个大字的右上方题写了"同意"两个小字，再写上落款：小芳某年某月某日题。心想，待自己离开这里的时候，下一个房客将会做何感想？他或者她会不会在这幅书法作品上盖个图章，也幽人一默呢？

我躺在床垫上的时候，那股子困劲又上来了，不一会儿就睡着了。

自从出事以后，我改变了"单位—爸妈家—哥哥家"这种三点一线式的生活，不再是"饭来张口，衣来伸手"，而是直接接触社会，与各种人群打交道，学会了察言观色、待人接物、忍辱负重。大小姐的脾气几乎见不到了，饥一顿饱一顿已不再算作奢侈品，冷嘲热讽在我看来是痛苦也是激励。

已经落魄到在地下室居住，也算是社会的最底层了吧？令我惊讶的是我还能保持泯灭不掉的幽默感，这至少说明我对生活没有失去信心，没有被现实的残酷所击垮。相反，我隐隐约约感觉某种渴望与追求，正在像一团烈火在心中燃烧得实在难耐，总有一天会变成熊熊大火。

这一切，在从前的冷暖不侵的温室里是不可能经历和体验到的。这一切，得感谢社会这个没有围墙的大学。活着，是首要的生存法则。只有先过这一关，才能再去追求有意义的生活。

学会坚强，在苦难中成长！——那位张若原秘书几天前的从大到小、从小到大、语重心长的开导，让我感悟到勇气与抗争的力量，绝不向命运低头！让一切懦弱、哀伤、抱怨见鬼去吧！坚信这个世界上唯一能打垮自己的只有自己。

我租地下室后第二天，陈建国打通了我的手机，问长问短。我干脆让他帮忙去一趟工行，把宿舍里我的被子、换洗衣服和书籍搬到地下室。我俩走进工行时又碰见了王雨燕，她听说要搬东西，说也要帮忙，于是，三人叫了一辆三轮车，把我的被子、枕头铺在车板上，我和王雨燕跷着二郎腿躺在车上，怀里抱着一堆衣服和书籍。那个中年车夫喊了一声"开路"就踩起了脚蹬，陈建国跟在车后，一边推车一边奔跑。

好家伙！不一会儿，陈建国已是大汗淋漓，我心疼得坐起来给建国擦汗。王雨燕用羡慕的眼光望着我说："你好福气呀，我就找不到这样的男朋友。"

"燕子，那个徐锦力不是对你挺不错嘛，怎么……"

"不错什么呀，不是那个事儿，"王雨燕说，"抠门得要死！衣服不舍得给我买，看大片嫌票贵，请我吃个饭吧，吃完了肚子还是饿的，作了恶，冇得办法形容。"

"那你可以请他哟！""那不搞负了极？乾坤颠倒了。""算了，都是让别人惯的！你可以主动些嘛。"

王雨燕说："我看出来了，他对我不冷不热，可有可无，根本不能用'爱情'这个词说明我俩的关系。管他七里八里，吹了散伙！"

我说："不好说的，鞋子合不合适，只有脚知道。……停停停，师傅，歇一下，建国累得直喘气，完全跑不动了！"

三轮车停了，陈建国一屁股坐在地上。

中年车夫说："伙计，练习跑马拉松，我看这个办法蛮好！"

陈建国脾气好，说："现在市民的素质太差，人家累得吐血，他却幸灾乐祸，雨燕，你看这个裸人，完全是个呆账、死账，冇得法要！"

王雨燕笑出声来，说："你的金融知识蛮扎实，得向你学习。"

我说："燕子，莫理他，这叫狗急跳墙、急中生智。"……

有了被子、衣服，可以生活了。如果没有书，真的没法生活了。建国去工行的路上，还给我买了几本诗集和小说期刊，真是雪中送炭啊！

建国一直希望我去他家看看二老，把关系公开定下来。我推说叔叔、阿姨都挺熟悉，何必登门拜访呢。现在建国又提出邀请，我抵挡不住就答应了。

一进家门，建国的父母站在门口，满脸笑容地迎接。"叔叔好！阿姨好！"我有礼貌地说道，把一大兜水果放到客厅中央的茶几上。

建国的父亲陈红安一见到我就说："好姑娘，来啰！"声音异常洪亮。

他身着一身绿军装，虽然去掉了领章、帽徽，军人气质却丝毫未减。他生于红安，跟我爸爸一样未成年就参加革命，当兵打仗，戎马一生，身上至今还留有两块弹片，前不久刚办离休手续。

建国的母亲郭素贞长期身体不好，早已退休，是本地人。她一见我嘴巴就合不拢，笑眯眯地给我削苹果。

建国赶紧端茶倒水，见爸妈像待亲闺女一样招待我，心里别提有多快活。

建国的弟弟陈卫国从他的卧室走出来，说："小芳姐，听说你要来，我们一家人昨天忙活了一晚上。"

卫国刚满19岁，小时候滑旱冰不小心与别人相撞，人家没事，他却造成一只眼睛失明。另一只眼睛本来就近视，却又害上了青光眼，视力很弱，基本依赖拄着木棍行走。旁人见了都爱搭把手，搀扶一下。他最怕过马路，有次就赶上下班高峰，红灯亮时他开始走，走到马路中间时，已是身在汽车堆里了……他办了残疾人证，靠拿低保过活。大院的人都觉得这个伢蛮造业，就可怜他，有什么好吃的就往他手里送，有时候东西掉在地上，他也不晓得，旁人看着直想落泪。

但他有个毛病，见人没大没小，对哪个都敢恶语相伤。有时情绪不好，他敢对自己的爸爸吼叫道："你不管老子了，每次给这么一点钱，你说老子么样活？"别人见了都说："你太茗了，父母怎么能随便骂呢？"母亲郭素贞经常偷偷流泪，说："我真想把他扔到长江里去……"

我每次遇见他，都要停下来聊几句，发现他其实心里很善良、很单纯。

出事以后，我特别悲观。有一天碰到卫国，说："你过得这么苦，心底是怎么想的呢？"

卫国说："小芳姐，你长得好看，每天当然是阳光灿烂啰！我正好相反，眼睛不好，没有知识，还得戴副眼镜。我也喜欢阳光明媚的晴天，那样我会看得清楚些。所以心情很重要。我总是想，我看不清楚是痛苦，那盲人怎么办呢？我有两个小学同学发生意外死了，可我还活着；一些大老板牛一阵子突然被捉进去了，可我还有自由。哥哥建国劝我说，活着就是胜利，这话说得蛮好！"

"建国打过你吗？"我问。

"打过，只要我骂爸爸妈妈，他就特别生气。但是我俩单独在一起时他从不打我，最多是骂上几句。有一回，我说我不想成为爸妈的负担，干脆抢银行，让警察抓到监狱去，让他们管我饭吃，哥哥气不过，把我臭骂一顿，哭着对我说，如果那样，老子也不去监狱看你！"

是啊，世界总是一样的，只是我们的心情和遭遇不一样罢了！

"小芳啊，你爸爸、妈妈还好吧？"郭素贞的一句话把我拉回到现实。"妈，您跟高伯伯、崔阿姨哪一天不见面，这还用问吗？"陈建国帮我解围。

郭素贞拉着我的手，说："小芳啊，你也知道，我和你陈叔叔是多么喜欢你，你可是我们大院里的一朵最美的花啊！如果你同意，我们两家就吃顿团圆饭，把关系定下来，好吗？"陈红安在一旁插嘴道："就是。省得夜长梦多！弄不好别人插一杠子，鸡飞蛋打……"

郭素贞"呸呸"连吐两下，说："老头子，看你说的，作了恶，尽是屁话！人家小芳是那种人吗？小芳是漂亮，总不至于脚踏两只船吧？"

我说："叔叔，阿姨，这是大事，得由我爸妈定！我……"

郭素贞把削好的苹果递给我，说："不急，不急，你和建国好好谈，今年国庆节，最迟明年春节把婚结了！"说完乐得盯着我一口一口吃苹果。

"嗷！——婚礼最好在望江亭酒楼举行，那个地方全市最牛！"卫国双手拍着巴掌，兴奋地在叫喊。

第五章

小城故事多，每天在别人嘴里传来传去，点缀着人们的生活，好让平凡的日子平添些许乐趣，不至于过得单调、乏味。人们并没有听说过小芳的故事，但这类的传闻还是蛮多的。有的人叹一口气，就过去了，该干什么还干什么；有的人交头接耳，甚至奔走呼号，生怕别人不知道；有的人蹲在被害人家门口，打听着最后的结果……

太阳每天照样升起，也照样落下。日复一日，如江水一般。

我一如既往地坚持上街找寻，斜挎着一个小包，里面装着一瓶水、一个面包、一本书、一个毛巾。

我听说过"愚公移山"的故事，知道这么做是显得有些愚蠢、有些让人不可理喻。都快进入新世纪了，观念还那么守旧，我自己有时也怀疑是不是得了神经病。有的女孩说，贞操算个屁呀，能值几个钱？今朝有酒今朝醉，脚踩西瓜皮溜到哪儿算到哪儿，稀里马虎地过就是了。甚至哥哥都怀疑我能否坚持下去，也劝我先把婚给结了，再图别的打算。

　　我确实也动了心，也有跟建国过幸福生活的打算，但内心深处依然故我，痴心不改，不信老天爷不为我的精神所感动而永远不开眼。

　　然而，没有料到的是哥哥带我去省城做"人流"一事却走漏了风声，引起一场轩然大波。

　　一开始，一切十分顺利。吃罢早饭，哥哥开着他的桑塔纳，带着我，有说有笑，在新建不久的高速公路上行驶了大约50分钟就到了省城，接着很快把轿车开到了一家有名的大医院门口。停车时，看见省财经大学的同学向德高西装革履，吸着烟，站在那里。

　　哥哥顾不上与老同学聊天，寒暄几句，把汽车开到地下车库，再坐电梯上到一楼大厅排队挂号。挂号的人很多，排了四条队，每条都有二三十人。

　　向德高对我说："冇得法，每天都这样，人多得乌泱乌泱的，都奔着大医院来的。走，跟我来……"他领着我走到挂号处的一个旁门，敲门，进去，不一会儿又出来了，对跟过来的高明义说："走，板马日的，搞妥了，直接去妇产科……"

　　向德高果然有板眼，拿到前面的号，不用排队就让我躺在了病床上。

　　不一会儿，一位男大夫从手术室里探头出来，说："向处长，病人血压、心脏、子宫内膜等都检查了，冇得毛病，是否能做手术了？"向德高看看高明义，高明义朝大夫点点头，说："多谢了，大夫！"

　　于是，两个老同学坐在走廊里的长条椅上边聊天边等待。

　　哥哥事后说，他问起大学毕业后留在省城工作的十位同学的近况。向德高说:"大部分混得还马马虎虎,在省财政厅、商务厅、发改委工作;有一半人改行了,尽是弯管子。我先干银行,现在省委宣传部新闻处当副处长。那个张大毛你还记得不?他是我们班最苕头日脑的,整天搞不清白,可是现在他最牛,混上正处级了,想一想我就觉得自己掉底子……"

哥哥说:"人比人,气死人。照你这么说,我混了十几年,才是个科级,那该找哪个去说理呢?"

"人挪活,树挪死。你啊是该动动了,要么去发达地区闯一闯,要么自己搞个公司,为自己打工。你想呀,你再向上升一级,起码要熬它个5年到10年吧,还不如趁早先发点财,积累些资本,否则,年纪大了,成了老菜薹,结果就掉得大,惨啰!你放心,到时候,我们老同学都给你抬庄!"

哥哥点头称是,说:"我早有此意,兄弟你更坚定了我的决心!"

不到40分钟,我自己从手术室里出来了,一身轻松地说:"哥,跟我想的完全不一样,大夫给我做的是局部麻醉,一边做手术一边跟我聊天,我一点痛苦都没有。那个男大夫说做完了,我很惊讶,这么快啊!好玩吧!"

哥哥忽然觉得浑身轻飘起来,说,压在心头的一块大石头终于搬掉了。试想一下,如果妹妹小芳的肚子鼓起来,而且越来越大,那么她每天该如何面对世人啊?即使能把她藏起来,又能藏到哪儿呢?又能藏多久呢?……

正当哥哥高明义拉着向德高说"走,喝酒去,好好庆贺一下"的时候,不料,一个人正在向他们迎面走来,想躲已是来不及了——高明义此时此刻最不想见到熟人——武装部院里的阿姨王喜丰……

果然不出所料，又变天了。

王喜丰是已故的老副政委倪成焕的老婆，平时喜欢东家长西家短地嚼舌根子，不怎么招人待见，人称"王熙凤"。谁家有个不好的事情或者有个好的事情，她都爱管，都爱打听。再经她嘴皮子一说，全院就立刻传开了。哥哥高明义当年买车的事就是她传播的，说得有鼻子有眼，花了多少钱能精确到小数点后好几位。

如果谁家的一些私事、烂事被她打听到了，那可能就大祸临头了。比如，谁家的儿子在外面惹祸了呀，谁家的媳妇跟谁有一腿呀，谁又往谁家大包小包地送东西呀……可气的是，偏偏有人明知道她嘴臭，但还是围着她转，问她有什么新闻，这不是"屎坨子"，唯恐天下不乱是什么？有的还添油加醋地说"就是就是"，幸灾乐祸。但有一点是相同的——一旦说到谁家，谁家就跟她玩命！

三天后是周末，哥哥高明义带着乔雅丽、我、高一凡看望爸妈，刚下轿车，就感到气氛不正常。一群老太太正在做"甩手疗法"，看到我们一家子时神色紧张起来，变成俩人一群、仨人一伙，交头接耳，准没聊什么好事。我们走到单元门洞准备按门铃的时候，吴阿姨悄悄告诉哥哥高明义说，有人在说你们家的坏话。

"说什么了？"哥哥问。

"说小芳在外面打胎。"

"谁说的？"

"除了她，还能有谁？"

"谢谢您，吴阿姨！"

哥哥让嫂子带着我和女儿先上楼，自己要去找他们理论。乔雅丽不干，非要陪丈夫去不可……最后，我领着小一凡上楼去了。

后来，听嫂子说，哥嫂俩来到凉亭时，一帮阿姨都突然不说话了。几个叔叔还在甩胳膊甩手，表情看上去很平静。

哥哥一眼发现王喜丰站在人群中间，一副若无其事的样子，便走上前去，对王喜丰说："王阿姨，你是不是说我们家坏话了？"王喜丰说："嘿，你怎么对阿姨这么没礼貌？"哥哥恶狠狠地说："今天，当着这么多叔叔阿姨的面，我警告你，以后不许扯我们家的事情！"谁知王喜丰不甘示弱，"啧啧"两声，轻蔑地一笑，说道："你算老几呀？敢当着众人的面教训老娘？"哥哥用手指着王喜丰说："不信你试试！别人叫你'王熙凤'，你以为你就是王熙凤了，你哪有人家的本事，充其量你就是一个'包打听'，一个泼妇！别人怕你，老子不怕你！"

"嗬啊……把老子气得……你你你……"王喜丰气得气喘吁吁，脸色发白，一时接不上话。

这时，围观的人越来越多，个别人一边喊"莫吵了，要讲团结啊"一边往前挤；站在远处的还以为又在给老干部发什么东西呢；楼层高的人家纷纷打开窗户探出头来看热闹。

哥哥早就想刹刹王喜丰的威风了，看她今后还敢不敢随便欺负人。他也知道，一旦自己败北，将永无出头之日。一不做二不休，成败在此一举。

"你要么样？难道你敢打老子不成？"王喜丰自知理亏，管别人的闲事干什么吗？但一看到人已堆成了山，便又鸭子死了嘴巴硬，负隅顽抗。

"依我看，你就是咱们大院里最大的不稳定因素！"

众人一瞧，是高满堂挤了进来。乔雅丽一直在观战，气得浑身冒火，又帮不上忙，只有干着急，见公公一把年纪出现在这种场合，赶忙上前搀扶。

"你这种人，唯恐天下不乱，每天自己的事情不去做，到处扇阴风点鬼火，你到底安的是啥心？你说你到底想弄啥？"高满堂一口浓重的河南口音，义愤填膺地说。

人群里，有人说"是啊""就是啊"，议论纷纷。

王喜丰大喝一声："你们都听听，他们一家老小在欺负我这个寡妇啊！还想踏上一只脚，让我永世不得翻身吗？没门！"她撸起袖子，声嘶力竭地说："当年，他老高就欺负我家老倪，对他看不顺眼，把他下放到农村，这不是利用职权打击报复是什么？"

父亲高满堂气得血压"呼"地往上蹿，差一点晕倒，被乔雅丽紧紧扶住。他说："没见过这么不要脸的人！竟敢歪曲历史、颠倒黑白！明明是当年老倪当总务科科长的时候同一个女人的关系不清不楚，是你老王哭着喊着求俺帮忙解决问题，俺当时问你影响家庭团结没有，你说非常严重，求俺把老倪和那个女人分开一段时间……今天怎么成了利用职权打击报复了，你说？"

人们"哎呀"一声，嘀嘀咕咕开了，有议论王喜丰的，有议论老倪的，还有议论那个不知道姓名的女人的，乱作一团。

王喜丰"哇"的一声大哭起来，说："好啊，你这是当众撕我的老脸呀！老倪死了多年了，没想到还要受同事的欺负！就算老倪跟别的女人瞎搞，那你女儿跟别的男人瞎搞为什么就不让说啊？嗯……"

"你说啥？我女儿小芳咋哩？跟别人瞎搞？你胡说八道！看俺怎么撕烂你的脸！……"父亲说着真的伸出胳膊去抓王喜丰。

哥哥怒火中烧，骂了一句娘便打了王喜丰一个耳光，打得王喜丰哭得如鬼哭狼嚎一般。人群又是一阵骚动。

王喜丰像一只受伤的母狼，手指着我父亲，一字一句地说："小芳在省城做'人流'，你知道吗？敢做就要敢承认！你敢承认吗？你凭什么在众人面前假模假式地充当好人……"

哥哥气得挥舞拳头冲向那个可恶的女人，却被几个人抱住了。

"那天我和小芳去省城医院，被你看到了，那是陪着大学同学检查身体，你总是诬陷小芳做什么'人流'，有何凭据？难道你不把别人往坏处想就会死吗？你这个丧尽天良的王八蛋！"

哥哥从来没有这么痛快地骂过一个人，要不是有人拦着，他的拳头一定会像雨点一样砸下去……

王喜丰冷笑一声，大声喊道："凭据？老娘当然有，你们忘了，我的丫头倪艳红就在那家医院妇产科工作。你们骗得了别人骗不了我！……"

"啊？！"人群重新骚动起来，一片哗然。

父亲突然眼前一黑，晕了过去，要不是哥哥一个箭步冲上去扶住，那后果不堪设想。嫂子听到这里也是脑袋"嗡"的一下，看到公公突然晕倒，急得大喊："叫救护车，快，快啊！……"

"快让道啊！高部长犯病啦！……"

其实，我和母亲都没忍住，早就跟着父亲跑到楼下观看，只是人太多挤不进去，只好在外边听骂。当听到有人喊高满堂部长犯病了，两人开始拼命往里面挤，一面挤一面哭……

不大一会儿，一辆救护车拉着警报声停靠在大门口，人群闪出一个通道，哥哥背着父亲跑向大门，几个亲人和一些好心人帮忙将父亲抬上后座上的救护床，一位医生赶紧让父亲吃了几粒速效救心丸，并开始输液。

哥哥拉住妈妈，对乔雅丽和我说："你们别去医院了，在家照看小一凡吧！"

救护车拉着警报声开走了。我跟在乔雅丽后头，向爸妈家走去。两人都闷声不响地想着心事，丝毫顾不上别人的态度和议论。

快走到自家的楼下时，我突然发现那边门洞门口，陈建国和他的爸爸妈妈在人群中默默地看着自己，便装着没看见，就走进门洞了……

我一下子成了武装部大院的新闻人物。

说什么的都有，整整议论了个把月。

第二天一大早，我陪着嫂子，拉着小一凡，乘车赶往市里的三医院。走进三楼心脑血管内科的一间病房，我看见妈妈正在给爸爸用热毛巾擦脸、擦手。哥哥坐在床边的靠椅上，呆呆地望着爸妈。

父亲慢慢睁开了眼睛，看看我，看看乔雅丽，又看看小一凡，说："都来了？"我紧紧握住父亲的右手，说："爸爸，都是小芳不好，把您气病了……"说着说着眼里噙满了泪水。父亲毕竟年过花甲，情绪很容易激动，看着我落泪，自己忍不住想哭，一粒豆大的泪珠从眼角流出，滑落到嘴角。小一凡嘴里喊着"爷爷"，手却不敢碰爷爷，看到爷爷躺着不动，还流眼泪，显得十分害怕。乔雅丽从刚买的水果中拿出一根香蕉，放到高满堂的嘴边，说："爸，您吃一口！"

九时整，大夫查房。一个姓姚的主治医师穿着一身白大褂，走进病房。

哥哥说："大夫，我爸早晨一醒，护士就量过血压，低压90，高压140。"

姚大夫看着我父亲说："老人家，您呀放心——正常！冇得事，凡事想开点，不要激动……"

见我们是新到的家属，他说："昨天送来抢救的时候，老人家的高压快到200了，蛮吓人！今后要注意，一要长期服药，稳定血压；二要经常锻炼，比如步行、慢跑、打太极拳、打门球；三要情绪稳定，莫大悲大喜。"

母亲问："如果再严重些，会怎么样呢？"

姚大夫说："那就可能引起中风，严重的还会导致偏瘫。"

哥哥赶紧阻止，说："妈，莫说了，爸爸身体好得很，不会有问题。"

父亲笑了，说："儿啊，你甭担心我！我想得开。我们经常见面的老战友就剩下四个了。我们常说好多战友牺牲了，活下来的都是多赚的，我能活到今天，早就够本喽！"

我最佩服爸爸的豁达、开朗和善解人意。他一辈子主张堂堂正正做人、干干净净做事。就是死，也要积极面对，坦坦然然，用他的话说，就是"砍头我都不怕，还怕病死？"

姚大夫对大家说："今天，再打一针，输两瓶液，观察一天，老人家明天就可以出院了。"说完就继续查看别的病房去了。

我趴在父亲的床头上，忽闪着美丽、清澈的大眼睛，说："爸，以后我经常陪你散步，陪你慢跑，好吗？"父亲说："好，美得很！再叫上你妈，享受一下天伦之乐，可得劲！可是……"母亲担心老伴情绪激动，说："老高，你慢慢说。"

父亲说："小芳啊，你受委屈啦！我相信我的闺女是个正派人！……我就担心将来我老了，再也不能替闺女打抱不平啊！"

说完像个小孩子一样哭了。一家人也跟着哭起来。

过了一会儿，父亲说："别人说啥咱们都别搭理，要抬头挺胸地做人，不要让人家看笑话，看扁咱们！人哪有不犯错误的时候，不就是'打胎'嘛！没啥了不得的，以后注意点就是了。你妈不是也……"

母亲说："老头子，又胡说，当着孩子们的面……"

哥哥说："爸，不是'打胎'，是做'人流'。"

父亲说："不管这那，小芳肯定是遇到困难了。今天，就立个规矩，咱们家今后谁也不许议论这件事。别人要问，就说打听那么多弄啥，做你们自己的事情去吧！"

我被父亲如此大度和宽容所震惊。预先设想的种种结果，都与"分崩离析""众叛亲离"接近，一场家庭内部大战没起硝烟一瞬间就和平解决了，反而让我如同做梦一般。我贴近爸爸的脸，很响地亲了一口。一家人开心地笑起来。

待我和嫂子有说有笑地出门买午饭的时候，父亲突然小声问哥哥："儿啊，告诉我，小芳到底跟谁在谈朋友啊？是陈建国那小子吗？"

哥哥笑笑，说："你刚才宣布了纪律，自己又要坏规矩……告诉你吧，不是。"

"那是谁呢？"

"我也不晓得。"

"那就算啦！"父亲叹了一口气，说，"人这一辈子，都得过几道关。小芳还年轻，让她自己闯闯也好！"

陈建国家里就没有我家里这么平静了，自从看了那次凉亭男女混战，内部也爆发了一场男女大混战。

简单地说就是，爸爸妈妈坚决不同意建国和小芳这门婚事，来了个一百八十度的大转弯，理由是：第一，小芳做"人流"十有八九是真的；第二，小芳做"人流"与建国无关；第三，小芳外面肯定有别的相好，说明她没有坦白，做人不地道；第四，小芳不是处女，与建国不般配。

两人之间大原则一致，小原则上吵得不可开交。关键分歧点是第四点。

母亲郭素贞观点鲜明、不容置疑——不是处女不配做陈家的儿媳妇。如果建国执意要与小芳结婚，那就与建国断绝母子关系；父亲陈红安说，凡事皆可商量，主要看儿子的意见。

弟弟陈卫国说："长得好看的女人，没有一个是不花心的，就算她不坏，她旁边的男人也会教她坏。"他的意思是吹了算了，好看的女人多得是，也不一定非找漂亮女的不可，找一个喜欢自己的、会过日子的就行。

轮到陈建国发表意见的时候，他默默无语，烦躁得直抓自己的头发。

与"我的小芳"接触的一幕幕往事历历在目，那美丽的笑容、苗条的身段、清澈的眼睛、动人的歌声，还有那一低头的羞涩、恳请再亲一口的温柔……他挥之不去呀！他喜欢小芳的又何止这些，他爱小芳看过的书、读过的诗歌、唱过的歌曲。爱小芳的幽默、朴实、吃苦忍耐，甚至她所用过的一切、经历的一切……

另一方面，爸妈的"四点意见"就像四把刀子在剜他的心，没有一条是他可以忽略、避得开伤痛的。命运真会捉弄人啊！好端端的一个小芳，怎么一夜之间就会判若两人呢？

建国的态度就是：默默无语，愁眉苦脸。他爸妈怎么劝说，他也拿不定主意。

自从父亲出院以后，我吃住都在爸妈家，每天都从建国家的楼下经过，进进出出好几次，建国总是忍不住趴在窗口，偷偷看着我昂首挺胸地走过……

有一天，建国正在呆呆地痴望，母亲瞧了一眼，说："看呀，把人家都气个半死，她跟个没事人似的！还挺着胸脯，也不嫌丢人！"

父亲也看了一眼，说："谁会想到，就在几天前，我们是那么喜欢她啊……我说对了吧——弄不好别人插一杠子，鸡飞蛋打——还真说中了……"

"走开，都走开！"建国不耐烦地离开窗口。

"莫中邪哟，建国！"父亲着急地说，"一定要想开啊！"

第六章

六月的某一天，新闸口区中级人民法院公开审理彭玉刚故意伤害他人案。审判大厅的旁听席区座无虚席，武装部大院里的大人们能到的都到了。

入场时，父母、哥嫂，还有我，找了第一排的位置坐下，与大院的熟人一一打招呼。陈建国陪着父母也来了，见着我们一家人便很有礼貌地问候，老陈夫妇还握住父亲的手说："近来可好？看你气色不错嘛！"

彭玉刚的父亲彭科长没有到场。他因枪支问题受到处分，血压一直居高不下，行为怪异，吐词不清，从此卧床不起。他的母亲刘阿姨一直在哭，是被小彭的几个同学搀扶到现场的。彭玉刚的女朋友虽然来到现场，但因受过极大的刺激，时哭时笑，语无伦次，已变得疯疯癫癫。

许多大人唉声叹气，说小彭这娃娃可惜了，赌什么命嘛，人家王八蛋没死，这后生却要蹲大牢了，不停地安慰刘阿姨。也来旁听的一些发小夸赞彭玉刚有骨气，敢作敢当，顶天立地，嚷嚷着说看法官怎么判了。

开庭了。先由检察官宣读公诉词，接着被害人及其诉讼代理人发言，被告人自行辩护，辩护人辩护，后进入法庭控辩双方辩论。

原告方律师提出，被告彭玉刚持枪害人，情节和手段极其残忍，已造成被害人下体终生残废，危害结果极其严重，故建议法庭不能以故意伤害罪追究其法律责任，而应以故意杀人罪论处。

被告人指定辩护律师李有毅是一位小有名气的律师，是高明义委托张若原请来的高手。他着一身暗白条的藏蓝色西装，系一条红色白道斜纹领带，说起话来，声如洪钟，气宇轩昂。

他把手一举，说："我反对！"接着陈述理由——

"我的委托人，也就是被告彭玉刚，正如原告律师所言，持枪害人，已造成被害人下体终生残废，这是事实，我对此没有异议。但是，被告自始至终没有故意杀人的动机，更没有造成杀人的结果。他充其量就是想教训一下被害人，方式显得有些鲁莽。我坚决反对原告方提出的以故意杀人罪论处的建议。理由如下：第一点，事发当天，我的委托人公开宣布要干三件事，首先，要让被害人当众吃掉两千块钱；第二，要被害人给他舔皮鞋；第三，要打烂被害人的下体。他从未说过要杀死被害人，更没有进一步的动作，这一点，当时在场的所有员工和警察都可以做证。第二点，当时警察说只要被告放下枪，就算投案自首，被告结果就是这样做的，希望量刑时能加以考虑。第三点，被害人仗着有权、有钱，目无法纪，目无公德，欺凌妇女，侮辱员工，品质和行为极其恶劣，已造成极其严重的不良后果。多少员工是敢怒不敢言啊！我的委托人极其痛苦，忍无可忍，情急之下，拿枪报复，出口恶气，自在情理之中——如果你们去询问当时在场员工的感受，我敢说他们一定会说——大快人心！"

"好！讲得太好了！"

"那个狗屁厂长罪有应得！"

旁听席这边响起一片叫喊声。老人在鼓掌，年轻人在欢呼。刘阿姨在捂着手绢哭泣。原告席那边的人不干了，有的在骂，有的在哭。整个庭审现场已是人声鼎沸，乱成了一锅粥。

"肃静！肃静！"审判长使劲敲着木槌大声警告。

"审判长，我请求继续发言！"李律师说。

"同意。请继续！"审判长说道。

"第四点，我的委托人，也就是被告彭玉刚的女朋友，今天就坐在这里。大家看，她因受被害人的侮辱和男朋友被抓的刺激，已导致精神失常，不能正常工作和生活，后果极其严重。我保留另案起诉追究原告方的刑事和民事的赔偿责任的权利。"李有毅扫视着审判长和原告方律师，据理力争。

控辩双方继续辩论。

当审判长请被告作最后陈述的时候，彭玉刚突然双手举起手铐，从被告席上挣扎着试图站起来，大声咆哮："我的女朋友疯了，我的爸爸半疯了，我的妈妈身体垮了，我也不想活了——我真后悔呀，我没有亲手杀死那个畜生厂长啊……"

审判长厉声吼道："请把这些记录在案！"

"我反对！"李有毅大声疾呼，"很显然，我的委托人已是情绪激动，近日精神高度紧张，睡眠时间严重不足，连续服药，有医生证明。辩方的证言请求以律师证言为准！"

"嗯，同意！"审判长说道。

…………

看着彭玉刚在被告席上咆哮时的痛苦表情，我的心都要碎了，早已哭成了泪人。好端端的一个家给毁了，一个偶发的事件真的能改变一个家庭的命运啊！

法庭没有当场宣布一审判决结果，将择日宣判。

人们从人民法院大楼走出来的时候，都感觉到了一股暑气像热浪一样袭来，纷纷扇动着手里可以扇动的东西。梧桐树上的知了发出单调、刺耳的叫声，增添了几分初夏的烦躁。陈建国打通了我的手机，约好在马路对面的冷饮店见个面。

建国一五一十地把家里人的态度和分歧全部告诉了我，我许久没说一句话。我知道，对于陈叔叔、郭阿姨这样本分、保守的人来说，做"人流"事小，不是处女事大。花了那么多钱，劳神费力的，娶回一个二手媳妇，搁在我我也不干啊！

"建国，你到底是什么态度呢？"我沉默了许久，还是张开了嘴。

"我……小芳，你知道，我很矛盾，很纠结……"

"我明白啦！你还在犹豫，对吧？建国，我能理解你，"我的声音有些哽咽，"我不怪你，是我对不起你！你一定在心里看不起我了，想跟我分手，又不好意思说，对吧？……建国，你是对的，我们还是分手吧，尽管我爱你爱得要命，但我知道我配不上你了。这几天我还经常做梦，梦见你给我唱歌……你走吧，我不会拖累你，再找个更好的对象……建国啊，你不知道，我有多么爱你……"

我说不下去了，掏出手绢一下塞进自己的嘴里。

建国眼里也噙满了泪水，手不知道往哪里放，说："你……哭了……"

我摇摇头，泪水在脸上唰唰地流着，怎么止也止不住。

"小芳，我……"建国觉得有话说不出。

"你爸妈是爱你的，你不能硬来啊！"我说完，把建国送的手机交回到建国手里，迅疾转过身，说，"建国……我走了！"

建国想拦，但又没拦。待我走远了，望着我用过的手机，泪水一下子夺眶而出……

我经过一段时间的身体调理，又回到嘉兴路口旁边的地下室居住，开始"巡街"，每天斜挎着一个小包，里面装着一瓶水、一个面包、一本书、一个毛巾。周末时不忘回家看看爸妈，陪他们散散步、走走路，还不时地为老人捶捶背，洗洗脚，讲个笑话……

说起洗脚，爸妈一开始很不习惯。父亲说："只有大人给小孩洗，哪有小孩给大人洗的？不适应！"母亲说："小芳啊，妈妈还不老，等妈妈老了，洗不动了，你再洗，怎么样？"

我不管这些，只管洗。先用脚盆接好水，温度要适中，将老人的两只脚放进水中浸泡，然后慢慢揉搓，洗干净后，擦干，再穿上鞋袜。时间久了，父母渐渐适应了，觉得非常舒服，也不觉得不好意思了，哪一次不洗，反而觉得不自在。父亲有一天对母亲说："小芳这孩子懂事啦，她在尽孝呢！"

有一回，我在一个较偏僻的马路上寻看着，希望碰巧发现那个王八蛋。走着走着，看见一群小学同学迎着面走来，低着头想躲过去，谁想他们已发现了自己。一个叫孙丽萍的女同学说："是高小芳吧？这么巧，干什么去啊？"

"好久不见了，你们约着一块干什么？"我反问道。"我们去看小学五年级的班主任陶老师，一起走吧！""不了，我还有急事。代我向陶老师问个好吧！"

"有么斯急事哟？听说你最近混得蛮造业，故事还不少，悠着点哟……"孙丽萍低声说。我断定她是知道了一些关于自己的传闻，说："这不算什么，无所谓！"一群同学摆摆手走了。我听见身后孙丽萍对其他同学说："就这个人，以前还是我们学校的校花呢！啧啧，现在混得跟个叫花子一样，凭什么还不把别人放在眼里，哼！"

我已习惯了别人在我背后的议论，对这种人性的丑陋的一面，我的态度就是嗤之以鼻。但我不能保证我自己不会犯同样的错误，人前被人议，人后议别人，这种事情太普遍了，我尽量守住底线就是了。

我十分羡慕同学们一起结伴行动，比如划船呀、爬山呀、聚会呀、过节串门呀，成群结队，有说有笑，欢快无比。一段时间不见，谁谁胖啦、瘦啦，谁谁发达啦、倒霉啦，叽叽喳喳，说个痛快。我渐渐发现自己已习惯于独处，与大部队脱了节，即便碰巧参加了一次集体活动，也感到一种身处人群的孤独。

只有一天下来忙得筋疲力尽，关在自己的小屋的时候，我才觉得能得到片刻的放松。真的，什么物质享受，什么名利诱惑，全都罢得；没有书、诗歌和音乐，却不好过日子。

这个周末，我回到爸妈家，哥嫂和高一凡都在。爸妈看上去似乎比过去显得苍老了一些。我感到心里有些酸楚。

大家聊天，聊着聊着不知怎么又聊起了我与建国分手的事情。

爸爸一个劲儿地说可惜了可惜了。

妈妈说："没关系，他们家看不上咱，咱还不稀罕他们呢！再找一个比建国更好的，气气他们！"

哥哥大大咧咧地说："还是爸妈的爱情牢靠，几十年不折腾，相濡以沫，令人羡慕啊！越简单，往往越牢靠。"

嫂子把我拉到阳台上，对我说："我一直在想，你和建国分手，可能是个错误！"我说，何以见得呢？嫂子说："我观察过，你和建国很少谈车子、房子、票子等物质的东西，你们俩基本属于为爱而爱，这是真正的爱情！"

我说，我做"人流"后，觉得对不起他，提出与他分手，难道这有什么错吗？嫂子说："你与建国青梅竹马，原本是为爱而爱，是不附加任何条件的。物质的东西也好，其他的东西也好，放在天平上一称，都会失去平衡……"

我表示不太明白。

嫂子说："这些东西都是理性的、主观的判断，就像说嫁妆办不齐就不同意结婚。什么时候能结婚呢？只有男女双方家庭都觉得可以了才能办事。——这是谈判的结果。实际上，爱情往往是说不清楚的，男女对话往往靠的是心灵而不是理性。我是过来人，我当初喜欢你哥哥，就说不出爱的理由。即便说出来，也是他的一些优点，但绝不是他有钱、他有房等特别庸俗的理由。所以，我的感觉是建国还一直爱着你，只不过眼下他迫于父母的压力有点发蒙，而你呢出于好意，屈降人格，成全别人，弄不好，既帮不了别人，也耽误了自己！"

我突然发现自己出了一身冷汗，有点被人猛击一掌的感觉。嫂子说："小芳，你哥说得对，越简单，往往越牢靠！爸妈之间的爱情，其实就是彼此把心交给了对方，过得再好再坏，也不再去考验、选择了。爱情这东西，不怕得不到，就怕错失过，也就是与你擦肩而过，待你回头看时，那人已走远了……"

这天晚上，我躺在床上，用"三洋"录音机播放邓丽君的歌曲，听得非常着迷，突然听到了《往事只能回味》，心里"咯噔"一下，从床上坐了起来——

时光一逝永不回，往事只能回味，忆童年时竹马青

梅，两小无猜日夜相随。春风又吹红了花蕊，你已经也
添了新岁，你就要变心，像时光难倒回，我只有在梦里
相依偎……

我一下子想起了陈建国，想起那天分手时他那迷乱的眼神，
一个大高个的男人止不住哭泣的模样。听哥哥说，建国近来经常
拉人喝酒，一喝就醉，一醉就胡言乱语……想到这些，我感到莫
名的内疚和不安。毕竟是自己造成了建国一家人的痛苦啊！

这时，外面楼梯处突然响起一阵急促的"咚咚咚咚"有人下
楼梯的声音，接着是一阵"咣当咣当"的声音，像是有人在翻滚。
接着就听到邢婆婆的大嗓门在喊："哎哟……哪个不要命的在这里
翻跟斗啊！……你要找哪个？吓死人啰，还拿个酒瓶……"

我说了一句"不好"就推开房门，冲了过去。

果然是陈建国！

只见建国上穿一件白色圆领衫，下着一条平时打篮球时穿的
大裤衩子，右手握着一个白酒瓶，衣裤到处都是泼洒的酒水，酒
气熏天。我一把夺过建国手里的酒瓶，搀扶着他走向房间……

邢婆婆又回到楼梯旁的小屋子里看电视，拿起毛线活重新织
起来，眼睛不时地朝我这边看几眼。

进了房间，建国努力睁开眼睛，上气不接下气地说："你是小
芳？……嘿嘿，我说我怎么能见不到你呢……我这是在哪儿？"

我说："建国，你喝多了，在地下室呢！"

建国用力摆摆手，喷着酒气说："我怎么……咱俩不是拜拜了
吗？"说完就要往门外走。我急忙用肩膀扛住他即将歪倒的身体，
顺势将他移到单人床上，让他平躺下来，帮他脱鞋、盖上薄被单，
接着用暖水瓶往脸盆里倒热水，再把毛巾搁里面洗洗，拧干，再

帮建国擦脸、擦手。

建国显得轻松一点，长长地吹出一股酒气，闭着眼睛，两只手在空气中比画……

"建国，你不要再喝酒了，好吗?"我说，"看着你就难受!"

"我跟妈说了，跟妈过，不跟小芳过，妈是谁呀? 妈只有一个嘛! ……老婆有的是，随便找……对吧?"建国侧着脸，张着嘴，想吐，又吐不出东西。

"喝喝喝，喝死算啦!"我又洗了一遍毛巾，帮建国把头发和衣服擦干净。

"前天我妈让我见了一个女的，是个公共汽车售票员，长得蛮好看，跟你长得蛮像的……奇怪了，我妈以前介绍的都是有钱的、当官的女儿，怎么……小芳，你说好玩不……"

我按下录音机的播放键，小房间立刻又有了邓丽君的歌声。

"邓丽君! ——小芳最喜欢的!"建国仍然闭着眼睛说话，头歪着，张着嘴，一副随时要吐的样子。

我赶紧把脸盆连盆带水端到床头下面的地板上。

建国突然一下子把我拉扯到床上，用右手搂住我的腰，闭着眼睛，说:"忘不掉你呀，小芳……"我挣扎两下便不动了，端坐在床沿，任凭泪水轻轻地滑落。

"他有我那样爱你吗? 小芳，我……"建国不知从哪里使出了巨大的蛮力，再次将我扳倒，让我面对着他，然后把右腿跨在我的腰部，双手紧紧搂抱着，不停地亲我的脸和嘴，还不停地说，"小芳啊! 我不在乎你的过去，……咱俩就凑合着过吧……"

"不!"

我奋力挣扎，像疯了一般，使出全力挣脱建国的双手，推开他的身体，猛地站起来，喘着气大喊:"我不想凑合! 我不想委屈你……我也不想委屈我自己啊！"说罢像小孩一样"呜呜"哭泣，泪水如同断了线的珍珠……

建国由于用力过猛，顿觉天旋地转，看着我愤怒和委屈的模样，惊呆了。突然，他浑身剧烈地颤抖起来，胃部如翻江倒海一般，趴在床头，嘴巴一张，"哇"的一声呕吐出来，接着再吐，吐了半脸盆……

待一切收拾停当，我感到有些疲倦和困乏，便轻轻地帮建国重新盖好薄被单，开着灯，带上门，走了。

好久没有收入了，靠哥哥、嫂子悄悄地资助，在爸妈家蹭吃蹭喝，我想想心中也不落忍。要自食其力，不给家人添麻烦。想着想着，我突然想起来曾经给过自己希望的"大世界"发廊女老板秀梅。

于是，我在一个风和日丽的上午去了一趟上海路，见到了秀梅。

秀梅果然把左边那家店铺盘了过来，改造为两间按摩房，原来的发廊重新装修，家具、地板、墙面与按摩房风格一致，均采用刚刚流行的榉木材质；"大世界"发廊的招牌立在正中间，换成霓虹灯灯箱装饰，显得更加气派、上档次。

"秀梅姐，鸟枪换炮了呀，恭喜啊！"我嘴巴甜甜地说。

"小芳吧，我就愿意跟你这种聪明人打交道。"秀梅笑嘻嘻地说，"刚刚焕然一新，开张没几天，你就来视察了，请吧！"

我进门一看，嚯，感觉比从前亮堂多了，按摩房那边大门还是单开，进出方便；发廊这边仍然还是六把理发椅，顾客满座，不同的是灯光更亮，清一色都是三盏一束的吊灯，三面墙壁全挂上了落地式大镜子，空间顿觉宽大、敞亮。

"秀梅姐，我想上班，可以吗？"

"当然，冇得问题。几时来？今晚就行。"

"那太好了！今晚我就上班……"

我高兴得直蹦高。从发廊出来，我就盘算，按照秀梅的说法，每晚从六点干到十二点，每月一千五，活儿不累，也不耽误白天"巡街"，太爽啦！于是，我走几步颠一下，时不时再转个圈，像是在跳交谊舞，欢快得像一个十七八岁的小姑娘，引来马路上的行人好奇地回头张望。

我走进一家书店，看见有几个顾客正在翻看着书架上的新书，便也随便翻阅了几本。一个十六七岁的小姑娘离开书架刚走到门口的时候，男老板追上来拦住了她，于是发生了争执。我好奇地跟过去一看，得知原来是小姑娘把一本书偷偷藏在上衣下面……

男老板说："这几天，书架上总是丢书……我就不信抓不住小偷！"小姑娘就"呜呜"哭起来，特别伤心。我拿过那本书一看，是正在热卖的杨澜的新著《凭海临风》，便对男老板说："女孩看书是好事，别为难人家！这本书我替她交钱，买两本吧——我也要一本。"说完，付了款，扶着小姑娘的肩头，一同离开了书店。

晚上六点，我准时到"新世界"发廊上班。为了给女老板和顾客留下一个好印象，我梳了披肩发，穿上了一身洁白的连衣裙，配上棕色凉鞋，显得淡雅、清纯、妩媚。

秀梅见到我时非常惊讶，夸我是"出水芙蓉"。她把我一一介绍给几位美容师和两个打下手的小姑娘，然后嘱咐我要做到"三快"（眼快、嘴快、手快），勤学苦练，争取早熟悉、早上手，保障优质服务。

我从打扫地上的碎头发开始，给顾客洗头、上发卷、第二遍洗头、褪发卷、洗换毛巾等，样样抢着干；不懂就学，一学就会，而且总是面带微笑；对年龄大的说"请多关照"，对比自己年轻的说"让我来"。别人都说，这是谁家的姑娘呀，又漂亮，干活又泼辣，还彬彬有礼，整个一个日本女孩嘛！

秀梅看在眼里，喜在心上。她看人从不看走眼，感觉我比想象的还要好。

如果说有什么别扭的话，那就是我每次站在门口透透气、歇一会儿的时候，总会碰到左边按摩房的两个小姑娘依着门框吸烟。

一个蓄着爆炸式乱发，一个理成波浪卷的"钢丝头"，都是浓妆艳抹，本来很好看的眼睛给生生涂成一副小麻雀的脸相，发乌发青。穿着也差不多，上着低胸背心，外罩米黄色短褂，下穿黑色露膝短裙，内套黑色细眼连裤袜……遇上探头探脑的男士，便说："大哥，捶捶背，揉揉肩，不舒服不要钱啊！"个别人搭腔道："那是。让两个小妖精一揉还不散了架？倒给钱我都不敢。"她们会说："大哥真坏，还是回家揉去，嫂子揉不坏你！"碰上一个玩真的爷们，人家二话不说，搂着一个就进房间了。

"真恶心！"我感到像是遇到轰不走的苍蝇。

不到20分钟，"钢丝头"送男客人出门，嘴上甜甜地喊："哥哥，欢迎下次再来，莫望了丽丽哟！"

待男人走了，她来到我跟前，说："新来的吧？认识一下，我叫丽丽，那位叫娟娟，你呢？"

"我叫高小芳，今天刚上班，请多关照！"

"哎哟，一副中学生模样，还是个雏儿吧？喂，听我的，别干打杂的活儿，既没面子又没钱。你看我，不到一刻钟，200块到手了……"丽丽说完把两张崭新的票子在左手上"啪啪"打了两下。

"你会按摩？那可不好学，听说中医按摩、盲人按摩，都要学习穴位、手法、力道……"我觉得丽丽比自己还小，不太可能掌握医院里见过的针灸、按摩、推拿那一套功夫。

"哎哟，那都是鬼打架，糊弄人的，我哪用学习这些？唉，客人怎么舒服，我就怎么来。"

"丽丽，你忙你的，我该干活了。"我觉得特别别扭，说不到一块，便进屋了。

秀梅坐在门内的沙发上翻阅报纸，听见了我俩的对话，见我拉着脸进屋，什么也没说。

就这样，我有模有样地上了两个月夜班。

第七章

日子过得很快，转眼就到秋天了。

我照旧每天"巡街"，斜挎着一个小包，装了一瓶水、一个面包、一本书、一个小毛巾……

哥哥高明义与嫂子乔雅丽整天各忙各的，互不干扰。到了晚上，也是互不干扰。乔雅丽总是埋怨丈夫不管家里的事，对妹妹的事情也不管不问并且采取娇惯的态度，以至于让别人看妹妹做"人流"的笑话。高明义满脑子都是事，不是妹妹的事，就是自己想成立公司的事，件件理不出个头绪。一到晚上，有了需求，便使出浑身解数跟老婆亲热，套近乎，结果却无一例外地遭到婉拒。时间一长，两人就陷入了冷战。

嫂子埋怨哥哥不管家里的事主要是指房子的事。

有一天，我过来蹭饭，乔雅丽说："小芳啊，你来啦！我们正说着房子的事儿呢。这不，哥嫂赶上了最后一次分房，才有了这个两室一厅。听说明年起住房要商品化了，完全放开，分房将成为历史。这些个筒子楼，只适合你们这些单身居住……"

"好啊，商品房多清爽啊！厨房、客厅、卫生间都很敞亮，卧室要那么大干吗？完全没必要嘛！……我看到周围到处在盖房子……"我兴奋地说个没完。

"好是好，钱呢？努力吧，同志们！嘿嘿，再说吧……"哥哥说。

嫂子就是不喜欢哥哥这个态度，说："总是喜欢说谁谁谁不是下海了吗，你不是也说过安徽的保姆也盖起了小洋楼吗，一个大男人，瞧那点出息，哼！"

哥哥顿时气不打一处来，恶狠狠地说："看你都成什么样了？想当初，你怎么教导我的，难道你忘了？你说，我不求你大富大贵，平平安安过日子就行，现在怎么总赶我下海啦？真是岂有此理！"

"你才岂有此理呢！"嫂子叉着手还嘴道。

我着急得两边劝，不知如何是好。

说起下海，哥哥也是一肚子气。自己想下海时，乔雅丽反对；自己不想下海了，乔雅丽却把人往海里推。

哥哥最初萌生下海的念头，是受张若原的启发。我怀孕不久，张若原在"云雾轩"茶楼喝茶以后，给市委打了个报告，要求到政策研究室工作，理由是擅长写作，喜欢研究问题。哥哥悄悄地把这个秘密告诉了嫂子，她当时就说了一句："哎哟，改换门庭？"哥哥还夸赞道："真不愧为在市委大院长大的，看问题一针见血！"实际上，张若原一年前就提出了要求，熊长风副书记就是这么骂他的，说："你是不是看我升不上去了想改换门庭呀？老子告诉你，我风光的日子刚刚开始，长着呢！你想开溜，没门！"嫂子说，守着大官不去伺候，干吗他要奔个闲差呢？哥哥当时也挺纳闷，也这样问他。张若原说："江湖险恶，你有所不知啊！"

谁知市委书记吴正茂很快批了这个请调报告，让张若原任政策研究室代主任，近期重点研究互联网发展问题。

张若原一高兴，请哥哥高明义等几个朋友吃饭。喝了几杯酒后，张若原说："明义兄弟，我骨子里就是一个文人，就能写写文章，研究一些问题。以后，远离政治旋涡是不可能了，但我可以远离钱啊，你说是不是？你就不同了，既懂官场这一套，又负责过宣传，懂得媒体、广告，再加上你对我们市里的大企业都很熟悉，客户绝对不会少的，我看你干脆成立一家广告公司得了！"

哥哥回到家把张若原的意思告诉嫂子，她还不赞同，说什么"张若原自己为什么不下海？他说的几个理由他自己都在行。你应该跟他学，换个位置，兴许还能升一级呢！"哥哥说："雅丽啊，当初我想下海，你阻拦，现在想买房子了，知道钱不够了，反过来逼着我下海，你真是忽东忽西，总是有理啊！"

真正让哥哥下决心下海的人是大学同学向德高。他帮助我做"人流"时说过，要么去发达地区闯一闯，要么自己搞个公司，为自己打工。熬几年，升一级，没意思，还不如趁早先发点财，积累些资本，将来需要花钱的地方多着呢！

我知道哥哥坚定了下海的决心，正在紧锣密鼓地与钱东弘、章大发等人商议如何办理广告公司注册手续、如何开展广告业务、在北京还是在深圳办公司等之后，表示坚决反对。

我悄悄对哥哥说："哥呀，你是不是不管我了？你远离朋友，躲避亲人，一走了之，落了个眼不见心不烦，那么，我呢？往后，我遇到事情了，找谁去商量呢？要走，至少要等到抓住那个王八蛋以后吧……"说得哥哥犹豫不决，拿不定主意。嫂子乔雅丽又一直在催着办理，就加剧了与哥哥的矛盾，使两人之间的冷战更趋白热化了。哥哥干脆借口注册资金还未凑齐，把下海一事暂时搁置下来，以后再说吧……

忽然有一天，"梦幻夜总会"经理钱东弘请高明义、张若原去他那里洗桑拿，哥哥在电话里说："算了吧，太忙了，脱不开身。再说，张若原那小子对你们那种地方是不会感兴趣的。"钱东弘说："你可能还不知道，有两件事，第一，那个主持人小夏不在了，死了；第二，章大发被抓了。"

哥哥说："啊？确实没听说，前些时咱们还与章大发在一块商议办广告公司的事呢，怎么说抓就抓了呢？真是世事难料啊！"钱东弘说："据说，牵扯到一块地皮，跟市政府的一位高官有关，弄不好又是一起大案！噢，小夏是喝酒喝死的，他除了光顾我们这家夜总会，省城还有两家，几乎天天喝，钱挣海啦，可是有一回当场醉倒在舞台上，不省人事，到医院一查——胰腺癌，死的时候只剩下皮包骨了，太惨啦……"

我听说后也是唏嘘不已，感叹人生无常，仔细想想，似乎每个人的命运上天早已做了安排。

我上了两个月夜班，自己爽了，也给"大世界"发廊带来了变化。

首先，几位美发师和两位打下手的小姑娘非常满意，都说每天上夜班，只要看到小芳就不觉得累，因为小芳漂亮，干活又麻利，发廊给收拾得干干净净，人人心里感到特别舒服、熨帖。

发廊收入明显增加了。我上班以后，吸引了众多男性顾客，许多原本不打算理发的男人，突然发现这里还有一位如此清纯、貌美的女孩，便走进发廊，排队等候理发，队伍还特别长，有时都排到屋子外面去了，就这样还有人等，时不时地与我聊天。我很大气，有说有笑，边干活边聊天。女老板秀梅情急之下，搬来三把靠背椅，供男顾客使用，原来的副业收入超过了美发这一块的收入。

左边按摩房的丽丽和娟娟急眼了，经常冲着秀梅嚷嚷，说没生意做了，都让小芳这个狐狸精把男人勾引跑了。秀梅与她俩签的是利润分成承包协议，她拿大头，她俩拿小头，本不打算多管，没本事还怨我，这从何说起？你们不照照镜子看看自己！人家小芳怎么啦，清纯少女、端庄淑女，那形象，那做派，你们学得来吗？有一次，她俩又嚷嚷，秀梅就这样把话说出去了，她俩起先是不吭声，后来说不干了，秀梅说，不干就滚蛋！

突然，有一天，发廊的大门玻璃被人砸碎了。店员们一片恐慌，议论纷纷。秀梅没有报案，不声不响地重新安了一块新玻璃。到了夜晚，秀梅请我到一家咖啡馆喝咖啡。

秀梅点的是店里最好的哥伦比亚研磨咖啡。她喝了一口，对我说："小芳啊，我一见到你就特别喜欢，那是因为你让我看到了过去。"

她说："我是江北农村人，20多岁时跟你一样，也漂亮、清纯，村里没结婚的男的都盯上了我。后来，我很快嫁给了一个我喜欢、他也爱我的小伙子。他带着我进城搞装修，赚到了一点小钱，生了一个儿子，日子开始红火起来。谁也没想到，有一天夜里外出办事，我被一个坏人给糟蹋了，我一路哭着回到了家，把一肚子苦水倒给了丈夫，哪知他大发雷霆，对我连吼带骂，又摔盘子又摔碗的，一晚上没有消停……三天后，他提出离婚。我一开始觉得悲伤，骂自己太倒霉，后来看见丈夫这么绝情，感到无比愤怒，最后是绝望，懒得与他多说一句话。我说，只有一个条件，儿子归我抚养。他同意了。办离婚手续那天，他说再吃顿饭吧，我说算了吧，拜拜!"

我吃惊地看着秀梅，说："姐，没想到你还有这么苦的经历，真不容易啊!"

"这不算什么，"秀梅说，"为了生存，我干过理发、装修、卖鞋、保姆等，打拼到今天，才有了这个发廊。"

秀梅说："小芳，我一直感觉你受过大的委屈，本想让你像丽丽、娟娟那样多挣点钱，如果那样，你愿意吗?"

我说："秀梅姐，我不能苛求别人，但我能做好自己。"秀梅说："我明白了!"

末了，秀梅说："咱们发廊的大门玻璃被砸了，我知道，这是一个警告。现在，面临选择了，要么我走，要么你走，你说说看。"

我想都没想，起身给秀梅作揖，说："秀梅姐，你是一个好人，感谢你收留我，让我学到了不少书本上学不到的东西!"

秀梅说："小芳啊，往后我就把你当亲妹妹看了。巴尔扎克有句名言：胜利和眼泪，这就是人生。我再给你找一家专门的美发店，收入只会多，不会少……"

秀梅果然没有食言，给我找了一家特别豪华的美发店的工作，月收入 2000 元，店里的员工都很喜欢我，我也过得十分惬意。另一头，"大世界"发廊没了小芳，男顾客排队理发的现象渐渐地消失了，丽丽、娟娟又开始活跃起来，一切仿佛又回到了从前……

秀梅的经历和拼搏精神，深深地震撼了我，因为在我眼里，秀梅最接近自己的处境和心境，似乎从她身上可以看到自己的未来——正如秀梅说过，她从我身上看到了自己的过去。

人生多像重复的你和我啊，一个在这头，一个在那头。人生，究竟是什么? 如果人生是条路，那么我和我自己还会有握手的交汇点吗？如果人生是条河，那么一船上的人都会享受到同样的阳光吗……我开始思考这些问题，也从中感觉到与上班挣钱不完全一样的乐趣。

好长一段时间，我经常想起拿自己开涮的"梦幻夜总会"主持人小夏、敢作敢当的彭玉刚、忍气吞声的同事王雨燕、经常被女朋友蹬踹的同学胡万泉、心宽体胖的地下室房东邢婆婆，甚至心理、行为阴暗的丽丽和娟娟等，他们像一个个未解的谜，展示着世事的诡秘和人性的复杂。我读了一本又一本的书，记下许多心得，反复品味，就像在"云雾轩"喝茶，尝到了思考的快意。

有一天，我在街头报亭翻阅，看到《铜城晚报》副刊刊登了一首诗，总共有八行，内容跟自己脑子里想过的差不多，仅仅是用作比喻的词语不同。这也叫诗？如果这是诗，那么我也能写！我为自己这个惊奇的发现兴奋不已……

我知道，写一条路，写成是路，这不叫诗，写成是一段岁月，就叫诗，是一段什么什么的岁月，就是好诗。比如舒婷、北岛的诗，就是好诗；比如，有些歌词，意象新、意境美，一句一句上下排列，分成段，就是好诗……我咬着笔头，冥思苦想了两天，"创作"了三首诗，然后按晚报的地址把作品投递给副刊编辑。接下来，天天去翻阅晚报副刊，心跳加速，忐忑不安，那感觉有点像对着中奖号码看自己的彩票是否中奖一样。

终于，等到第七天，我发现有一篇"大作"发表了，标题是《我在瑰丽的晚霞中祈祷》。我顿时跳起来大喊了一声："啊——"把报亭周围的人吓了一跳。我说，老板，您剩下的十几份晚报，我都买啦！然后，我以最快的速度把报纸送给了我认为最想送的人。沿途又接着买晚报，接着送……

"高小芳成诗人啦！"——这是亲朋好友夸赞最多的一句话。

我也是人来疯，别人夸赞得越凶，激励越大。我又苦战了半个月，把一大堆诗作像雪片一样投往各地报刊，一边等一边写，像着了魔一般……半个月后，又有两首诗歌发表，其中有一首还刊登在一家全省有名的文学期刊上。

我变得忙碌起来，今天这家请吃饭，明天那家请喝茶，中学母校还请我给学生们做报告，介绍诗歌创作经验。我感到无暇顾及，不去吧，怕人家说我架子大，写几首诗就了不起？加在一起，稿费才有几个钱？去吧，有时确实很无聊。这一阵子，就是穷对付、瞎忙活，想想"巡街"的事办不成了，感到有些难过。

一见面，王雨燕拉着我的手就没松开过，说："我不断地给你推荐新书、好书，你最应该感谢的人是我！"我说："那是当然啰！"王雨燕说："我读的书不算少，可是我为什么写不出来呢？"我说："只要想写，就一定写得出来。"王雨燕说："好，我要加倍努力！"说完笑嘻嘻地又陪着我吃请去了……

人逢喜事精神爽，觉得日子过得很快，转眼间就到了年底。

12月初的时候，下了第一场雪，很小，雪花飘着飘着就不见了。

接着，下了几场雨，而且一场比一场大，到了阳历新年到来之前，仍然没有下过一场像样的雪。不过，我对雨的印象与年初时大不一样了，它飘飘洒洒，似乎透着一种灵性和轻盈，像无数五线谱的音符浪漫地划过长空。隔着一层薄薄的朦胧看世界，不慌不忙，从从容容，人们发现世界原来是那么的清新和温润。那是漫天飘雨的交响乐用亿万串珍珠织成的雨帘，冲刷着辽阔的天空，浸润的却是我们喧嚣、蒙尘的大地，还有我们枯旱的人心啊！

有一天，我躺在地下室的床上，还是感觉到了初冬的寒意，外套不敢脱，就这样裹着衣服躺着，静静地想心事。看到屋门后面的"困顿出天才"五个字，感慨生活不容易，有点自我陶醉，感到有些飘飘然……

突然，听到邢婆婆在楼道里喊："不好啦，快来看啊——有人要跳楼啦！"一眨眼的工夫，从一个一个房间里涌出20多人，再涌向楼梯口处的一台电视机前。

我挤到前面，看到电视里正在直播着什么。女主持人说："我是《社会经纬》栏目主持人向阳红，正在目击一起突发事件，一位男性朋友冒着大雨站立在胜洋港区的一座四层楼的楼顶，双手抓着水泥栏杆，眼睛朝下，神色紧张，楼下围观的群众越来越多，情况越来越危险。据这位年龄大约25岁的年轻人说，他是一位农民工兄弟，来自江北山区，他想讨回包工头拖欠的三个月的工钱。市里有关部门的领导正在与他对话，防暴警察、消防人员都已赶到现场……"

大家都屏住呼吸，看着电视里的那个年轻人——他大喊一声："我不想活了！……"后面的话听不太清楚，一位摄像记者在雨中稳稳地扛着摄像机在现场拍着，一位采访记者把话筒尽量往前送，离那个年轻人只有三四米的距离。

"再过来，我就跳啦！"农民工又叫了起来。

楼底下，一个干部模样的人正在拿着一个电动喇叭朝农民工喊话："这位小兄弟，到年底了，要过春节了，手里没钱怎么行呢？我是这个区的区长，我可以负责任地告诉你，包工头欠你的钱，我们可以先垫付，我们帮你去讨债，你看行不行？请赶快翻回到栏杆里面，请顾全大局！生命只有一次，请多多保重啊！"

那位农民工正在犹豫，腿一软，差点没站稳，引起一片骚动。

突然，楼顶平台上，又多了一个人，电视画面出现了一个特写镜头——那人也翻过了水泥栏杆，面孔朝外，两只手倒扶着栏杆，与农民工并排站在栏杆下的排水道上。

我一看，差点没晕过去——天啦，是陈建国！

两位记者赶上前去，只能对着两人的侧面和背面拍摄。几个警察已站在了栏杆里侧。

建国说："兄弟，人家欠你多少钱？"农民工说："三个月的工钱。"建国说："你那点事儿算什么！钱没了，还可以赚回来，我的女朋友丢了，再也找不回来了……如果你愿意跳，老子就陪你跳！"

"谁有手机啊？快啊，那个人是我的男朋友！"我已哭成了泪人。

我快速接过人群里传过来的一部手机，拨通了建国的手机（号码就是我原来用过的），大声地喊道：

"建国，建国啊——我是小芳啊……"

声音很响，电视机里听得真真切切，楼道里顿时响起一片欢呼声，好几个女的和男的激动得直抹眼泪，仍然紧张地盯着电视机屏幕。

楼顶上，大雨还在恣意地下着，无数雨珠漫天飘洒，飘呀飘呀……

浑身湿透的建国对农民工说："还想跳吗？兄弟，要跳咱们现在就跳！"农民工突然"哇"的一声放声痛哭，战战兢兢地把上半身紧紧贴靠在水泥栏杆上面，几位警察迅速按住他，将他拉回到平台。建国也被拖拽回平台，一下子瘫软在泥泞的水泥地上，右手紧握着的手机里不断传出来我带着哭腔的喊叫声——

"建国，建国啊——我是小芳啊——我——爱——你！"

建国听着听着已是泪流满面……

真水无香

一

1972 年，程强第一次上天台山玩，才 9 岁。

独立营组织打靶，实弹射击。营长邀请了程强的父亲程兴初前去观看。老程曾经是军人，抗战时期入伍，因负伤转业到铜城市粮食局工作，说话还有浓重的河南口音。程兴初跟老林都是副科长，就答应叫上他的女儿林彩霞，让她去山上看人家打靶，听听枪响。程强也叫上了最要好的发小黄胖子。

人生相遇就是缘，都是生命里该出现的人。程强和他的发小加起来有二十多个，在粮食局大院一起玩耍、成长，男伢个个聪明、顽皮，女伢个个漂亮、活泼，感情非同一般，一街的人都喜欢他们。

天台山是铜城最高的山，海拔千米，云山雾罩，风光旖旎。靶场设在山顶一偏僻处，有士兵站岗把守。营长亲自开着一辆嘎斯 69 吉普车，把程兴初一行四人接上了山。

"好过瘾哟!"三个小孩第一次坐军车,第一次坐车上山,马上要第一次看打枪,兴奋得眼睛滴溜转,到处看,欢快得像几只叽叽喳喳的麻雀。

"砰!""砰!""砰!"……

"哒哒哒……""哒哒哒哒……"

先打手枪,后打步枪,接着打机枪。山谷里响起了阵阵枪声,声音很亮,在远处的岩石上面回荡,一个个胸环靶钻满了窟窿眼。

三个细伢趴在射击位后面的一个土堆上,一直用双手捂住自己的耳朵,多半时间不敢看,心脏一直"怦怦"地跳得厉害。睁开眼睛时,发现不远处亮晶晶的弹壳散落了一地,惊喜不已。

程强的父亲带着三个孩子,跟一群军人吃了一顿午饭,喝了点酒。营长见大家兴致勃勃,领着他们去欣赏靶场周围的景色。程兴初红光满面,说:"依俺看,到处都是风景,还用得着去看吗?"营长不语,只是招呼着大家慢慢地走。

来到一个两山之间的绝妙处,见一巨石上写着"飞云瀑"三个鎏金大字,忽见一宽银幕似的瀑布飞流直下,恰似水晶珠帘悬挂空中,氤氲缭绕,熠熠闪光。澎湃飞溅的山泉舍命往下淌,跌落谷底,汇成一潭清纯的湖水,发出略微震耳的轰鸣声,溅起无数透亮的浪花。彩虹幻象,五彩斑斓,宛若人间仙境。

大家急火火地绕到山脚,与湖水亲近,抢着喝一口清亮的山泉,如同一群卧伏的狮子。一棵古银杏树开得烂漫,金黄的树叶倒映在水中,轻易把一角湖水染黄了。一群野鸭在湖面嬉戏,掀起一波绿色的涟漪。湖水呢喃着,去接天空留下的雁阵的暗影……

纯真之美,直抵人心。林彩霞完全惊呆了,全然没有了看别人打靶时的窘迫，拉着程兴初的手，不停地喊道："叔叔，快看这里……"黄胖子和程强也没见过这般美景，跟着大人兴奋地观望。

彩霞用小手捧着喝了几口水，引得程强和黄胖子也喝了几大口。她干脆脱了布鞋，卷起裤腿，走到水里，引得两个男孩也下了湖。忽然望见一群小鱼从脚边游过，彩霞欢叫一声，伸手去捉，却打湿了袖口。

她看见湖底依稀可见的各种石头晶莹剔透，光亮无比，喊道："石头，多好看的石头啊！"黄胖子装着没听见，对程强说："伙计，看你的了！"程强也嫌女伢多事，又没办法，只好把胳膊伸进水里，弯腰挑拣一些漂亮的鹅卵石，再扔到岸上，结果把衣服全打湿了。

顺着彩霞手指的方向，大家看到一棵又粗又长的老树静静地躺在湖底，树上的枝丫、裂纹清晰可见，亮闪闪的树叶翠绿欲滴，好像在迎风摇曳。

"这棵树是活的吗?"

没人答应。只顾看碧水空蒙，粼粼流淌，寥廓苍天下流了多少年，无人晓得。

营长得意地说道："今天请大家来，打枪还在其次，主要是请各位首长体验一下山泉的魅力，看看什么是真正的水！想一想咱们的长江，跟它比，那就是黄河啦！……"

大家再去观一汪清澈、空净的湖水，无色、无味、无杂质，与长天一色，波光闪烁，痴痴望着湖水暗暗地流……

真清、真纯啊！一群人伫立湖边，叹柳烟蒙蒙，叹真水妙不可言。

营长爽朗而豪迈地说："依我看呀，人的一生就要活得轰轰烈烈，敢于刺刀见红，活出自己的精彩，用不着别人评判，但要活得清清亮亮、坦坦荡荡。即便粉身碎骨、一事无成，也不追求虚头巴脑的东西，就像飞云瀑一样……"

几个首长夸营长像个诗人，程强他们仨当时对营长说的话并不太理解，也点头称是。黄胖子还说："管他那些呢，没想到我们铜城居然有这么美的风景，真是开了眼了！"

这次天台山之行，对程强他们三个细伢来说像是做了一场梦。他们觉得这个梦太新奇、太古怪了，充满了幻想。从此以后，只要一想起飞云瀑，他们就会想到人间仙境，想起那个天真无邪、无忧无虑的纯真时代。

二

1980 年，程强考大学那年，铜城下了一场鹅毛大雪。

铜城以前从没见过这么大的雪。那一天是正月十五，程强约上粮食局大院最要好的六个发小一起玩雪。他们爬上了天台山，看大雪纷飞、漫天飘舞，积雪已没过了膝盖……

程强、江枫、黄胖子三个男伢，嘴里哈着热气打雪仗。程强攥着一个雪球，狠命地朝黄胖子扔过去，打在厚厚的军大衣上，算是白打了。黄胖子喊道："一点都不疼！笨蛋，来呀。"程强又捏了一个雪球朝江枫砸去，"咣"的一下击中他的面部。江枫顿时感到火辣辣的剧痛，叽里呱啦地号叫。他抓取一把雪拧成一个硬雪球，伺机反扑，嘴上狂喊："好，你等着，老子要报仇！"

男伢长大了，喜欢斗狠，比这比那，看哪个有本事。互相之间谁都不服气，总爱拿狠话噎别人。那时还都爱充老子，把自己搞得像见过世面的成年人。

三个男伢玩累了，躺在雪地上休息。

程强学习好，背功扎实，喊叫道："躺着多没意思，我们比背课文吧。"说："李白的《梦游天姥吟留别》，我先背，如果错了一个字，就算老子输了。"结果不用比了，他赢了。

江枫长得帅气，从大衣兜里拿出一瓶白酒："废话少说，干。我先喝三分之一！"他一口气喝了几大口，把酒瓶交给他俩，笑眯眯地等着。另两个喝了几口就喝不下去了，向他抱拳："酒这玩意平时练得少，等将来看我们怎么收拾你！"

黄胖子腰圆膀粗，双手叉腰，说道："你们两个一起上，扳倒老子就服你们。"

"哟嗬，——你蛮嚣张哪！"

程强取下近视眼镜放在一个树杈上，吼叫一声，和江枫一起扑向黄胖子。折腾得出汗了，也没把他扳倒。黄胖子双腿站桩，只用双手抵挡，见他俩没招了，便猛扑过去，先放倒程强，再扑向江枫……江枫棉帽扔了，大衣也脱了，也不管用，累得呼哧呼哧地喘气，连声说："算了，算你小子赢了……"

江枫仗着自己个头高向黄胖子挑战，没想到败成这样，感到不可思议。转眼再看程强——重新戴上眼镜，一副瘦弱的模样，被黄胖子放倒时就像老虎扑羊，说道："拿自己的强项跟人比，不公平！干脆咱们仨比鸡鸡，怎么样？"

有什么了不起的？比就比，谁怕谁啊？

三个人同时掏出来，还互相看。最后，江枫和黄胖子直摇头，承认输了，嘴上唠叨个没完。江枫说："真人不露相啊，真没料到！"黄胖子笑着说："兄弟呀，你那个玩意也太吓人了，很像愤青嘛！老子甘拜下风……"

突然，听见三个女伢在着急地呼喊。三个男伢闪电般拉上了裤子上的拉链，看见不远处三个穿红棉袄的姑娘跑过来，像是三束艳丽的火苗。

"终于看到你们啦！吓死人了！"杨晓丽喊道。

"你们都死到哪里去了？——山里会不会有狼呀？"林彩霞说话带着哭腔。

"怎么没见着很多游客啊？我们不会被大雪捂在山里吧？"韦虹不停地埋怨三个男伢，喊叫着，说什么再也不出来玩雪了。

大雪还在肆意地飘舞。大树上不时地落下粉碎的雪块。

与三个女伢玩打雪仗，完全是另一种样子。三个男伢温柔起来，节奏变成了"柔和的慢板"。他们觉得自己的动作简直成了"慢镜头"，也觉得好笑。

黄胖子高喊着"看你往哪里跑！"将一个小雪球轻轻地砸到林彩霞的后背，还生怕砸重了，惊得彩霞尖叫着躲避，样子却是快活得不行。

天台山的雪地里留下了他们乱七八糟的深脚印。

那一年，程强、韦虹、黄胖子都是 17 岁，正在备战高考。江枫、林彩霞、杨晓丽都小一岁，刚满 16 岁。

山顶上有一个红色的亭子，叫"云雾亭"，在雪中显得很好看，也很扎眼。中午时分，大家围坐在亭子里，掏出自认为最奢侈的午餐，搁在石桌上。这时，鹅毛雪明显地小多了，太阳露出半张脸来，金光闪闪。

极目远望，蜿蜒的长江自西向东从城北浩浩荡荡穿过，沿途携山傍湖，景色妖娆。黄胖子用手指着这个壮丽的城市，模仿电影《瓦尔特保卫萨拉热窝》里的纳粹军官迪特里施的口气，说道："太有意思了，我一来到萨拉热窝就寻找瓦尔特，可是找不到。现在我要离开了，总算知道了他。看，这座城市——它就是瓦尔特！"

太像了！演绝了！大家议论纷纷，赞不绝口。

程强说："兄弟呀，你不当演员简直就是屈才！"黄胖子笑着说："演员算什么？我想当军官，指挥千军万马！"江枫说："我想当谢德——那个钟表店的老板，多有派呀，死得也威风！"杨晓丽说："强哥，你呢？"程强说道："现在不打仗了，我不想当瓦尔特，想当一个大文豪，指点江山，激扬文字……"三个女伢都没想好将来想当什么，已是激动得不得了，但有一个选项肯定不错，只是她们没好意思说出口——当一个大学生。

韦虹有一双清澈的大眼睛和两个迷人的酒窝，披肩发，胸脯很大，女人味十足。在程强眼里，她就是女神，其他女孩再好看也很难打动他的心。

程强把一个黄澄澄的、松软的面包递给韦虹，说："要是殷阿姨也来玩多好啊！"看似不经意，哪个都晓得这是一个示好的举动。程强的心"怦怦"跳得厉害，感觉手有些发抖。

程强有意提殷阿姨，是因为她早年丧夫，就生了韦虹一个独苗，特别疼爱韦虹。韦虹从小就懂事，做饭、洗衣、买东西，样样都会，有点像一个小大人。

"强子，谢谢你呀！"韦虹大大方方地接过面包，说，"嗨，再说吧，这山也太高啦！——我妈不一定爬得上来。"

江枫把一根火腿肠放到留着齐耳短发的林彩霞手里，说："蛮有味道，几乎冇得淀粉！"韦虹说："真的呀？给我一根，我也尝尝。"江枫说："没问题，也给你一根……"

林彩霞掏出一个沙丁鱼罐头盒，拨弄了半天就是打不开，憋得脸通红。黄胖子刚想帮忙，江枫喊了一句"我来"，接过小铁盒几下子就打开了。彩霞说："还是你有板眼！"她小心翼翼地用一把叉子叉上几条小鱼，放到程强手里的面包片上，说："强哥，你尝尝！"

程强抬头看时，突然发现彩霞红扑扑的脸蛋漂亮极了。

黄胖子眼贼，扫一眼就明白了，只是装着没看见，一副若无其事的样子。

杨晓丽见男孩子冷落了她，眼珠一转，嗲声说道："我有一袋兰花豆，粉甜，你们哪个爱吃？"无人响应。仅仅隔了两秒钟，黄胖子喊道："我——我爱吃。"晓丽将装兰花豆的塑料袋往地上一放，说："就你喜欢吃——这么胖还吃，越吃越胖！吃，吃吧你……"黄胖子笑嘻嘻地说："我晓得，晓丽最关心我喽！"

韦虹笑了，说："就是。你呀，再胖就走不动路啦！"说完把一个咸鸭蛋一分为二，一半给了江枫，一半给了晓丽。

程强心想：韦虹做人够意思，虽然没有对我示好，但让人敬佩。不过，彩霞的举动出乎我的意料，她一身的优点都表现在拿叉子一夹上了，那一低头的羞涩、红扑扑的脸蛋，着实让人怜爱。

黄胖子把嘴巴一抹，对程强和韦虹说："今年高考，我估计你们两个都会考上，就我落榜。不过，无所谓啦！就凭我铁塔一样的身板，加上拳脚功夫，干个门卫还是绰绰有余的。我往那里一站，任凭坏人打我——这些笨蛋'咣咣'地捶，手疼了，累死了，老子就是不倒！"

看他叉着腰在夸张地比画，大家哈哈大笑。脸色不好的杨晓丽也笑得捂住肚子，眼泪都出来了。

一帮情窦初开的孩子，纷纷展示着自己的演技，谁都不敢说比别人强到哪里去，除了羞涩，就是青涩。程强看上的人没有表现出丝毫的激动，看上程强的人在他心里只是产生些许波澜。江枫、黄胖子也没有随心所欲。三个女孩虽然表达了自己的基本偏好，却没有得到激动人心的回应。一切如大雪飘过，归于无痕。

程强在发小中威信最高，打小就喜欢张罗事儿。不过，这一回他感觉受了刺激。韦虹的不冷不热让他感到有些不爽，自尊心受到了伤害，觉出人性的神秘和诡异——"唉，人性这个东西最不好说。在它面前，人没有好的，只是坏的程度不同罢了！"

六个人野餐后照了张合影，用的是120型海鸥牌照相机。相片是黑白的——程强放大后一直把这张"六个人的合影"挂在自己卧室的墙上。是谁拍的呢？程强记得是一个游客，六个人用美味把他从半道上引诱到了山顶。

照片中，韦虹、林彩霞、杨晓丽，三个女伢笑容虽有差别，却都十分迷人。程强、黄胖子、江枫，三个男孩子像当年老区根据地的革命家，很随意地站立着微笑，装扮老练成熟的模样反倒泄露了青春稚嫩的底色。背景是"云雾亭"。看得出大雪一直在下——因为六个人身后的景物飘满了雪花。

三

黄胖子叫黄鑫凯，名字叫起来拗口，天性幽默、豁达，长得腰圆体胖，整天笑眯眯的，喜欢出风头，逗乐。大家都爱叫他黄胖子，渐渐地忘记了他的本名。

程强十岁那年，跟黄胖子打了一架。没有理由，说打就打，不分胜负。

几天以后，程强在放学路上被一个高年级的学生欺负了，抢走了他的心爱的军帽。他气得跳起脚来，用当地最恶毒的语言大骂了五六分钟。奇耻大辱啊！他突然想到了黄胖子，便喊出了住在一楼的黄胖子。他还在为打架的事记仇呢。

程强说："一个比我高两个头的王八蛋抢了我的军帽。老子要报仇，你帮不帮？"

"岂有此理！搞邪了，这分明是不把我们院子伢放在眼里！"黄胖子一听义愤填膺，说道，"兄弟，我们之间的事情好说，先一致对外，打他个狗日的！"

于是，两人约好，在放学路上等了三天，终于报了仇。

程强用右脚使劲踩住那人的脸，说道："你还敢欺负老子吗？嗯，老子问你呢——还敢欺负老子吗……"他恶狠狠地骂着，突然号啕大哭，像一条受伤的野狼在嗥，泪水已经无法止住，尽情宣泄着内心压抑已久的屈辱和痛苦……

黄胖子用全力像熊一样压着那人，让他不能动弹，突然发现那人真的不能动弹了，赶紧对围观的大人喊道："快，快叫救护车啊……"

程强六七岁那年，殷阿姨在粮食局场院里讲故事。净讲鬼的故事。一帮男孩、女孩坐在一圈小板凳上，个个感到毛骨悚然。照过"六个人的合影"的发小总是最后散伙的人。

殷阿姨在食堂工作，顶头上司是黄胖子的父亲——司务长老黄。她皮肤白白嫩嫩的，面色平静，体态微胖，手里织着毛线活。她讲得越平静，细伢们越紧张，经常是突然浑身一激灵，在夏天的夜晚居然感觉到后脊梁冷飕飕的。六个小孩紧挨着坐，还有邢若水、谭行义等稍大点的孩子，个个屏住呼吸，目不转睛。

有一次，黄胖子突然喊道："殷阿姨，我憋不住了！"便飞快地跑到楼房西头的墙根下一通乱滋，尿水还冒着热气。尿完后还浑身抖几下，返回时笑眯眯的，一脸的轻松，逗得几个女孩用小手蒙着眼偷偷地乐。

黄昏时分，场院里热闹极了。男女老幼刚吃罢晚饭，就往屋外搬竹床、竹椅、木板床，有人给床帮上绑四根木棍，支上蚊帐。程强兴高采烈地端着一脸盆水，从屋里出来，往床下的水泥地上一泼，地面上立时腾起一股蒸汽。赶上暑伏天，程强和发小们就会一起蹲在地上，欣赏地面的水咕噜咕噜冒泡泡。

等到地面的暑气蒸发得差不多的时候，做父母的才从家里走出来，端着茶杯，一副怡然自得的样子。茶杯里装什么的都有，茶、红茶菌、酸梅汤或者绿豆汤。男人开始下象棋，捉对厮杀；女人开始打"升级"，嘻嘻哈哈。发小们，加上比他们更小的小孩，有二十多人，在场院里跑来跑去，尽情玩耍。身上刚擦的痱子粉转眼间叫汗给浸湿了，脖子上、脊背上，白乎乎一片。

程强的母亲戴秀娥对几个阿姨说："哎哟喂，看这帮伢哟，怎么跟一群野兔似的，没法管啰……"林彩霞的母亲——杨阿姨手里捏着一条毛巾，笑着说："算了，擦了还得出汗，这不是脱裤子放屁嘛……"

待皎洁、明亮的月亮升起来的时候，一些床上便响起了鼾声。有的节奏感很强，引起众人哄堂大笑；有的断断续续，让人听起来着急。有人打开半导体收音机，里面传来特别闹腾的歌声——

东风吹，战鼓擂，现在世界上究竟谁怕谁？……

换台。又响起了"样板戏"《红灯记》里《穷人的孩子早当家》的唱腔——

提篮小卖，拾煤渣，担水，劈柴，也靠她，里里外外一把手，穷人的孩子早当家。栽什么树苗结什么果，撒什么种子开什么花……

程强、江枫、黄胖子都会唱李玉和这段戏。

程强唱得最"专业"，情绪饱满，字正腔圆。江枫唱得最洪亮，音色干净，穿透力强。黄胖子唱得最像模像样，打小时起就胖，体态魁梧，长得就跟铁路工人似的，一亮相，与扳道岔的没两样，还没出声，就获得了满堂彩。

叔叔阿姨夸黄胖子次数最多，说最爱看他扎一个马步，摇头，亮相，逗得大人大笑，所有的男孩都嫉妒他。直到有一天黄胖子的父亲组织人员到郊区农村打猪草，村干部悄悄塞给他20个白面糖花卷，被人告发了，结果东西一半还没下肚，司务长的职务就给撸了。打那以后，黄胖子就很少得到表扬了。

黄胖子上有两个哥哥，下有一个妹妹，家境比较困难，母亲因病卧床，不能上班，一家人就指着父亲一人的工资生活。他们就在家里糊纸盒，贴补家用。黄胖子总是捡哥哥剩下的衣服穿，饭总是吃完了还没觉得饱。

老黄的官当不成了，难受得直哭，委屈得像个孩子。别人说，哭么斯哟，局长说了"以观后效"，就是说以后改正了再当嘛。老黄说："我不是哭这个，我是哭20个糖花卷，丢人嘞！就20个啊！何况我们才吃了10个……"

程兴初当时是供应科副科长，带着夫人戴秀娥和儿子程强去老黄家安慰他，还留下一个信封，里面是一沓钞票和粮票。

黄胖子的母亲——佟阿姨躺在床上，大声说："倒茶！"弄得四个孩子齐声说："晓得了！"老黄见屋子拥挤，觉得过意不去，说道："老程全家亲自看我们，感激不尽啊！但东西不能收。我不是刚刚收了……"

程兴初说道："老黄，你的为人大家都心里有数，希望你放下包袱，好好工作，千万得想开点，你是家里的顶梁柱哪，不能垮了！记住，天塌不下来……"

戴秀娥诚恳地说："谁没有遇到沟沟坎坎的时候！你们家现在过得紧巴点，没事！将来细伢们都工作了，你和老佟等着享清福吧！"

一家人把客人送出了大门。程强父母一起回家了。黄胖子与程强在大院里溜达。他告诉程强，有好几个叔叔、阿姨给他们家送钱、送粮食，客人走后，父母准哭。程强觉得心里踏实多了，也替黄胖子高兴，说话的语气立刻觉得轻松起来。

四

倒霉的事情接连发生。

有一天，游街的车队又从粮食局大门口经过，程强和小伙伴们溜出大院，追着缓缓行进的汽车看热闹。当看到卡车上"架飞机"示众的人中有一个特别熟悉的身影的时候，杨晓丽突然加快脚步，号啕大哭："爸爸，爸爸……"

大家一看，果真是晓丽的父亲。怎么回事？顿时蒙了，一边跑一边喊："杨叔叔——杨叔叔……"

晓丽的父亲天没亮就让一群红卫兵从家里带走了，理由是主管生产的副局长只促生产、不抓革命，就该批斗。老杨生怕惊动了正在睡觉的晓丽，二话没说就跟他们走了。这时，眼看着车队从家门口经过，他最担心碰巧让女儿看见，低着头，扫视着熟悉的大门口和路面，看着看着，还是看到了女儿那个熟悉的、可爱的身影——此刻，她已哭成了泪人，一边跑一边向自己招手，嘴里不停地喊着：

"爸爸——爸爸！……"

"您这是要去哪儿啊？"

"天啊，为什么啊！"……

杨副局长心里像是被刀绞了一样疼痛难忍，难过得慢慢闭上眼睛，忍不住喊了一句："好孩子，不哭，回家去……"

结果他脑袋上挨了两拳。他身后那个扎武装带的年轻人厉声吼道："不许说话！"

老杨被震得睁开了眼睛，望见宝贝女儿离自己越来越远了，仍在拼命招手，嘴里还在不停地喊叫……两行热泪夺眶而出，在脸上唰唰地淌着，他又痛苦地闭上了眼睛。

读初中的时候，六个好朋友还经常聚在一起聊天，还聊到这些小时候发生的不愉快的经历，感叹有些事情比殷阿姨讲的鬼的世界更复杂、更难懂。虽然见面时，男女之间有点羞涩，有点尴尬，有点不知所措。

三个女孩胸部变得微微隆起，像鼓起两个小山包，臀部也变得浑圆，说起话来，柔声细语，还时不时地发嗲，与男孩子完全不是同一种生物。三个男孩也开始长出几根金贵的胡须，喉结凸显出来，说话瓮声瓮气的，像是要掀掉天花板。

有一天，大家相约去家门口的青山湖公园玩。

韦虹这时一双清澈的大眼睛特别会忽闪，两个小酒窝特别迷人，胸部还没有鼓得像后来在天台山玩雪时那么大，但足以显出女生的秀美，让程强见了总是不停地咽唾沫。

她说："记得我妈讲故事的时候，你们全跟傻子一样。要不是我说'妈，我困了，改天再讲吧！'你们就赖着不走，好玩不。"

杨晓丽女大十八变，比小时候更漂亮了。父亲官复原职后，晓丽也爱说话了，只是变得心事重重，还很任性，逆反心理比较重。她说："那个时候没有像样的书读，只好听故事。殷阿姨讲的都是《聊斋志异》里的，如果要我们去读，肯定很乏味。"

江枫说道："现在想起来，殷阿姨最有资格管教我们。她像一个神秘的女巫，能够在最关键的时候出现，在精神上启发、引导我们，因为我们都在自己懵懵懂懂的时候受过她的催眠。"

女巫？催眠？几个人吓一跳。韦虹说："好吓人啊！我妈妈是女巫？换个词呗。"江枫说："这是比喻，懂吗？不必太在意。换个词的话，那就是指导员或者政委，这该行了吧？……"

林彩霞笑了，说道："其实，我当时最没有想法，就喜欢跟你们一起待着，即使眼皮睁不开了还是觉得蛮快活。"

黄胖子说道："大道理我说不出来，我跟彩霞是一个路子，喜欢凑热闹。那时不用读书，无忧无虑，几过瘾哟！"

韦虹说："你们还记得吗？黄胖子、杨晓丽和程强一起演唱样板戏《沙家浜》里的《智斗》，黄胖子不用化装，跟胡传魁一个样，把人逗得笑死！"

黄胖子双手往腰间一叉，张嘴就唱：

想当初，老子的队伍才开张，拢共才有十几个人、七八条枪……

大家一听，果然好笑，立刻想起了黄胖子小时候的模样。

杨晓丽赶紧说："莫提了，我哪里像阿庆嫂啊？不过，我那个时候音调好高呀，现在根本唱不上去了。"

程强说："还有这个事？不说还真忘了。刁德一太难演了——那狗日的太阴险，城府太深！"

江枫说道："这种事都还记得？那好，黄胖子跑到墙根屙尿的事，你们还记得吗？"弄得三个女孩捂着嘴窃笑，脸绯红了。

见江枫当着女生的面挤对自己，黄胖子有点搓火，但又不愿把关系闹僵，引得其他人不开心，微微一笑，心平气和地说：

"那是。老子当年尿尿，完全是迫不得已。有什么好笑的？没有收你们的门票就不错了。我晓得，你们都能憋尿，就老子不行！江枫——你听着，将来总有一天，你会说这样的话——得病千万莫得糖尿病，造业啊，可怜得很！滋一泡尿，都是放了古巴糖的，连蚂蚁都追着你跑啊……"

江枫见女孩们"咯咯"地笑个不停，自己反被黄胖子开了涮，不但没生气，反而激动地说道："胖哥，小弟真是服你了！"

"噗"——程强没忍住，把嘴巴里的汽水一下子喷到黄胖子的脸上。

五

高考结束了，程强成了粮食局大院唯一考上大学的人。

程强如愿以偿地考上了省里一所著名大学，念中文系。该校环境优美、古色古香，有百年历史。韦虹不得已读了省财校，中专，学校离程强那里不远，仅隔一个大湖。黄胖子压根就没有认真复习，高考最后两门干脆没去考，就等着以后找工作上班了。江枫、林彩霞、杨晓丽在第一时间表示祝贺。六个人聚会，喝了一次庆功酒。

程强的父母整天乐得合不上嘴，看什么都想笑，随时接受别人的祝贺。

戴秀娥一走路就疼的腿这时突然不疼了，特别喜欢到人多的地方走动，经常去菜市场买各种好吃的，亲自下厨，为儿子补充营养。

当时，程强戴着一副近视眼镜，很瘦，颧骨已显露出来，眼窝陷得很深。他整整睡了三天，总算缓过劲来，觉得一切付出都是值得的。

林彩霞与程强住对门，两人的父亲都当上了科长。老林向老程表示祝贺，说："老程呀，你有接班人啦！小强出息啰，将来就让他当官，走仕途，目标是市委书记……"

程兴初"哈哈哈"大笑，笑声极爽朗，说："咦，你说市委书记就市委书记啦？我看当个科长就中。林科长，你可不许把好经念歪啰！"

聊到开心处，程兴初拉住老林坐下来喝茶。他说："明年就看彩霞了！她考虑好没有报考哪些大学？"老林叹了一口气，说："难说啊，我正在犯愁呢……"

程强正躺在床上听大人聊天，见林彩霞没跟着父亲过来，猜想她又可能胡思乱想了，心里变得烦躁起来，不想出去跟林叔叔打招呼，就漫无边际地瞎想。

今年以来，有一件不便启齿的事情让程强苦恼不堪，那就是自己经常在夜里遗精——做梦时精液自己往外冒，吃了很多"固精丸"也止不住。母亲直发愁，一直想到省城找一个有名的大夫看看，可是赶上儿子备战高考就没有看成。

程强没有躲过青春期的躁动与不安，每晚都做春梦。即便攻功课到深夜，只要一躺下就睡不着觉，满脑子都是女人的幻影，不是说着各种话，就是做着各种动作……他努力克制自己，不去想七想八的，可就是做不到。母亲无奈就偷偷看了男科大夫，又拿回一些"固精丸"和某某鱼油让儿子吃。

梦里出现次数最多的女子竟是韦虹！

程强经常幻想与韦虹成亲，想象着与她一起生活一定会非常快活。她长得太像殷阿姨了，皮肤白净，身材丰满。韦虹与自己同岁而且同班，有共同语言。她说话、办事，干脆利索，有主见，原则性强。自己毛病不少，刚好需要有一位像殷阿姨那样的女人管束、照看。如果娶她为妻，定是战友型配偶，兴许还挺般配。

正是高考最关键的时刻，却总是想着女人之事，真是青春期的不幸和悲哀。如今，高考这一关已经闯过，身体上对于性方面的闯关似乎才刚刚开始，长此以往，究竟该怎么办啊？程强呆呆地望着屋顶上的电灯泡……

黄胖子高考落榜后不久，果然在粮食局保卫科当了门卫，不是在门卫室值班，就是在大院内巡逻。

大门口有两扇大铁门，平时是敞开的。他腰圆膀粗，左臂上戴一个黄袖章，背着手，来回踱步，神气得很。坏人见了他就得软三分；好人无所谓，见面都爱打个招呼，叫一声"胖子"显得蛮熨帖，也有叫他"李玉和"的，家长里短的事都喜欢跟黄胖子叨唠。他像一座铁塔，别人绕不过去。

干了快一年了，黄胖子眼里已没有什么好人、坏人，只有递了烟的和没递烟的两种人。只要他高兴，你就是扛一个麻袋也能走出大门；如果他不爽，你就是天王老子也休想进去。

黄胖子的二哥黄国庆在肉联厂工作。有一次同事在剁大棒骨的时候，溅起的一块骨头飞速刺中国庆的右腿，血流不止，等送到医院清理完毕发现右腿站不起来了。大哥黄秋收看在眼里，急在心里。他想买辆轮椅推着弟弟到处转转、看看，可是在交警大队当一名警察，一个月就几十元钱，买不起，只好把人家用过的一副拐杖借来使用。国庆说："蛮好的，可以拖着走，还可以锻炼臂力，就这样吧……"妹妹黄荷花掏出平时攒的五元钱送给二哥，让他多喝排骨汤，好好补补。

官复原职的父亲一人伺候四个细伢和一个大人，委实不易。眼见着孩子们长大了、懂事了，都有了工作，却仍然操心，总是唉声叹气，说自己的命不好，上辈子不晓得欠了哪个的债。

这个时候，老大黄秋收说话了，他说：

"大伙听着啊，爸爸把咱们拉扯大，不容易！咱们兄妹四个不许忘本，要给爸爸养老，待遇只能比大熊猫高，不能低哟！"

刚给二哥揉完腿的黄胖子笑着说："大哥，你晓得大熊猫一天的开销是几多吗？说出来吓死你。这个养老钱是个问题，恐怕搞不起呀！"

大哥没有黄胖子幽默，经不住调侃，急火火地说："就是那个意思——全力以赴，伺候咱爸！"

老黄手一挥，说道："算喽，我不当什么大熊猫了，看你们那么可怜，我当猪行不行？——有吃有喝，还有人伺候，走一走，转一转，看看风景，蛮不错的嘛！"逗得大家全乐了。

黄胖子平时爱琢磨搞笑和幽默技巧，听到父亲的这番话后暗暗称赞，觉得这是父亲一辈子讲得最好的一个段子。

妹妹心细，想起因病卧床的妈妈，小声说："妈妈呢？没人管啦？"

"瞎扯，"黄秋收厉声说道，"跟爸爸一个待遇！"

荷花吐了吐舌头，放心了。她几乎一人承担了给母亲擦身、按摩的工作，还经常给母亲端屎端尿，陪母亲说话聊天。

天气好的时候，三个儿子背着母亲出门晒太阳，让她躺在躺椅上，跟街坊邻居闲谈。别人都夸她躺着享清福，她心里舒坦多了。这个时候，她觉得天好蓝好蓝啊，天空无限辽阔……

有一天刮大风，倒了一根电线杆，正好砸到一个路过此地的女孩身上，围观者都说可惜了，怎么那么巧呢？这个女孩就是邢若水的妹妹邢敏丽。

邢若水赶到现场时发现妹妹已经断气了，根本来不及抢救，除了口鼻出血，身上好好的，手里还捧着一束鲜花。她倒在离家三十米不到的地方。邢若水从这时起变得有些神经兮兮的了，逢人就说："我妈过生日，妹妹说要给妈一个惊喜，我出门接妹妹的，看见围了好多人……"有点像祥林嫂。

哥儿们谭行义第一个骑着自行车飞快地赶来，帮忙料理。很快，粮食局大院的其他发小们纷纷赶来，目睹了准备吃长寿面的一家人陷入巨大的悲痛之中……

邢若水、谭行义等几个发小比程强大好几届，已经上班挣钱了，平时交往不多。程强是星期天在省军区父亲的一个战友家里打电话给黄胖子时得知这个噩耗的，邢敏丽的丧事已经过去半个月了。他惊讶得许久没说话，人的生命太脆弱了，怎么说没就没了呢？他对黄胖子说："照我说的做，兄弟呀，今后保不齐家家有可能出事，干脆咱们成立一个红白事互助基金会，谁家有事了，同学、发小随份子，出人出力。你老弟先帮忙张罗一下，如何？"

"稳滴，没问题。"黄胖子严肃地说道，"放心，你这个策划是积德行善，功德无量，小弟坚决支持你！"

六

程强永远忘不了高考最后一天的前夜。大院里的空场地摆满了各种各样的凳子，两根粗木杆之间拉起了宽大的银幕，准备放映露天电影《人证》。

林彩霞跑到门口问程强看不看电影，程强不置可否。她说："看吧，放松一下，也许考得更好。强哥，我先拿凳子下楼占座去了……"一眨眼的工夫，彩霞果真扛着一个长条凳下楼了。

正值夏天，两家面对面地住，大门都敞着，只是挂一块布帘，通风，凉爽。

程强赶紧回到自己的卧室，把认为最重要的写满知识要点的卡片重新看了一遍，再把老师押题的答案默念了一遍。然后，把这些书本纸张一股脑地往床脚处一扔，心想：这也许是我中学时代最后一次看书了。

电影开演了。八衫恭子、美国大兵、黑人混血儿、草帽歌等印象太深刻了。程强把它看作是继《流浪者》之后最好看的外国电影。

他和彩霞坐在长条板凳上，感觉到她在慢慢地贴近自己。浅蓝色的短袖衣和短裙，让她看上去显得那么的素雅。她那一双水汪汪的大眼睛，配上齐耳短发，显得清纯无比。她身上散发的一股莫名的香味和些许的花露水味道，让他心跳加速，呼吸急促。幸亏天黑，人们只顾看电影，看不到他俩此刻紧张、复杂的表情。

突然，银幕上出现几个美国大兵淫笑着在街头使劲脱一个日本姑娘的衣服……林彩霞"啊"的一声扑到程强的怀里。程强说："莫怕，彩霞，有我呢！"情不自禁地用右手紧紧搂住她的腰。她埋着头，紧贴着程强的胸脯，许久没敢看银幕。后来，看到老警察——当年的大兵凯恩·肖夫坦被一个黑人小混混用刀捅死，死前满地打滚，拼命挣扎，彩霞连声喊道："活该！真该死！"

望着林彩霞娇嫩的嘴唇，程强歪着头，凑近亲了一下。彩霞显然没有防备，羞涩地用双手捂住自己的脸……

当晚，程强辗转反侧，满脑子都是美国大兵扒衣服、林彩霞与自己看电影的一幕一幕，挥之不去。天快亮了，还是睡不着。天啊，白天还得考试呢，这该如何是好啊？这时，母亲走到床前，让程强吃了一片"安定"。他一会儿想彩霞，一会儿想韦虹，不知不觉地感到裤头湿了，就慢慢地睡着了。

考完试，回到家。林彩霞闻声跑到程强家里，兴奋地说："强哥，你要上大学啦！好羡慕哟！"程强说："说不好，但我有这种预感。"

林彩霞说："你能把复习资料都借给我吗？"程强说："傻瓜，没问题，都给你，反正我也用不着了。"

程强和林彩霞在卧室里整理一大堆复习资料。见林彩霞的眼圈有些发青，程强问："彩霞，你没睡好觉？"彩霞说："昨晚我一分钟没合眼。强哥，你晓得，我喜欢你。如果我明年考不上大学，你还会喜欢我吗？"说完，竟"呜呜"地哭了。程强赶紧制止，生怕父母听到。林彩霞突然抱住程强，说：

"让我抱一下你，好吗？"

程强一下子蒙了，显得手足无措，有些慌乱。他又不敢大声阻止，胸脯起伏得厉害，呼吸变得急促，只好站直了，任凭她拥抱，泪流不止，然后看着她默默地离去……

后来好长一段时间，程强睡梦中出现的性感女人变成了林彩霞。

虽然她只小自己一岁，却特别惹人爱怜，这点与韦虹不同。一想到林彩霞湖水般清亮的大眼睛忽闪忽闪的模样，程强就有一股想拥抱的冲动。虽然她的身材不如韦虹丰满，但那苗条的曲线、身体散发的味道让程强心怡魄动。还有她那令人回味的体温（除了母亲和彩霞，程强还未与任何其他女性有过身体接触）更让程强神魂颠倒。

程强想过，如果将来与林彩霞一起生活，一定会卿卿我我，恩恩爱爱，小日子过得不错。她对物质方面的欲望不是那么强烈，喜欢读书，品味一些诗歌和美文，属贤妻良母型的。两人相处并不难，凡事让着她就是了。

至于杨晓丽，程强不是没考虑过，只是她的个性总让人感觉到不太舒服。她与彩霞一样，都有一双大眼睛、一张狐狸一般娇媚的脸、一副匀称的身材。可是，林彩霞不以天生丽质为傲，更显得内秀。杨晓丽是副局长的女儿，娇生惯养，脾气不小，喜欢攀比，比较任性。属什么型呢？公主型？皇后型？说不好。但谁娶了她，就别想安生，得像供菩萨一样供着她、求着她。

程强晓得，选择谁，就是选择了一种生活方式。未来的历史可能由此展开。可是应该选谁呢？太难了！

程强的母亲对三个女孩都比较熟悉，最喜欢林彩霞，多次说道："小强呀，我要是你，就找彩霞，那姑娘多温顺啊！"

父亲撇撇嘴，用右手指着老伴说："弄啥呢，你可不许教儿子早恋，整天就是三个女孩儿，叽叽喳喳的，烦不烦啊？俺告诉你，再好也不许谈朋友！——俺就不信了，咱们的儿子就那么不中用，非吊死在这三棵树上不可啦？世上漂亮女孩多的是，关键是把学习弄好，先立业，后成家……"

大学头一年，程强硬是没主动给三个女孩写过一封信，尽量与她们保持一定距离。林彩霞和韦虹来过两封信，杨晓丽只来过一封。

韦虹写信是求程强帮忙买一套财经方面的大学教材，以利学习进步。杨晓丽说她特别想逛逛大学校园，看看究竟如何美丽、古色古香。程强在回复她俩的来信时都说学习太紧张，回信晚了十分抱歉，也顺便聊聊发小情。环境变了，地位变了，程强感到与她们之间确实存在着距离。

林彩霞的来信不像她俩那样含蓄、绕弯，表达的含义最直白，是用滚烫的诗句表达了爱情。程强不敢怠慢，知道随便敷衍几句也不是个办法。事实上，程强接到彩霞第一封求爱信的时候，兴奋不已，反复默读信中的诗句，都能倒背如流了。

程强一直没有回信。他明明知道小小年纪搞早恋显得十分滑稽，但又觉得彩霞是打着灯笼都难找的好女孩，一旦错过恐怕会抱憾终身。吃不香，睡不好，内心纠结，十分苦闷。他索性去图书馆读书，还参加学校和系里的各种社团活动，把时间安排得满满的，就是想避免胡思乱想。

林彩霞就是在这个时候又寄来了一封信。

最要好的室友陈俊杰举着一个信封，笑嘻嘻地喊道："程强，请客吧！看一眼写的字那么娟秀就知道是女孩的，地址还注明'内详'。"

俊杰喜爱练拳，擅长武当、少林等拳法，早晚必练一次，出招敏捷，吼声如雷，观者莫不惊恐。同学们都喊他"师傅"。程强跟师傅练过一阵子拳法，一是缺乏足够的耐心，二是工作、学习太忙，就半途而废了。

"哎哟，师傅，莫起哄——肯定是我中学同学写的，有什么稀奇的？"程强一把抓住信封扯了过来。几个室友不起哄了，个别人撕开寄给自己的信件。

广东人胡薪火突然将手里的信纸往枕头上一扔，从程强对面靠窗的上铺跳到桌子上，再跳到地面，气得手舞足蹈，大叫："她凭什么蹬我？一个宾馆服务员有什么了不起的！脸盘靓点还情有可原，可是她长得跟母夜叉似的，居然还瞧不上大学生！……"

"小胡，失恋啦？"程强问道。

"NO！"胡薪火恼羞成怒地说，"我正准备给她写绝交信，她却抢先了！"

几个室友都来安慰他。说算了吧，太阳每天都是新的，前轱辘不转后轱辘转，想开点吧，十年后回头看——这一切算个屁啊！

"我不是为我自己感到委屈，我是为我们大学生打抱不平！"说着说着，他竟然哭了，还用手使劲抹眼泪。

程强拆开林彩霞的来信一看，内容与第一封一样，仔细看，发现文末加了一段话，大意是：爱情是两人划的小船，风雨同舟是我的所愿，我把缆绳扔给了你，盼你，等你，不知何时你能登上我们的爱船？

"我的天啊！这不是'哀的美敦书'吗？"

就在几秒钟之前，程强还跟几个室友劝慰胡薪火，吧吧地给人家上课，劝说他不要怀疑人生，谁知道下一秒钟就落到了自己身上！

程强对胡薪火给予了深深的同情和理解，把个人的秘密悄悄地告诉了他，推心置腹，换位思考，两人谈得十分投机。在校园东门的小餐馆喝了半瓶白酒，吃了20多块臭干子。

这时，天空布满了火一样的彤云，煞是好看，让人容易浮想联翩。

胡薪火情绪好多了，喝得满面红光，夸程强运气好，有一个会写诗的女朋友，不像他的那个宾馆服务员，长得丑不说，还有铜臭味。

程强仰脖喝干小杯里的酒，也是满脸通红，他说："我真的不想这么早定下终身啊！人生道路这么长，才刚刚开始，我怎么知道她就是最好的呢？登上她的船，一切如愿，OK！如果我说不呢？那只能是怨了。她会恨我一辈子的！"

他俩商量着对策，但最终还是一筹莫展。

七

当程强正在大学发愤读书、忙于社团活动的时候，江枫、林彩霞、杨晓丽正在毕业班攻功课，迎战高考。他们像是表面平静的火山，憋着一股劲，等待着一次惊艳的爆发。

帅气的江枫经常爬到长江边上的一条破渔船上凝眉沉思。夜里有风，容易让人清醒，有月亮没月亮无所谓。他中意的姑娘正是林彩霞。他为经常嫉妒程强而苦恼。他有时幻想能够回到冷兵器时代，宁愿靠一次决斗定输赢。

江枫还鄙视黄胖子，嫌他俗不可耐，没有上进心，充其量是个跟在人后起哄的。他居然把爱情的目标定为"捡漏"，是谁都可以，能看上自己就阿弥陀佛了。

高考终于结束了！江枫、林彩霞和杨晓丽都没有看见自己的"惊艳的爆发"，成了三座死火山。三人都难过地哭了，独自抹泪，不愿把难堪的一面留给别人。

江枫落榜后通过考试进了铜城电视台的广告公司。林彩霞和杨晓丽只考上了中专，但都没有去读。彩霞进了一家工商银行工作，晓丽去粮食局上班。两人都读了电大。

命运的作弄让江枫感到高考的时光像是一段遥远的童话。至于对林彩霞的深情暗恋，江枫突然感觉到十分滑稽，像是在麻将桌上好不容易憋了一把大牌，瞟着对家，盯着上家，别着下家，生怕别人抢先和了。结果牌桌忽然翻了，自己能不能和牌已经无所谓了。

江枫渐渐地疏远了与程强、林彩霞沾边的发小，开始与邢若水、谭行义等不怎么铁的发小共事，与社会上的三教九流打交道。他每天骑着一辆破旧自行车上下班，学着拉关系、跑业务，嘴里总是哼着小曲，看起来还蛮快活。

他大大咧咧地穿行在大街小巷，敞开的夹克衫被风鼓得像是武士的斗篷，潇洒无比。快到中心医院的时候，突然，自行车链条卡住了，车身剧烈抖动一下，差点翻了车。无奈之下，他把破车停靠在一个修理铺的墙根，吸着烟，等待修理。

这时，黄胖子刚好从医院出来，看见了江枫，说道："兄弟，这么巧啊！在搞么事？"

"链条掉了，修一下。"

"哦，掉链子了。"

"你才掉链子呢！"

黄胖子笑一笑，说："小兄弟，怎么那么大的火气？你考不上大学，不能怨我吧？你找不上女朋友，也不能怨我吧？无论如何，我们两人之间有什么好吵的呢？"想想也是。都是一样的苦命人！江枫说了一句抱歉，递给黄胖子一根烟："忙什么呢？看病人？"

"我妈。——我小时候她就生病——到现在了她还在生病！"黄胖子难过地说，"都是慢性病，现在又多了一个新病：面瘫，唉！"

"听着就难受，"江枫安慰道，"幸亏你有兄妹四个，还能轮班照顾。换成我们一家一个伢，人能活活累死。"

黄胖子长叹一声，说："不说了，说说你吧。工作还好吧？电视台里都是人精，你算是人上人啰！哪像我——粗人干粗活。"

江枫抱拳作揖，说："天下再大，我就服你胖哥。你吃的苦比我多，受的委屈不比我少，比我有海量，能容天下事。"

黄胖子忙说："打住，打住，再说一句，贴张照片，老子就可以直接去火葬场告别厅了……"

人处于低谷的时候很容易看轻自己。林彩霞也一样。

她向程强发出第二封求爱信之后，过了好久才收到程强寄的一张明信片和上面写的语焉不详的一句话，十分气恼，再三犹豫，不知如何回复。现在好了，大学生梦破灭了，这个问题就不再是问题了。

程强寒暑假回家都会碰到彩霞。一开始，还给她带几本在省城买的书，都是彩霞喜欢看的，后来渐渐地给她买得少了。彩霞每次都是差一点扑到他的怀里，真想喊一声"强哥"，但她忍住了，强作欢颜地应付着，说上几句话后就回屋了。

当时的彩霞还是太过于理智了！她大概以为程强是大学生了，自己已低人一等，没有理由再去上赶着"高攀"。一年前，她敢搂抱程强，大胆表达自己的意愿和担心，那是她觉得自己来年有可能考上大学。倘若彩霞这时一如既往地向程强发起猛烈的爱情攻势，那么，程强的情感史或将是另一种样式，后面的很多故事也就不会发生了。

然而，生活中没有假设！滚滚长江每天自西向东流淌。孤独地沿江漫步，彩霞流了多少眼泪，无人知晓。

她只记得每次与程强寒暄后刚刚关上大门，两串泪珠就扑簌簌地从脸颊上淌下来，两只抹泪的手变得痉挛，在微微地颤动。终于，她绷不住了，扑到卧室里的床上，"哇"的一声大哭起来，胸脯、肩膀剧烈起伏着——那是压抑了太久的悲伤和委屈啊！

杨晓丽就不同了。她本来底子就薄，对上大学就没抱太大的希望，能考上中专就觉着不错了，最终没去读中专，那是因为她觉得电大毕业好歹能拿大学文凭。再说，在粮食局工作有父亲照应着也没什么不好，结果再坏能坏到哪里去呢？

　　欣慰的是，经常能在大门口看见黄胖子，晓丽心里觉得特别踏实。如果有一天没见到他，就有点心慌，有点紧张，就打听他去哪里了。

　　黄胖子也习惯了这种关注，心想人家大美女能高看自己，那是我的造化，即便当几天她的小哥哥让她开心也行啊，反正不掉一两肉。黄胖子经常陪着杨晓丽出入各种场合，有时大包小包地帮着拎东西。熟人见了就说："胖子，谈朋友啦？女孩子不错呀！"

　　"嘿嘿，谈不好瞎谈！"

　　黄胖子一乐，扭头对杨晓丽说道："晓丽，千万莫介意，我晓得你看不上我，我只当你的哥哥……"

　　每次遇到熟人，黄胖子都这样。杨晓丽心里特别不是个滋味，抱歉地说道："对不起啊，胖哥！我明明晓得这样做不好，可是我还是舍不得离开你。你跟别的男的不一样，我有话就说，不用藏着掖着，我……"

　　"好了，莫说了，"黄胖子大大咧咧地说道，"我只当是多了一个妹妹，你放心，我绝不对你动歪心思！"

　　杨晓丽没有哥哥，就特别想有一个知冷知热、怜爱自己的哥哥。高考落榜后，她把满肚子的委屈和痛苦全部向黄胖子作了倾诉，难过得大哭一场。黄胖子抱抱她，拍拍她的后背，拿宽慰的话哄她，不停地递手巾，说："有个蛮有名的人说过，进一步，死翘翘；退一步，海阔天空。"

杨晓丽揉揉眼睛，不哭了，嘟着嘴，说："我这辈子就赖着你了，么样？"

相处久了，杨晓丽还习惯了在黄胖子面前换衣服。她只要说一声"背过身去"，就开始脱掉上衣，再穿上新换的。黄胖子站着不动，说："好了没有？"杨晓丽这个时候喜欢逗他，说道："不许偷看，还早呢。"说完偷偷地躲起来了。等到黄胖子转过身一看，晓丽没了，便走进里屋，看见她正在捂着嘴使劲地乐。

有一次，黄胖子在晓丽家里等她出去骑车遛弯。她对着镜子在捯饬，梳头发，喷花露水，突然喊了一句"不好"，撩开裙子，看见自己的白色短裤呈现出一片红色。黄胖子正巧看见，吓一跳，觉得异常刺激，脑袋"嗡"的一下有点发蒙。

"没事，我来好事了。"杨晓丽走进卧室去了……

黄胖子骑着自行车出发了，杨晓丽斜坐在后座上，搂着他的腰，说："你的腰好粗啊！"只好抓紧他的皮带，问道，"你说，男女之间有没有纯洁的友谊？"

"不晓得。"

黄胖子刚才一直在想晓丽的白裤头和上面的红血迹，有点晕乎。她这一问，确实没法回答。他不是不懂月经——念初中时他把相关的书都翻烂了。问题是，在晓丽撩开裙子的刹那间，他完全明白自己根本无法保持无动于衷，原始的性冲动勃然而起，原先的镇定、淡然，全部烟消云散了——这哪像男女之间的友谊啊！

"胖哥，咱俩现在算什么？难道不是吗？"

"好，是是。"黄胖子勉强笑了一下，继续蹬着自行车……

八

大学最后一年，程强已是系学生会主席、校园著名活动家、第一批学生党员，学习成绩也好，门门优良。

这一年，程强学会了抽烟，经常抽游泳牌香烟，没有过滤嘴的，两毛六一盒。偶尔吸一回六毛钱一盒的"永光"，是因为要与领导一起办事。平时，学生不敢当着老师和辅导员的面抽烟，唯独他可以不用掐灭手里的香烟，递上一支"永光"就行了，老师接过来一看："嚯，比老子抽的还高级！"

当大部分同学"两耳不闻窗外事，只读圣贤书"的时候，程强已经学会了演讲和竞选。演讲是要讲技巧的，比如引用列宁的一段话，一般人会讲革命导师列宁指出……程强偏不，他说：

"十月革命前的一个夜晚，有一个个子矮小的、半秃顶的活动家，左手紧紧抓住西装外套，右手有力地指向远方——他的声音清澈、洪亮，让俄罗斯大地颤抖，让世界各国震撼——他的名字叫弗拉基米尔·伊里奇·乌里扬诺夫·列宁，他说：同志们……"

完全是领袖的派头，引来一阵喝彩。程强博闻强记，研究过演讲术，最后达到了炉火纯青的地步——你让他讲半个小时，他就讲半个小时；你让他讲四十分钟，他就讲四十分钟，最后大家鼓掌的时候刚好结束，一秒钟都不差。

程强一年级下学期竞选系学生会干部的时候可不是这样。

那天，他主持会议，去办公室请系领导。其他人都到场了，唯独主席台上最中间的位置还空着。他想，台下的人都等了半小时了，准是党委书记兼系主任谭一龙装模作样端架子，故意不露面。程强年轻气盛，一赌气便宣布竞选大会开始。

会议开了一刻钟，程强突然感觉不对劲，趁着有人在作竞选报告，一溜烟跑到系主任办公室，看见谭主任正在跷着二郎腿吸烟，说道："谭主任，您在啊，让我找得好苦！"谭主任眼皮一抬，说："会议不是开始了吗？找我干什么？"程强知道他还在生着自己的气，说："对不起，主任！我记错了，我以为您去校行政楼开会不出席咱们的会呢，都是我的错。"

谭主任情绪缓和了许多，拖着长腔说道："你也有错？本事不是挺大嘛！那好，我问你，你错在哪里了？"

程强定定神，语气坚定地说道："火车跑得快，全凭车头带。火车头没在，跑什么跑！您没到场，会议就不应该开始。即使再重要，也可以改日再开嘛！都是我的错，这是深刻的教训……"

谭主任微微一笑，站起身子，说："好，没想到你这个同学还一套一套的，很好，算我没看走眼！那么，现在该怎么办呢？"程强握着谭主任的手，说道："我的错我自己改，请跟我走吧！"谭主任真的跟着他向大会议室走去。

程强搀扶着谭主任挺着胸脯走进会场，请他在主席台中央的位置落座，拿起麦克风，面带微笑，无比激动地说道："尊敬的老师们、同学们，报告大家一个好消息，咱们的系主任谭老师特别关心同学们的成长，特别关注这次系学生会干部竞选活动，刚刚开完学校一个重要会议，特地亲自赶来现场指导，给咱们送温暖啦！大家热烈鼓掌欢迎啊！"

台下顿时响起雷鸣般的掌声。同学们都相信谭主任开会耽搁了，十分感动，拼命拍巴掌。谭主任两次起身，频频点头，伸出双手，示意大家安静，有点像著名影星在亮相。

程强见状，觉得心里的一块石头终于落地了。他心想：谭主任是何等人物，他肯跟我来到会场，其实就是想考验我怎样"纠正"错误。如果我说由于我的疏忽忘记请他了，那么我的"仕途"就会戛然而止，他和所有的人就会看着我出洋相。我即便说一箩筐的话也休想解释清楚。

轮到程强作竞选报告了。

他兴冲冲地走上讲台，刚说了一句"各位老师，各位同学，下午好！"突然没声了——大家以为麦克风出现了故障——其实是程强忘词了，脑袋里一片空白。他大概是因为想谭主任的事想多了，腿还有点不听使唤，直打哆嗦。他恶狠狠地暗示自己，千万别倒下，绝不让别人看自己的笑话！这时，他的聪明劲儿忽然冒了出来，他沉着地放慢语速，说道：

"诸位，面对手握选票的人们，我一时无语。说什么呢？说我竞选的系学生会主席的职责有多么多么重要吗？说我的能力有限恳请大家海涵吗？说同学们，请耐心点，等我能力提高了再来领导大家！（这时台下有人在笑）说咱们今天的竞选能与外国大选有一拼吗？不！我想说，我们是良性竞争，咱们绝不搞人身攻击，专门捏着对方的短处和隐私，轰人家下台！（有人大笑，鼓掌）不不不，此时此刻我都不想讲！（程强把几页讲话稿往讲台下一扔，台下顿时爆发出一阵叫好声和鼓掌声，弄得主席台上的领导忍不住也乐了）诸位，我不想占用大家太多的宝贵时间，就讲一讲我的十大施政纲领……"

程强的开场白是即兴发挥的，完全口语化，十分吸引人、打动人。接下来一二三四展开就是了，用不着死记硬背，说多点、说少点，别人不会计较。台下，掌声不断，不绝于耳。同寝室的"师傅"、胡薪火等几位小兄弟挺会配合，故意提几个问题，他都对答如流，气场极好。不像前面几个竞选者都是念发言稿，其中有一个还念错了，跳行了，漏念了两段，台下有人起哄，喊道："噢噢噢，念错了，重新念!"

不知哪些同学能够捡到程强扔的讲话稿，保证他们看见后一定目瞪口呆——因为那几页讲话稿都是白纸，一个字没写。程强原本就打算脱稿演讲，绝不照本宣科，结果真的出现了"短路"。如果不是急中生智，肯定就当场砸锅了。

程强一边侃侃而谈，一边观察观众的反应，看见谭主任一直微笑着拍手，时不时地与左右的系领导耳语，心想应该是大功告成了。

结果，程强成功当选了系学生会副主席。

主席一职由一位七七级的老大哥担任。程强心想，这准是谭主任拍的板。他要是不同意，完全可以一票否决。另一位应该感谢的人是黄胖子，好多计谋是跟他学的。这一次竞选由坏事变成好事，主要靠的是幽默和搞笑的力量，嘲讽别人容易，拿自己开涮太难了! 没有对人生的大度宽容、机智反讽，休想柳暗花明又一村!

程强从大三时起抽空搞文学创作，写了不少诗歌、散文、小说。七八句、十几行的小诗经常见报，在一家省级青年杂志上还发表了一篇四千字的小说呢，在系里已是小有名气。

程强遗精的毛病基本上算好了。没吃过什么药，没打过什么针，谈不上"治"。他操心的事情都比个人的大，比男女之情大，根本无暇顾及裤裆里的私事，久而久之就不治而愈了。

那位当上系学生会主席的高年级同学也是脱稿演讲的。他的风格是谈心式的，完全口语化，经常自问自答，十分老到，一点没有像程强那样的卖弄、表演的痕迹，效果极好。老大哥就是老大哥，程强也挺服气。

让他没想到的是，这个主席大哥七八年后就坐上团省委大会的主席台了。

程强开会见到他时诚惶诚恐，生怕人家不记得自己了。他说："您还记得我吗？听说您又进步了，我在想，山外有山，天外有天啊！"这位组织部部长笑笑，手一挥，说道："就冲这句话，你还能进步！"

当时，大会还没开始，领导们都在休息室等候。程强一紧张，竟想不起来他叫什么名字了，只好叫人家"老主席"。学长却能叫出他的名字，说："程强，以后多找我，有事找，没事也要找，我身边还真缺你这样的老同学……"

组织部部长的一句话说得程强心里怦怦直跳，十分感动，也觉得有点过意不去。直到会议开始，看见主席台上的桌签，他才记住了这个姓名——邱大为。

程强后来还真的有事没事都与他联系，隔三岔五打电话问候一下，聊聊天，但从不求他办事。邱大为十分开心。这个时候，他心情很放松，不用躲着防着，什么都敢说，也算是一种休息。

九

快毕业的时候，天气很热。同学们也很烦躁，为自己的分配出路犯愁。发小谭行义这时来到学校，求程强帮忙，也是找出路。

谭行义从挎包里掏出一条"游泳"烟和两盒"永光"，递到程强的手中，说道："我妹妹小菊在针织厂上班，刚工作两年就赶上行业不景气，今年连工资都发不成了，用服装产品来抵算。改革开放搞得热火朝天，为什么还出现这种情况呢？个别单位还让职工回家待业，没事干了，将来怎么办啊？"

"莫急，莫急，先喝口水。"程强倒了一杯水，递给行义，说道："这就是这场革命带来的阵痛！国家要富强，民族要振兴，不搞改革开放不行，搞了就要付出代价。冇得办法。"

程强掏出"游泳"，两人吸起来。屋里的室友纷纷打招呼，出门看书去了。

行义仍然面色凝重，吐了一口烟雾，说道："说得轻巧。如果干得好好的突然叫你下岗，你怎么想？"

程强一时语塞。行义说道："我求你帮忙卖服装，给我妹妹发工资，就这事。"

说完，他从门口拖进来一个很大的编织袋，鼓鼓囊囊的。程强探头一望，门外还站着一个小伙子，脚下还有两个编织袋。让他进来，他说不了，怕影响你们谈事情。

行义取出一件 T 恤衫，让程强摸了摸，说："质地多棒。白、红、蓝三种款式。你不是有权嘛，帮忙推销一下，有提成的，不会亏待兄弟！"

"哦？说说价格呗。"

"五元一件，提成五毛。"

"贵了点吧？我们大学食堂最贵的菜是红烧鱼、排骨，三毛钱一份。可是很多学生从来就没买过，每天吃萝卜白菜，省下来的钱买书了。好家伙，你一张嘴就是五元，学生买不起可以不买嘛，你说呢？"

"有道理，"行义眯着眼看着程强，说，"那你说多少钱好卖？"

"一口价，谁让咱们是发小呢。"程强说，"四元一件，提成我一分钱不要，如何？""不愧为名牌大学的高才生，砍价真狠！"行义显出一副无可奈何的神态，说道，"就依你了。"

程强安排室友、系学生会生活委员胡薪火具体落实。

胡薪火问："程主席，卖多少钱一件？"程强说："不要低于四元，我跟人家谈好了。"胡薪火揉一揉T恤衫，说道："你有没有搞错哟！这可是双纱的，比我们广东的东西还好，就是样式保守了一点，我看可以卖六元钱啦！——不骗你的，要是我本人接这个单子，可以卖九元的啦……"

　　都说温州人和广东人天生就会做生意，果不其然！程强说："薪火啊，这事得悠着点，一来是我牵的线，二来不能给学生增加负担，你还真不能当成买卖做，就是服务，懂吗？想买就买，不买也行，千万不要强求……"

　　"你放心好了，保证咱俩不贪一分钱，手里头干干净净。"薪火笑一笑，说道，"我还是按六元钱卖，多出的部分与你的那位朋友对半劈，权当作系里的活动经费。你不妨先跟系领导请示，如果行咱们就干！"

　　谁知系主任谭一龙爽快地同意了，还夸赞说做买卖是门学问，大学生尝试一下未尝不可，很好嘛，不学永远都不会，不体验一下，怎么能够写出好作品呢？如果出了问题他来承担责任。程强感觉到心里热乎乎的，心想从前是从门缝里看谭主任——把他看扁了。

　　说干就干。胡薪火真能折腾，开始在班里的男生宿舍走廊里叫卖：

　　"有极品便宜货卖啦，过了这个村就没有那个店啦！都来看啊——地地道道的广东T恤衫啦，出口转内销，便宜甩卖了啊！来晚了毛也见不着啦……"

　　"十元一件的货大甩卖了啊！快来抢啊——最具时代感的T恤衫！"薪火咧着嘴，笑着喊道，"就卖六元了，血本价啊！——大家可以不买，绝不强求，不想潇洒的不要来呀，正在谈情说爱的更可以不买啦……"

哇！这么好的东西一下子降到六元钱，几个男生立刻掏出钞票喊着要买。

程强从外面办完公事回到宿舍时正赶上这一幕。望着薪火的表演，程强内心充满了感激之情，也十分佩服他在叫卖方面的天赋。

薪火负责卖，师傅负责收款，忙得满头大汗。其他年级的同学听说后纷纷赶来，队伍在走廊里越排越长，排成一条长龙了。薪火便将队伍分成两支，找另外两位同班同学帮忙收钱交货。最后，T恤衫还卖到楼里其他系的同学手里。

好家伙！总共卖出去三个编织袋的T恤衫300件，钱款总计1800元。

按照约定，系学生会与谭行义平分多出的600元，各得300元。

谭行义带的货不全是小菊的，按照当时的市场价四元一件卖光，货款已达1200元，意味着解决了近40个职工的工资问题。

谭行义见程强之前是打过小算盘的。希望解决货款问题之余占一点差价上的小便宜。为了促销，他也要付出一点提成费用，比如，如果按五元卖一件提成五毛计，300件就是150元，相当于妹妹小菊五个月的工资。即使程强最终把卖价压低到四元一件，自己还可以给人家提成两毛钱的好处。

总之，谭行义除了该给别人的提成全部免了，还白白落下300元的纯利——这是他赚取的"第一桶金"。

谭行义完成了任务，十分愉快，临别前向程强表示感谢。然后，他恶狠狠地说："这个破单位让职工自己解决销路，缺八辈子德了！老子有朝一日也成立一家公司，专门干促销的事，什么玩意好卖就卖什么——他们太坑人了！"

邢若水在程强上大一那年永远失去了可爱的妹妹敏丽，变得有点神经了。

他母亲姚玉溪在她担任党委书记的区教育局的办公室安排好了一个工作，若水干了没多长时间，就央求母亲换个单位，理由是替母亲"避嫌"，省得一帮发小和其他人背地里瞎议论。

姚玉溪精明能干，八面玲珑，说话却轻声慢语，挺斯文。程强放假回家看望她时，当着邢若水的面夸赞她深懂为官之道。父亲邢大山是粮食局专给领导开车的老司机，凡事喜欢由着儿子。

后来，邢若水没有再求母亲换单位，而是不去上班了。整天待在家里写毛笔字，专门找王羲之、怀素、苏东坡等大家的行书、草书字帖练字，找来一堆废旧报纸，写完一卷就扔了，从不给别人看。若水的父母唉声叹气，也无可奈何。

谁知第二年，他突然像是变了一个人似的，央求父母让他当兵去，经风雨见世面。邢大山说："老子早就看出来，你有远大志向，去吧，去用青春的如椽大笔书写灿烂的人生！"其实，这句话是他偷偷看见儿子写在旧报纸上的。

姚玉溪中年丧女，已经悲痛欲绝，儿子又变得神经兮兮的，可谓悲上加痛。现在突然感觉到情况出现转机，喜出望外。她紧紧握住儿子的双手，泪流满面：

"我的好儿子啊，这一天我终于盼来啦！……"

在八月的一个阳光明媚的日子，邢若水身着没有领章、帽徽的蓝色军装，胸前戴着一朵鲜艳的大红花，站在一辆军车上，接受发小们和亲人们的欢呼和祝福。当天送行的人群像是上万只蚂蚁，挤满了停放着几辆军车的一条街道。锣鼓声、鞭炮声响成一片，把铜城的小鸟全都赶上了天空，飞向遥远的天穹。

程强和韦虹当时都在铜城，离新学期开学还有半个月时间。程强用欢送邢若水当海军这个无可争辩的理由，再一次将韦虹、江枫、黄胖子、林彩霞、杨晓丽、谭行义等发小聚在了一起。

十

程强和韦虹都在省城读书，两个学校又相距不远，按理说他俩的关系应该比较热络。其实不然。

首先，高考那年春节，六个发小在天台山打雪仗、野餐，程强向韦虹示好，热脸遇到了冷屁股，受了刺激，比较恼火。第二，程强的母亲戴秀娥对韦虹不太感冒，她喜欢的是林彩霞。父亲程兴初反对早恋，鼓励程强先立业、后成家。这些对程强都产生了影响。

但从韦虹的角度来看，追求的过程是"慢热型"的。

第一年，韦虹写过两封信，希望程强帮忙查阅一些关于财经方面的资料，买一套大学专业教材。看起来不痛不痒的，实际上是先挂个号，报个到。她如果没有此意，完全可以不写信嘛。第二年韦虹快毕业的时候邀请程强去省财校玩了一次。礼尚往来，程强也请韦虹到自己在读的大学游玩。前后两次就拉了两回手。可是韦虹调皮的样子、声音、话语，却是程强忘记不掉的。

实际上，这是聪明的韦虹瞅准了林彩霞对程强的爱情攻势因为自己名落孙山而偃旗息鼓的机会，发起的又一轮示好。韦虹的"乘虚而入"加速了林彩霞与程强的感情"脱钩"。

可怜的彩霞当时也不知怎么想的！——爱情就是爱情，怎么能与是否考上大学直接挂钩呢？难道只有考上大学才有表达爱情的权利？如果依据这种逻辑，韦虹也没有考上大学，那么她也就没有资格表达自己的爱情。然而，事实并非如此。

看着周围的大学生拉着女孩的手在花前月下漫步，程强心里痒痒的，也想找一个女生试试。就在这个时候，韦虹寄来了一封信，说本周的星期日，她要进省城给母亲买治腰的药，请了两天假，要找程强在校园里、风景区好好转一转。她说自从中专毕业后分配到铜城税务局工作，再也没来过省城。程强晓得这纯属韦虹的一个借口。

得知韦虹要来找自己玩，程强早已枯萎的心田重新掀起了波澜。当晚躺在床上，辗转反侧，浮想联翩，与她有关的往事一幕一幕浮现在脑海。

程强不得不认为：林彩霞跟自己的搂抱虽然惊心动魄，但一厢情愿的成分居多；韦虹办事老到，尽管缺乏一些暧昧的接触，却像姐姐洞悉弟弟的顽皮和狡诈一样，继续两人之间的嬉戏和交往。她突然提出来大学找自己玩，意欲何为？程强猛地感觉到其实自己一直被她攥在手心里。真正掌控两人关系的是她而不是自己。自己近年来采取的各种不冷不热、保持距离的伎俩简直就是多余。——风筝再大，线却在人家手里，怎么折腾也是徒劳的。

星期日，韦虹来了。

程强见宿舍里的开水瓶是空的，便拉着韦虹去喝咖啡。陈俊杰、胡薪火等室友十分羡慕，热情地送他俩到楼梯口。陈俊杰笑着说："弟妹，程强要是欺负你，你回来跟我说，我武术好，有功夫，看我怎么收拾他！"

胡薪火说道："莫听师傅的，他俩好得穿一条裤子，能指望他？哼！告诉我就行，我找老师去，撤了老程的系主席的职务。"逗得韦虹捂着嘴巴笑个不停。

韦虹下楼的时候，胡薪火拉住程强，悄悄地问："你艳福不浅啊。真漂亮！写诗的那位？"程强一听，知道他把韦虹当作林彩霞了，说："不。比那个好。"等到程强走好远了，胡薪火还站在楼梯口发愣。

这一次，韦虹与两年前来校园玩不一样了。她显得更加成熟、更有女人味了。眼睛还是那么迷人，一对酒窝透着可爱，披肩发光滑如丝，胸脯依然高耸、微微颤动，洋溢着一股青春的气息。

程强坐在"大学生咖啡屋"里，像画家欣赏模特一样盯着韦虹，韦虹微微眯着眼看着程强，眼神真迷人——像是一汪清澈的湖水，让他突然想起了"飞云瀑"。咖啡屋正对着一个篮球场。两人一边喝着咖啡，一边欣赏一帮男生生龙活虎地进行篮球比赛。

韦虹的淡淡的体香飘过来，让程强联想到红苹果的味道。他突然想起小时候跟她一块听殷阿姨讲故事，她身上也有一种说不出的味道，脸蛋也是红扑扑的。程强的父亲经常走过来给孩子们送西瓜吃，对殷阿姨说："老殷啊，让你受累啦！总听你讲故事，还不收门票钱，我儿子将来不当个文学家都冤得慌！"

接下来，程强领着韦虹去小饭馆吃了一碗热干面，然后在校园里漫步。

有好几次拉着她的手。韦虹觉得不好意思，但也没推托。

突然，遇见同班的一位女同学，程强赶紧甩掉韦虹的手，躲闪不及，只好走过去，说道："这么巧啊，刚从图书馆出来？"

女同学说："哇，程主席，你的女朋友好漂亮耶！"

"蔡小芹啊，别添乱了，"程强说，"这是我最好的妹妹，今晚她去你们宿舍过夜，拜托啦！"

"好啊，我们得好好聊聊，聊一聊你的罗曼史，哈哈哈哈……"

当晚九点多钟，天空出现了几颗星星。

程强拉着韦虹的手，在一个山坡的树林里散步。近处的景物很黑，却能看见远处的教学楼、宿舍楼灯火通明。走着走着就能听到一对男女轻轻私语，偶尔还能看见情侣俩坐在黑暗处亲吻。

程强只好拉着韦虹离开此地，继续走下去。走着走着，来到一棵大树底下，周围的灌木丛有一米多高，黑黢黢的旁人看不清。程强笑呵呵地问："小虹，你不是说我们学校很难找一个偏僻的地方吗？这个地方偏僻吗？"

韦虹说："你要干什么？"

程强双手握着韦虹的手，感觉到她的身子在往后退，靠在了树干上。

韦虹觉得手心出汗了，神情紧张，借着星光看到程强像是一个巨大的影子正在罩着自己，嘴上说着："强子，强子，你……"那声音很小，像是呢喃。程强小声说："小虹，别说话。"慢慢把嘴巴对准韦虹的嘴唇，亲了一口。

韦虹手中的折叠扇掉在地上。她双手抽回，背着手抓住大树，感觉到树皮的粗糙和干硬。程强把双手撑在大树上，贴着双臂之间韦虹那张可爱的脸庞，慌慌张张地亲嘴。韦虹说："我……其实……一直爱着你，我我……"

程强猛地感到血往上涌，呼吸急促，急火火地把舌头伸进她的嘴巴。韦虹的脑袋已经仰在大树上，嘴里还在说着，却发不出声音，轻轻地咬着伸进来的舌头，吸吮着……程强望了一眼韦虹的脸，只看清轮廓线，眼睛是闭着的，兴奋地亲吻着她的头发、眼睛、鼻子、脸蛋，然后把舌头再次深深地探进她的嘴里……

韦虹突然喊了一句："强子，我爱你！"觉得浑身上下像着了火一样，一把搂住程强的后腰，拼命吸吮着，配合着，搅动着舌尖，咽着唾液……程强被她一搂，整个身子一下子与她紧紧粘在一起，喊了一句："小虹——我也爱你！"

他把她紧紧顶靠到大树上，继续深吻，腾出双手抚摸她的披肩发、脸蛋、脖颈，继而抚摸她的鼓着两个山包的胸部，感觉它十分软和，很大，一只手握不满。急切地把她的衬衣从裤腰带里拉出来，把手伸进衬衣里面，一下子抓住了乳头变得坚硬的丰满的乳房，第一次感觉到它的温度和弹性……韦虹这时感觉到一种从未有过的亢奋和心理恐慌，身上紧张得直哆嗦，嘴里发出婴鸣般的喘息声。此刻，双方都感觉到对方急促的呼吸和加快的心跳，脑子里混沌一片，如同坠入梦里。

程强想起自己从前做过的不知多少次与韦虹在一起的春梦，现在是真真切切地搂着她，他那烈火般的欲望"腾"的一下燃烧起来，一把搂抱她的臀部，丝毫不顾她的呻吟和尖叫，用双腿紧紧夹住她的下肢……

"强子，如果你答应娶我，我把一切都给你！"

程强听见韦虹突然喊叫了一嗓子，紧张得瞬间松开了双手，呆呆地看着她。想说对不起又觉得不合适，总觉得做了一件十分唐突的事情。

两人整理衣服、头发，没说一句话。

韦虹听到程强发出急促的喘气声，摸摸他的额头，竟然布满了汗珠，从裤兜里掏出手绢给他擦汗。

借着微弱的星光，程强看清了韦虹焦灼的面容，忍不住又亲了一下。

程强拉着韦虹的手，从树林里走出来的时候，天空挂满了星星。

问她："哪两颗星星像咱俩，找找看。"

韦虹说："强子，你真好！"

程强发现韦虹的脸像是一个沾满露水的红苹果。

程强毕业分配时比其他同学都牛气，第一个挑单位。他选定后再协助系领导和辅导员，帮助其他同学落实工作单位。原则上是从哪里来回哪里去，中南地区各省为主，竞争并不激烈，是皆大欢喜的结局。

程强面临三种选项：一是留校任教，二是去省报或者一家著名文学期刊报到，三是回铜城日报工作，都是顶级的分配方案。早先他是雄心勃勃，打算留在省城干一番事业。他数月前在同学们的毕业留言簿上就开始留下墨宝——"饮马长江，相逢在文坛美好的未来！""鸡窝里飞不出金凤凰，小院里练不出千里马！"等，慷慨激昂，气势恢宏。

如今，韦虹彻底勾走了他的魂。为了她，他别无选择地决定回铜城工作。他在最后几位未留言的同学的留言簿上写道："万丈高楼平地起，从基层做起！""真金不怕火炼，是金子在哪里都能发光！"等，同样豪情满怀，气宇轩昂。

在一个艳阳高照的下午，毕业照照过之后，同学们个个显露出小船就要扬帆启航的神情，相互握手、拥抱，祝福友谊，祝福未来。有的人已经哭成了泪人。

程强拥抱最要好的室友陈俊杰时，眼里噙满泪水："师傅，我一直佩服你的武功，可是马上要各奔东西了，这才发现一点皮毛也没学到，惭愧啊！……"

俊杰抹着泪说："好兄弟，我会想你的……"

与胡薪火拥抱，程强使劲拍他的后背，笑着说："你小子将来准是大老板。我如果到府上讨米，你不许放狗咬我哟！"薪火眼里含着泪，说："哪里哪里，我请你吃凤爪、虾饺、皮蛋瘦肉粥啦。程主席怎么能讨饭呢？如果你代表公家来要钱，兄弟我拨给你1000万啦……"

突然发现女同学蔡小芹向自己走来，大老远伸出了右手，程强当着众人的面一把抱住了她——这是他唯一抱过的女同学，其他人惊呆了——他小声说道："我和韦虹好上了，你是见证人。韦虹说那天晚上睡在你们宿舍，你们俩又单独到楼顶阳台上聊天，非常感谢你！"

小芹说："韦虹好懂事，还特别温柔、恬静，不像咱们班的女生个个张牙舞爪、咋咋呼呼。我好羡慕她——她说过，她是世界上最幸福的人，那晚她特别兴奋，说得特别多……"

十一

1990年，程强27岁，当上了铜城日报总编室副主任。亲朋好友、发小同学纷纷前来祝贺。

有一天，程强请他的一帮发小欢聚一堂，喝了个痛快。

照过"六个人的合影"的发小，还有谭行义、邢若水，再加上一个邝志清，全部到场了，个个意气风发，神采飞扬，像是各路英雄豪杰粉墨登场。

江枫将长发一甩，喊道："按老规矩，喝酒前先来个大合唱，预备——起！"大家一起唱起来：

> 年轻的心，为将来的日子写下一句对白。年轻的你，
> 为无尽的生命叹一声喝彩。年轻的心，为美好的岁月谱

出一曲乐章。年轻的你，为无尽的青春喊一声欢呼。让年轻飞扬云端，让阳光谱出色彩，让年轻航向海洋，让海浪射出虹彩，让年轻奔驰大地，让山野放出光芒。来吧年轻的，投向生命的坐标，来吧年轻的，迎向茁壮的时代……

这两年，高明骏的歌火得不得了，发小们个个喜欢唱这首《年轻的喝彩》。加上好事很多，发小们经常聚会，索性定了"规矩"，喝酒前高歌一曲，一起过把青春的瘾。

大家围着酒桌，站起来，模仿大歌星的派头，齐声合唱，有节奏地拍着巴掌，都想唱出歌曲那种狂野、苍凉、性感和奔放的味道，后来节奏越来越快，有些人就笑着追赶，拍打桌子，越追越乱，最后大家笑作一团，你推我搡，开心得要死。

程强惊讶地看着饭桌上的每一个人，感慨万分，人们在不知不觉中都长了十岁。花开花落，老了容颜，也丰盈了岁月。十年一瞬间！一群无忧无虑的发小仿佛突然间从翩翩少年变成了自信满满的成年人。

赫拉克利特说："一个人不能两次踏进同一条河流。"程强知道，现在的发小们就像漫无边际流淌的河流，熏染了人间烟火，多多少少变得浑浊、凝重，不再像从前那些欢快活泼的山间小溪，那么清亮、那么透彻了。

韦虹与程强谈朋友，断断续续好了近十年，只是因为两人事业心都很强而没有过早结婚。殷阿姨和程强的父母都非常着急。

黄胖子一直在粮食局当门卫，干了五六年。后来经过杨晓丽父亲帮忙说话，调到车队上班。学会了开车，拿了驾照，再后来开起了大货车，干上了长途运输。

这是一份辛苦活儿，收入却明显增多了。与外面的世界沟通了，黄胖子的眼界更加开阔，增长了不少见识。他时而油腔滑调，满嘴喷荤段子，时而一本正经，叙说人间真情，比从前显得更加风趣、睿智、圆滑——用他的话说——"见人说人话，见鬼说鬼话，见人见鬼说胡话"。

林彩霞和杨晓丽早已拿到电大本科文凭和中级职称，都是单位的业务骨干，又年轻，又能干，人缘也不错，找她俩办事的人就特别的多。

江枫这些年也没闲着。最早在铜城电视台广告公司上班，虽然收入比一般单位多，而且福利待遇也好，经常发一些带鱼、水果、化妆品什么的。但干久了发现自己人脉越来越广，资源越来越多，就是收入不跟着上涨，便萌发了单干的想法，两年前注册了一家自己的公司，成了大发广告有限公司董事长兼总经理。

谭行义从程强手里赚了所谓的"第一桶金"之后，就瞧不上在物资局拿死工资的生活，一直想"跳槽"。有一次，他帮了一个叫许茂财的房地产老板筹集了400万元，帮忙拿地，得了几万元的好处。许老板给谭行义找了一个活儿，让他当上了"大世界"娱乐城的总经理，年薪两万元。这些数字在当时都是特别吓人的。"撑死胆大的"指的就是这种人。

邢若水从海军部队复员后，人变得结实了，也开朗多了，瞄上了新华路繁华的小吃一条街，跟一个叫"大毛"的摊主混熟了，商定辞掉了区教育局办公室的工作，与他合伙开店，干了好几年。小摊点从一开始什么都卖，做到最后专卖鳝鱼面和莲藕排骨汤，还兼并了一家邻居小店，攒下不少钱。后来，他与"大毛"的妹妹"小毛"好上了，买"福彩"还中了特等奖——一辆桑塔纳，运气好得出奇，终于走出失去妹妹邢敏丽的痛苦阴影。

出席宴会的唯一不是发小的人，叫邝志清。他就是程强和黄胖子十岁那年合揍的那个人，说起来也有十几年没见过面了。他现在是大众旅社的副总经理。有一天，他在马路上偶遇程强、黄胖子，居然认出了他俩，还请他俩吃了一顿饭。席间，邝志清笑着对程强说："你小子出手够狠的，几下子把老子打蒙了。"又对黄胖子说道："你最坏，把老子抱得死死的，动弹不得……"黄胖子说："邝大哥还是记仇。唉，这都是历史的误会喽！"邝志清说道："这说明咱们三人有缘。还有三个人打过我，老子现在还想着报仇呢！""哈哈哈哈"，三人全都笑了。

程强招呼大家起立，就算酒席开锣了。他说："诸位，为了我们逝去的青春，为了各位明天前程似锦，干杯！"

大家相互碰杯，交替打通关，喊里咔嚓一番折腾，两瓶白酒快喝光了。

程强深有感触地说道："瞧咱们这帮发小，几个女伢还是文质彬彬的，但都套上了美丽的铠甲，便于职场上拼杀。几个男伢全部换了身份，跟蛇蜕了皮一样，蛮不错，我很开心！我希望时间冲不淡发小情，距离拉不开思念的手。我用最初的心，陪你走最远的路。即便有最黑暗的时候，我愿做那个陪你到天亮的人！"

"好！"发小们激动地鼓掌。

黄胖子喊道："我们共同举杯，庆祝老程高升！"

"好！"大家一起又干了一杯酒。

邝志清站起来敬酒，说："山不转水转，铜城就那么大，这不又转回来了不是？我从小就嫉妒你们这些院子里的发小，总是吃白馒头、糖花卷，还能放电影、戴军帽！我真的很羡慕你们，彼此之间帮助照应，笑有地方笑，哭有地方哭。有些人，没有缘分，一辈子只照过一面。有些事，不可能一笑泯恩仇。来，我恳请大家别嫌弃我，一定带我玩哟……"

黄胖子、江枫、谭行义走过来跟邝志清一对一地喝，不停地说："好说，好说。"

邢若水跟程强闲聊，说："强子，我在家练过一阵子书法，在海军当兵时还得过一等奖呢。我想不通，有些地方领导喜欢写书法，还靠这捞钱，钱挣得太容易了，像拧开自来水龙头似的。难道靠用毛笔划拉两下就能把黑钱洗白了？"

程强吸着烟，说道："这种现象肯定不正常。——甭说卖字，他手里随便拿着一块肉疙瘩，就能招来一群苍蝇……咦，你怎么突然想起这个了？"

若水说："唉，我当初没想干卖小吃这种糙活，又苦又累。我其实一直想经营一个书画店，既体面，又来钱快。"

程强说："你太聪明了，现在你有资本了，我倒觉得你可以开书画店倒腾字画了，何况你自己还会书法……"若水也十分兴奋，连声说："还是大记者见多识广，让我再考虑考虑……"

江枫拉着林彩霞走到程强的跟前，说："哎哟，莫瞎聊了！来，喝酒。我俩祝你和韦虹爱情甜蜜，生活美满！"

程强拉起坐在身边的韦虹，跟他俩碰杯："要得。我们祝你俩花好月圆，早日成婚！"

程强当时没敢正面看彩霞，余光告诉他彩霞只是一种矜持的表情，没有笑容。

接下来，发小们挨个向程强敬酒，让他感到有一种微醺的感觉，情不自禁地唱起了《祝酒歌》，引来一阵喝彩。

程强满面红光，看了一眼在座的，说："我有一句名言，敢问各位想听否？"

黄胖子喊道："脸都喝成猴子的红屁股了，还卖什么关子哟！

你说咋。"

程强眯着眼，神秘兮兮地说道："许多河流只不过是昙花一现的小溪，掀不起什么大浪，而只有少数河流奔流不息到大海。"

江枫把酒瓶一举，说道："又来了，这不是公然挑衅是什么？程强，你说说看，咱们今天在座的，谁是大河，谁是小溪？"

大家一听，觉得在理，便你一句我一句开始讨伐，都来跟程强干杯，弄得程强渐渐感到酒力不支，把脸贴在桌面，连连摆手，呼呼喘气，呵呵地傻乐。

韦虹赶忙请大家多吃点菜，吩咐服务员上一盆醒酒汤。她在找杨晓丽，只见晓丽撸起袖子，正在跟几个男的拼酒呢！

几个男人喝得开心，开始笑话程强。

邢若水说道："这年头，什么玩意最管用？啊，——是人民那个币！当个小破官也不好使，累死累活能挣几个钱呀？谭行义，你是大老板，你说呢？"

谭行义摆摆手，说道："不能这样讲，比上不足，比下有余，马马虎虎啦！我们娱乐城在省城请的主持人，一晚上能挣多少钱？你们猜——整整八千！所得税还得由我们帮忙上缴……"

江枫一听，说道："照你们的意思，强哥除了那玩意大点就不值一提啰？"

"谁说的？"突然，程强抬起脸，愤怒地吼叫，"老子搞明白了，你们都瞧不起我！是，老子官小，连七品都不到的小小芝麻官。你们不稀罕，可老子在乎。你们有几个臭钱就了不起啦？真是的……"

韦虹一直在悄悄地用手捅程强的后腰，担心他言多必失，伤了和气，赔着笑脸说道："不好意思呀，强子喝多了，大伙别介意……"

黄胖子见发小们一个劲儿地啄程强，看不下去了，说道："你们几个也是，有本事、有钱，本来是个好事，但不能拿来噎人嘛！今天我说句公道话，你们小看老程的抱负了！——我觉得不久的将来，你们有许多事情都得求他，他的目标绝不会满足于什么副科级，一定是正部级！"

　　"对对对，是这个意思！知我者，黄胖子也！……"程强喊道。

　　黄胖子激动地对其他人说道："老程今天高兴，但他的酒量确实不行。老程是个重情谊的人，你们没感觉到吗？——他今天故意把自己当成一个活靶子，让哥儿几个攻击，就是希望咱们放开爽一爽！"

　　听到这里，大家关心地去招呼仰在靠背椅上的程强，发现他一动不动，微弱地发出了鼾声……

十二

　　黄胖子目睹杨晓丽这些年一直处在"谈恋爱"的状态，常常为她着急。

　　晓丽谈过的男朋友加起来差不多有一个排了，却没一个称心如意的，经常是谈了几天、最多半个月就吹了。父母又气又急，看着女儿一天天地变成老姑娘，只能干着急。但是，一看见闺女与黄胖子在一起时有说有笑，黄胖子还经常帮晓丽支招，说这个小伙子不错那个还凑合，老两口又搞不明白了，就问晓丽："好闺女呀，你和这个胖子到底是什么关系啊？"

　　"一般关系，但比那些介绍过来的要好很多。"晓丽说道。

　　父亲说："这我懂，他经常在我们眼前晃来晃去，人倒是不坏，可是谈朋友总该讲门当户对吧？这样才般配嘛。"

母亲说:"就是。总得有共同语言嘛,要不将来怎么一道生活呢?"

晓丽说:"如果这样说,那我就不懂了。爸,妈,你们当初结婚时门当户对吗?爸爸是副科长,妈妈刚从农村来到铜城,般配吗,你们说?"

老两口对视一眼,无语。

晓丽说:"爸,妈,以后我的事你们少管!黄胖子这人不错,但我也觉得不太满意,可是目前没有更好的人能取代他,就这么一种情况……"

父亲说:"市委副书记的儿子小关,要个头有个头,要风度有风度,难道还比不过黄胖子?"晓丽说:"他呀,花花公子一个,谈不了五句话,就必然扯上他爸爸。我去过他们家,见过他冲他妈妈吼叫,这种人能要吗?"

母亲说:"那个什么酒楼的史老板不是挺好嘛,长相也斯文,你干吗吹了呢?"

晓丽说:"你们不晓得,他每天夹一个包,动不动就掏出一大把钞票,还说又要与别人搞什么项目,好像很有钱。有一次,我发现商场里有个坤包不错,标价六千,他说钱没带够改日再买吧——你看看,都是这等货!他根本没把心思放在我身上……"

"我的天哟,你也太霸道了吧?人家买不起就没戏了,那么黄胖子不是更买不起了,那你为什么就一直抻着人家不明不白的呢?"母亲有些生气了。

晓丽一听也火了,说道:"谈恋爱,要不要讲感情了?胖子对我可好了,谁都比不上。当初爸爸倒霉时,有多少人冷嘲热讽、落井下石,难道你们都忘了?那些同情、关心过爸爸的普通人难道都不应该受到尊重吗?"

父亲气得说不出话，还是在说："你看看，这都哪儿跟哪儿啊？算了，你的事我今后懒得管了……"

母亲无可奈何地摇摇头，说了一句："晓丽呀，你就缺一个苗条一点的黄胖子——他那么肥胖，成何体统，真的带不出门啊！"

江枫和林彩霞，说起来，也是一对欢喜冤家。一个潇洒，一个漂亮，可是真有好几年没有交往。偶尔见个面，说个话，没问题。打听一下对方在做什么，有没有谈朋友，也是常事。直到程强与韦虹的关系渐渐明朗了，彩霞这才对程强死了心，不再怄气了。

江枫趁机向林彩霞发起了一轮猛烈的求爱攻势。请她看电影《人生》，还送鲜花。彩霞想想，人不能在一棵树上吊死吧，也就答应了。

与江枫相处了一段时间，彩霞发现他还不错。在外能撑门面，在家洗碗、拖地样样能干，除了喝酒时有点"腻"，经常喝得找不到北，其他方面没什么毛病。两人还经常一起看电影，交换着看《读者文摘》《长征——前所未闻的故事》《撒哈拉的故事》《情深深雨濛濛》之类的书籍，小日子过得蛮有滋味。

程强给他俩造成的"情伤"渐渐地"疗"得差不多了。要不说呢，程强是他俩的一个共同话题。他俩见着程强就有一肚子感慨。

邢若水是同时认识"大毛"和"小毛"的。从开始接触，到观摩体验，再到商谈合作，妹妹小毛都在场，像影子一样伴着大毛。她长得美丽、大方，手脚又麻利，眼里总是有活儿。

每天凌晨三点钟开始支摊，开火燃炉，择菜烧水，擦桌摆碗，还有和面擀皮、切肉剁馅、笼屉开蒸，忙得不亦乐乎。若水跟着大毛边学边干，没说过一句困，没喊过一句累。小毛都看在眼里，喜在心头，但还是觉得若水放弃国营单位来干个体，有点屈才。若水笑着说："我又不是个苕，自己给自己发钱，一个月能赚一千多，再苦再累也值啊！"

大毛姓范，叫范斌。小毛叫范丽。邢若水对范丽有一种特殊的好感——看着她，自然想起了可爱的妹妹邢敏丽。或许是名字里那个"丽"字在起作用，感觉她们俩还真有一个共同点——模样周正，一笑显出俩酒窝。若水与小毛彼此都有好感，一来二去，便有了感情。

若水心情开朗了，感到生活有了奔头。父母看在眼里，喜在心中，别提有多高兴了。说咱们的儿子走出阴影了，靠劳动发财了，还搞上对象了……

至于买彩票中大奖，那纯粹是运气好，是上天给他俩的恩赐。

有一天，若水买完彩票让范丽刮，自己去买汽水去了，回来时看见范丽在"呜呜"地哭，问道："怎么啦，小毛，身子不舒服？"范丽轻轻抱住若水的腰，把头贴在他的胸脯上，说道："哥，咱们中大奖了！"

"莫开玩笑，准是你哄我玩的！"若水一手拿着一瓶汽水，对范丽说道。范丽把脸一抬，眼里噙满了泪水："你看啊，哥！"若水定睛一瞧，小毛手里的彩票的涂膜处清清楚楚有三个字——特等奖。

"啊！——我的天呀！"

很快，他俩并排站在了领奖台上，一人戴上一朵大红花，与奖品"桑塔纳"站在一起。《喜洋洋》音乐立刻响起，还有人燃响了噼里啪啦的鞭炮。女主持人手持话筒，笑眯眯地对他俩作了现场采访。

范丽一直笑着在抹泪，突然，她一扭头，扑进若水的怀里，小声说："哥，你还会喜欢我吗？"若水一把将范丽紧紧抱住，拿着麦克风，大声说道："小毛，我永远——爱你！"

台下顿时响起雷鸣般的掌声……

邢若水与范丽很快就结婚了，成了发小中最早结婚的伉俪。在此之前，邢若水考取了驾照，成为全市最早一批驾驶私人小轿车的人之一。举行婚礼庆典那天，程强和他的发小们都赶来祝福。

那时，名牌大学高才生还是一个稀罕物。程强毕业后在铜城日报工作，立刻成了香饽饽，当然也成了某些人的潜在政敌。

他凭借每天早到擦桌子、打开水的低调做人方式迅速消除与普通人的敌意；依靠在大学学生会的工作体验和圆滑老到的处事原则，很快抵消了个别向上爬的人的锐利锋芒；依托一流的演讲水平和组织能力，很快成为办公室不可或缺的人物，获得过报社和全市新闻系统演讲比赛个人冠军。

得知许多年轻编辑不安心上夜班的工作，程强主动请缨，调到总编室任编辑，长期上夜班，很快担任了一版主编，什么事糟心，什么事难弄，他来，一干就是三年。他说，干工作没有累死的，只有闲死的、气死的。

工作第五年，单位要从编辑部物色一个德才兼备的同志担任团委书记（副科级）。几个领导都想到了程强。他当时使劲推托，说自己更适合干编辑工作。最后没推掉，只好当了团委书记。

就是在这个时候，程强出席了团省委组织的基层团干部工作会议，见到了组织部部长邱大为，既见识了他儒雅的"官样"，又学到了他那扎扎实实、拼命忘我的工作作风。

程强太能干了！上任伊始，他就干了一件让人惊叹的事情。

他组织了一次报社年轻人读书活动，要求团员每人写一篇《我最喜欢的一本书》，在组织学习时交流读书体会，读书气氛渐浓。不久，经领导同意，在《铜城日报》公开搞起了"我最喜欢的一本书"征文活动。文章不长，千字文，却很耐读，都是关于个人励志、人生奋斗、社会进步的小故事。读者反馈迅速，好评如潮。一封读者来信说，《铜城日报》一改过去严肃的面孔，让人耳目一新，爱不释手，催人奋进。

孔副总编辑亲自负责抓征文编辑工作，对程强夸赞道："小程啊，你出的这个主意可是金点子呀！征文来稿真的像雪片一样飞来了！"

"嘿，我说吧，我的特长在编辑方面。"程强说道，"老孔，我还想回编辑部干我的老本行，您替我想着点——我不在乎官位、名分！"

老孔太喜欢眼前这个踏实能干的小伙子了，笑着说道："你放心，我会想着此事的。你说这些表扬信该怎么处理呢？"

"您考我呢！"程强说，"这些表扬的话，建议编辑后刊登，还有一些批评和建议，也一并刊发，用'编读往来'形式怎么样？这样做特别容易拉近报纸与读者的距离。编辑的活儿我来做吧，手都痒痒了……"

老孔拍拍程强的肩膀，说："好，你整理完直接交给我。"

程强将一摞读者来信装进提包，带回家整理，边整理边陪父母聊天。

父亲和母亲刚退休没几年，整天就喜欢两件事：一是看电视，"飞跃"牌黑白电视机一直开着，有什么看什么；二是听广播，收听豫剧，只要有豫剧，哪个台都行。

程强精明能干，有本事，不假，但不等于他干什么都是一帆风顺的。单位里总是有一些人见不得别人有点好，心生妒忌，即使自己得不到，也不想让别人得到。没办法，这是人性使然。因此，时不时地有人在领导那里给程强上点"眼药"，使绊子。有些人其实跟程强没有一毛钱的冲突，但就是按捺不住内心的不平衡，干起"恨人有，笑人无"的事情已是轻车熟路。

那些靠上下两片嘴唇"毁人不倦"的闲言碎语，根本无法撼动程强平时靠日积月累形成的完美形象。

论工作，程强是个工作狂，白天没干完的事情夜里加班干，为了工作，他有时就睡在办公室。论关系，他与群众打成一片，经常帮同事解决各种实际困难，比如人家看病，他托人帮忙找一位名医，比病人还着急，常干往里贴钱搭人情的事。想捣鼓他的人无奈地发现，程强这人还不俗气，没有什么道德上的短板。他年年先进，经常献血、捐款，在1988年抗洪抢险中累倒在江堤上，成为全市抗洪先进标兵。个别"官迷"想挡他的道，却发现自己没有程强在业务方面的两把刷子，只有无奈地干瞪眼。

就这样，程强在团委工作了一年，为报社捧回了一个金光闪闪的"全市共青团工作先进集体"奖杯，还亲自编发了130篇"我最喜欢的一本书"征文的大部分稿件，用朴实却透着文采的笔触，激情飞扬地撰写了"开栏的话""编读往来""敬告读者（结束语）"等。该征文活动还得到了市委主要领导的赞扬。市委书记袁国才在一份批件上写道："读书能知天下事，办好征文能让党报贴民心！"这让报社上下都觉得脸上有光、扬眉吐气。

第二年，报社领导同意程强调回总编室，改任他为总编室副主任，免去了他的团委书记一职。

十三

有一天，谭行义给程强打电话，欢迎他到"大世界"娱乐城现场指导。

"为什么去那种鬼地方？"程强在电话里问道。谭行义笑着说道："程老弟有所不知呀，从前我也不去，一张门票得花100元，去不起呀！可是这次你必须来——我当上这里的总经理啦！门票全免，其他费用我来出，你多叫上几个朋友——最好是男的……"

星期六晚上，程强叫上黄胖子、江枫、邢若水，一起来到位于市郊的"大世界"娱乐城。西装革履、系着鲜红领带的谭行义先领大家去小剧场看演出。

这里没有舞台。只有十几排软皮单人沙发呈弧形摆放，表演者在空场地表演。大伙落座后，总有穿旗袍的小姐过来端茶、送饮料。

开场前，搞了一场字画义卖，让程强等人大倒胃口。一个叫"都来看"的主持人临时当起了拍卖师，一手提着铜锣，一手拧着小木槌，提醒竞价，最后敲锣，喊上一句："恭喜这位潇洒的先生——这幅画归您啦！"众人鼓掌、欢呼。

一幅三流画匠的牡丹图拍到1800元。一幅蹩脚的花鸟工笔画竟然拍到8000元。每次竞拍，四周总有人频频举牌，笑着抽烟、喝茶，跟开玩笑似的。

程强和几个发小坐在沙发上，觉得特别别扭，兜里空空如也，只能看这帮有钱人在假模假式、嬉皮笑脸地炫富。

邢若水对程强说："这不是拿老子们开涮嘛！有几个臭钱就变成这副嘴脸了，不可思议！"黄胖子笑着说："算了，行义请咱们来，就是受教育的，革命尚未成功，同志仍须努力……"程强说："胖子说得对。要是不来，我还不晓得有这种好戏呢！"

江枫吸着烟，不屑一顾地说："没见过世面了吧？你们也太土了。这算个屁呀！有一次，我出席一个大拍卖行的字画拍卖，亲眼见一幅明代山水画长轴以8000万元落槌。不就是玩吗？今天见的全是一些小土财主！"

几个人不吭声了，继续看节目。

突然，屋子变得漆黑。接着，激光灯频频闪烁，发出刺眼的白光。一群挺胸翘臀的姑娘一字排开，扭来扭去。五彩的追光灯一个劲地旋转，在她们身上扫来扫去，高分贝迪斯科音响令人兴奋，也让人心惊胆战……

"好！"周围掀起一片掌声，还有人打着口哨尖叫。

接下来，是主持人与观众互动。都来看头戴一个瓜皮帽，打赤膊穿一件西服，在光秃秃的脖子上系一根领带，一副小丑扮相。他一边唱歌一边喝酒，休息时再说几个荤段子，渐渐地便处于半晕状态了。观众们不管这些，一个劲地让他喝。有人喊道："喝哟，老子出一千，就让你喝半瓶啤酒，划得来吧？"

都来看刚才已经喝了一瓶"二锅头"、十瓶啤酒，现在一听这话，心头一紧，嘴上却说："冇得问题，为人民币死，老子死得光荣！"说完，又喝了半瓶。

再看他，走起路来一晃一晃的，大腿直哆嗦，脸上、脖子上、胸脯上沾满了汗水和酒水，腰带上、裤兜里塞满了钞票……

程强心想：谭行义说主持人一晚上能够挣八千，原来是这么一回事啊！

一个女老板走到台上，把几张百元大钞一卷，塞在都来看的裤腰带上，引起一片叫好声。都来看赶紧作揖，说："你真是我的亲姐姐啊！要我怎么喝？"那个女的倒挺大气，说道："哎哟，你把老子的酒瘾生生给勾起来了，来，看老子怎么喝！"她不带歇地一口气喝完了一瓶啤酒，还高高举起空酒瓶，向人示意。

四周又响起一片鼓掌声和叫好声……

程强突然起身，走了。其他几人一看，也跟着走了。

"太无聊了，纯粹是低级趣味！"程强一边走一边说道，"简直是忍无可忍！"

接着，吃饭。很快酒足饭饱，便商议接下来搞什么。

行义说："接下来就是玩。唱歌，打麻将，还有台球、保龄球等。"

黄胖子说："我第一次来这么豪华的地方，无所谓，反正明天没有事情。"

邢若水说："要不，打几圈麻将吧——我好久没摸了！"

江枫笑着说："那是。你总是摸小毛，哪里还有工夫摸麻将呢？"

谭行义接过话茬，说道："江枫，你还好意思说人家，你跟林彩霞到菜场买个菜，还搞得如胶似漆的，怎么样，该办喜事了吧……"

程强说道："这样吧，我要赶写一个材料，想早一点走，不可能按程序搞什么一条龙了，你们说玩什么，都行。"

谭行义说："最后一项，就是进桑拿室按摩——老百姓叫作摸。我提个醒，小费得自己出哟。""听说过。老子开大货到外地，价格便宜得要死，就是没真搞过。"黄胖子笑眯眯地说道。

江枫说："谁信呀？你难道还是一个童男子？胖哥，你不会为杨晓丽守身如玉吧？"黄胖子对江枫正色道："晓丽愿不愿意跟我那是她的事，但我不能首先做对不起她的事，就这么回事！么样？

你没屁放了吧?"

程强摆摆手,说:"要不,蒸个桑拿算了。"于是,大家一起去桑拿室。脱衣,只穿一件裤衩、一双拖鞋,披一条长浴巾,蒸得汗流浃背。接着,由一位按摩师领路,将四条汉子分别领进四个单间进行按摩。

穿着短衣、短裤的按摩师显得性感、妖艳。她朝黄胖子的全身涂抹了一遍湿漉漉、滑溜溜的玩意,开始按摩。又是揉,又是捏,忽而又拍拍打打,蛮舒服。黄胖子紧张的心情放松了,趴在床上,任凭按摩师折腾。他看不见她的脸,只感觉她在上面像是在揉面,渐渐地打起了呼噜。

当黄胖子醒来时,看见小姐脸上、身上沾满了汗水,脸蛋变得红扑扑的,觉得特别不好意思,便一屁股坐起来,说道:"辛苦你了,小姐姐!"

黄胖子换好衣服出现在桑拿室休息大厅时,看见程强正在跟谭行义有说有笑地聊天。见到黄胖子,行义打了一个响指,说道:"服务员,请上一杯龙井茶!"

黄胖子有点劫后余生的感觉,却装出一副很轻松的样子,问道:"你们两个怎么喝上茶了?没按摩一下?"行义说:"我事情多,没时间陪你们,老程只是蒸了一下。"

程强说:"胖子,我先走一步,你们几个一块回去。拜拜!"

嘿,说走就走。真是的,还有许多话没说呢!

黄胖子没能与程强交流心得体会,便攥住谭行义闲聊,抽了好几支烟。

谭行义完全是一副久经沙场的模样。他请来免费玩的老板、官员还有演艺圈的人物多了去了。黄胖子问:"老兄,依你现在的身份,随便帮人签单,岂不是想搞哪个女的都能搞?——对不起,我说话有点糙。"

　　谭行义弹了弹落在西服上的烟灰，说："莫看老子西装革履、吃五喝六的，其实就是一个高级打工仔。你以为别人都像你想象的那样龌龊，那你就错了……"

　　江枫和邢若水怎么还没出来？黄胖子都喝完两杯茶了，焦急地看了看表。

　　谭行义说："有什么好急的，也没人等你签字。喝茶！第三杯最好喝。"

　　过了一会儿，谭行义问："杨晓丽到底有没有男朋友？"

　　"什么意思？"黄胖子突然一惊，站起来，说道，"刚才你说对身边这些女伢都懒得碰一下，怎么想起晓丽了？难道你……"

　　"莫急唦，一说就急，铜城人都有这个毛病。"谭行义说，"她现在定不下意中人，可能跟你有关系。"黄胖子气呼呼地把杯子中的剩茶一口喝光了。

　　"假如胖子你找了一个女的，关系还不错，"谭行义说道，"晓丽她肯定不会阻拦你的，而且会大大方方地离你而去。想一想，会不会这样……再作进一步推理，如果你有车有房，或者有官有名，她一定会毫不犹豫嫁给你。——对不起，我是话糙理不糙。"

　　黄胖子陷入沉思。谭行义的话虽然在感情上有点打脸的意味，但他的分析也无法让自己轻而易举地反驳。与杨晓丽纠缠了若干年的关系，倒是叫一个外人理出了头绪，是该好好想想做个了断了。他指了一下谭行义，说道："刚夸完你是神人，你小子就老谋深算地把魔爪伸向了晓丽，居心叵测啊！"

　　"胖子，你误会了！"行义急忙辩解，说，"我怎么能干这种缺德事呢？我是希望你尽早脱身，别在一棵树上吊死。至于我在杨晓丽眼里，未必是根葱。即便对她有意，只能等到老弟你解放以后了——你想呀，你还在她周围晃荡，她怎么能丢下你不管呢？——由此可见，你在她眼里还是蛮有魅力的哟！"

"好，就这么着吧。"黄胖子不想再深谈下去，不置可否地说道。

就在黄胖子完全要失去耐心的时候，江枫、邢若水露面了。黄胖子已无心跟他俩探讨什么男女之欢了。

十四

程强正在与韦虹商议如何操办人生大事的时候，突然接到江枫和林彩霞送来的婚礼请柬，上面写着：1990年10月1日晚6时，海观山大酒楼金色大厅。

程强与韦虹按时赴宴。他俩在海观山大酒楼前厅的签到处留下一个装有600元的红包和一床真丝棉被，在留言簿上用毛笔签上两个人的名字。那时，一般人随礼50元。程强和韦虹跟江枫他俩是什么关系还用说吗，便一咬牙出了血本。

金色大厅灯火通明，金碧辉煌。十几桌宴席把大厅塞得满满当当。粮食局大院的叔叔、阿姨们，黄胖子、杨晓丽、邢若水、谭行义等发小，能来的都到齐了，个个神采奕奕，喜笑颜开，相互之间问候、寒暄。

黄胖子说："嚯，要是给大院的人照张合影，这就是最好的时刻！"

晓丽说："又显摆自己，你不说话，别人不会把你当哑巴看。"

邢若水带着范丽，跟发小们同坐一桌，还是一副蔫坏的样子，给大家倒茶，说："晓丽，这就是你的不对了。我看最幽默的人是黄胖子，江枫、强子都比不上。冇得他不热闹。你说是不是？"

程强抽着烟，喝着茶，说："那是。发小就是用来啄的，我算看出来了，哪个稍微有个好，出了头，别人就会啄他，对不对？"

谭行义看了一眼杨晓丽，装着没看见，说："强子，你不说还好，我们什么时候喝你和韦虹的喜酒呢？""对，麻利点，明年春节就办！"一桌人起哄。

新郎江枫西装革履，新娘林彩霞一身婚纱，手挽着手，一副幸福美满的模样，在《婚礼进行曲》乐曲声中走着程序。

当婚庆公司的摄影师、照相师和台下的各种照相机一通拍摄的时候，程强感到心里不是个滋味——多愁善感的彩霞呀，打今天起不再属于我了！当初那个美丽、清纯的女孩，拥抱我时是那么有力、痴情，我竟无力去回应，呆呆地看着她离我远去。我再也不能帮她摸石头、买书了！今天，我突然觉得我亲手丢掉了一个稀罕的宝物啊！……

程强眼眶里竟有液体流出，他赶紧用手抹去。

接下来，大厅里响起韦唯、刘欢演唱的《亚洲雄风》的激昂的歌声，大家开始推杯换盏，吃喝起来……

第二年，程强与韦虹也结了婚，过上了幸福的生活。

最初，因单位住房紧张，他俩住在单身楼二层的一间近二十平方米的房间。用一个布帘做隔断，里边是窗户、双人床、书柜、书桌，外边是电视柜、电冰箱、饭桌等。地面铺上了地板革，显得整洁、洋气。

屋子小，墙上就挂了两幅照片。一幅是结婚照，彩色的，很温馨，挂在床头上方；一幅是"六个人的合影"，黑白的，很有沧桑感，当年在天台山玩雪、野餐后拍摄的。程强把它从自己卧室的墙上取下来，挂在了新家书桌上方。

大门上贴着一个红色的"喜"字，十分亮眼。外面是走廊，门边摆放了一个炉子，炉子上有锅，烧的是蜂窝煤，还有一张三屉桌，上面有案板、刀具和各种作料瓶。下面堆满了各种蔬菜和杂七杂八的东西。旁边就是一层层码放的蜂窝煤，有半墙高。白天没人时，总有老鼠穿来穿去。

　　结婚前，程强和韦虹都是单位里的"顶梁柱"，工作起来忙得要死，周末还经常加班赶写材料，见个面都困难。每天吃晚饭就是应付差事，能在食堂解决就在食堂解决。实在不行，各回各家，吃一顿现成饭。

　　现在不同了，韦虹一下班就往他俩的新家里跑，蹬一辆女车快速如飞。打开房门，放下手提包，就系上围裙，燃炉烧水，淘米洗菜，就是想让程强一回到家，就能看见保温杯里的茶水正冒着热气，还有饭吃。

　　程强回家了。第一件事就是把门锁上，搂着韦虹亲热。经常是没说几句话就一块躺在大床上了。这时，外面有人喊："喂——水烧开了！"他俩整理一下衣服，下地开门。为此，韦虹劝程强不要一回家就急火火的，免得单身们笑话。程强说："这帮小子成心捣乱，你能忍，我可憋不住！"说完朝韦虹的脸蛋上很响地亲了一口。

　　如果韦虹烧了一条鱼或者炖了一只鸡，整个楼道就会飘满了诱人的香味。几个单身汉就会不请自来，有的拎着一瓶酒，有的拿着一包花生米和猪耳朵，笑嘻嘻地喊"过节了"。喜欢蹭饭的主要有阮宏章、喻坤、樊英明，都是报社的同事。

　　他们一到，那就热闹了，先吃饭喝酒，后看电视剧，《外来妹》《雍正皇帝》《编辑部的故事》等，逮住什么看什么，加上一顿胡聊，就没有程强他俩什么事了。

阮宏章是一版主编，年龄比另外两人大几岁，跟程强差不多，喜欢煽乎事，不怕事情闹大，采访时谁都不怵，是个当记者的材料。他一聊单位的事就没完没了，你不及时续水，他还老大不乐意。喻坤是记者部的拼命三郎，每年发稿最多。他聊起外面的人和事，能让人笑破肚子。樊英明是办公室的一个小帅哥，风流倜傥，很招女孩喜欢，酷爱打麻将，他没让程强把麻将桌支起来就算是客气的了。遇到这几个主，程强没辙，刚想埋怨几句，人家就说话了。

　　"我觉得程主任和嫂子过得特幸福，幸福得一塌糊涂！"樊英明学着葛优的口吻说道。大家笑了，他却绷着劲不乐，更让人想笑。

　　喻坤说："严肃点，说正事呢，我将来找朋友就找嫂子这样的——苗条，丰满，温柔，还风情万种！真的，把所有女人的优点集中到了一人身上，绝了！"

　　韦虹就乐，也不接话，只管往茶杯里倒水。这种"肉麻"的话在别的地方还真听不到，心里荡漾着一种非常美好的感觉。

　　阮宏章说话了："老程，我问你，豆芽几多钱一斤？排骨呢？"程强给大家发烟，没理他。阮宏章接着说："你和嫂子在单位都是一把好手，可是回到家，你屁事不会，除了抽烟就是喝茶，人家嫂子把所有的事情都承担了，等于又上了夜班。你就是命好！我谈过几个女朋友，都恨不能让男的做饭给她吃……"

　　程强这些日子一直上夜班，从晚上八点半干到第二天凌晨一点多，如果赶上重大新闻，可能工作到天亮。韦虹很喜欢送他去上班，虽然走路十几分钟就到了，但还算是一起散步了。

　　结婚以前，两人一旦见面，就是交换书籍。每本书里都夹着书签。程强的书签多半是他亲手写的名人名句，或者夸赞韦虹的一句话。韦虹的书签多半是风干的枫叶、银杏叶等，画上两个小人手拉手、两嘴亲吻、一箭穿心等。

那时，最浪漫的事就是看场电影。韦虹就能依在程强怀里，特别疲倦的时候还真就睡上一觉。最常见的谈恋爱方式是轧马路，手拉着手，逛一逛青山湖公园，或者沿着江堤大道散步，看江水东流，看岸花盛开。他俩很少一块吃饭，觉得太浪费时间。还不喜欢逛商场。如果不是双方的母亲催促，他俩就不会去添置一身新衣服。殷阿姨总爱说他俩太刻板，像是一对科学家，可是看见他俩谈起文学来眉飞色舞，快活得像个孩子，连声说搞不懂这些细伢了。

婚后一个礼拜，韦虹有点不太适应。每当夜深人静之时，两口子应该进入卿卿我我、缠缠绵绵的时刻，何况新婚宴尔呢。新郎官此刻不在身边，她真真切切感到了一种孤寂、一种失落。等到早晨她一觉醒来，刷牙洗脸，发现丈夫睡得正酣，上班前打个招呼都不行，觉得特别别扭。

因此，后来几个单身汉胡聊时夸程强能干，提拔得快，她听了就很有意见，说："快吗？晨昏颠倒、两头不见太阳的日子，谁愿意过啊？夫妻关系生生弄成了兄妹关系，夜班费也没多拿几个钱，谁愿意干就让他干好了……"为此，她对程强说："强子，老这样下去也不是个事呀，是你跟领导说呢还是我去反映，你考虑考虑吧。"

韦虹什么都好，就是办事果敢这一点不好。在单位干工作，这一点应该算作优点，可是一涉及个人利益，她却想什么说什么，还理直气壮，就显得小家子气，格调不怎么高。程强觉得无法向领导张嘴。他说："小虹，目前我跟常主任和另一个副主任轮着值夜班，正好轮到了我，咱们忍一忍难道就不行吗？"

韦虹噘着嘴巴，说:“亏你还当过团委书记，如果你的同事结婚，你就忍心让他上夜班吗？人心都是肉长的，调换一下难道就那么困难吗?”

程强见韦虹坚持要求调换一下值班时间，觉得这合情合理，并没毛病，但是从中发现了自己与韦虹在做人原则方面有明显的不同。韦虹强调办事要公平合理、符合人性化要求。程强强调做人要大气敞亮，吃亏是福，凡事多替别人着想。他就连续上过四个月夜班，人家总有这个那个理由，千恩万谢地求他，他二话没说就承揽下来。问题是现在程强已经结婚了，不得不要考虑一下妻子的感受，不能太任性，由着自己替别人奉献、牺牲。

程强这方面的优点是跟谁学的呢？是邱大为——他的老主席。邱大为现在已卸任团省委组织部部长，当上了省城某区的区长了。程强给老主席打电话，把结婚的喜讯告诉了他。邱大为说，恭喜呀，祝你们比翼双飞，白头偕老!

“谢谢！您还是那么忙吗?”程强握着电话说道，“您给我的印象永远是工作起来有使不完的劲，没白天黑夜的。最近报纸上还报道过您，说您经常深入一线抓落实，请问，您图个啥呢？升官发财吗?”

“好嘛，你真成了大记者啦!”邱大为说道，“一位省报记者就提过这个问题。我说，当官就别想着发财，那样会翻车的！升官不升官，那要看业绩。我当过知青，经历过国家贫穷落后的时期，希望国家在咱们这一代人手里变得更加繁荣富强。我觉得个人在经历、阅历、能力等方面具有一定优势，能为更多的人谋幸福，当官就是一种有效的途径，更容易让我融入时代的大潮，既能改变许多人的命运，也能改变自己的命运……”

“说得太好了!”程强感慨道，“经常跟您交流，我觉得自己的境界提高了一大截，不在乎周围的鸡毛蒜皮的纠缠和是是非非，老主席，这也算作进步吧？"

"那当然是喽！"邱大为说，"还有，你越忙越觉得时间不够用，还有一种使命感驱使着你奋斗不止——缺点是你越来越觉得对不起自己的家人……"

怎么了？电话里突然没声了。程强"喂"了好几下，老邱才说话了，他说："程强啊，干大事，难就难在小事上，身边的事、家里的事，最难处理。忠孝两全固然好，可是很难，你慢慢体会吧。就聊到这里，又有人找我了，再见。"

程强放下电话，十分纳闷，他在想，老邱出什么事了？一定跟他的家庭有关。会是什么呢？

程强一下子感觉到处理好工作与家庭的关系十分重要，人不可能在真空中生活啊！于是，他把韦虹的想法和要求如实地向总编室主任常扬作了汇报。常主任听了，当即表示抱歉，连声说了三次对不起。他说："是我忙晕了，考虑不周。这样吧，从明天起，我上夜班，你先歇半个月，然后想着写一两篇好稿，免得将来评职称时人家嫌咱们只会上夜班却没有过硬的作品。"

程强说："主任，不好意思，给您添麻烦啦！"老常说："嗨，别这么说，你替我上了多少天夜班我心里有数。该说抱歉的是我。结婚是人生大事，马虎不得，改天我请你们俩吃饭……"

事情就这样解决了。程强陪韦虹去北京玩了一个礼拜，开心极了，从来没有这样放松过。韦虹走路时都薅着程强，黏黏糊糊，如胶似漆，缠绵得一塌糊涂。

十五

谭行义自从跟黄胖子在"大世界"娱乐城谈话之后，开始紧锣密鼓地寻找自己的另一半。他首先想到的是杨晓丽，打听到晓丽的生日，并于当天买了一束鲜花，八点钟不到就站在粮食局大门口等她。可是左等右等就是不见杨晓丽露面，打电话也没人接。快下班的时候，他还在大门口等她。整整焦虑了一天，行义跟一个傻子一样，尝到了苦苦等待的滋味。

头一天晚上，行义给晓丽打过电话，说有要事到单位找她，她明明答应过第二天上班见的，可是……谭行义感觉到自己被愚弄了，感到有些愤怒。他将鲜花往垃圾箱里一扔，走了。

原来，杨晓丽一接到电话马上警觉起来，因为黄胖子给她说过到"大世界"娱乐城玩的事，她放下电话就去找黄胖子商量应该如何对付。黄胖子给晓丽讲的时候只是说看了一场演出，吃了一顿饭，当然不能说谭行义对她感兴趣，更不能说按摩的细节。还说谭行义做人不厚道，喜欢在背后说人家的坏话，看起来西装革履、人模狗样，实际上酒囊饭袋一个，没什么真本事。他觉得这样说足以把谭行义在晓丽心目中的形象毁得差不多了，暗想终于找到机会报了一箭之仇——哼，姓谭的，我得不到晓丽，你也休想得到！

杨晓丽问黄胖子："明天怎么办？"黄胖子说："我哪里晓得。兴许人家真有事呢？见不见，你自己定。"晓丽说："要不，就算啦！这种人有什么好见的——他比我们大好几届，平时来往也不多。"黄胖子说："你说得蛮有道理，何况你的头本来就有些不舒服，干脆明天就不上班了。"

谭行义是个聪明人，他多多少少猜到了是黄胖子在从中搞鬼，心想无所谓的，反正是我就等了一天。如果杨晓丽对我真没兴趣，等一年也是白等。这样也好，总算看清了一个人，就当什么事没发生，以后再见面时也用不着尴尬。

行义的这次爱情表白虽然遭到了失败，但他并不气馁，始终没有放弃对杨晓丽的迷恋。好心人给他介绍了一沓的女朋友，他都不见，就认准晓丽了，表现出惊人的恒心和毅力。他有时十分羡慕黄胖子，明明看不到结果却能与晓丽亲近。

经谭行义那次在"大世界"娱乐城的一番语言刺激和无意点拨，黄胖子发誓要主动出击，努力改变与杨晓丽之间不清不楚的关系。

说来凑巧。有一天，黄胖子乘坐一路公共汽车时遇见一位生面孔的女售票员，见那姑娘长得眉清目秀，笑起来像花朵慢慢绽放，一下子就忘不掉了。他千方百计跟她套近乎，不停地讲笑话，把姑娘逗得一直合不拢嘴。车上的乘客也跟着乐，像是在听相声。

为此，黄胖子没完没了地坐汽车，陪姑娘卖票，还耽误过出车拉货，渐渐地就混熟了。后来，跟女方家长见了面，他们认为，黄胖子除了长相有点像土匪，其他条件都不错。于是，两人谈起了恋爱。

黄胖子觉得这个叫田秋香的姑娘与杨晓丽最大的区别就是她的笑点低，对黄胖子讲的笑话都会立刻有反应，有时还会爆笑，使得黄胖子感到有强烈的成就感，心里充满着幸福。还有一点，田秋香没什么城府，心中坦坦荡荡，每天过得很轻松，不像杨晓丽整天心事重重的，好像周围的人都欠她钱似的。

当然，黄胖子还是对谭行义的预见感到佩服——杨晓丽果真大大方方地请黄胖子和田秋香吃了一顿饭，十分友好地与黄胖子说拜拜了。

一年以后，黄胖子跟这个爱笑的姑娘结婚了。

那天，他收了很多红包，乐得心里像开了花。他对田秋香说："以前我动不动就要随礼，送钱给别人，今天总算回本了，一把就全部捞回来了，好过瘾啰！"

黄胖子结婚，没有像江枫那样讲排场，只是请了几桌嘉宾。

喝酒第一多的要数黄胖子，他是抱着"黄鹤楼"的白酒瓶绕着圆桌喝，谁说干了他都奉陪，当场把江枫喝得趴在桌子上不能动弹了。他得意扬扬地宣布："十几年前，我和程强加起来都喝不过他，他在天台山上用区区三两酒就把我俩打败了。今天，我俩总算报仇了……"

林彩霞有些生气，埋怨黄胖子有意整江枫，说："你不是不知道江枫一喝酒就迷糊，还特别贪杯，医生劝他不要多喝。你不够意思，太坏了……"田秋香很懂事，拉着彩霞的手，说："姐，下不为例！这不是喝喜酒嘛，高兴，您千万别气着了，不值当！"

喝酒第二多的当然是江枫。他与黄胖子一向小瞧对方，但打闹的成分居多。论喝酒，江枫本来就贪杯，喝着喝着就不知道东南西北了。

作为发小，黄胖子从不当众揭江枫的短，只是喜欢跟程强说一些关于他的糗事。比如，他说江枫结婚那天抽的中华烟全是假烟，是帮忙买烟的哥们告诉他的。还说，江枫办完一场婚礼庆典，亏空近万元，是打肿脸充胖子。

黄胖子接着说的话让程强感到不高兴了——"那天，江枫还挺狂！他当着那么多发小的面，说你程强总是拿大学生牌子炫耀，有什么了不起的，在发小面前得夹着尾巴做人。我和彩霞再不行，不也在程强前头结婚了吗？——你听听，这都哪儿跟哪儿呀，毫无逻辑的屁话！一些发小喜欢瞎起哄，尿坨子，恨不能让江枫跟你打起来……"

程强和韦虹惊呆了，说："有这种事，我们怎么不知道？"黄胖子说："你们俩去别的桌敬酒去了。"程强叹了一口气，说："唉，人啊，都爱背后啄人！"韦虹说："江枫太小肚鸡肠了！我当初怎么就看上他了呢？想想真是可笑！"

喝酒第三多的当数谭行义。这小子居然当着大家的面向杨晓丽求爱，把一束鲜花捧给她。晓丽没有任何表示，也不接花，场面十分尴尬。黄胖子赶紧起身接过来，说："我先存着，追求爱情，关键在于行动。秋香——我没说错吧？"程强招呼谭行义坐下，行义不肯，仍旧站着，向晓丽敬酒，"咕噜"一声喝了。

晓丽是照过"六个人的合影"的发小中唯一没有结婚的人，她对与黄胖子的分手是有思想准备的，光有缘，没有分，也是白搭。谭行义突然来这一手，她倒是有点吃惊，而且如此大胆、浪漫，着实让她吓了一跳。——实际上，在粮食局大门口献花那一幕，她错过了，那才是谭行义的第一次献花。

她觉得谭行义一定是很无助、无奈甚至有些懊恼吧，便说："其实，我对你并不了解。"谭行义一听晓丽接话了，十分高兴，说道："好事成双，晓丽，你和大家今天都明白了我的心思。我再敬你一杯！"说完一饮而尽。

接着，谭行义又找黄胖子喝酒。他凑到黄胖子耳边说："不是老子逼迫你，你能找到幸福？当然，我是守信用的，你如果不离开晓丽，我不可能向她进攻。来，喝一大杯！"黄胖子"嘿嘿"地乐，说："我从晓丽那里撤退了，就看你的造化啦！"拿出两个空茶杯，倒满酒，两人"咕咚咕咚"把它喝干了。

程强与韦虹结婚后第二年生了一个大胖小子，取名程一之。

爷爷、奶奶和姥姥高兴得整天合不拢嘴，经常到程强的新房看望，帮忙给小家伙洗澡、洗尿布，有时还洗衣服。

那时，韦虹的奶水很足，乳房平时总是涨得厉害，只好将奶水先挤到奶瓶里。小家伙依偎在妈妈怀里吃奶的时候，也是韦虹最感心满意足的时候，她静静地仰靠在枕垫上，翻看着一本本相册，欣赏着自己一幅幅挺着大肚子时的模样，轻松地笑起来。她还不时地摸摸小家伙的小脑袋和光滑的、肉墩墩的身子，跟他说话、聊天。望着儿子没有睁开的眼睛和打哈欠时面部扭曲的模样，韦虹忍不住笑了："哎哟，怎么这么难看，丑八怪似的！"

殷阿姨撇了一下嘴，说："莫瞎说，婴儿都这样，越丑将来越漂亮！"

程强笑着说："妈说得对，这小子将来肯定英俊潇洒！"

戴秀娥说："谁说不是呢？他生下来八斤八两，八八发呀——准是一个大款！"

程兴初说："现如今是咋啦？一说事就说到钱上，够花就行啦……"

那几年，改革开放搞得热火朝天，铜城到处招商引资，在市容市貌方面也发生了巨大变化。马路都拓宽了，高楼大厦越建越高。到处搞基建，处处是工地，一派欣欣向荣的繁忙景象。发廊、咖啡屋、迪厅、桑拿等休闲、娱乐场所如雨后春笋，遍布街道闹市。下海经商、外出打工、干部交流等成为时尚。

社会进步了，生活水平提高了，人心开始活泛了。然而，人们对物质欲望的渴求却得到了畸形发展，与传统价值观、人生观、世界观的冲突已成必然。在这"物欲横流"的大潮面前，每个人都不能置身事外，自觉或不自觉地扮演着自己的角色，上演了一幕幕人间悲喜剧。

十六

自从韦虹怀孕以后，阮宏章、喻坤、樊英明等单身汉来程强家里走动明显减少了，一来孕妇挺着大肚子行动不方便，尤其是夏天，有碍观瞻；二来他们来了又不能抽烟，喝酒更不行了，搞得一片狼藉，谁来打扫、清洗呢？他们便转移了"战场"，在别的屋子打起了麻将，噼里啪啦哗哗响，也蛮快活。

樊英明路子野，经常有人请他钓鱼。他偶尔过来敲门，把人家送他的鲫鱼、鲤鱼送给程强。有一天下班的钟点，韦虹开门一瞧，赶紧说："小樊呀，家里有，你留着吃呗。"

"我又不生火，专门送给你的，据说鱼富有高蛋白、氨基酸，对母子都有好处。"走之前，樊英明还不忘夸赞韦虹一句，"前天，我又见了一个女的，除了脸盘像你，没有一样比你好，还牛哄哄的，问我会不会做饭，一个月挣多少钱。"

韦虹说："吹了？"樊英明说："吹了。她该用镜子照照，看看自己是什么货色！"韦虹指着椅子，说："你自己搬过来，坐，要不给你们烧鱼吃？你们几个好久不来了，我都听不到表扬了……"

"嫂子，你真幽默！"小樊一听，好啊，又改善生活了。说道，"那两个家伙我去叫。你看需要我干点什么？"

"收拾鱼你会吗？葱姜蒜先准备好。"韦虹说，"去，加一块蜂窝煤，把炉火燃着！"开始指挥小樊干活。

小樊用火钳从煤堆里夹起一块蜂窝煤，突然吓得一哆嗦——一只老鼠从煤堆里窜出来，跑远了。韦虹就笑话他，说："一只老鼠就把你吓成这个样子？我有次往装杂物的箱子里喷杀虫药，墙面上爬满了蟑螂，那才可怕呢！"

小樊战战兢兢地把蜂窝煤夹到炉里，费了好长时间总算燃着了炉火。接着拎着一条鲤鱼去洗漱间的水池里收拾，突然想起忘记拿刀、拿盆了，赶紧返回。韦虹说："怎么样？让你自己做，是不是很烦人？去，先打一壶水烧着，炉子空着呢。"

小樊拎着烧水壶去水池接水，返回后再去收拾鲤鱼，然后，收拾葱姜蒜。心想：这在平时，都是韦虹一个人干，女人的耐心是从哪里来的呢？而且，她每天这么干，不烦呀？咦，莫非嫂子今天有意考验我。唉，在这方面，几个光棍都一样，只能是不及格。

程强回到单身楼二楼时，已闻到了满楼道的红烧鱼味，喊道："小虹，莫累着了，我来了！"走到家门口一瞧，韦虹正坐在椅子上，挺着肚子，喝茶，锅里的鱼块咕噜咕噜地正烧着呢，便亲了一下韦虹，说："不是说好了，我来做凉面吗？怎么烧上鱼了？——肯定来人了。"

韦虹不说话，只是乐。程强习惯性地抓起保温杯喝绿茶，感到天气凉爽了，夏天要过去了。韦虹这才把樊英明送鱼和如何帮忙收拾鱼、烧鱼的事说了，笑着说："他是真没干过家务活，今天怕是头一回。强子，你比他强，会下面条、蒸米饭、拍黄瓜，你最拿手的糖醋排骨、红烧茄子我特别喜欢吃！"

程强觉得自己在这方面很笨，帮不上韦虹什么忙，十分羞愧，便从背后轻轻抱住韦虹，摸摸她的圆鼓鼓的肚子，后来干脆绕到前面，去听肚子里的动静。

"强子，你爱我吗？"韦虹摸着程强的头发，问道。

"爱，爱你爱得要死！"程强抬起头，说，"小虹，我现在就特别想要你。"

韦虹轻轻地捶了一下程强，说："讨厌，小樊他们一会儿就到。去，把门关上，省得你胡说八道让人听见。"

程强笑嘻嘻地关上房门，说："还记得在大学的那个有星星的晚上吗？小虹，我特别冲动，快要爆炸了……"

韦虹点点头，说："女的也一样，现在想想就害臊。当时我都要晕过去了，幸亏你……那个时候多年轻呀，多美好呀，可是为什么那么冲动啊？"

"嘿嘿，我现在还冲动，说明我还年轻。"程强急火火地想摸韦虹。

韦虹小声地说："今晚你不上夜班，咱俩好久没谈友谊了，不过还得小心点。"

"好咧，"程强搓着手，兴奋地说，"我去炒两个青菜，得喝点酒啦……"

程强打开房门，喊里咔嚓炒了两盘青菜：虾米油菜、蒜蓉蒿子秆。刚刚把菜端到饭桌上，阮宏章、喻坤、樊英明等人就来了，大老远就能听到那种大大咧咧、无所畏惧的谈笑声。他们一进屋，把一个烧鸡、一袋花生米放在桌上，再掏出一瓶白酒，连声喊道："喝茶，喝茶，西湖龙井！"

韦虹就喜欢这种热闹，一直笑眯眯的。突然发现门外站着一个女孩，说："你是……"喻坤不好意思地说："小台，进来！——我刚刚交的女朋友。"

程强招呼她挨着韦虹坐下，把红烧鱼端上桌，说道："好，年轻的朋友来相会，开锣了，吃！"大家开始动筷子，吃起来，不停地相互敬酒。

见小台长得眉清目秀，一身打扮也十分得体，程强问道："小台，在哪里上班啊？"小台说："我早就认识你们，就是没见过面——我在林彩霞手下工作，她是我们的领班经理。"

"哦，太好了，我们跟彩霞是发小。"程强说，"你们工商银行跟我们报社，一个东，一个西，来往少了。她现在怎么样？"

"嘿，她人特别好，就是说话不多。"小台说道，"她老公说现在还不打算要孩子，她却急着要……"

连这种话都说出来了，看来小台知道林彩霞的事情真不少，可是不宜在这个场合说呀。程强赶紧岔开话题，说："多吃菜，把烧鸡切碎吧。"说完，他把烧鸡端到屋外的三屉桌上，在案板上切碎了。

接着吃，喝酒。阮宏章神秘地说道："据马路社披露，一个不愿透露姓名的报社领导说，马上要分房了——据传，可能是最后一次分房。么样？程主任，这是一个好消息吧？喝一大口！"

"真的？"韦虹惊喜地喊道。阮宏章一本正经地说道："儿子哄骗你！"

韦虹说："你们看看，我们一起坐下来，屋子显得特别挤。上厕所也不方便，还得去水池子那边，尤其是冬天，如果在家里上那会是什么感觉？还有呀，老鼠，蟑螂，蚊子……"

程强用手做了一个暂停的动作，说："小虹，吃着饭呢！"

韦虹"哈哈哈"地笑了起来，那情绪也感染着小台，她觉得这个姐姐挺敞亮的，比林彩霞透明、直白，很愿意跟她交流。韦虹拉着小台的手在屋里转悠，聊一些女人感兴趣的话题。

小樊对喻坤说："你带着女朋友来，也不见你吭一声，人蛮漂亮，工资不会少，会做饭吗？"小喻笑笑："还没来得及问，我说了刚刚认识的。"小樊深有体会地说："今天的红烧鱼好吃不？——那是我做的！第一次做，笨手笨脚的。嫂子今天考验我，我是真的不行。你女朋友如果不会做饭，你呀就造业，只好喝西北风了……"

"谁说我不会做饭了？"小台正在跟韦虹看床上用品，突然一扭头，说道，"关键是看愿不愿意做。"

"这就对了！"阮宏章笑着说："小喻，你的责任大了，关键是你能不能弄到一套房子。这个社会现实得很！你把一百万存款往桌子上一拍，是个女的就跟你走！——《一无所有》不吃香了……"

小台急了，说道："你这个人好不讲道理，我就愿意给喻坤做饭吃，气死你！"

小阮吐了下舌头，风趣地说："想不到我这一番宏论竟然成就了一对美好的姻缘，也算是积德了吧。"

程强偷偷地笑，觉得这几个小子都有点像黄胖子，属于乐天派。但跟这些大学生比，黄胖子在知识境界、内涵修养等方面显得稍为欠缺一点。

韦虹也赶紧安慰小台，说着悄悄话……

客人走后，程强赶紧收拾桌子，清洗锅碗瓢盆。待一切收拾停当，他关上大门，拉上窗帘，开始找韦虹亲热……

程强睡了一小觉，醒来时发现韦虹坐在床上发愣，说："小虹，想什么呢？忧郁对孕妇健康不利。"

韦虹说："没什么，我突然想起小台姑娘说起江枫两口子的事。"

程强早就有这个预感，要不是当时及时转移话题，小台指不定又说出一堆关于他俩的事情。当年在天台山玩雪、聚餐的时候，林彩霞对程强就有好感，韦虹对江枫也有想法，这都不算什么秘密了，那时才多大呀，知道什么呀，都是正常的感情流露。

后来虽然又发生了一些感情纠葛，不是也平安无事了嘛。自己与韦虹最终走到一起，结局还是圆满的。至于江枫和林彩霞他俩怎么过、过得好不好，跟我们俩就没什么关系了。那么，韦虹还担心什么呢？

程强见韦虹仍在发愣，便下床给她倒水。

韦虹说："我不渴，强子，你老实交代，彩霞是不是拼命追过你？"

程强说："唉，那都是高中时候的事情了，提它干什么？再说，这些事你都清楚啊！"

"你读大学的时候呢？"韦虹说，"她是不是给你写过情书？"

程强知道，孕妇在怀孕期间情绪不稳，容易瞎想、猜疑甚至出现妄想症，喜欢把一些已是事实的东西拿出来考问，处理不好，就会造成烦躁、暴怒、抑郁等不良情绪反应。你只能顺着她的话说，但又不能让她看出来是故意这样说的。他经常想：做一个男人怎么这么难呀？

程强说："是，写过。我不是回绝了嘛，这你都知道的。"本想说一句"你干吗节外生枝呀"，突然打住了。如果这样说了，那才叫节外生枝呢。

"那她为什么就没再追你了呢？"韦虹仍然紧追不舍。

"这个……我想，她应该知道咱俩好了就放弃了呗！你也可以问她呀。"

没事了。过了一会儿，韦虹说："我累了，我想听你说说彩霞是怎么追你的。"程强知道这个意思，说："小虹，这有什么好说的，都是老掉牙的事。"韦虹双手搂住程强的脖子，发嗲道："我就想让你陪我，听你说说彩霞嘛……"

十七

阮宏章的小道消息还是蛮灵的。当程一之快满周岁的时候，单位果然分房了。程强分到了一套一室一厅的房，60多平方米，比过去住得宽敞多了。房子就在离报社不远的一个小区里，那里耸立着五座八层的塔楼，没有电梯。程强的房间在二号楼三楼。韦虹叫人简单装修一下就搬过来住了。在两个人的世界里，她一高兴，就喜欢关上门，拉上窗帘，光着身子在屋里自由走动。能在自己家里上厕所了。再也看不到老鼠、蟑螂了，蚊子也少多了。

那阵子，程强和韦虹感到生活惬意无比，真是日新月异。他们还用上了煤气罐。罐子搁在屋里，灶台摆在门外，用一个塑料管从墙眼里穿过，联通，做饭炒菜方便多了。尿不湿也出现了，不过还是没有尿布实惠。

邢若水和范丽经常抱着三岁的女儿来程强家串门，顺便带来一些范丽腌制的雪里蕻、酸豇豆，韦虹就喜好这一口。

三年前，邢若水跟程强商议过，想开一家书画店。他带着范丽四处打探，相中了闹市区的一处铺面，挂出了"小毛书画店"招牌，生意不错，还养活了三个伙计。老邢照旧挥毫泼墨写着玩，偶尔卖几幅，添点进项，用不着像当年做小摊生意时那样熬夜、流汗了。

黄胖子也分到了一套两小间的住房，不到50平方米，那时也算是"天堂"的生活。田秋香的肚子开始鼓起来，黄胖子欢喜地经常借开老邢的桑塔纳带着她满大街兜风。他是发小中最早考取驾照的人，他说去一趟老程家，说话间就开着小车过来了。

如果有精彩的大片，江枫就喜欢给发小们送电影票，也算是给大家一个见面的机会。一同从电影院出来，发小们就感叹再也看不到露天电影了，十分惆怅。至于为何迟迟不要小孩，江枫只字不提。逼急了，林彩霞才透露一句："他不戒烟、戒酒，怎么能要孩子呢？"结果，他俩结婚比程强夫妻早一年，生了一个女儿，却比程一之还小一岁。

杨晓丽在这种场合还是肯露面的，如果换做一两家发小聚会，她不会有多大兴趣。她渐渐变得不怎么爱聊爱情、婚姻问题了，觉得这些东西离自己很远。除了工作，她就喜欢打打羽毛球，织织毛线话，还是一身姑娘打扮，也不显老。

谭行义比从前更加阔气了，"大世界"娱乐城的经理照旧当着，又与人合伙注册了一家商贸公司，什么好卖就卖什么，据说资产有几千万。

这小子当年求程强在大学生当中卖T恤衫的时候就说过一句狠话，将来一定要成立一家公司，专门干促销的事，什么玩意好卖就卖什么，不像他妹妹的单位尽干那些强行推销的缺德事。嘿，现在果真实现了！

老谭经常带晓丽出入各种豪华场所，买件小礼物跟玩似的，几千、上万，眼睛都不眨一下。但似乎没能得到黄胖子当年的"待遇"——晓丽有事就与黄胖子商议，看不见他时惦记他，在晓丽眼里，黄胖子至少是一个讨人喜欢的哥哥。谭行义跟晓丽在一起，干什么都行，就是不能谈爱情。

好日子过得就是快，一晃四年过去了。这一年，香港回归，举国欢腾。

有一天，程强在父母家陪爸爸妈妈聊天，与韦虹和儿子程一之逗乐。儿子5岁了，特别聪明，会说很多成语，喜欢玩"成语接龙"游戏，经常是轮到程强或者韦虹时卡壳，儿子就嚷嚷着重来。

程强对韦虹说："你看看，墙壁出现裂纹了，大灯还是日光灯，太过时了。我想把爸妈这套房子重新装修一下，对不起呀，小虹，你又要受累啦！"韦虹说："没什么，应该的。你只要操心家里的事，我坚决支持。"程强说："干脆把你家的房子也一块装修了，如何？"韦虹说："强子，以前我也劝说过，可是我妈不同意，说年龄大了怕经不起折腾。你有这份心，我代表我妈谢谢你啦！"说完在程强的嘴唇上亲了一下，儿子见了，望着他俩痴痴地笑。

程强说："好儿子，你笑什么呀？"儿子说："我猜你们两个人一定是两口子吧。"程强一乐："为什么呀？"儿子说："两口子才能亲嘴呢。"程强摸摸儿子的头，说："儿子真聪明！"

过了一会儿，儿子问："爸爸，今天早晨，我看见你和对门的阿姨亲嘴了，你们也是两口子吗？"

韦虹立刻拽起儿子去找爷爷、奶奶，说："乖，爸爸、妈妈有话说。"

关上主卧室的门，韦虹在客厅里踱步，眼睛盯着程强，围着程强转圈子。程强知道韦虹在审查他，苦笑着说："想听我解释吗？"她眯着眼，说："我看你怎么编？"

程强说："是这么回事。一大早，我下楼倒垃圾，上来的时候，碰巧遇上林彩霞买早点回来。我说你们回家看父母啊？她说妈妈最近身体不好，需要她照料。我问彩霞过得怎么样，她说不好。我问怎么啦？她说，结婚以后，江枫说不想过早要孩子，她父母就很不开心。三年后，生了一个闺女，江枫和他父母都不太高兴。小孩都快四岁了，基本上是彩霞家带大的。她说，真没想到，因为生了一个女伢，影响了两家的关系。都什么年代了，还有这样的事情！我问彩霞，他打你骂你了吗？她说，他总是风言风语，冷嘲热讽，不理不睬，这种冷战，比打我、骂我更让人难受。说到难受处，她哭了。我劝说了两句，她就在我脸上亲了一下。可能这个时候，儿子下床撒尿，看到了这一幕。情况就是这样。"

韦虹说："我相信你说的。彩霞太不幸了！"

程强说："小虹，如果当初你嫁给江枫，会怎么样呢？"

韦虹说："如果江枫是这样的人，结果好不到哪里去。他的毛病太多了！"

程强说："那么，你会怎么办呢？"

韦虹说："怎么办？凉拌。不是有人说嘛，女人要丢掉三样东西：过时的衣服、玩心眼的姐妹、不疼你的男人。过不下去，就离呗。"

程强吓了一跳，心想：她一向办事果敢，说不定她真能干得出来。

韦虹喝着刚沏的绿茶，想着心思。突然，她怒不可遏，起身说道："不行，林彩霞凭什么亲你——我得去问问她！"

程强赶紧拽住她，说："小虹，何必呢，她不过是随口一下，我对你忠贞不贰，这你是知道的！"

"我知道个屁呀！"韦虹突然号啕大叫，"如果你们俩关着门说事指不定又能干些什么呢，当我眼瞎呀，她一哭，你就心软了，你不是抱过她吗？——她比我温柔多了吧？"

"你，你……"程强气得脸色发青，嘴唇哆嗦，"你怎么像个泼妇了？！"

"我就泼妇了，怎么着吧你？"

韦虹一屁股坐在地上，呼天唤地起来，泪流不止。

程强第一次看见韦虹这样撒泼，既惊讶，又气愤。以前那个温顺、知性、通情达理的妻子怎么变成了这副德行，太可怕了！

程兴初和戴秀娥闻声从卧室里出来，一同埋怨儿子欺负媳妇。程一之吓得直哭，去拉扯坐在地上的妈妈。

程强见父母东一榔头西一棒子地劝说，全都不在点子上，说道："爸，妈，我和小虹的事你们别管，别气坏了身体……"

程兴初手一挥，拿出军人的做派说道："我不管，你还不上房揭瓦？你啥时候看见过你爸妈之间吼叫了？有啥事不能慢慢商量着来呀？你们俩是仇敌呀？"

哭累了，韦虹从地上站起来，说："爸妈，这日子没法过了，憋屈得很！"

程兴初说："闺女呀——你知道爸妈一向把你当成亲闺女，跟你妈关系也不赖，你有啥委屈直管说，我们收拾小强。好了，两口子之间拌拌嘴，过去了……"

戴秀娥也摸着韦虹的肩膀，耐心地劝说着。

韦虹嘟噜着嘴，收拾提包和衣服，说了一句："爸妈，让你们见笑了，我领着儿子回家住几天……"说完，拉着程一之就走了。

十八

本以为这事过几天就过去了。现在结了婚的男人哪一个没有遭遇过女人的暴怒和歇斯底里？女人把自己的老公一向看作是私有财产——神圣不可侵犯，谁勾引了她的老公，就等于向她挑战。如果丈夫有越轨行为，那就是对她的不忠和大不敬，她就要反击甚至报复。程强想，如果韦虹这样认为也无可厚非，她对林彩霞的表现有敏感反应，说明她还在乎他，心里还有他，如果有一天她对他变得漠不关心、无所谓了，那就要出现感情危机了。韦虹可是个办事果敢、说一不二的人，她或许为真情，或者仅仅为了报复就突然移情别恋，这类事她是绝对做得出来的。

问题是韦虹在她妈家住了四天，丝毫没有回来的意思。程强的父亲反复劝儿子放下身段去请韦虹，说："为了我的孙子，你也得去，磕头也要去！"母亲却不这么看，她说："老头子，你说不要上房揭瓦，应该说给小虹听。做媳妇的就是不能惯着她，她今天说走就走，明天指不定会指着鼻子骂我们是老东西了！你还别不爱听——当初，要是让彩霞跟小强好，哪会有今天？你看看，人家彩霞现在还喜欢咱们儿子呢……"

老程说道："小强，你可不能听你妈的，她只会把事情越搅越乱——去吧，请小虹回家，不丢人。"

程强照着做了，专门打了一辆的士，把韦虹和儿子接回了家。

讲完了故事，程强在卫生间里连说带哄地给儿子洗澡，把他抱到客厅里的小床上安顿好，就跟韦虹聊天，希望她忘掉不愉快，开始新的生活。

韦虹泪眼汪汪地看着程强，说："对不起啊！我也不想这样，你不会真的不要我了吧？"

程强说："怎么会呢？小虹，我们一直相互喜欢、爱慕，难道不是吗？报社的单身汉都夸赞你，你又不是不晓得。只可惜，搬进楼房后他们就没来过了。"

这倒是实情。阮宏章等几个家伙好久没来串门了，听不到他们的胡吹狂侃和对韦虹的肉麻赞美，程强真有点想他们。报社甚至社会上的许多事情都是这几个消息灵通人士知道得最早。去年，程强当上了总编室主任，还是老阮事先向他透露消息的。

老阮当时说道："老程，你要提正科了，花钱请客吧！"正是因为是老阮说的，程强还真不能不当回事，他自然挺高兴，说：

"我怎么没听说呢?"阮宏章笑着说:"这种事跟男女之间乱搞一样,别人传疯了,就是当事人不晓得……"

程强说:"何以见得,我何德何能呀?"

老阮说道:"太谦虚了,就是鬼奏!你上夜班最多,得的精品奖、发表论文都名列前茅。你还帮报社拆借了一千万资金呢,有这事吧?"程强说:"嘿,那是我大学室友胡薪火所在单位——广东佛山一家投资信托有限公司帮的忙,这小子当年照毕业照时不经意的一句玩笑话还真兑现了。"老阮说:"你还在一版发明了'重要讲话提要'的编辑手段,又得到了市委书记袁国才的点名表扬。报社早就想树你这个名牌大学高才生的典型了!恭喜呀,兄弟!"

一说起单身汉,韦虹马上想到了喻坤的女朋友小台,她说:"强子,我觉得小台这人有点油,她肯定知道林彩霞和我们的许多事情,你得防着点!她会不会在外面瞎说呢?"

"不会吧?你应该往好处想人家,敞亮一点自己也会轻松。再说,一个小姑娘会有什么城府?"

韦虹没吭声,睁着眼睛,一副若有所思的样子。她现在考虑问题特别喜欢钻牛角尖,走极端,超乎一般人的想象。

程强把韦虹扶上了床,见儿子听着录音机里的儿歌睡着了,便洗澡,上床,关灯。他从后面抱着韦虹温存。好久没有跟她那样了,程强兴奋地加快了速度,完事了,发现她一动不动,没丝毫表示,任自己一人瞎忙活。

见韦虹睁着眼,程强说:"小虹,你身体不舒服?"

"没有,我困了,睡吧。"韦虹一扭头,不吭声了。

接连几天,她仰面朝天,一动不动,任凭程强动作,不像以前激动得又抱又搂,有时还叫唤。程强无趣地翻身下马,跑到屋外抽烟去了。即使韦虹说"别生气呀,来吧!"程强也提不起精神了。他感觉到人们所说的夫妻间的"冷战"已经降临到自己身上了。

好的性生活是培养夫妻感情的润滑剂，不是一方感兴趣而另一方不感兴趣，更不是一方仅仅是另一方解决问题的工具。都是读书人，没有情与爱，夫妻之事不可能和谐。凑合一下，装一装，往往是不可能的。因为这种隐秘事关乎身体，也关乎心理，一丝些许的细节变化对方都能察觉出来。

程强觉察到韦虹在房事问题上在应付、敷衍，就干脆不再找她了，熄灯以后，背对着她，能聊就聊两句，不愿聊就睡觉。经常烦躁得睡不着，就闭着眼想事情。

男人在性生活方面一般来说更主动、更敏感，这与男性生理构造有关。有时那种亢奋突然就有了，就得想办法"灭火"。此时此刻，如果妻子不配合，甚至借此拿捏你，那么，这种妻子对他而言又有何用？只能造成更深的隔阂和心理的创伤。程强有一肚子的话想说，却无法张口，干脆忍着，看谁能扛得过谁。

终于有一天，程强憋不住了，就把这道理给韦虹说了，谁知韦虹笑了，说道："强子，都什么时候了，还惦记着这点事！我晓得，这事对于你很重要，跟抽烟、喝酒一样，瘾一上来就想要。我无所谓，可有可无。"

"可有可无？得了吧，"程强激动起来，说，"你忘了吗？小虹，咱俩第一次在大学深吻、搂抱，你紧张、兴奋得直叫喊。新婚之夜，咱俩第一次同房，发现你是处女，我激动得想哭，你使劲抱着我，说要爱我一辈子。即便有孩子以后，你仍然急火火地找我要谈友谊……这就是你说的可有可无？我懒得再说了，免得毁了你淑女的形象。"

韦虹的眼睛还是那么明亮，酒窝还是那么迷人，只是眼里多了一些忧郁的神情，让人感觉有一种像是没睡好觉造成的倦怠。她说："是啊，强子，自从咱俩发生争吵以后，我觉得过得特别疲惫，对这种事感到麻木甚至有些厌倦了。记得以前等你下夜班回家，我总是睡不着觉，捧着书根本读不进去……"

程强一把搂住韦虹，亲了一口，说："小虹，咱俩重新开始，好吗？"

韦虹像一个无助的孩子，把手搭在程强的脖子上，抽泣，看着让人揪心。

十九

韦虹自从非常在意林彩霞并为她敏感到与程强发生激烈争吵之后，对程强是横挑鼻子竖挑眼，怎么看都不顺眼。就说花钱吧。从结婚到现在，程强就没她买过一个超过600元的小包。林彩霞、范丽、田秋香的坤包都比她的漂亮、值钱，就甭说杨晓丽了，她的坤包都是外国牌子的，几千、上万的，有好几个。

再看看几个男人。江枫家里家具不多，但个个都是红木的，缅甸花梨木，价格不菲，两扇大衣柜还是老挝红酸枝的，起码值好几万。邢若水轻轻松松倒卖一些字画，挣的小钱都能抵得上韦虹和程强家里的一笔大的开销。黄胖子开大货攒下不少钱，喜欢开老邢的桑塔纳带着老婆兜风，好像也没为花钱的事犯过愁。谭行义更不用说了，资产几千万，想怎么花就怎么花。想想这些就让韦虹觉得憋屈。

韦虹一边埋怨社会上的不公，一边埋怨程强压根就没有想着赚钱的事。那年分房以后搞装修，别人家都像模像样地、大张旗鼓地干，花了两三万的多的是。有的人借机送钱送物，这些同事也敢收。韦虹手头紧张，没敢逼程强去要钱，说，你采访写稿表扬了那么多企业和个人，借点钱应该没问题吧？结果遭到了程强的训斥，只能简单地刷白了墙面，贴了一些瓷砖了事。这次，程强又想给父母家搞装修，却至今没凑够费用。韦虹知道程强的脾气，不该拿的一分钱他都不会去拿，便劝他利用关系拉一些广告，赚点提成费，数目相当可观，可是他却不屑一顾，把韦虹气得够呛。

于是，韦虹就开始讨厌程强的职业，说它是驴粪蛋子外面光，华而不实，特别讨厌程强那副干大事、自命清高的神态，一说起报社工作韦虹就是满脸的不屑和鄙视。这就等于挑战了一个男人的底线——女人可以嫌男人脏、男人懒，就是不能嫌弃男人的追求；女人可以埋怨男人没钱、没车，就是不能埋怨男人没有志向。对一个男人而言，没有什么事比让老婆瞧不起更窝囊了！

从此，韦虹对待程强像是大官的千金对待保姆，表面上客客气气，多余的话没有，却让人觉得自个儿很卑微、很无能、无地自容。这种气程强早就受够了。那种眼神、神态让任何一个男人都无法接受。

程强有一天实在控制不住了，话就秃噜出去了："你有什么呀，普通人一个，凭什么瞧不起自己的男人？如果你有本事，你可以不指望我嘛！你能分到一室一厅吗？你的朋友当中有几个当科长的？要不，你有能耐嫁给一个大款气气我，真是的……"

韦虹气得把正在洗的碗往水池里一扔，说道："哼，屁大的房子还值得神气？一个小破官连装修的钱都凑不齐，还牛哄哄的！离开了你，我一样能活！"说完，摔门而去。这一次，她连儿子都没带走。

程强上夜班期间，上午睡觉，下午去报社，处理一些总编室的杂事。下班时发现自己不怎么想立刻回家了，有点像日本男人，寻摸一些酒馆的事。从前请他吃饭的人不少，他尽量推托掉，那是因为家里有一个像日本女人的老婆在等着他。可是，韦虹现在不再做丰盛的晚饭了，最多煮一锅面条凑合着吃。他便给韦虹打电话，说晚上有应酬，不回家吃了。在哪里喝酒呢？还没想好，就在大街上转悠。

　　这时，程强的 BB 机响了，显示来电是报社的，找到一个电话亭，打过去，一听，是阮宏章。老阮说："我最近有点烦，请你喝酒。"

　　程强与老阮在一家日式饭馆坐下来喝酒，点了三文鱼、寿司、铜锣烧等。

　　老阮举杯，说："兄弟我面临人生选择了，很迷茫，需要领导指点迷津！"说话还是直截了当、没心没肺。

　　程强已经猜到八九分了，老阮可能是对去年没能当上总编室副主任有怨气。主任常扬被提拔为副总编辑，程强当了主任，按理说，老阮岁数跟自己差不多，又是一版主编，顺势当个副主任应该算顺理成章，可是提拔的是记者部一个年龄快五十的老同志，显然是"平衡"的结果。

　　阮宏章喝干了杯中酒，说："我算看透了，凡事都像熬鹰似的，熬着，盼着，一辈子当上科长就不错了。铜城不像省城，人家单位级别高，一提拔就是副处，再加上副处级调研员、副处级待遇等，都比我们省心省力。我们呢真是基层呀，还分什么股级、副股级，跟楼梯一样。"

　　程强端杯，一口干了，说："人啊一辈子不就是熬嘛！像我的发小邢若水那样不端铁饭碗，倒是轻松闲在，摸奖还能摸一辆桑塔纳！你在单位干，就得耐得住寂寞，别尽想好事。不吃苦中苦，难为人上人……"

老阮哈哈笑道："屁大的芝麻官，还人上人？就像等公共汽车，一眼能望到头，就是等不来一辆。我准备告别新闻生涯，下海捉鳖了。"

这口气太像韦虹了！程强十分惊讶，说："你在大学学的就是新闻学，工作也体面，收入比上不足比下有余，你真舍得呀？"

"我很喜欢老人说的'谋生'这个词，都是为生活在奔波，何必在乎虚荣的面子！我只在乎里子，或许能打出一片新天地哪，你说呢？"

"那么，干些什么呢？"

老阮说："一是开家茶楼，二是开家修车店，三个人合伙，搞股份制，还在商议。你觉得哪一种更可行？"

老阮现在的神情，就很像韦虹平时对待程强不拿正眼瞧一下的那种神情。程强有点发愣，端起酒杯，说："让我想想，你小子的弯转得太急了……"

阮宏章的神情虽然让程强感到吃惊，感到疑惑不解，但没有像韦虹那样立马招致程强变得烦闷不爽甚至暴跳如雷。他和老阮吃的都是体制内的饭，有同样的经历、同样的感受，知道老阮做出下海的决定，一定是经历了痛苦的思考与斗争，不是随随便便说着玩的。

程强没好意思把韦虹的事情抖出来，说给老阮听，说："兄弟，你辞职下海，家里人同意吗？"阮宏章吃了一块三文鱼，说："忘记告诉你了，我刚刚认识了一个女朋友，开发廊的，他哥是老板，她是领班。就是她鼓捣我下海的，说来钱快，人还自由。"

程强笑嘻嘻地说："怪不得哟，你小子毅然决然地要离开我们！都说男人的一半是女人，你将来要是成功了，她功不可没。"

老阮哈哈大笑，说道："要是失败了呢？老程，还是你看得远，稳扎稳打，步步为营。我们没有办法跟你比。"

程强摇摇头，叹气，说道："喝酒，为你的勇气，一醉方休！"

老阮见程强叹气，觉得奇怪，他一帆风顺，好事连连，叹哪门子气呢？就说："老程，我就是不服周啊！凭什么社会上那些人个个都能挣大钱，而我们当记者的既体面又风光，可是总感到手头紧巴巴的呢？！吃拿卡要那一套我又学不来，只好去跟社会上那帮人抢食了。老子不信干不过他们……"

老阮这句话说到程强心坎里去了，这就是他一直想不通的地方。论地位，论文凭，论本事，我样样不缺，可是搞导弹的就是比不上卖茶叶蛋的，凭什么呀？韦虹吃的也是体制内的饭，又没有老阮下海的勇气，却总是瞧不上我，凭什么啊？

老阮说："要不，我把喻坤和樊英明呼过来，一起开开心？"程强说："我没意见，好久没见他俩了。你的事情先莫说为好，免得炸开锅了，议论纷纷……"老阮说："这个，我懂。"说完起身找电话去了。

程强一个人坐着，想心事。人啊，有时把事情想得太复杂，多么难跨过去的一个沟壑往往轻松地一跳就迈过去了，关键是你有没有这个勇气。老阮今天就给程强上了一课——这个世界唯一不变的就是变化！

这时，阮宏章领着喻坤、樊英明兴高采烈地走过来了。刚落座，三人就向程强敬酒。程强也不客气，端杯就喝。来干吗的？就是喝酒的！程强一直想把自己灌醉，借酒浇愁，早就等得不耐烦了。喝！他让服务员给每人换成茶杯喝酒。

小樊说道："透露一个小道消息，孔副总编辑要调到市委组织部了，你们姑且听之，莫说是我说的。"

其他人就笑，说，喝酒！每天不发生一点事情，太单调了，干了！

程强的第一反应就是单位里少了一个最支持自己的领导，但他去的是中枢部门，长远看未必是坏事。他突然想起去年刚刚当上主任时，分管总编室的孔副总编辑找他谈话。

老孔说道："小程呀，你从小到大，顺风顺水，没摔过跟头，处处还拔尖，今后要小心了。船在大海里航行，不可能不遇到大风大浪，越是风平浪静越要谨慎从事。木秀于林，风必摧之，就是这个道理……"

想到这里，程强心里释然了许多，觉得生活是一团麻，那也是麻绳拧成的花，多一点坎坷、不顺，没什么不好，更接近生活的真谛。

大学中文系主任谭一龙十分喜欢耍小聪明的程强，经常鼓励他，不管将来干什么，都要挤出时间搞文学创作，说那是属于自己的，谁都拿不走。程强在大学期间能发表一些诗歌和小说，与老谭的鼓励分不开。如今，生活已经成了一团乱麻，他有了许多亲身体验和人生感悟，经常有动笔创作小说的欲望，只是因心情不佳方才作罢。

看着喻坤光闷头喝酒，也不吃菜，程强问道："大记者，最近又看到你大作不断，成就不小呀！小台怎么样啦？她说过愿意给你做饭的，手艺如何啊？"小喻说："她呀，拜拜啦！"

程强一惊，怎么回事？动不动就说拜拜，也太随便了吧。问："什么理由？"

小喻笑着说："没有理由。她就问了三个问题，吃了一顿饭。"

"就在我家吃完饭，就吹了？好嘛，比刮风都快！"程强说，"什么问题呢？我们都想听听。"

小喻说："第一，你有住房吗？第二，你有多少存款？第三，结婚时把亲朋好友都请来，摆上二十桌，你同意吗？我一连说了三个 NO，就友好分手了。小台确实漂亮，还说对不起，浪费你的时间了。"

"是说浪费她的时间吧！这种女伢完全是多此一举，还不如索性公开征婚，把三个条件印在报纸上，那多简单呀！"樊英明怒不可遏，说，"什么玩意！来，喝酒。"

小喻感慨道："主任，还是嫂子好！漂亮，贤惠，还风情万种，你是怎么把她搞到手的？"

程强陪着与几个单身汉喝了一大口。这要搁在以前，他会很自然地胡吹起来，反正都是乐和的事，今天他感到心里"咯噔"了一下，万般郁闷和不快突然涌上心头，泪水差点流出，酒劲往上蹿，感到了一阵眩晕。他说："没什么大不了的，小喻，女人都是那么回事，旧的不去，新的不来。喝酒！"说完，又喝了一大口。

阮宏章发现程强有点不对劲，出了一头的虚汗，赶紧劝阻，说："老程起码喝了六两，不能再喝了。"

程强的身子开始晃悠，举着茶杯，嚷嚷着倒满，笑呵呵地说道："爽！这场酒喝得滋润、痛快，我真羡慕你们这些单身贵族，太自由了，无拘无束啊！"

说完，他"哇"的一声，呕吐了一地，还溅得桌子上到处都是，弄得满屋子散发着难闻的酒气。

小喻以为是他惹的祸，觉得很过意不去，叫服务员赶紧清理，又是擦脸又是端茶，看着程强气色好转了，这才舒了一口气。

程强马上觉得又能喝了，喊道："以后，每天喝，不醉不归。太痛快了，我好久没有像今天这样痛快了……"

小喻见阮宏章他俩正在忙着帮服务员收拾屋子，小声地对程强说："我叫您一声大哥吧，一定保密哟，我的父亲是副省长，家庭条件还行。小台这人其实不坏，人漂亮，当然想找一个条件好的，不算过分。关键是我见了她就忘不掉了，痛苦得不得了……"

程强喝了一口热茶，觉得舒服多了，说："你想叫我跟她再说说，重归于好？"

"小点声，别让他俩听见。"小喻说道，"是这个意思，能帮我这个忙吗？"

程强把茶杯往桌上一放，"咣当"一响，说："小喻啊，我劝你趁早打消这个念头，有机会也不给这种势利眼的女孩！找一个崇拜你的、情愿陪你吃糠咽菜、愿意一块奋斗的女孩吧！你可以拿着小台提的三个条件考验人家嘛，相信吧，总会有一个好女孩在不远处等着你！"

小喻听后，异常欣喜，抓着程强的手，说："好，听大哥的，就这么办！"

二十

韦虹自从在程强的父母家里第一次与程强大闹一场以后，隔三岔五就回娘家，对程强甚至儿子不管不顾。也难怪，娘家毕竟是她最后一个温暖的避风港。

殷阿姨早年丧夫，拉扯着韦虹相依为命，不容易。好在韦虹打小起聪颖、肯干、懂事，对做母亲的是个极大的安慰。她对韦虹从不溺爱，管教甚严，小时候听过殷阿姨讲故事的发小都能体会到这点。

在一个没有男人的单亲家庭，殷阿姨有意锻炼女儿，希望她自立自强，不要依赖别人。因此，发小当中，会做饭炒菜、洗衣缝被的只有韦虹、黄胖子等少数几人。正是这个原因，韦虹凡事喜欢自己拿主意，办事果敢，也爱与男伢一争高下。她与程强结婚之后，渐渐由温顺的配角变成强悍的主角，加之她与程强同岁，很难保持对程强原先有过的崇拜感。

殷阿姨从小就喜欢程强，看着他长大，感到他是一个上进心强的有为青年，经常对韦虹说，你能嫁给他是上辈子修来的福分。得知韦虹与程强拌嘴了，她的反应是，准是韦虹任性、做事不周到。因为程强在处理人际关系方面一向成熟，还懂得隐忍，顾全大局，否则在竞争激烈的单位凭他现在的岁数、资历当不上主任。她说："我现在好好的，不用你来看我。你照顾好丈夫和儿子才对。"

韦虹见母亲胳膊肘往外拐，就搂着母亲，呈现一副乖乖相，喊道："妈！"母亲的心就给融化了，问一些细节，表示出一种疼爱和关心。末了还做一些好吃的让闺女吃，谁让她是自个儿的心肝宝贝呢。

"是林彩霞亲了一下程强，我才跟他生气的！"韦虹解释道。

殷阿姨根本不想听，她认为这种事情跟街坊邻居闹摩擦一样宜粗不宜细，纠缠细节是说不清楚的。她说："有理了，怎么着？你就可以大吵大闹啦？小虹啊，夫妻之间最忌讳大声嚷嚷，那样最伤感情的！"

过了不久，韦虹又独自一人回家了，殷阿姨很不高兴，不分青红皂白把韦虹往外撵，说："回去，找小强去，你儿子还在那边呢！"韦虹哭了，十分伤心。殷阿姨就让她坐下来了，拿毛巾擦泪，嘴上说道："这一回是什么原因啊？"

韦虹说："他说我瞧不起他，伤了他的自尊。"

"小虹呀，我怎么感觉到每次都是你得胜回朝，却叫人觉得是你受了特大的委屈。你觉得这样有意思吗？"

"妈，我有什么错呀？"韦虹对母亲偏袒程强非常生气，"我那么难受、苦闷，跟你诉说，为什么就得不到您的几句热乎话呢？"

殷阿姨坐在韦虹的床头，语重心长地说道："我和你一样，都是从小姑娘时过来的，谁对婚姻没抱有过幻想和憧憬呢？理想的婚姻一旦与现实发生冲突，有些女人就会否定、指责，直到离弃。这实际上是过于美化了婚姻呀。"

殷阿姨看着墙上挂着的三人合影，说："瞧，你爸爸多年轻呀！你三岁时他得病死了。他也是知识分子呢！小虹啊，婚姻就是两口子在一起过日子，哪像你们整天的把幸福、圆满挂在嘴边，还争执到底幸福不幸福。婚姻也从来不是两个完美的人相结合，而是都喜欢着对方的全部，包括缺点，就像我和你爸爸，都学会了相互包容，身心松弛，过着平静的生活。你不容许小强有一点瑕疵，力求完美，你自己做得到吗？"

韦虹起身给母亲倒了一杯水，忽闪着大眼睛，说："妈，我对爸爸一点印象都没有了，他脾气好吗？"

殷阿姨说："我的印象中就没有跟你爸爸大声吵过架，我很爱他，也很崇拜他。要说脾气，他有，喜欢发火，还不如程强呢，但谈的都是国家的事、单位的事，从不在小事上跟我斤斤计较。"

韦虹说："妈，我知道我的要求可能多了一点，毕竟时代不同了嘛，哪能跟你们那个年代一样呢。那时大家都不富裕，想着把工作做好，有吃有穿就行了。"

殷阿姨喝了一口水，说："现在又过于强调物质利益，把年轻人的心搞乱了！其实幸福从来与贫富无关，全在于内心的感受。懂得知足常乐，人生才会快乐。到了你妈这个年龄，你会觉得那些表面的浮华都是过眼烟云。"

韦虹在税务局经常跟一帮姑娘聊天，看着人家的服装很新潮，便问在哪里能买到，人家说："大姐，您穿这个不合适，应该选择雍容华贵的！"很显然，别人嫌她老了呗。她很久没有去美容店做头发、做面膜了，也没时间捯饬自己。

回到家里，她就经常问程强："强子，我是不是老了？"

程强的任何回答都不会令她满意。——"莫瞎说，你还是那么漂亮，真的！""你比从前漂亮多了，绝不骗你！""老了吗？我怎么看不出来，就是稍稍显得有一点憔悴。"无非是这几种，在韦虹看来都是安慰她的说辞。在这个问题上她倒是有自知之明。

女人喜欢跟女人较劲，尤其是喜欢与周围熟悉的女人比这比那，表现出来的勇气和忍耐力往往是十分惊人的。如果可能，她们甚至可以穷尽一生来比拼。如果觉得自身已无力比拼，她或许会搬出丈夫和孩子继续比拼，不在心理上占上风是绝不会甘心的。

韦虹感到自己越来越像一个没追求的大妈了，尽干一些毫无意义的琐事，而在丈夫身上也看不到出头的希望，在岁月中渐渐老去，因而变得惶恐不安。

韦虹就是在这种失落的心态下开始对程强下降关注度的，对程强的体贴、关心明显减少，对夫妻每月几次的性生活兴趣锐减，看作是可有可无。

程强当然清楚韦虹为家庭做出了巨大的奉献和牺牲，尤其是对儿子的成长付出了所有。每天哄着洗脸、洗澡、睡觉等不说了，单说做每天的一顿早餐、送儿子上幼儿园，都是韦虹全包了，风雨无阻，毫无怨言。程强只是搭把手，偶尔干一回。

程强发表过一首诗歌《我的爱人》，专门歌颂妻子的无私和辛劳，使用了栖风宿雨、食少事繁、推燥居湿、衣不解带、遮风挡雨、相濡以沫等许多成语。他有时主动带韦虹和儿子出去吃饭或者看一场电影，就是想改变一下单调的生活，增添一点家庭乐趣。

为此，殷阿姨对程强赞不绝口，劝说韦虹时就说："知足吧，小虹！比比你周围的那些男人，程强好得不是一星半点。如果遇上一个不喜欢你的无赖，那才是悲剧呢！"

"妈，都说谈钱就俗气，可是没有钱寸步难行。"韦虹继续发着牢骚，说，"程强说给父母家装修房子，到现在钱都没有凑齐，我认识的几个当科长的熟人都买轿车了。他的关系多，我劝他也去拉拉广告赚点提成费，他就冲我吼叫。后年，儿子要上学了，上个好学校，赞助费加上学费得花两万吧，这钱还没着落呢……"

殷阿姨叹了一口气，说道："我总算明白了。过去不是有句话嘛——工作上向高标准看齐，生活上向低标准看齐。——我们这辈人就是这样过来的。你呢正好相反，咱俩走的不是一股道啊！小虹啊，有钱就上好学校，没钱咱也能进学校门，这是问题吗？你非要先设定一个目标，如果上不了怎么办？难道你就要跟程强离婚不成？"

"为了让儿子有个美好前程，难道有错吗？您没听人说吗，千万别叫孩子输在了起跑线上？"

"胡扯！这是做家长的最大误区。"殷阿姨毫不客气地说，"这就是攀比的结果。小强就没上过好小学，不照样上了名牌大学！如果一定要上，我们几个老人凑钱或者借钱也愿意，你不能为难小强，听明白了吗？"

韦虹想不通，妈妈为什么总是向着程强，仍想辩论，殷阿姨说："我累了，歇着吧。你平常就是这样向小强发射连珠炮的吧？"

"真理越辩越明嘛！"韦虹嘟囔着，望着妈妈。

母亲摇摇头，说："你的脾气一点不像妈妈，倒像你爸爸，可惜你不是男伢！一个女孩子不能太要强，否则吃亏的一定是你。轿车不是必需品，你开上了桑塔纳，是不是还想开好车啊？欲壑难填呀！"

韦虹帮妈妈择菜，准备做晚饭了，说："多么无聊的一天又要过去了！"

殷阿姨深深地感到两人的生活态度大相径庭，说："小虹啊，我老了，不可能关照你的后半生。你应该说，多么有趣的一天又要来了！——这是悲观者与乐观者的区别。"

韦虹知道妈妈在食堂里做了一辈子饭菜，地位显得卑微，但她读了很多书，明白事理，会讲各种故事，搞起辩论来肯定说不过妈妈。念中学时，江枫就夸过她像一个神秘的、指点迷津的女巫，相当于政委或者指导员。

吃完饭，韦虹陪妈妈在粮食局大院里散步，还唱歌给她听。殷阿姨为女儿的事发愁，情绪没见高了多少。

韦虹心想：难道让我去原谅程强的一切过失，与他一道不明不白地活着？林彩霞亲他的事就这样过去了？他对挣钱不感兴趣的事就不再追究了？

事也凑巧，林彩霞这时领着小闺女兰兰刚好回父母家，正好与韦虹和她妈妈迎面相遇。

二十一

韦虹朝林彩霞打招呼，说："彩霞，这么巧呀，你等一下，我有话说！"转身对母亲说："妈，您先回家吧，就聊一会儿。"母亲小声说："有话慢慢说，千万别吵！"

"小虹姐，好久没见了，还好吧？"彩霞笑呵呵地说。

韦虹说道："强子有一个同事的女朋友叫小台，在你手下工作，她说你最近过得不怎么好，怎么回事呀？"

"你都知道了，我就不瞒你了。"彩霞的声音变得低沉下来，说，"我和江枫因为生女孩的事闹得不可开交，弄得双方父母也闹起了别扭。我和他凑合着还在一起过，经常各回各家，为了孩子谁都没提出离婚。就这样子。"

这么严重啊！韦虹本来是随口一说，没想到问出一个惊天秘密，彩霞与江枫的婚姻状况竟如此糟糕，外表上却一点看不出来，他俩还是和和美美的模样。

韦虹突然产生了一种惺惺相惜的感觉，有点同情彩霞了，说："对不起，彩霞，我知道的不是太多。真没想到你有这么不顺。那么，孩子谁来带呢？"

彩霞笑笑，说："没关系，你也不是外人。兰兰基本上由我和爸妈带大的，闺女想爷爷奶奶了就去他们家玩玩。"

"那方面，那个……对不起，我是说……"韦虹支支吾吾了老半天，也没说出口，自己先笑了。林彩霞也笑起来，说："小虹姐，你是说性生活吧？我和江枫分居多年了，我跟兰兰睡，他睡另外一个屋里。"

韦虹问："你们俩刚分开时是不是很痛苦？"她想起了自己与程强的冷战，又不愿在彩霞面前表露出来。

"是，有点。后来也就习惯了。"彩霞笑着说，"如果你当记者，不会比强哥差！"那语气像是面对记者谈获奖感言，很平静，没扭扭捏捏，没痛苦悲伤。

强哥？你也配叫？——你找不到人亲嘴了，也不能亲有妇之夫啊！韦虹的醋意上来了，她叫住彩霞就是想说这句话。但是，她还是忍住了。

妈妈说得对，纠缠细节，于事无补。我说你亲嘴了，彩霞万一说没有，怎么办？那还不公开吵起来！万一程强也不承认，又该怎么办？都是问题、糟心事，丢脸的还是自己。

"彩霞，你真不容易啊！有空请到我们家玩，带着兰兰，"韦虹的语气变得亲切多了，"你与晓丽有来往吗？我每天瞎忙，好久没见到她了。"

彩霞开心地说："她呀，最潇洒了，下班后打打球，晚上自由活动，经常陪我逛商场、看电影，笑话我们这些拖儿带女的是受苦的命。"

韦虹心想：彩霞的平静，那可是经历了一场暴风骤雨后的平静啊，想想就感到后怕。自己与程强尚处在水深火热之中，都在饱受煎熬，末了能否做到像彩霞那样淡定，未可知呀。

"是啊，我也没想到，到头来晓丽活得最滋润！咱们俩累死累活的图啥呢？为了一个孩子，把自己全搭进去了！那个大款老谭呢？还追着她吗？"

"谭行义呀，追，从没放弃，脸皮是真厚哟！晓丽不理他，他也不在乎，只管陪她、哄她，肉麻得不得了，我看着都觉得可怜！——哪像咱俩，几句话就被搞掂了。"

"那是你！江枫先请你看电影，然后给你背诵诗歌，啊，假如生活欺骗了你……如果普希金打动不了你，还有舒婷的诗等着呢！哈哈哈哈……"

"小虹姐，你真讨厌！"彩霞居然害羞了，变成小姑娘时的模样，脸颊绯红，不好意思起来。

韦虹突然想起在省城上中专毕业那年，一个男生追她，终于有机会亲了她一口，觉得心满意足，她并没放在心上，只是脸颊绯红。结婚后，她把这事给程强说了，觉得心里特别轻松。程强还夸她有魅力，人见人爱。韦虹这才发现，那个男生亲了她一口就没事了，她却背了这段记忆好多年，太沉重了！

跟彩霞这么一聊，韦虹觉得彩霞和晓丽都有许多可爱之处，小时候的一些经历和天真、顽皮的模样一下子浮现在眼前，感到一切是那么美好。她俩在大院里散步，不时地逗一逗兰兰，心情特别舒畅。

韦虹笑着说："彩霞，还记得在天台山上玩雪、野餐吗？你那时就喜欢上强子了吧？"彩霞忽闪了一下大眼睛，说："是的，是的，小虹姐，我是真心喜欢他！可是，后来，你们俩好上了，我就祝福强哥幸福，觉得你们在一起最合适，真的，小虹姐。"坦坦然然，眼睛如一汪湖水，清澈、透亮。

韦虹万般思绪涌上心头，一把抱住彩霞，默默无语。泪水一直在眼眶里打转转，还是没忍住，终于像断了线的珍珠哗哗落下。彩霞说："你哭啦？"韦虹感到有些唐突，擦擦泪，说："彩霞，你经历了那么多不幸，还那么清纯，心里还那么干净，我不如你啊！"

韦虹从心里彻底原谅了彩霞。她也感受到多一些宽容和理解，自己马上变得快乐起来，幸福仿佛又在向自己招手了。

韦虹第二天一下班就骑着她那辆女车往报社住宅小区赶，进了家一看，程强不在，便系上围裙，从冰箱里找出两条带鱼、一块猪肝，动手收拾，再从阳台上找到一棵大白菜和一把菠菜，很快把它们变成了桌子上的美味佳肴。可是左等右等就是不见程强回来。她打开电视机，喝着茶，等着。

程强又去过日本男人的生活了，独自喝了半斤酒，回到家时已是将近九点钟。一见到韦虹吓了一跳，说："哟，姑奶奶回家了，稀客啊！"韦虹赶紧给他脱外套，说："秋天晚上凉，我把窗户关上。"

程强看了一眼桌上的美食，说："嘿，这里还有一桌呢！我吃过了，日本料理。"说完往床上一躺，闭上了眼睛。韦虹帮他脱鞋，盖上被单。程强瓮声瓮气地说道："日本娘儿们不错，请多关照！"

一个小时后，程强醒了，看见韦虹，说道："小虹，你回家了，我刚想去接你。"一听这话就不诚实，有时人一清醒谎言就流出来了。韦虹今天高兴，不去计较，哼着小曲，把桌面和整个屋子收拾干净了。

对老婆这次不请自回，程强十分惊喜，又感诧异。韦虹就把与林彩霞见面如何从心里彻底原谅了彩霞的事讲了一遍。程强心想：两个情敌还能握手言和，真稀奇！嘴上却说："不生气了小乖乖？"韦虹喊了一句："哎哟，好大的酒气！去，我帮你冲个澡……"

他俩光着身子洗澡的时候，程强一直傻呵呵地乐，像个小孩似的任凭韦虹摆布，心里却默默地唱起了他最拿手的《祝酒歌》。然后，两人在一起谈友谊，感到无比幸福。

好事成双。三天后，税务局副局长裴世耀找韦虹谈话，说她在的科室要选拔一位副科长，综合考虑年龄、资历、表现等因素，她排在候选人名单第一名，让她有个思想准备，谨言慎行。

当晚，韦虹美滋滋地对程强说了这个喜讯，两人喝了三四两酒，带着程一之，看爷爷奶奶去了……

几天后，韦虹一上班，科里的十几个同事见了她突然不说话了，却背着她窃窃私语。她想可能是要提拔她的风声在起作用。

韦虹的办公室就三个人，老夏打开水去了，屋里只剩下她和小袁姑娘。小袁跟她关系最好，借机"咬耳朵"："喂，你要升级了，有人开始泼你的脏水。"

"么样个脏法呢？"韦虹早就见怪不怪了，晓得一些人见不得别人好，心理阴暗，背后捅刀子。小袁悄悄地说："主要议论你跟裴局长走得近，打得火热。"

韦虹气得说不出一句话，心想：半年内她跟裴副局长只谈过一次话，平时见面就是点点头而已，亏得这帮小人说得出口！

渐渐地，几个没什么过节的人也慢慢疏远了她，她觉得很憋屈，但也无可奈何。有一天，电话响了，她抓起电话大声地说道："哦，是裴局呀，陪领导吃晚饭啊？对不起，我实在去不了，我每天必须给爱人和儿子做饭啊！对，好，下次再说吧……"

韦虹有意大声嚷嚷，让周围几个办公室的人都能听见，身正不怕影子斜，让你们泼脏水，能吓唬谁呀？

好在科长是个女的，有正义感，经常找韦虹商量事情，公开批评背后"嚼舌根"现象，弄得一些人变得老实多了。

一个月以后，韦虹当上了副科长。她请科里的同事吃饭，除了老夏拉肚子没去，其他人都出席了，纷纷表示热烈祝贺，说早就该提拔了，实至名归。小袁就拍拍韦虹的后背。韦虹笑着跟每位来宾敬酒，说："谢谢，请多支持我的工作！"

二十二

程强与邱大为区长一直保持着密切的通话联系，除了问候，就是讨教——他把这位老主席大哥看作是一个人生楷模。

程强把结婚喜讯告诉他的那次通话，发现邱大为突然不吭声了，怀疑他家里一定出了什么事情。原来是他的女儿突然诊断出了脑瘤，需要做手术，急需一大笔钱，他的妻子埋怨他整天忙工作，对家里的事顾不上，发生了激烈的争吵。

后来，他自己因劳累过度在医院里躺了一个多月。为此，程强专门去省城探望他。他夫人见程强跟丈夫是老同学，拉着他的手就哭，说："现在当官的谁像他呀，什么好处捞不着，还落下一身的病，何苦啊！麻烦你劝劝老邱，别让他当这个官了……"说得程强当场泣不成声。

邱大为的拼命三郎式的工作方式已是出了名的，上上下下都知道。为了修建一座立交桥，他亲自与施工单位和市民代表协商，拿出双方满意的方案，既不扰民，又能保持进度，其防尘、隔音技术在中南地区绝对一流。他还同时盯着长江大桥建设、危房改造等工程，哪里需要他，他就会出现在哪里。

病倒了，他终于可以休息了。程强望着一脸倦容的邱大为，紧紧握住他的手，说："老主席，你先歇一歇，我知道你还惦记着工作。我也要工作，采访你和夫人，还有看望你的人。我要让人们知道在这个物欲横流的世界，还有很多像你这样忘我工作的党员干部……"

谭行义给许多人的印象就是肚子里空空、暴发户一个，其实，这是一种错觉。他的年龄在程强与邱大为之间，有与三教九流打交道的经历，阅人无数。他虽然没读过大学，可是他父母都是农业大学的高才生，年轻时看守粮食局储备基地的粮库，把读书的嗜好传给了儿子。行义看的书像他见过的人一样杂、一样多，一点不比大学生读得少。

黄胖子看不起他，是因为他不是大学生，他读书再多也显得滑稽。杨晓丽看不起他，是因为她是电大毕业的，嫌行义没有学问，充其量是一个有钱的混混。

现实是：大学生不一定读书多，读书多不一定学问多，学问多不一定修养多。

程强观察谭行义很久了，觉得他混到今天这般模样，走的是旁门左道，有一种乱世出英雄的味道。他一直想以行义的发迹为素材写一篇小说，题目都起好了，叫《神秘的凡人》，从他高考落榜写起，断断续续已写了四章。

程强一方面写消息、通讯，搞新闻报道，讲究客观、真实，另一方面写诗歌、小说，搞文学创作，讲究主观、虚构。但他觉得两者并不冲突，不会碍事，各有所乐，殊途同归。

林彩霞目睹过谭行义像孙子一样伺候杨晓丽购衣、买鞋，一件件地试穿，不行就换，营业员累得要趴下了，漂亮的笑脸渐渐变成了苦瓜脸，可是行义呢镇定自若，不急不躁，还说："晓丽，别着急，喝口可乐，我看这个不错！"

彩霞笑着说："老谭，你真行！江枫连你的十分之一的耐心都没有，经常跑到门口抽烟去了……"

晓丽不管这些，说："算了，换一家商场吧。"连一句安慰的话都没有。

谭行义拎着大包小包的东西继续转场购物。他时不时地聊上几句，说："晓丽呀，人都是为希望而活着，只要你不拒绝我，我会努力的！你以为我爱钱呀，才不是呢！"

林彩霞跟在后面走，"扑哧"一声乐了。行义说："真的，莫笑哟，娱乐城总经理收入不算少了，我干吗又成立一家公司啊，把自己折腾得够呛？还不是没盼头了才去赚钱的！没人爱我，我什么也不是。空虚呀，只能干无聊的事……"

彩霞变成"哈哈哈哈"的大笑了。晓丽也乐了，说："没见过你这样的，把挣钱看得这么容易，吹吧你！"

见晓丽开心了，行义说道："可不吗？钱越多，赚钱速度越快，就是一个数字上的变化，没多大意思……"

到年底了，江枫带着林彩霞拎着礼品，冒着大雪来看谭行义，说他的大发广告有限公司生意不太景气，希望他帮忙开拓一下业务。行义说："好啊，我能为兄弟效劳，求之不得呀！"

两天后，谭行义叫上杨晓丽，带着房地产商大老板钱斌，走进海观山大酒楼的一个豪华包间。江枫和林彩霞已经等候多时了，请他们入席。

谭行义请钱斌坐主座，自己挨着坐下，让江枫在另一边陪着钱老板，林彩霞与杨晓丽挨着坐，好说悄悄话。

杨晓丽外穿一件裘皮短大衣，内着红色羊绒衫，腰扎一条带金属环的黑腰带，下穿一条蓝色薄皮裤，套着一双长筒靴，透着一股富贵气，威风凛凛。彩霞见自己一身朴素的打扮，埋怨江枫没提醒自己好好捯饬一下。

江枫说："今天，我做东，迎接新年的到来！"谭行义客气地说道："兄弟，还是我来吧！"叫来服务员，说道："照我前天晚上那个菜单上菜，快一点啊！"那女子应声而去。不多一会儿，一大盘基围虾上来了。接着上来五只海螃蟹，再是卤香鲍鱼、清蒸生蚝、麻辣牛鞭、清炖狗肉、开边蒜蓉大龙虾，最后是燕窝人参汤。

席间，三个男人你来我往，不知不觉喝了一瓶半茅台，个个是满脸通红，神采飞扬。彩霞用胳膊碰了一下江枫，小声问："你带的现金打得住吗？"江枫说："够呛！没关系，我还有一张透支卡。"说完，又起身朝钱总敬酒了。

江枫拉着彩霞端着酒杯敬杨晓丽，说："晓丽，你越来越漂亮啦！哥祝你永远开心！"晓丽笑笑，说："现在活着不容易，拼命跑才能保持在原地！只要你们几个过好就行了，我无所谓了，风轻云淡啰……"

这时，这家大酒楼的薛总经理西装革履，走进包间，向大家敬酒，说："欢迎大家赏光，请各位吃好喝好，尽情享受，今晚这顿饭免单，算我请客。谭总，您看是否需要找几个小姐陪陪酒？"谭行义拉薛总坐下，喝了一口碧螺春，说："我这位钱总兄弟将来会经常光顾你们大酒楼的，你表示一下吧。"

薛总二话没说，将桌子上一个茶杯里的水"哗"地一声泼掉，拿起茅台酒瓶往杯子里倒酒，满满的，没洒一滴，稳稳地倒入自己嘴里，说："钱总，兄弟我喝了，您随意！"钱斌紧皱着眉头，说："不好意思，我不胜酒力，对不住了！"

这时，江枫站起来，说："行义，我能替钱总喝吗？"行义笑了一下，说："我晓得你能喝，你替钱总喝，肯定没问题。问题是，你还欠薛总一杯酒啊，他不是给你免单了吗？"

江枫心想：人家一句话免了我一堆钱，我多喝一杯酒算个屁呀！喝！喝死拉倒！于是，也换成茶杯，斟满酒，"咕咚咕咚"几下子全喝了。钱总一个劲儿地说："江老弟，豪爽！板马日的——够意思！"

彩霞心疼江枫，劝他别逞能，喝不了就算啦。江枫说："那怎么行呢？该喝不喝也不对！来，薛总，谢谢您看得起我！这一杯是我敬您的，我干了！"只见他想站起来，却没能站起来，弯着腰，左手用力扶住椅子背，右手端着茶杯，将杯子里的酒倒入口中，极其痛苦地咽了下去，几乎是同时，"咣当"一声一屁股坐到椅子上，头一歪，喘着粗气……

"服务员，快，拿热毛巾！"彩霞大声喊道。薛总接过热毛巾，亲自帮江枫擦额头、擦脸，对服务员说："去，弄一大碗醋来！"待江枫歇了半小时，喝了醋，感觉缓过劲了，薛总欠身离开了包间。

行义对钱老板说："兄弟，你说说怎么帮我这位发小呀？"钱总说："看在谭总的面子上，江老弟，看得出来，你为人不错，够义气！我决定了，我们公司明年一年的广告由贵公司全权代理。"江枫一下子来了精神，眼睛顿时有了神气，问："广告总额是……"钱斌看了一眼谭行义，说："先签 2000 万，怎么样？"

江枫一听，眼睛突然一亮，幸福来得太突然了！一瞬间感觉酒醒了，浑身舒坦，似乎再喝半斤也不成问题，便大吼一声："服务员，再上一瓶茅台！"

林彩霞赶忙制止，说："老谭，你说句话呀，江枫确实不能再喝啦——医生再三叮嘱再喝酒就危险了！"行义刚想劝说一句，江枫却说道："莫讨人嫌！哥们之间的事，小娘儿们少插嘴！人家给老子送钱，你还髭毛，找别扭，想干什么？你想让老子半死不活地活着，永远做小人物？你回去，少管老子的事情！"说完，打开了一瓶茅台酒，给行义和钱总象征性地倒了一点，将自己的茶杯倒满。

彩霞的眼睛一下子噙满泪水，她咬着嘴唇，许久说不出话。杨晓丽说："江枫，听彩霞的，意思一下得啦。"谭行义见状，说："钱总，我和江枫都喝了不少，就你没怎么喝。人嘛，图的是小酒经常喝着，真要喝垮了身体小酒就喝不成了。多吃菜，江老弟……"

闲聊时，谭行义说："我感觉黄胖子过得不错，表面看傻不棱登的，其实很聪明，很踏实，有钱过得好一点，没钱就平实点，人也幽默，凡事都想得开……"

杨晓丽说："黄胖子有什么好？找了一个公共汽车售票员，要什么没什么，就喜欢招呼一帮朋友到他家喝工夫茶，哼，就那点

338

出息……"

"就是。"江枫说，"听说他刚刚买了一辆捷达，还是二手货，在街上跑还好意思按喇叭，啧，真是……"

晓丽说："不错呀，刚说人家没什么，人家都买车了！我晓得他一直酷爱汽车。江枫，你别嫉妒，这已经蛮风光了，程强那么顺风顺水，还买不起轿车呢！"

钱斌说："谭总，要不，就到这里吧？"行义说："好吧。"

突然，江枫一手拎着酒瓶，一手拉住彩霞，站直了，说道："诸位，七年前，我们俩就在这家大酒楼的金色大厅举办了婚礼，所以我今天特别激动。做人嘛，就要知恩图报，你们今天帮了我们一个天大的忙，新年马上到了，一转年就要过春节了，干脆我俩先给你们磕个头吧，祝你们大吉大利、万事如意！"

江枫"扑通"一声，跪在地毯上，给他仨"咚咚咚"磕了三个响头，酒瓶掉在地上，酒水打湿了一块地毯。他们仨赶紧起身，说，使不得。林彩霞一直站着，甩脱江枫的手，气得指着趴在地毯上的江枫，嘴唇直哆嗦，说：

"你……你不是人！"

这一回，林彩霞气急了，不再顾及什么孩子的将来和老人的脸面了，提出坚决离婚，越快越好。

来年春节刚过，林彩霞和江枫正式离了婚。

二十三

韦虹得知林彩霞离婚了，觉得彩霞是解脱了、解放了。从彩霞牵着兰兰的手散步时笑容明显增多来看，她像是获得了新生。韦虹挺佩服彩霞这点，不像有的女人一离婚变得沉默寡言、不修边幅、灰头土脸，像是做了一件丢人的事情。

韦虹经常约彩霞，带着孩子一起逛公园，度周末。原本有安慰的意思，不料玩得挺惬意，上瘾了，一到周末不玩都不行。于是，又约了两家，孩子变成了四个，在青山湖公园的草坪上玩耍，更热闹了。

黄胖子和田秋香跟程强和韦虹一样，生的也是儿子，比6岁的程一之小一岁，与兰兰同岁。邢若水和范丽的女儿比程一之大两岁。小家伙们玩得愉快，几家的大人也聊得开心。大家都觉得以前各忙各的，像牛一样，单调无趣，怎么就想不到约到一块，晒晒太阳，享受一下明媚的春光呢？都嚷嚷说是林彩霞的功劳。

彩霞心地善良，从不把别人的调侃看作是挖苦、嘲讽，即便她听出来是恶意的，也会去找找自己的原因。她说："唉，周末时，不像你们有人陪，我就带着兰兰去公园，还去图书馆、博物馆、动物园，正面引导，尽量去除离婚对孩子的不良影响。你们要谢呀，就谢江枫吧……"

程强曾经跟黄胖子喝酒聊天时说过，他有很多机会在公开场合能与彩霞相处，比如一起钓鱼、打球、玩牌等，但他都借故回避了，原因很简单，因为他会轻而易举地发现彩霞的种种美好品德，担心把韦虹比下去，生出是非，又不忍心看着彩霞受罪，经受江枫的摧残。

黄胖子一惊，说："什么意思？难道你跟韦虹……"这小子对男女之事一向敏感，程强刚说了上半截，他就猜到了下半截。程强想了想，还是把他与韦虹之间闹别扭的事轻描淡写地说了，觉得再憋下去恐怕自己要疯了。

黄胖子很认真地听着，说道："其实我早就猜到你还惦记着彩霞，只是嘴上不愿说。——可惜啊，江枫这孙子，捂了这么长时间的金子还以为是黄铜呢……"

黄胖子递上一支烟，给程强点着，说："我早就看出来她对你有好感，你小子还装傻，那时年龄太小了，不好当真。那次在天台山野餐，她用一把叉子给你夹沙丁鱼吃，意图太明显了！那个罐头盒本来是我撬开的，却让江枫抢去了，这算不算是命啊？"

"胖子，这几年，我特别痛苦，"程强说，"我晓得这辈子恐怕永远不能跟彩霞好了，因为韦虹一直喜欢着我。即使能够跟彩霞一起过日子，谁敢说就一定能幸福呢？那种念头一起，我就深感自责，觉得对不起小虹，骂自己不是东西。小虹越体贴我，我就越难受。我不会成了见异思迁、朝三暮四的小人吧？"说完，程强朝自己脸上扇耳光，被黄胖子拉住了。

程强喝了一大口白酒，接着说道："我还要躲避江枫的目光，好像我正在干挖墙脚的事情。你知道，我对彩霞的念想仅仅是一个纯粹的、美好的幻想，并没有任何实际行动。可是我明明知道江枫没珍惜彩霞、疼她、爱她，除了心痛，我还能做什么呢？"

黄胖子被程强的真诚坦露和对自己的完全信任所打动，想起小时候一帮少男少女青梅竹马、玩耍打闹的情景，说："六个发小，没有一个过得省心的，都是怎么回事呀？——全是欲望惹的祸！人一贪心，就会信马由缰，乱了方寸。小时候天气多热啊！我们到大场院纳凉，听殷阿姨讲故事，没有空调、电扇，不也过得快快乐乐、有滋有味吗？……"

两个铁哥们边喝边聊，感叹着生活的烦恼，都觉得人这一辈子有一两个红颜知己足矣，总比那些没有往事的人虚度光阴强吧？他们只会叫喊一辈子太短了，能不短吗？没有经事，没受磨难，没有一段刻骨铭心的值得回忆的往事，一眼就望到了头。

韦虹当上了副科长后，对副局长裴世耀和那个女科长心存感激，与程强商量后一起请两个领导吃饭，表示感谢。程强向女科长敬酒时得体、大气，说干就干了，气宇轩昂。向裴副局长敬酒时却感到了一种说不出的别扭。

老裴比程强大六七岁，看上去却年龄相仿，大概与他西装革履显得年轻有关，论级别，他又高出半格，因此他不像女科长那样称呼程强为"程主任"，而是喊程强为"小程"。碰杯时，他盯着程强的脸，等程强说话，然后说道："小程呀，你莫谢我，要谢得谢小虹本人的努力……"

当时，程强就感到窝心，心想：我并不是你的部下，你犯不着居高临下，显示出一种关心、体贴下属的恶心模样。再说，老子是记者——无冕之王，什么玩意没见过？你算老几呀，敢在老子面前装模作样？别说总编室主任的头衔了，老子仅仅以一个普通记者的身份采访，再大的官都不能放肆，惹急了，老子可以写内参参他一本。还有，"小虹"是你能随便叫的吗？太厚颜无耻了吧！

程强笑眯眯地扶了一下眼镜，说道："裴局，没有您的提携和支持，我们家小虹不可能提级，来，为表达真诚的谢意，我换大杯敬您。"说完，程强找来两个大酒杯，倒满，先端一杯给老裴，自己端起另一杯，说："我干了，您随意！""咕咚"一下，酒没了。

老裴见程强一副处变不惊的"笑面虎"模样，喝酒又如此豪爽，说："程主任果然年轻有为啊！好，请坐！"接下来就不吭声了。程强拿出当年在大学练就的口才和经常陪常扬喝酒的硬功夫，让两位领导喝得红光满面，五迷三道，语无伦次，还一个劲儿地喊太爽了……

一回到家，韦虹就夸程强喝酒功夫见长了，以前怎么没有露一手？程强说："还不是你逼的。你一扭头回娘家了，我就去练喝酒功夫了，哈哈哈……"

韦虹说："歪理邪说。那我说咱俩离婚吧，你还不成了酒鬼啦？"

程强这回没有笑，警惕地说："小虹，这种玩笑开不得呀！"

韦虹帮程强脱外套，说："好了，真生气呀，这不是话赶话，说到这儿了吗？"

程强说："小虹，凭一个做丈夫的直觉，那个姓裴的对你不怀好意，你小心点，得提防着他！"

韦虹一听，不高兴了，说："你凭什么不信任人啊？我跟他手都没碰一下，小心什么呀？你不相信他，难道还不相信我吗？"

"急什么？我不过是提醒你一下，又没说你真做了，干吗急赤白脸的？"

"强子，你太让我失望了！"韦虹激动地说道，"在单位，同事背后嘀嘀咕咕议论我，说我这说我那，科长可以做证——我什么缺德事都没干过，——早知今日，还不如不当这个破副科长呢！可是，你居然也怀疑我！我有那么贱吗？你这不是落井下石、釜底抽薪吗？"接着哭起来，声音越来越大。

程强抱着韦虹，安慰道："怨我，都是我的错，别生气了，啊。"

韦虹的眼泪擦了半天才算止住了，憋了一两个月的委屈总算发泄出来了。她知道单位里的事搁哪儿都一样，是是非非，弯弯曲曲，说不清楚，何况自己还是一个女的，还有想法，能没故事吗？只不过，她通过这件事也弄明白了，原来程强根本就不关心她的提级，提不提都无所谓，或许不提更好，有点像前些时韦虹对程强的仕途漠不关心一样。

她不禁打了一个寒战，难道这就是人们所说的冷漠？这是比吵架、冷战更深一层次的情感危机。男女之间，不再辩论是非、回望昔日温情，表面上客客气气，看似礼貌有加，实际上从心里充满了厌恶和鄙视。

当晚，程强因为白天喝酒喝得爽，像黄胖子那年喝倒江枫觉得非常了不起一样，渴望与韦虹亲热，好好谈谈友谊。韦虹说："强子，这些天，想单位的事情多了，经常失眠，要不，咱俩分开睡吧。"

程强鼓起来的激情一瞬间不知去向，帮韦虹掖好被子，说："你睡吧，我不打搅你，用不着分开睡。再说，房子就这么大，不可能一个睡床上一个睡地上吧？"

韦虹说："强子，我睡地上吧。你要是需要，我无所谓，完事后我再过去睡就是了……"说完，就往程强的被窝里钻。程强吼叫一声："算了吧，走开！"心想他俩的日子已经过到头了。

两人背对着背，一夜无语。

程强想：男人无非只图女人两样东西，一是身体上的愉悦，一是精神上的支持，现在两样都没了，守着这个女人又有何用？

韦虹想：女人有千错万错，就怕嫁错郎！男人追求事业的成功，女人追求成功的男人。程强在成功的男人当中绝不是佼佼者，甚至还比不上谭行义。既然他已不在乎我了，我何必还抱着他不放呢？

二十四

阮宏章向程强"讨教"之后，马不停蹄、只争朝夕地离开了铜城日报，与另外两人合伙开了一家汽车修理店，按股份制运作。程强还是低估了这件事带来的震动。一些年轻人经常公开商量如何跳槽、下海，有的正在琢磨是往北京跑呢还是去深圳发展，理由是，铜城改革力度有余，但开放程度太弱，不如趁自己年轻潇洒走一回，闯出一番新天地。

报社领导急了，召开全体大会，强调稳定思想，团结奉献，争创一流报纸。程强向领导建议，适当提高内部稿酬、夜班补助和出差伙食标准等。领导一想社会上什么东西都在涨价，电影票价在涨，菜价、肉价也在涨，剃头都叫美发了，洗澡叫桑拿了，价格翻跟斗往上蹿，就同意了程强的合理化建议并按政策及时发布，还公布了关于给予尚未分房的年轻职工适当政策性补助的决定，总算收拢了人心。程强也松了一口气，他手下的人惹出的乱子还得他来收拾。

樊英明得知老阮"下海"后，说了一声"干得漂亮！"抄起电话呼阮宏章，然后把他臭骂一顿，说："这种潇洒的事情，你怎么能忘了我呢？还哥们呢，扯淡吧……"谁知阮宏章在电话里说道："兄弟，你骂老子骂得对！说明你小子有血性，是个站着屙尿的！我们正好缺一个副总，位置先给你留着，给你两天时间考虑，我很忙，先这样……"小樊刚想说没问题，那边却把电话给挂了。

小樊迅速跟父母沟通，却遭到了强烈反对，争论最激烈的时候，父母不惜以断绝父子关系相威胁。小樊气得大吼："多少年以后，你们会后悔的！你们会说那次阻挡了儿子，差一点毁掉了一个社会名流……"

从此，他不喜欢钓鱼了，也不打麻将了，却迷上了围棋，整天自己跟自己下棋，摆弄棋谱，两耳不闻窗外事。什么聂卫平、马晓春、小林光一、武宫正树呀，什么"中国流""迷你中国流""宇宙流"呀，他都顶礼膜拜，潜心钻研，耗时耗力。别人见了，说："莫搞那些没有用的，该找一个女朋友喽！"他说："纹枰小，乾坤大，你们晓得什么？人生就是一盘下不完的棋呀！"嘿，他还有理了。

记者部的大才子喻坤听从了程强的劝告，经过内心煎熬，终于摆脱了对小台的迷恋。他还大方地请她吃饭，告诉她自己已经有对象了，是一个在花鸟市场卖花的姑娘。小台还是那么漂亮，她并不知道他俩仅有的一次见面让小喻魂不守舍、神魂颠倒。她仍然是单身，笑起来像粉嫩的花朵。她祝小喻幸福，小喻也祝她快乐，但感觉到她的笑已不再像从前那样摄人魂魄了。

小喻将这一切给程强说了，眉飞色舞，异常开心。程强也见过那个卖花姑娘，一看就是那种本分、朴实、安安静静的女伢，对小喻说："小兄弟啊，你没有后顾之忧了！结婚时别忘了请我哟……"

谭行义的生意越来越火，好运挡不住。当一种装饰涂料刚刚在市场上露头的时候，他抢到了它的差不多半个省范围内的独家代理销售权。该涂料迅速火爆，他结结实实又赚了一大笔。生意越红火，他越感到人手不够，特别是信得过的、能在某一个市场区域独当一面的人才。于是，他通过公开招聘的方式揽来不少大学生，稍有经验的就把人推到了副总的位置，在挣钱中学习挣钱，效果还不错，也解了燃眉之急。

他甚至还跟杨晓丽、韦虹、林彩霞都打过招呼，请她们去他的公司帮忙，工资随便开，说一个数就行。乖乖，这可是牵一发而动全身的大事，三个女伢知道行义是好心好意，即使是玩一把慈善讨好她们也有这个实力，但仍然犹豫不决。也难怪，她们在体制内环境下生活时间太久了，一旦脱离还不习惯，宁愿拿着死工资过活，也不敢越雷池一步。

后来，谭行义放宽了"政策"，说临时帮忙也行呀，就算当个顾问吧。

杨晓丽表示坚决不干，说我一个大学生和国家干部跑到你那里干算哪门子事？林彩霞想：老谭需要帮忙，咱能帮就帮一下，平时上班走不开，那就利用周末帮他理理账目还是没问题的，何况在工行工作多年也有经验，便答应了。韦虹听说后心中一喜，便与程强商量，程强说："你的事我管不了，看着办吧你。"韦虹气得说道："怪我多此一举，还不如问电线杆呢！"

于是，她就去问裴世耀副局长。老裴说："这个姓谭的结婚了吗？"韦虹说："你们男人怎么都这个德行？我问这件事值不值得干，你却……"老裴说："小虹，这不是明显地撒钱玩嘛，傻子都看得出来。如果他对你没有想法，凭什么送钱给你？"韦虹说道："得了吧，我们是发小，他已有意中人了，他就是希望我帮帮忙而已，哼！"

韦虹为什么愿意跟老裴商量这种纯个人的事情呢？

原来，正是因为韦虹认为自己走得正、行得端，跟领导之间没有拉拉扯扯的事情，便开始理直气壮地与领导们打交道。不论在走廊上还是在房间里，她见到男领导向来是大声、有礼貌地说话，遇上两人单独谈话时她一定会将房门留一点缝隙，绝不给领导做出格事的机会。

老裴在税务局算得上一个能文能武的干部，论业务，没说的，顶梁柱一个；论"武"的，业务之外的似乎样样都精，舞林是高手，酒场也能喝，开车是行家，交际颇擅长，西服从不离身，歌厅里赛郭颂。特别是见了女士礼让三分，让人觉得他特有涵养。

有一天，下班回家，韦虹骑上女车刚出大门，一辆帕萨特停在前边，裴副局长探出脑袋，说："小虹，能请你吃饭吗？"韦虹说：

"不了，我要给丈夫和儿子做饭呢。"老裴就说："好吧，你慢点骑，拜拜!"然后开车走了。

韦虹心想：他怎么总是想请我吃饭呀？都好几次了，感到怪怪的。有次赶上科长同时下班，一问才知道，老裴与妻子早就离婚了，十几岁的女儿跟她妈过，难怪他下班后就喜欢找人吃饭呢！科长说，好多姑娘都跟他吃过饭，有时几个女孩一起去，你呀，少去，别跟着起哄，人家正在寻摸爱情呢！

有一天中午，老裴叫上韦虹陪客人吃饭，她见还有两个女同事也去就答应了。席间，聊完公事聊私事，客人提出许多难办的事情请老裴设法解决，比如，想办病退怎么办才能合情合规，能否在省城找一个名大夫做甲状腺癌手术，驾驶本被扣了能否找关系要回来，等等。他很少拍胸脯承揽，而是耐心地给人出主意，介绍关系。

韦虹就特别欣赏老裴的这种态度，这不单单是有本事、路子野，而是给人一种有依靠、信得过的印象，一种雪中送炭的热情。而这正是程强所缺乏的，他帮过很多人的忙，分房时他曾经拉着年轻同事的手去找过领导，刚刚工作时他还自己贴钱帮别人请过名大夫，但为歪门邪道的事求人他拉不下那个脸。因此，程强得罪的人就多一点。老裴显得江湖味浓一些，有求必应，即便没帮上忙，别人也不会埋怨他。

时间长了，许多同事有解不开的扣了就喜欢找老裴讨教，他会说出他的判断，解释出子丑寅卯来。那些得到过他的帮助的人把他看作是了不起的"神人"。他买帕萨特时，很多同僚都没听说过这个牌子，更别说开车了。他把墨镜一戴，很有点"小马哥"的派头。

那阵子，乔其纱的面料很紧俏，它质地轻薄透明，外观清淡雅洁，穿着飘逸舒适，适宜做衬衣裙、睡衣裤、头巾等。韦虹想扯上几尺，可就是买不到，碰到老裴时就随口一说，老裴说："嘿，多大个事呢？你等着。"很快就帮韦虹买到了。韦虹高兴，就随口一说，想请老裴吃饭，老裴就答应了，吃了一顿麦当劳，虽然简单，但都觉得很快活……

二十五

这年年底的一个星期六，谭行义原本打算带杨晓丽去外地玩两天，过一个愉快的双休日，不承想遇到一个买涂料的大客户上门洽谈，中午请人家吃饭，计划就泡汤了。席间，两人都喝了不少红酒，有点晕乎，送走客人后，在街上溜达，见到一家日式茶楼，便走进去了。

红酒后劲大，杨晓丽喝了许多杯大红袍也不起作用，还是觉得口干舌燥。她的脸蛋、脖子、胳膊都变得红红的，话特别的多，向谭行义叙述着这些年所发生的许多往事，包括几次谈朋友的经历，说到伤心处忍不住"嘤嘤"哭起来。谭行义见状，赶紧塞给女服务生一张百元钞票把她支走，关上了房门。

行义喝得也是满脸通红，把胳膊一张，很自然地拥抱晓丽，哄着她。

行义暗暗吃惊。晓丽三十多岁了，眼睛还是那么明亮，那张狐狸一般娇媚的脸居然没留下岁月的印痕，身材还是那么苗条，不像韦虹、林彩霞她们，走个道横冲直撞，无所顾忌，跟大妈似的。

晓丽哭得更伤心了，紧紧地抱住行义的脖子，突然一个劲儿地亲他的脸……行义一开始还有意躲闪，可是忽然间，小时候埋在心底的那种喜欢、爱恋的感情如同开了闸门的洪水泛滥起来。他抱紧晓丽翻倒在榻榻米上，疯狂地吻她，解她的衣服，叫着她的名字……

杨晓丽一开始虚弱地喊道：不，不。后来惊恐地叫道："不要……行义……不要啊……"酒一下子醒了，浑身上下出透了汗，突然发现自己赤裸着躺在地上，"哇"的一声哭了，呈现出一种气恼、无助、绝望的表情。她无力地穿着衣服，找自己的坤包，然后开门出去了。

谭行义赶紧穿上衣服追了出去，一直追到大街上，拽着晓丽喊道："晓丽，你知道我是真心地对你好……"杨晓丽甩开他的手，说："滚开，你这个畜生！"

行义使劲攥住晓丽的双手，说："你听着，如果不是喝了酒，我绝不会干这种蠢事的！我说这是我的第一次，你信吗？晓丽呀，跟你一样，我也后悔、我也痛苦啊！……"

晓丽瞪大了眼睛，呆呆地望着他，说："你这个臭男人，也会痛苦？笑话！"

行义说："你摸着良心想想，我从小就暗恋着你，现在像口香糖一样黏着你，多么想以你最喜欢的方式娶你为妻啊！谁能想到，我把一切都毁了，像过去那样多好呀！晓丽呀，我不是人啊！……"

行义流出了悔恨的泪水。晓丽望着他真诚、沮丧的模样，觉得他很可怜、很脆弱，内心激荡起一股莫名的柔情，掏出手绢帮他擦泪，嘟噜着嘴巴，说："别说了，这事也不能全怪你，用不着那么内疚，中午干吗喝那么多酒啊……"

他俩你走我追、你停我劝，在大街上走了三里地，都流了不少眼泪。说着话的时候，一群人感到好奇，围拢过来看，嘴里嘀嘀咕咕地议论着。谭行义拉着晓丽的手，说："走开，小两口吵架没见过啊？真是的……"

转眼到了 1999 年，过完大年正月初一后的某一天，谭行义与杨晓丽结婚了。

婚礼庆典在当时是最高规格的，在铜城最有名的"烟波浩渺"山庄举行。它是一个湖心岛，水榭楼台，别具一格，欧式建筑，气派巍峨，只有一条公路与外界沟通。夜幕降临，湖水荡漾，到处张灯结彩，喜气洋洋。鞭炮齐鸣，礼花争艳，迎接新娘新郎、双方父母、伴娘伴郎的四辆轿车踏雪而来，缓缓行进，分别是劳斯莱斯、凯迪拉克、宝马、奔驰。

平时能演歌舞剧的剧场大厅此时金碧辉煌，灯火如昼，摆满了不下 25 桌的宴席，一色的红台布、红灯笼、红气球、红地毯，透出万般喜气。一切婚礼仪式均在舞台上进行，各个方位都有摄像机、照相机跟踪拍摄。从省城请来的男女主持人一亮相就引来满场喝彩——太有名了，电视上经常露面。一个专业乐队正在专心致志地演奏着各种背景音乐……

舞台下方，摆满了有关单位和嘉宾恭送的贺礼、果篮、花篮。

程强的发小们都来了。嚯，加起来有二十多人！

粮食局大院的老人、小孩也差不多聚齐了。叔叔、阿姨们跟程强这帮年轻人一样开心，彼此问候、相互祝福。少数人拄着拐棍，还有坐轮椅的。庆典仪式一结束，他们照了一张大合影——也是唯一的一次——大院里的人站满了整个舞台，在红色的柔光灯照耀下，个个精神抖擞，满面红光，绽开了幸福美满的笑容。

宴席开始后，一身白礼服的谭行义和一身红旗袍的杨晓丽来到发小们的宴席桌旁落座，长长地出了一口气，看得出他俩累得够呛。

程强自从请裴副局长喝酒见过一面之后，发现老裴穿西装是显得年轻，便在公开场合也穿西装，还打领带，显得精神焕发，仪表堂堂。说起话来，既合身份，也显示出一种露出白袖口的文明和儒雅。他便招呼大家给新郎新娘敬酒，推杯换盏，一通猛喝，热闹非凡。

黄胖子拉着田秋香站起来，向谭行义和杨晓丽表示祝贺，说道："老谭，还是你有哈数，终于把我们的晓丽搞到手了，恭喜呀！晓丽，祝贺你找到了一个疼你、照顾你的好哥哥！——人帅气不说，还那么有钱，让我们嫉妒死了！"说完喝干了杯中酒。

江枫向他俩敬酒，喝了一杯，觉得不过瘾，要求换大酒杯，说了一句："胖子其实是谦虚，他是我们当中第一个买私家车的发小！"

黄胖子笑着说："你又琢我，我那辆破捷达是通过关系买的快报废的车，有什么稀奇？你老弟是不买，一买准是保时捷！我就搞不懂你那么有钱，为什么不买车呢？留着它下崽呀？"众人就乐。

林彩霞起身祝贺，说："老谭太客气了，我就是帮你理了一下账目，没干几次，你却发给我五千顾问费，太敞亮了！谢谢你……"然后去搂着晓丽说悄悄话。

韦虹一听，后悔没去帮忙，起身表示祝贺，感慨道："有钱是真好啊！看看今天的排场，晓丽，你是真嫁对人了！哪像我们拿死工资的，凡事都得算计，我儿子程一之今年要上学了，要进好学校，什么赞助费、学杂费，没两万办不下来，嗨，我正为这事发愁呢！"

程强赶紧起身说道："小虹，今天喝的是喜酒，开心点，莫说糟心事。来，再次祝贺新郎新娘，祝他们俩喜结良缘、早生贵子、白头偕老……"大家便又一通忙活，欢喜不已。

邢若水和范丽单独敬完酒，对韦虹说："弟妹，生活的烦恼不要想得太多，总会有办法对付的，你没听人说吗——我可能很脆弱，但有时发现自己咬着牙走了很长的路……"

那个曾经帮过江枫的钱斌总经理也来了，他说："这个兄弟说得对，有钱人跟普通人一样，或许心理压力更大，生活更紧张，但都得打拼，钱再多，也不是大风刮来的……"

江枫给程强、若水等人介绍了钱总，他们之间又愉快地喝起来。

小时候挨过程强和黄胖子一顿揍的邝志清也来了。一年前他已是大众旅社的"一把手"，整天夹着一个手包，颇有派头。他双腿笔直，给新婚夫妇敬酒，然后弯着腰，悄悄地对程强和谭行义、黄胖子说："兄弟，我照个面就走，酒就不再喝了。我去澳门赌博输了200多万，欠钱还没还完，还得躲债。老婆正在跟我闹离婚，我的运气真他妈背呀……"三人一愣，唏嘘不已。

邝志清极伤感，给全桌人抱拳作揖，说道："兄弟姐妹们，前路漫漫，不知何时再能相见了……"

谭行义和杨晓丽结婚后去欧洲度蜜月了。这件事让发小们眼馋，羡慕不已，议论了好长时间。

林彩霞一到周末，照旧带着兰兰逛公园，过得很平静。程强、邢若水、黄胖子三家去年初还喜欢带着细伢与兰兰一起玩耍，除了青山湖，还经常去江滩公园，过了一段享受阳光、空气和天伦之乐的优哉游哉的生活，后来由于种种原因经常凑不齐，渐渐地放弃了聚合，各家过各家的了。

黄胖子以前经常借邢若水的桑塔纳轿车开着到处乱转，心里总是过意不去，买了旧捷达之后心情大爽，经常与邢若水相约两家人一块开车出去玩，玩遍了周围小县城的山区和乡村。吃的是土菜、野味，呼吸的是最清新的氧气，看到的景色也是市区见不到的山地原始风貌，质朴的美美得令人惊心。

　　黄胖子后来叫上了林彩霞和兰兰，分享了大山游的野趣。彩霞因为请人教兰兰练习拉小提琴，只玩过两次，都是当天去当天回。

　　这时，黄胖子就特别愿意叫上程强和韦虹，觉得少了他们不热闹，周六一大早出发，当晚在外过夜，第二天返回，玩得开心还不耽误工作，可惜的是程强一家只跟着玩过一次。

二十六

　　原来，程强每次回家看望父母，发现父亲一直咳嗽，咳个不停，十分难受，而且越来越严重。程强很纳闷，是爸爸着凉了吗？母亲说，没有啊，也很奇怪。程兴初以前也是烟民，后来下决心戒了，而且有七八年了。程强当时特别佩服爸爸，当过兵的人就是不一样，意志如钢。

　　程强就带着父亲去医院检查，医生说，没事，慢性支气管炎，吃点药就会好的。程强和妈妈的心一下子放松下来，长长地出了一口气。

　　处在这种上有老下有小的年龄段，程强活得特别累，工作辛苦不说，还时刻担心上下两头突然发生一个什么意外，让人恐慌、措手不及。爸爸七十出头了，儿子才七岁，加上老婆韦虹跟自己闹摩擦，同床异梦，自己呢，经常心烦意乱，身体也不像以前那般结实，偶尔还去医院（从前几乎没为自己生病去过医院）。程强想想便心如乱麻，感到身心憔悴。

周围的发小都一样面临着同样的境遇。林彩霞一直照顾着体弱的母亲，韦虹的母亲殷阿姨近期也经常去医院，大病没有，小病不断。黄胖子最可怜，母亲从他小时候起就跟医院打交道，病恹恹的，去医院跟回家似的，好在有四个孩子伺候，并无大碍。邢若水的父亲身体一直不错，没想到前年突然中风，说话不利索了，坐了轮椅，由家人推着走，后来专门雇人推车，他说得最清楚的一句话是："我……说……说不清……"熟悉他的人想想他给单位领导开车时又快又稳，现在却是这样，莫不落泪。

有一天，黄胖子悄悄把程强约出来，告诉他一件事。他说，他和邢若水两家人去郊区吃"农家乐"，专门吃狗肉。一排平房有五六个房间，桌上支着铁锅，烧的是柴火，大门都敞开着。我上厕所的时候，看见了韦虹和一桌人，一个男的正在搂着她的肩膀说笑，吓得我赶紧溜了。

"肯定是那个王八蛋！"程强脱口而出。

程强只是告诉过黄胖子他与韦虹为彩霞的事发生过吵闹，轻描淡写地说的。他哪好意思把他俩性生活歇菜的事情说出来呢？至于韦虹与裴副局长的那点龌龊事就更不愿透露了。程强甚至再没找黄胖子聊过关于林彩霞的事。今天，见黄胖子谈及此事，程强顿觉怒发冲冠，暴跳如雷。

黄胖子说："难道……韦虹有相好啦？"

程强感到脸上火辣辣的，臊得慌，便将老裴的事情说了。他说："这孙子我见过，有点玩世不恭，公子哥的味儿，那次喝酒我把他整趴下了，没想到他贼心不死，老子恨不能……"

"别别别……"黄胖子说,"兴许是韦虹的什么亲戚呢,这谁说得准,我又不认识什么狗屁局长。"

程强不吭声了,他也懒得说,心里七上八下,翻江倒海。

开春了,程强带着父母去青山湖公园玩,觉得换换环境,或许对爸爸治病有所帮助。也奇怪了,他咳嗽的次数明显减少了,笑容持续的时间也长了,程强和妈妈开心得不得了,在公园里走走停停,轻松说笑。

有时会碰到林彩霞和兰兰,程强的母亲戴秀娥就会碰一下他,小声说:"多么可怜的女伢呀!"彩霞特别懂事,让兰兰叫爷爷奶奶和叔叔,还摸着程一之的头亲他的小脸蛋。老戴眯着眼看彩霞,心里喜欢得像是吃了欢喜坨。老程夸彩霞有出息,不仰仗别人活着,细伢带得那么好,劝她父母也出来转转。彩霞点点头,说:"好!"

到了四月初,程强见父亲的病情没有根本好转,有些着急,想带他到省城的大医院去看看。

韦虹经常夜不归宿,想来就来,想走就走。她回家多半是为了孩子,陪小一之说说话,玩一玩,洗洗脏衣服。后来,程强考虑到儿子上的幼儿园离爸妈家更近,就让父母接送,经常让儿子住在爷爷奶奶家里,一下班就往粮食局大院跑。韦虹也只好下班后往大院跑,顺便带点青菜、水果过去。

程强的父母并不知道韦虹与程强的近况,像往常一样对待韦虹。程强没敢说,也不想说,他不愿再给父亲添乱了。

得知程强想让父亲去省城看病,韦虹说:"强子,咱们市的医疗水平就是差,你做得对,我也同意。"

程强心想:我父亲看病,关你什么事?哼,还假惺惺的,跟真的一样。

韦虹说："给爸看病，非同小可，一定要找一个最有名的大夫！你找好了吗？"

程强肚里有气，没搭理她。她说："要不我找一个吧，保证好使。"

"你？你不会又去求老裴吧？"程强斜瞟了一眼，说。

"又来了。求他怎么啦？"韦虹说，"看病要紧，求谁并不重要，你说呢？"

程强说："那是。如果给你妈看病，你求谁那我管不着。给我爸看病，我哪能放心他哟！"

"你……"韦虹气得一时无语，说道，"强子，请你相信我——我真的跟老裴没有什么事！"

"是，没什么事，动不动不落屋，怎么回事？人家江枫和彩霞假不假还住在一起，外人根本看不出来，你倒好，把家当成旅馆了……"

"算了，跟你说不清楚，"韦虹说，"好心当成了驴肝肺，就这样吧……"

结果是不欢而散。两人心里都恨得痒痒的，鄙视着对方。

有一天，黄胖子开车带着程强一大家子驶往省城。程强坐在副驾驶位置陪他聊天。程强父母和韦虹坐在后排座上，小一之坐在韦虹怀里，显得有点挤。

到了省城那家大医院门口，程强的大学室友师傅——陈俊杰站在那里吸烟。他现在是省政府新闻处副处长，关系路路通，已求到了最好的大夫。

程强与师傅握手，顾不上寒暄，领着家人跟着师傅走进医院，直接上四楼呼吸内科就诊。师傅一眼就认出了韦虹，说："弟妹还是那么漂亮，儿子都长这么高了！还记得吗，我说过如果程强欺负你，我有功夫去收拾他……"

韦虹见师傅拎两个大礼包，便抢着拿了一个，说："师傅，谢谢你哟！那时多年轻呀，一晃十几年过去了……"

大夫很牛气，什么多余的话都不说，开了好多张化验单和肺部 CT 等检查单，说明天这个时候找他。陈俊杰也不废话，把两大包礼品往大夫桌下一放，说道："好的，您忙着，我们明天见！"便领着大家出门了。

师傅一直陪着程强给父亲做各种化验和检查，忙活了一天。黄昏时又帮着找了一个内部招待所，要了三个房间，然后请程强一家人吃饭。程强过意不去，说我来。师傅说："老同学一场，一辈子能帮上你几次忙啊，是不是?"吃饭时，两位最好的室友这才有空叙旧情、谈理想，谈了不少同学的近况。

第二天，师傅带着程强去见大夫，让其他人在家等候，说一般性检查，没必要兴师动众。很快见到了那个大夫。

大夫说："陈处长，检查结果我都看了，你这位朋友的父亲结果不怎么好呀——肺癌。"程强听罢脑袋"嗡"的一下，差点栽倒。

大夫说："不过，幸运的是发现比较及时，如果做手术切掉病灶，应该说问题不大。"程强说："大夫呀，您倒过来说多好，真把我吓死啦！"

大夫当即说道："这样吧，我开张条让肿瘤科收治，病人马上住院，做活检等各项准备，我请'一把刀'陆大夫亲自做手术，怎么样?"

师傅也没想到结果如此吓人，看看程强，程强眼泪当场涌出来了，双手合十，说："大夫，说什么好呢？太感谢您了……"

出门后，师傅还安慰程强，说："这年头就怕跑医院，医生说是什么病就是什么病，跟阎王爷似的。我妈去年做了胃切除手术，割了五分之四。"

程强自我解嘲地说："我们市的医生诊断说是慢性支气管炎，要真是这个病就好啰！"

师傅叹气道："小地方就是不容易，你那么优秀，级别还没我混得高，太不公平了！"程强说："兄弟呀，跟我父亲比，这一切都不重要了，他可是我唯一的爸爸啊！"说着说着泪如雨下。

程强记不清是怎样给家人通报这个检查结果的了，只记得自己和韦虹当即打电话给单位请了假，说要到省城医院陪护老人做手术。当时，父亲、母亲、韦虹、黄胖子和程一之都哭了。程兴初说了几条斩钉截铁的决定，以防不测。师傅一个劲儿地说，没那么严重，我保证叔叔一定会好起来的。

程兴初说："当年跟我一块跑出来闹革命的几个战友都不在了，不要把死看得那么可怕。老话说，人生一世，草生一春，来如风雨，去似微尘，没什么大不了的！"师傅暗暗叫绝，十分敬佩。

住进医院了，程强和韦虹忙前忙后，跟医生、护士全混熟了。程强的母亲经常买一些好吃的给老伴送去，让小一之陪爷爷聊天，嘘寒问暖，是个莫大的安慰。

常扬副总编辑亲自来医院探望，让程强一家人感动不已。他悄悄对程强说，尽孝要赶早，莫做后悔事。工作是干不完的，以后还能干，保重吧！

税务局领导裴世耀副局长和女科长也来看望，韦虹表示了深深的谢意。程强说："万分感谢啊！如果再请你们吃饭，我一定先把自己灌醉，说到做到……"

黄胖子说，没事我就先回去了，问程强还有什么要办的。程强压低嗓音，问："是他吗？"黄胖子摇摇头，说："不是。那人比他老，半秃顶。"

看来是我冤枉韦虹了。程强这么想着。他紧紧握住黄胖子的手，说："胖子，你还记得大学时我就成立了发小红白事基金会吗？已送走了几个老人和同龄人了，我真担心啊……"

黄胖子说："现在得癌症活了好多年的多的是，程叔叔吉人天相，绝对没问题。看打靶那年他说话底气多足啊，到现在还这样，这种人怎么可能死呢？越怕死越死得快……"

程强感到心里踏实多了，愉快地送走了黄胖子。

拉着韦虹肩膀说笑的那个男人不是裴世耀，又会是谁呢？程强又开始琢磨这件事，想来想去还是理不出个头绪，心想：近来这种半死不活的日子哪一天都像临刑，婚姻随时会突然终止。只要韦虹不想好好过，即便她没跟裴世耀有染，也会去找张世耀、李世耀的，算了吧，这一切都不重要了。

世间的事也真怪，有的夫妻打闹了一辈子却在一起生活了一辈子，有的夫妻没吵过几回架却说离就离了，有的夫妻离婚了单独过了一些年却又破镜重圆……

二十七

程强父亲的手术做得非常成功。那位"一把刀"陆大夫说，老爷子没事了，以后至少能活十年。他对生老病死见得多了，说话也随便。但他一句话，却解除了一家人的长期担心、苦恼且又无奈的心病。

程兴初月底出院了。黄胖子和邢若水各开一辆轿车来到省城。程强一家人游山玩水，吃饭购物，十分快活。韦虹买了不少礼物，和程强、程一之专程去陈俊杰家拜访，千恩万谢，感激不尽。接着就回铜城了。

五一节那天，程强请客，庆祝父亲闯过鬼门关。他太高兴了，发现酒量又上了一个台阶，喝了一瓶也没什么不良反应。韦虹晓得他为什么兴奋，一个劲儿地给他夹菜，自己也喝了一些红酒，脸蛋红扑扑的。

没想到的是，快散席的时候，几个发小每人都掏出了一个信封，放在程强桌前。程强一愣，不知何故。

江枫说："还是我来说吧！听说，程一之今年要上好学校，几个发小表达一点心意，不成敬意，请笑纳！"程强当即表示不行，想起谭行义结婚那天韦虹提起过此事，便埋怨韦虹太不懂事了。

韦虹没有跟程强争吵，十分内疚地说道："都怪我，惊动了各位！这次陪强子给爸做手术，我也想开了，活着就不容易，还争什么这呀那的，只要孩子努力，不上好学校也能成才。看看你们，哪一个上过好小学？还不是都挺出众？都拿回去吧，钱我们不需要了……"

程强以惊异的眼光看着韦虹，发现她好像变了一个人，便将信封一个个塞回去，连声说谢谢。

黄胖子说："鸡窝里飞不出金凤凰，老程，我们不可能都像你能考上大学。现在竞争更激烈了，宁愿苦自己，也要给小伢创造条件。我刚刚买车，手头紧，两千元是个心意，收下吧，莫跟个娘儿们似的，好烦哟！"

邢若水说："上次你家装修，这回你爸做手术，我们都没表示，收下吧！"

江枫说："发小嘛，除了闹着玩，该帮就得帮，要不还能指望谁呢？我现在有钱，还不是老谭帮的忙！我今天说句发泡的话，强哥小伢上学的事我包了，明年黄胖子的事我也管，没几个钱的事，钱算什么？不用的时候就是草纸……"

黄胖子笑着说："好，高论！你先买辆车吧，我们一看你打出租车就心疼。"大家笑了，说就是就是。彩霞也笑了，看着江枫今天这么大方，也觉得开心。

杨晓丽说："这样吧，强哥和小虹姐执意不收，是担心增加大家的负担，大家表示心意是为了细伢有个好前程，干脆，今年的钱由老谭一人出，谁让他是个土豪呢！明年的事情明年再说……"

大家又嚷嚷开了。程强跟韦虹商议了几句，说："这倒是一个办法，钱我们先用着，算是借的，有钱再还，先解决燃眉之急，对我们来说帮了大忙了！"

就这样，程强当众收下了谭行义的大信封——整整两万元。

按理说，程强和韦虹都是单位里的小头头，工资收入比一般人都高一点，硬交这笔上好学校的所需费用也不是交不起，问题是好些钱年年都得交，给父母家装修、给父亲看病请客送礼又花掉不少钱，存折里的钱就所剩无几了。幸亏发小们雪中送炭，要不然给孩子报名只能向父母张嘴要钱了。

这次给程兴初看病，着实也给程强和韦虹上了一堂人生教育课，让他俩都感觉到人生的不易和生命的可贵。还领略到上辈的人付出的多，埋怨的少；吵吵闹闹的多，真正离异的少；替人着想、顾全大局的多，张扬个性、强调自我的少。

程强和韦虹都亲身经历了这个伟大时代的发展。论对家庭、单位和社会的付出与贡献，他俩丝毫不比上辈人少，但是斤斤计较算小账甚至讨价还价的事情明显多了，考虑个人得失、荣辱明显多了。家庭内部出现离心离德、两个中心的现象就不可避免了。一旦失衡，程强心目中的理想婚姻就会坍塌，变得心灰意冷；韦虹会觉得一事无成心有不甘，变得心猿意马。而且，谁都不愿迁就，甘为人梯，甘当配角。——这就是两个"强者"结合的悲剧。

韦虹当晚猛夸赞了一群发小，还让程强看挂在墙上的"六个人的合影"，说："瞧，六个小不点！一个个含苞待放、展翅欲飞的样子，让人产生无限的遐想。啊，青春呀，世界呀，一切是那么美好啊！"

程强的酒劲还在，感慨道："是啊，像做梦一样！我记得黄胖子想当军官指挥千军万马，江枫想学谢德，当老板，我说不想当瓦尔特，当什么大文豪……折腾了近二十年，还需要江枫、谭行义施舍，你说气人不？问题是他们的价值社会上认，我们的价值在他们眼里不值一文！这就是人生！……"

韦虹说："强子，坚持你坚持的，把这些东西都写出来，保不齐拍电视剧的追着你要剧本呢！"

"你不拖我后腿啦？"程强眯着眼说道。

"谁拖谁呀？搞清楚了！都是你气我，你还……"

程强喊："停，停！唉，小虹，你个性太强了，你原先不是这样……"

他俩相对平静地生活了一段时间。程强继续下班后去照顾刚做完手术的父亲。韦虹为了减轻爷爷奶奶的负担，每天接送儿子，辅导他，帮他做学前班留下的作业，还玩各种游戏。

有一天，韦虹用洗衣机洗衣服，扔进去几件儿子的脏衣服，看见程强留下的几件脏衣服，也想一块洗了，翻检兜里的东西，发现了一封信。韦虹没多想，就掏出来看，一看就来气了，控制不住情绪，感到万箭穿心，心如刀绞。

原来写信的人是蔡小芹——程强的大学女同学，韦虹也认识。程强毕业那年，韦虹与程强在黑黢黢的山上深吻、拥抱，终生难忘，当晚就睡在女生宿舍，是蔡小芹接待了她，还夸韦虹温柔、恬静，一点不像班上的女同学张牙舞爪、咋咋呼呼的，在房顶的阳台上聊天到半夜。

没想到这个当时大气、爽朗的女孩如今敢背着我给程强写信诉说衷肠！什么工作不如意呀、婚姻不美满呀、自己就像一个行尸走肉呀，什么我一直忘不了你那紧紧的、充满温度的拥抱，我多么渴望你再一次拥抱我，让我在这拥抱中死去或者得到永生，否则，我活着还有什么意义？——听听，太肉麻了！太恶心了！

韦虹气得一把把脏衣服全扔到了地上，在屋里走来走去，呼哧呼哧地喘气，抄起电话打给程强父母家里。正好是程强接电话，韦虹只说了一句"赶紧回来，有要事相商"就挂了。

程强一开门进屋，韦虹一通连哭带骂的斥责声不分青红皂白劈头盖脸地朝程强袭来，吓得浑身一哆嗦，程一之当即就哭了。

完了，这个女人又失去理智了！程强心里"咯噔"了一下。平时，不理不睬，冷嘲热讽，来去匆匆，都无所谓，屋里没多大的动静，程强都能忍受，就怕她突然暴跳如雷，泼妇一般吼叫，闹得周围邻居不得安宁。他拉着小一之赶紧躲进里间的卧室，拉上布帘，对韦虹说："怎么啦你？"

韦虹将那封信往地上一扔，说道："瞧你干的好事！你是公鸡呀？天下的母鸡都是你的呀？——我算看透了，你就是臊公鸡，哪个母的都不放过！"

程强捡起信笺一看，说："别说得那么难听嘛，这是蔡小芹写的，你见过她，她不过是诉诉苦而已，我并没有答应她什么呀！"

"凭什么拥抱她，你快说？"

"……"程强一下子愣在那儿了。对呀，凭什么抱她？

韦虹哭得越发伤心了，鼻涕跟着眼泪一起流淌。她哭喊着：

"天啊，没法过下去了，没法活了！……"

程强就把照毕业照那天公开拥抱蔡小芹的事说了，说："我当时告诉她，说我爱上韦虹了，你是见证人，谢谢你那天晚上照顾了韦虹，就这些……"

"编吧，反正虚构情节对你来说并不困难，"韦虹说，"我凭什么相信你，如果当时我稍微一放松，你是不是就跟她跑了？哼，众目睽睽之下，你居然敢拥抱她，不到那一步你敢吗？你这个胆小的、懦弱的伪君子！"

失去信任，无端猜忌，是对别人最大的蔑视。再也没有什么回旋的余地了，程强怒不可遏，说道："说什么都无济于事了，小虹啊，那你说怎么办呢？"

"过不下去就离婚，凑合着过太难受，我实在受不了了！"

程强许久没说一句话。听着韦虹的痛哭和儿子的"哇哇"的抽泣，程强的心已经碎了。

这难道就是我朝思暮想的、百般呵护的、发誓一辈子爱她的那个女人吗？这难道就是周围邻居赞叹、单位单身羡慕、发小都说般配的那个贤妻良母吗？

唉，一向自信自己最不可能在情感方面出问题，结果还是在阴沟里翻了船。再想想，赚钱比不上谭行义、江枫，事业干不过不起眼的师傅陈俊杰，从小到大顺风顺水，威风八面，结果到头来竟然落了个如此失败的下场！悲哀呀！

"你怎么不说话了？你说怎么着？"韦虹拿毛巾使劲擦脸。

程强无可奈何地说："好吧，你走你的阳关道，我过我的独木桥。可是，咱俩相亲相爱的突然说要离婚了，也没人信啊！再说，这事吧咱爸妈那里怎么交代呢？小虹啊，难道咱俩的夫妻感情就此终结啦？"

"理由可以商量，"韦虹说，"两家的大人恐怕都不太容易接受，我妈就偏向你。你说，有什么好办法？"

"要不，就说我在外边有个相好，瞎搞。"程强小声地说。

"本来就是嘛！听着就恶心，就这么办吧。"韦虹说，"你准备好身份证、结婚证、户口本，咱俩随时去办手续！"

"什么本来就是？！我跟她既没见面，也没打过电话，更没回过信，十几年没有任何交往，你见过这样的相好吗？"

"强子呀，都这时候了，争论这些还有意义吗？"韦虹说，"多少年不见面怎么啦，就表明你纯洁了？见一面就能死灰复燃！你们男人就这德行——烂女人想勾搭你，一哭，一发嗲，你就把持不住。——某些女干部、女明星就是靠这个发迹的，哼，还跟我争论……"

曾经获得过全市新闻系统演讲比赛个人冠军的程强此时此刻无话可说，只好甘拜下风。

程强拖着沉重的步履从自己家里走到粮食局大院，一路上脑袋昏昏沉沉，浑身没劲，像是刚刚经历了一场拳击比赛感到精疲力竭。进了父母家，装着什么都没发生似的赶紧帮父亲打水洗脚，还跟母亲聊天。

程强靠在沙发上歇一歇，发现扶手处有几本书，一是《朦胧诗选集》，一是《基度山伯爵》上下集。这是林彩霞前几天送给他的，听说他要写小说了，兴奋得要命，还鼓励他当个大作家。

别人不知道，可是程强知道，凡是送《基度山伯爵》的人都表达了一句爱情的潜台词——最后一段的最后一句话点出这部小说的主题——人类的一切智慧，都包含在这两个词中：等待和希望。

这个林彩霞，送的真是时候！如果韦虹知道了，单为这事就能把天给掀翻了。这不是添乱嘛！他赶紧将这几本书搁到父亲的书柜里。

二十八

以后的日子那么漫长，将来怎么过啊！

程强这些天苦闷极了，真想找个人倾诉一番，想来想去还是觉得黄胖子可靠，便约他喝酒。喝到两人都微醺的时候，程强说："胖子，你还记得小时候看打靶的情景吗？"

黄胖子说："当然记得。"

程强说："我好想叫上彩霞一起去看看飞云瀑，回到小时候那个清纯的时光，天真无邪，无忧无虑，好像世界只剩下我们三个人……"

黄胖子说："你是不是又想彩霞了，韦虹不会跟你急吧？"

程强猛喝了一大口白酒，说："想又怎样？不想又如何？这就是命啊！历尽万般红尘劫，犹如凉风轻拂面，都无所谓啰！"

黄胖子笑着说："看得出来，你准是憋着出大作品了，大凡作家有大作问世，都是你这个样子：五迷三道，晕晕乎乎，像是看破了红尘。"

他俩悄悄地叫上林彩霞，由黄胖子开车直奔天台山。

彩霞坐在后排，还是一副没心没肺、轻松愉快的模样。她开心地对坐在前排的他俩说道："记得强哥帮我摸湖里的石头，衣服全打湿了，嘻嘻，我好想现在就能看见那个清澈见底的湖啊！时间过得真快呀，一晃将近三十年了！"

黄胖子望了一眼后视镜，说："彩霞，你还是小时候的样子，我就纳闷了，你怎么就长不大呢？"

捷达轿车沿着盘山公路一直开到天台山山顶。程强掏钱买门票，喊着去"飞云瀑"，卖门票的师傅说："伙计，那是老黄历了！——那个景点早就没有了！"他们仨大吃一惊："怎么回事？"

　　卖票师傅说："地势高的一片地现在都是别墅区，那些瀑布早就铲平了，作孽哟……"

　　"请问，那个靶场还在吗？"程强问道。

　　"靶场？什么靶场？"卖票师傅吃惊不小，"风景区里怎么能打靶呢？开玩笑吧你？"

　　程强冲师傅摆摆手，离开了售票口。

　　他本想看风景，却看到了无数的人。其他风景还看不看？他拿不定主意。他叹口气，无可奈何地说："也难怪，除了我参加高考那年有那么一次，这么多年了，咱们居然没有再爬过天台山！"黄胖子和林彩霞想想也是，跟着叹息。

　　程强的情绪低落到了最低点，转身望着山下郁郁葱葱的山林发呆，看到一个长长的水泥管里冒出一股水柱，下面是一个长满水浮莲的池塘，杂草丛生，浑浊不堪。周边尽是破碎的瓦砾，盛开着各种茂密的野花……

　　程强突然喊道："我的银杏树呢，在哪儿呀？那个静卧在水中的老树呢，你在哪儿呀？我的飞云瀑啊，我真的好想看你一眼啊！……"

　　黄胖子和彩霞心里也堵得慌，难受极了。

　　程强在想，他和他的发小们，打小起就像一群没经彩排直接上了舞台的演员，充满激情，迷恋非凡，追逐理想，追求爱情，明明看到结局是美好的却经常演得面目全非，为了过像样一点的生活却拼尽了全力。他们如星火、如荧光，散落各处，微不足道，只有他们自己能够找到彼此的所在，相互慰藉，抱团取暖。历经无数的困惑、挫折、失败和忧伤，却一直保持着真挚的发小情，让人唏嘘不已。再联想到自己命运多舛，还不到不惑之年，却已是老气横秋、满目沧桑，感情的梦幻已经破灭，而青春毕竟已逝，实在无力重整河山，禁不住泪如雨下……

彩霞见状竟抽泣起来，泣不成声。她本想看一眼清澈见底的一汪湖水，却发现它已不复存在，能不难过吗？黄胖子劝说着，渐渐地也落下了眼泪。

程强无奈地用袖子擦眼泪，对黄胖子和彩霞说："我们常常觉得不快乐，知道是什么原因吗？就是因为我们追求的不是'幸福'，而是'比别人幸福'。"

再也看不到飞云瀑了。

但是飞云瀑的清纯、率真是不会消失的。